2020三农新闻作品选

农业农村部新闻办公室　编

中国农业出版社
北　京

图书在版编目（CIP）数据

2020三农新闻作品选/农业农村部新闻办公室编
. —北京：中国农业出版社，2021.9
ISBN 978-7-109-28681-8

Ⅰ.①2… Ⅱ.①农… Ⅲ.①新闻-作品集-中国-当代 Ⅳ.①I253.3

中国版本图书馆CIP数据核字（2021）第160750号

中国农业出版社出版
地址：北京市朝阳区麦子店街18号楼
邮编：100125
责任编辑：刁乾超 李昕昱 文字编辑：孙蕴琪
版式设计：李向向 责任校对：吴丽婷 责任印制：王 宏
印刷：北京中兴印刷有限公司
版次：2021年9月第1版
印次：2021年9月北京第1次印刷
发行：新华书店北京发行所
开本：700mm × 1000mm 1/16
印张：27.75
字数：500千字
定价：80.00元

编委会

主　　任　魏百刚

副 主 任　刘均勇

编写人员　张海涛　张国庆　杨　岚　赵经平

吴　佩　颜廷昆　周　涔

目录

CONTENTS

通讯

2020"三农"新闻作品选

消息

NEWS

我国粮食产能站稳1.3万亿斤台阶

大国粮仓根基牢　中国饭碗端得稳

刊播《人民日报》（10月2日1版）
作者 高云才　王浩

“瞧，这玉米穗大粒满，今年丰收手拿把攥（意为很有把握）！”山东省夏津县双庙镇李文庄村种粮大户王兆国站在田头，满怀信心地说：“今年流转了600多亩地，换了新品种，用上新技术，上一季小麦打了50多万斤，这季玉米还能再打50万斤。”

玉米黄，稻花香，从南到北进入秋粮收获时节。2020年夏粮到手，秋粮丰收在望，又将是一个丰收年。

习近平总书记指出，越是面对风险挑战，越要稳住农业，越要确保粮食和重要副食品安全。“十三五”以来，重农抓粮，各地各部门大力实施“藏粮于地、藏粮于技”战略，我国粮食产能站稳1.3万亿斤台阶，人均粮食占有量达470公斤以上，中国人的饭碗牢牢端在自己的手中。

——深化农业供给侧结构性改革，粮食生产向优、向绿转变

调优结构，成为粮食生产的新选择。“好粮要好种。今年我选了高产稳产品种‘华麦1168’，小麦亩产突破1 000斤。”湖北省襄阳市张家集镇何岗村村民康旭说。在东北的黑土地上，吉林省永吉县万昌镇施家村种粮大户张全有自己的盘算：“咱种的万昌大米，眼瞅着又要收获了，因为是优质品种，口感好，营养价值高，订单早就满了。”

绿色生产成为粮食生产的新取向。黑龙江北大荒农垦集团有限公司七星农场种粮户张景会说起“种地经”：“打‘绿色牌’，减肥减药，我种的300亩

有机水稻，亩均效益突破1 100元。”

这5年来，我国粮食生产加快由增产导向转为提质导向，农业发展质量效益和竞争力不断提高。数据最有说服力：我国化肥使用量连续4年负增长，农药使用量连续5年负增长，三大主粮化肥利用率达到39.2%，农药利用率达到39.8%，分别比2015年提高了4个和3.2个百分点。畜禽粪污综合利用率达到75%，秸秆综合利用率达到85%。

——稳政策、稳面积、稳产量，粮食生产基础不断夯实

“今年，早籼稻和中晚籼稻最低收购价每百斤提高1元，让咱粮农吃上了定心丸！”辽宁省清原满族自治县大窝棚村村民霍秘财说。

农民的种粮积极性，来自一项项实实在在的举措。稳政策，强化制度供给，2020年，中央加大双季稻生产支持，下达耕地地力保护补贴、基层农技推广体系建设补贴、高素质农民培训补贴。稳面积，严守18亿亩耕地红线，全面落实15.46亿亩以上永久基本农田特殊保护制度。稳产量，保障粮食和重要农产品高产稳产，稳的是生产能力。

5年来，我国稳定完善扶持粮食生产政策举措，挖掘品种、技术、减灾等稳产增产潜力。发挥粮食主产区优势，完善粮食主产区利益补偿机制，健全产粮大县奖补政策；完善了玉米、大豆生产者补贴政策，强化了农业信贷、保险等支持政策。2020年，全国确保谷物面积稳定在14.2亿亩以上，口粮面积稳定在8亿亩以上，粮食总产量稳定在1.3万亿斤以上。

——实施“藏粮于地、藏粮于技”，确保粮食任何时候都产得出、供得上

耕地是粮食生产的命根子。山东省汶上县次丘镇西汶口村村民林凡秀感慨：“县里的高产创建示范方，旱涝保收，俺家的6亩地，粮食产量翻了一倍还多！”

“藏粮于地”，夯实大国粮仓根基。2019年，我国新建高标准农田8 000万亩以上，确保2020年年底累计完成8亿亩建设任务，力争2022年达到10亿亩，保障粮食产能在1万亿斤以上。2020年，全国以永久基本农田、粮食生产功能区和重要农产品保护区为重点，将完成8 000万亩高标准农田和2 000万亩高效节水灌溉建设任务。

海水稻、杂交稻、再生稻、超级稻，一个个优良品种在大田里成长、收获。广东省台山市海宴镇南丰村村民龙先清说："这3 000多亩的海水稻收获了，没想到滩涂地也能长出粮食！"过去这些地块上种出来的香蕉，还没大拇指粗。如今种上了耐盐碱水稻，这块稻田总产量超1 600吨。

"藏粮于技"，撑起粮食安全底气。目前全国农业科技进步贡献率达59.2%，粮食良种覆盖率保持在96%以上；全国农作物耕种收综合机械化率超过70%，主要农作物自主选育品种提高到95%以上。

闯过疫情、汛情、虫情等多重关口　我国粮食再获丰收

刊播 中央人民广播电台（10月24日）
审稿 王磊　樊新征
作者 朱敏　冯志远　王伟

【导语】

深秋时节，秋粮到了收尾阶段。农业农村部日前通报，当前秋粮收获已近八成，进度与2019年同期相当。此前，农业农村部部长韩长赋表示，2020年秋粮丰收已成定局，全年粮食有望再创新高。与此同时，秋种工作正在稳步推进。粮食生产经历疫情、汛情、虫情等多重关口，如何做到再获丰收？

【压混：农机收割声】

10月下旬，黑龙江佳木斯抚远市早晚已寒气逼人。一大早，抚远市各乡（镇）收割水稻的机器已启动。受几次台风影响，2020年抚远市水稻成熟期较往年有所延后，为了赶在下雪前确保159万亩水稻颗粒归仓，各乡（镇）全面进入抢收阶段。抚远市海青乡农业副乡长孙靖说。

【孙靖】我们海青乡今年应收面积43万3千亩，我们从秋收开始积极协调，动员农民抢收、快收。

为了提高效率，海青乡整合了全乡农用机车和农民工，建立了“抢收微信群”，抚远市海青乡农民杨勇说，农户需要什么样的农用车，需要几名农民工配合秋收，只要在群里说一声，马上就能得到对接。

【杨勇】我们在群里找车特别方便，想找什么车就能找到什么车。

与此同时，黑龙江各玉米主产地区这几天也趁着好天气抓紧收割。据黑龙江省农业农村厅农情调度，截至10月20号晚，全省农作物收获达九成以上。

农业农村部种植业管理司副司长刘莉华日前表示，近期东北地区天气晴好，秋收进度明显加快，预计月底前大面积收获基本结束。而全国秋粮收获近八成。

【刘莉华】当前秋粮收获已近八成，进度与2019年同期相当。其中，西南、黄淮海和西北地区收获过八成，进度同比略快；长江中下游地区过六成，受9月中下旬天气影响，水稻等作物生育期推迟，收获进度同比略慢；东北地区收获近八成，受天气等影响，收获高峰期比常年推迟约1周。

特殊之年，粮食生产交出了沉甸甸的成绩单。农业农村部数据显示，2020年夏粮、早稻已经丰收到手，分别比2019年增加24.2亿斤和20.6亿斤；秋粮是全年粮食生产的大头，丰收已成定局。2020年粮食产量有望连续6年稳定在1.3万亿斤以上。

对农业来说，2020年其实是一个多灾之年。粮食生产经历重重关口：春耕备耕时过“新冠疫情关”，南方水稻“双抢”时过“洪涝关”，东北秋收前又过“台风关”，还过了草地贪夜蛾等“病虫关”。刘莉华指出，灾害频发之下，粮食依然取得丰收，首先得益于党中央高度重视，及时印发了《当前春耕生产工作指南》。经国务院同意，农业农村部向各省（自治区、直辖市）政府下达了粮食生产的目标。其次，得益于好政策和人的努力。

【刘莉华】继续实施稻谷、小麦最低收购价，籼稻最低收购价在连续3年调低的情况下，2020年有所提高，释放了重农抓粮的信号。中央统筹整合资金40多亿元支持双季稻生产。继续保持玉米、大豆生产者补贴资金的规模总体稳定，及时下拨了重大病虫害防控资金和农业生产救灾资金。广大农民群众也响应中央的号召，克服疫情和灾害的影响，及时播种、施肥、打药、收获，辛勤耕耘，夺取了2020年粮食的丰收。

值得一提的是，提前部署起了关键作用。据初步测算，2020年因粮食面积增加，提前部署对增产的贡献率超过了50%。同时，2020年雨水较多，总体有利于粮食生长。

农业生产四季歌，一刻也不能放松。做好秋收的同时，秋种已全面展开。

【压混：农田现场声】

山东青岛平度市，由于2020年夏季雨水充沛，玉米生长期延长，收获期延迟近1周，从而导致小麦播种期也推迟。为了保障2021年小麦丰产，平度市农业农村局农业技术推广站站长朱瑞华建议农户：每延期1天，每亩地需增加1斤播种量。

【朱瑞华】小麦晚播照样创高产，因为我们有集成的技术。墒情好，可以通过增加播量，提高种植密度，“以密补晚”，也可以“以肥补晚”“以水补晚”，今年我们的底墒非常好，所以广大农民朋友一定要在10月底之前抢播晚茬麦，争取2021年还创丰收。

据农业农村部最新农情调度，全国冬小麦播种进度已近六成，比2019年同期快3个百分点；冬油菜播种过四成，长江中下游地区因水稻收获有所推迟，油菜播种进度同比略慢。

对此，农业农村部种植业管理司副司长刘莉华指出：

【刘莉华】合理安排种植结构，及时腾茬整地，趁墒抢墒播种，努力稳定住小麦的播种面积。同时要落实好关键技术，提高播种质量，为2021年夏季粮油丰收打下一个好的基础。

我国夏粮再获丰收　保供给定民心

刊播 中央电视台（6月15日）

作者 宋建春　王凯博　石爽爽　施韶宇　陈博

【导语】

农业农村部今天宣布，全国夏粮收获已到九成，丰收成定局。2020年，夏粮增产提质，为保供给、稳物价提供了坚实基础。

【正文】

2020年，夏粮面积4亿亩，基本保持稳定。目前，江苏、河南、安徽、湖北、四川麦收已结束，山东、河北、山西等地麦收进度加快。

尽管2020年夏粮生产经历了疫情冲击、“倒春寒”、成熟期干旱等多重考验，但由于良种良法配套，再加上科学抗灾能力增强，再次实现了增产。

【同期】**中央农办主任、农业农村部部长　韩长赋**

预计（小麦）亩产平均可以提高4公斤。夏粮丰收给我们的粮食安全、端牢饭碗又增添了信心和底气。

【正文】

品质提升是2020年夏粮的最大亮点。特别是小麦，灌浆充足、籽粒饱满，多项指标好于常年。

看到自家门口的小麦品质越来越好，山东莱州的一家面粉厂投入1 200多万元优化生产工艺，赶在麦收前新增了仓储和配粉设施，专门加工面包专用粉。

【同期】**山东省烟台市莱州市大丰面业有限公司总经理　滕园园**

在此之前，优质专用小麦主要靠进口，供应没有保证。现在供应比较充足，收购也方便，为我们做面包专用粉提供了非常有效的保障。

【正文】

手中有粮，心中不慌。夏粮增产提质，保障供给，为稳定全社会物价总水平增添了砝码。

【同期】**郑州粮食批发市场研究预测部部长　申洪源**

粮价是百价之基，2020年夏粮丰收，特别是质量提升，将有助于维持粮食价格运行平稳，保持在合理区间内，同时稳定社会的CPI（全称Consumer Price Index，居民消费价格指数）预期，将进一步发挥农业对于国民经济“压舱石”和“稳定器”的作用。

全国小麦机收过六成　品质提升保粮食安全

刊播 中央电视台（6月7日）
作者 宋建春　王凯博　陈博

【导语】

农业农村部最新农情调度显示：全国小麦机收已连续10天以每天1 000万亩的速度加快推进，麦收进度过六成，超过2亿亩。

【正文】

2020年麦收进度比常年提早3天左右，黄淮海主产区机收率超98%。

在安徽涡阳，一张"小麦地图"让种粮大户的优质小麦卖了高价。

【同期】**安徽省亳州市涡阳县种粮大户　姚玉刚**

1斤给我们1.18～1.2元。过去没有这张图的时候，卖不到这么高。

【正文】

姚玉刚告诉记者，过去，优质小麦种得不多，收割时与普通小麦混在一起，卖不上价钱。2020年，安徽投入2亿元，专项支持优质专用小麦生产，面积占比增加到53.4%，将其中307个万亩以上示范点上图、入库，并在网上发布，实现了"按图索麦"。

为扩大优质专用小麦面积，2020年，河南拿出3.2亿元资金，重点支持郑麦136等七大优势品种。在优质小麦主产区延津，夏粮收购已经开始。

【同期】**河南省延津县克明面业检验员**

1号面筋指数98，2号93。

【正文】

由于面筋指数高，1号小麦每斤实际收购价比订单价格高了1分钱。同一个品种，面筋指数高的门道，在田间管理中。

【同期】**河南省延津县延寿农业合作社　李元智**

在抽穗、扬花、灌浆期，我们打了3遍无公害叶面肥，全程精细化管理，增强了品质。

【正文】

农业农村部统计显示，2020年，市场紧缺的优质专用小麦面积达35.8%，比2019年提高2.8个百分点。目前，全国4万多个农机服务组织正在一线抢收，确保颗粒归仓。

春播面积增加700多万亩　播种质量好于常年

刊播 中央电视台（5月27日）

作者 宋建春　王凯博　陈博

【导语】

农业农村部最新发布，2020年春播已基本结束，三大亮点为保粮食安全提供了坚实基础。

【正文】

保粮食安全，首要是保面积。面积增加700多万亩，是2020年春播的最大亮点。特别是早稻面积扭转了连续7年下滑的势头，比2019年增加470万亩，超出预期。春玉米面积略增，大豆面积保持稳定。

在做好常态化疫情防控的同时，春播进度明显加快，是2020年春播的第二大亮点。全国超过2 200万台套农机投入生产；7万多家农机专业合作社就近代耕、代种；20多万家农业服务组织开展保姆式生产托管服务，全国春播进度比2019年快1.1个百分点。

结构调优，品质调绿，是2020年春播的第三个亮点。优质早稻面积达46.2%，提高2个百分点；轮作休耕制度试点3 000万亩；300个粮棉油生产大县开展化肥减量增效试点，示范带动高质量绿色春播。

【同期】**农业农村部种植业司司长　潘文博**

春播粮食面积占全年播种面积的一半以上，预计2020年的春播面积为9.1亿亩，较2019年有所增加，播种质量也好于常年，粮食生产开局良好。

全国夏粮陆续开镰　长势好于常年

刊播 中央电视台（5月25日）

作者 宋建春　王凯博　陈博　余晨东

【导语】

夏粮是全年粮食第一季，产量占全年粮食的20%多。眼下，主产区夏粮陆续进入成熟期，由南向北相继开镰收获。

【正文】

作为最早成熟的麦区，西南麦区收获已全面展开。在四川绵阳，一场小麦测产正在进行。

【同期】**国家小麦产业技术体系专家　汤永禄**

平均（亩产）产量729.8公斤。打破了四川以及整个西南麦区10年来的最高产量纪录。

【正文】

听说自家的小麦每亩打出了729.8公斤的高产量，老庄稼把式强道周对科技种地彻底服气了。强道周家的地块儿都在丘陵、山坡上，2019年秋种，他试着种下国家小麦产业技术体系主推的新品种，没想到大不一样。

【同期】**四川省绵阳市泉水村村民　强道周**

下了几次大雨，小麦都没有倒过，比去年（每亩）多收240斤，是产量最高的一年。

【正文】

为保粮食安全，2020年，国家小麦产业技术体系93个专家团队，按产业链合理布局，从种到收，全面提升小麦生产能力。

【同期】**全国农业技术推广服务中心粮食处处长　吕修涛**

西南地区的夏粮可以说是喜获丰收，产量和质量都实现了提升。应该说，为全年粮食生产开好头、起好步，奠定了好的基础。

【正文】

目前，长江中下游和黄淮麦区小麦逐渐黄熟。

今天上午，在河南省新蔡县的千亩高标准农田里，联合收割机正在作业，标志着当地夏收正式开始，中原地区进入“三夏”时节。2020年，河南省小麦面积继续保持在8 550万亩以上，“三夏”期间将投入超过410万台农机，确保小麦机收率稳定在98%以上。

最新农情调度显示，2020年，主产区小麦长势好于常年，亩穗数、穗粒数和预期千粒重总体不错。随着气温升高，全国夏粮收获即将大面积展开。

推进生产托管服务助力春耕

刊播 中央电视台（4月8日）
作者 宋建春　王凯博　陈博　郝毅杰

【导语】

在我国，近七成的土地由小农户耕种。眼下正是春耕生产高峰期，中央和地方加快推进生产托管，助力小农户稳面积、保丰收。

【正文】

眼下，北方地区春播马铃薯进入高峰期，山西太原四家坪村农民苏润军因为尝试了一种新的种地方式，解了他的燃眉之急。

往年春播前，苏润军就会联系好农机，而2020年受疫情影响，农机手迟迟赶不过来。一筹莫展的时候，当地政府给他支了着儿，把土地的耕作和播种，全都托管给当地实力雄厚的服务组织，只要交一点托管费，将来的收成全是自己的。

【同期】**山西省太原市四家坪村农民　苏润军**

60块钱（每亩），从春耕到夏播到秋收就全包办了，我们拿口袋装粮食就行了。

【正文】

为了保障小农户春耕不受影响，更重要的是引领他们参与到现代农业进程中，中央加大支持生产方式创新，让小农户的承包地，在不改变经营权的前提下，交给服务组织进行专业生产托管，提升效益。

山东临沭农民季英沛家13亩小麦的生产，托管给了全国最大的农业生产服务组织——金丰公社。现代化的生产，让老季开了眼界。

【同期】**山东省临沭县青云镇卢官庄村农民　季英沛**

我可看了景了，五六分钟，十几亩地（喷药）就完成了，我很满意。

【正文】

2020年春耕，中央安排45亿元资金，支持29个省（自治区、直辖市）4 500万亩托管服务面积。

【同期】**农业农村部合作经济指导司司长　张天佐**

既解决了小农户生产中遇到的困难，又把小农户引入现代农业发展的轨道，为2020年粮食的稳产丰收打下了坚实的基础。

【正文】

最新农情调度显示，全国春播面积超过12%，快于2019年同期，进展顺利；冬小麦陆续抽穗、扬花，如果后期不出现极端天气，夏粮有望再获丰收。

国家科技强力助农　春耕生产顺利推进

刊播 中央电视台（3月23日）

作者 宋建春　王凯博　陈博　董羽

【导语】

暖冬天气导致2020年小麦病虫草害偏重发生。国家加大最新科技投入，力促夏粮稳产丰收。

【正文】

现在已进入夏粮产量形成的关键时期，小麦专家王永华正忙着指导农民防治病虫害。与往年不同，2020年，他面对的不是广大农民，而是一部智能手机。

【同期】**国家小麦产业技术体系黄淮南部高产岗位专家　王永华**

今天，我主要想给大家讲一讲，以防治病虫为主的小麦中后期麦田管理。

【正文】

2020年2月初，农业农村部在高素质农民网上学习平台“云上智农”启动春耕专栏，由院士、专家牵头的50个国家现代农业产业技术体系，在线发布最新成果，并开展农技培训。王永华就是来自小麦产业技术体系的岗位专家。

远在200多公里外的老庄稼把式杜卫远，种的8万亩优质强筋麦全是新品种，发现条锈病后，老杜不敢贸然行动。

【同期】**河南省商水县种粮大户　杜卫远**

害怕拿不准、用错了药，耽误了小麦生产。心里比较着急。

【正文】

听说有顶级专家讲课，老杜也试着在手机上学习。看了王永华的教学视频，老杜试着按教的法子下药，效果还真不错。

【同期】**河南省商水县种粮大户　杜卫远**

现在有这么多农业专家做我的技术后盾，我对今年的粮食大丰收更有信心了。

【正文】

包括小麦、水稻、玉米三大主粮在内，中央累计投入170多亿元，支持50个国家现代农业产业技术体系建设，全产业链打造国家农业科技“天团”。2020年春耕，已发布2 000多个实用课件和视频。

最新监测显示，2020年，小麦条锈病发生面积已超过1 000多万亩，是近10年来发生面积最大、程度最重的一年，赤霉病也可能流行，对稳产丰收造成威胁。

安徽亳州农民刘忠山的700亩小麦也出现了病虫害。

【同期】**安徽省亳州市涡阳县高炉镇四零村种粮大户　刘忠山**

背着药桶人工打药的话，1个星期打不完，这麦子就都毁了。

【正文】

关键时刻，国家航空植保科技创新联盟与当地政府签了订单，统一开展病虫害统防统治。

【同期】**国家航空植保科技创新联盟标普安徽涡阳项目部副经理　张贺林**

按照标准化的运作，做到一村一站地布局。比起传统的人工防治，小麦产量能增加15%左右。

【正文】

为有效推进农业创新驱动，国家打造农业科技创新联盟，集聚科研院所、企业等全国农业科技优势资源和力量。国家航空植保科技创新联盟就是其中之一，2020年春耕，他们的作业面积占无人机植保的九成多。

在国家农业科技“天团”下沉的同时，农业农村部还建设了100个农业科技示范基地，培训100万高素质农民，力促粮食稳产丰收。

【同期】**农业农村部科技教育司副司长　汪学军**

我们组织了2 000多名专家，动员了50多万名农技推广人员，打通春耕农技推广堵点，确保技术服务到位，有效推进“藏粮于技”。

【正文】

最新农情调度显示，目前，小麦已陆续抽穗、扬花，春播粮食完成意向面积的6%，春耕进展顺利。

春分时节麦起身　转化苗情促丰收

刊播 中央电视台（3月20日）

作者 宋建春　王凯博　陈博　张京　薛建启

【导语】

俗话说："春分麦起身，一刻值千金"，说的是春分时节，应抓紧对小麦浇水施肥，促使苗情向好。各小麦主产省份抓紧有利农时，促进苗情转化，确保夏粮丰收。

【正文】

河北平乡的种粮大户董丙坤，按照农时给麦田浇水施肥，没想到还是出现了苗弱叶黄的情况。

【同期】**河北省平乡县种粮大户　董丙坤**

同样的管理，同样施肥，（苗）比较弱，让人发愁的是减产。

【正文】

董丙坤立刻告诉包片苗情调查农技员。农技人员告诉老董，他的小麦得了茎基腐病，一旦防治不及时，会造成大幅减产甚至绝收。

【同期】**河北省平乡县农业技术推广研究员　刘志坤**

1亩地可以施尿素10～15公斤，然后浇水40～50平方米。

【正文】

按照专家支的着儿，董丙坤对症下药，真的很灵。

【同期】**河北省平乡县种粮大户　董丙坤**

不试试的话，我（100多亩）3万块钱就打水漂了。现在心里踏实多了。

【正文】

与河北平乡的董丙坤不同，在山东平原县，农场主赵建平这几天担忧的，是他的千亩农场能不能及时浇上水。

【同期】**山东省平原县农场主　赵建平**

由于疫情的到来，不管是挖沟、清淤，都相应地往后拖了很长一段时间。水浇不好，产量肯定会受到很大影响。

【正文】

山东平原县及时将农机购置补贴、绿色高质高效创建、基层农技推广等涉农资金整合到一块儿，力促转苗情、保丰收。

受益于平原县的政策，赵建平的千亩农场第一次用上了300米长的大型自动喷灌设备，解了他的燃眉之急。

【同期】**山东省平原县农场主　赵建平**

现在的一类苗已达90%以上，和往年相比，占比大幅度提高了。

【正文】

而在全国，早在本月初，农业农村部已启动“奋战100天夺夏粮丰收行动”，目标是粮食产量基本稳定在2019年水平，气象灾害损失率控制在5%左右，重大病虫危害损失率控制在5%以内。

【同期】**全国农业技术推广服务中心副主任　王戈**

目前，（全国）小麦苗情好于冬前，好于2019年，好于常年，一、二类苗比常年同期高2个百分点，丰收有基础。当前最重要的是促进苗情转化升级，做好小麦条锈病、赤霉病等病虫害的防治。

我国春播由南向北大面积展开

刊播 中央电视台（3月15日）
作者 宋建春 王凯博 陈博 石爽爽 薛建启

【导语】

在我国，春播粮食面积达9亿亩左右，占全年粮食面积一半以上，2020年春播正赶上疫情，春播生产能否正常进行？来看记者的一线探访。

【正文】

眼下，正是华北地区春播马铃薯的关键时期，河北滦州种植大户许兆亮却因为找不到人手而犯愁。

【同期】**河北省唐山市滦州市小马庄镇种植户　许兆亮**

往年这时，10块钱1个小时的工人一抓一大把，今年由于疫情，13块钱1个小时的工人也不好找，前些天眼看着该种地了，真是把我愁坏了。

【正文】

许兆亮告诉记者，从切种薯到下种，需要不少人手。虽然他早在春节前就跟长期合作的帮工打好了招呼，可受疫情影响，人在外地赶不过来。与许兆亮类似的情况，在滦州不在少数。

农时紧，农事重，滦州号召各村“两委”、党员组成近500人的“春耕备耕互助组”，帮助种植大户解决用工短缺难题。

【同期】**河北省唐山市滦州市小马庄镇种植户　许兆亮**

真是解了我的燃眉之急，一点儿也没耽误农时，能够保障质量，我们对丰产丰收很有信心。

【正文】

在我国，春播粮食作物主要是早稻、中稻、玉米、大豆和马铃薯，其中，增加早稻种植面积对确保全年粮食产量尤为重要。这些天，华南地区早稻开始大面积插秧，可广东肇庆种粮大户余业飞育好的秧苗却不能及时下田。

【同期】**广东省肇庆市种粮大户　余业飞**

机器坏了，插不下，种水稻是有季节的，过了季节收成也不好，请工人的话要请很多，要亏本。

【正文】

2020年，余业飞在原有1 100亩的基础上，扩种了900亩早稻。本想大干一场，没想到，关键时刻，旧农机报废了，影响了插秧进度。

为了确保春播进度，中央农机购置补贴资金已提前下达到县。广东将农机购置补贴向早稻等粮食生产倾斜，鼓励农机企业复工复产，并将农机具转运纳入应急运输绿色通道政策范围。余业飞抓紧时间在网上申请购机补贴，及时购领到新的农机具。

【同期】**广东省肇庆市高要区农业技术推广中心高级农艺师　谭耀华**

我们农业部门及时跟踪种植大户的需求，缩短了审批的时间，同时联系厂家，把农机具及时送到农户手里，不误农时。

【正文】

为了保障春播顺利进行，农业农村部会同财政部，统筹整合农业项目资金36.7亿元，支持早稻恢复生产。目前，农田水利灌溉等全国农业建设项目总体开、复工率超过60%，重点农资企业总体复工复产率超过70%。

【同期】**全国春耕农资应急调度保供组政策协调组组长　谢焱**

从农资的总体供应看，还是有充分保障的，我们要发挥保供组这个部门机制协调的作用，一起对保供中出现的重大问题、政策进行研究，确保政策的落地。

【正文】

农业农村部最新农情调度显示，全国已春播粮食面积4 000多万亩，进度与2019年相当。

抢农时 上下一心保春耕

刊播 中央电视台（3月11日）
作者 宋建春 王凯博 刘成 郝毅杰

【导语】

2020年，国家继续扩大优质专用小麦面积，比2019年提高2个百分点。突如其来的疫情，给小麦田间管理造成一定困难，稳产提质能否有保障？来看记者从主产区发回的报道。

【正文】

现在是小麦返青拔节的关键时期，河南叶县种粮大户叶跃峰，却因为自己的优质麦一直喷不上肥而心里着急。

【同期】**河南省叶县种粮大户 叶跃峰**

我着急得嗓子都哑了。6 000亩优质小麦订单，如果不喷洒叶面肥，达不到人家的收购标准，人家不收购，我今年这6 000亩就赔大了。

【正文】

叶跃峰告诉记者，他每年都是春节过后买肥料，没想到2020年受疫情影响，一直买不到。

在农业部门建的微信群里，叶跃峰试着发出自己的需求。

农民发愁，政府也坐不住。作为小麦第一大省，2020年，河南拿出3.2亿元支持扩种优质专用小麦。为了保障小麦品质，河南将化肥等农资纳入疫情防控生活物资品类清单，从企业复产，到转运流通，优先保障。

【同期】**河南省叶县农业农村局副局长　马先伟**

咱主要负责牵线搭桥，组织货源、办理通行证，保证他们运送畅通。只要种粮大户有需求，我们就要在第一时间回复。

【正文】

叶跃峰没有想到，3天不到，肥料就从郑州转运到了他的地头。

【同期】**河南省叶县种粮大户　叶跃峰**

这一遍肥喷了之后，我心里有谱儿了，后期只要没有大的自然灾害，按这苗的长势，今年的丰收是不成问题了。

【正文】

为了不误农时，目前，河南省农资企业正加快复产，1 350万亩优质专用小麦田间管理也及时跟进，长势好于常年。

为了确保粮食稳产提质，2020年，国家将新建2 000万亩高效节水灌溉农田。

在安徽霍邱，眼下正是进行春灌的时候，看着自家麦田旁边的3 000多米水渠即将建好，种粮大户王传平悬着的心放下了。

【同期】**安徽省霍邱县潘集乡种粮大户　王传平**

应该接近尾声了，后期把土清理清理，基本上就结束了，就可以放水了。

【正文】

王传平告诉记者，2019年一场大旱，让他的小麦减产了不少。2020年，高效节水灌溉项目覆盖了他的270亩地，这回旱涝保收了。

在粮食主产区河北藁城，气温快速回升，让小麦提前返青，当地及时组织100多台大型喷药机和50多台无人机，地面、空中联合作业，扶弱苗转壮苗。

为了及时打通春耕堵点，全国上下齐心协力。农业农村部专门设置了10部热线电话，受理农资、复工等问题。来电覆盖了全国31个省份。

【同期】**农业农村部保春耕涉农热线工作人员　张冬晓**

属于农业农村部门解决的问题，我们就会同省里共同推进解决；属于其他部委的问题，我们就把反映的问题记录好，分送给他们，由他们来推动解决。

【正文】

最新农情调度显示，夏粮主产区小麦已全部返青，全国春播粮食3 200多万亩，水稻育秧2 000多万亩，春耕生产进展顺利。

春耕备耕从南到北陆续展开

刊播 中央电视台（2月26日）

作者 宋建春 王凯博 陈博 石爽爽 薛建启

【导语】

人勤春来早，春耕备耕忙。各地在严格落实分区分级差异化疫情防控措施的同时，全力组织春耕生产，确保不误农时，保障夏粮丰收。眼下，全国春耕备耕正从南向北陆续展开。

【正文】

在我国，夏粮生产是全年粮食生产第一季，产量占全年粮食总产量20%多。最新农情调度显示，夏粮面积保持稳定，苗情总体好于常年。

当前，已进入夏粮田间管理关键时期。在产粮大县安徽霍邱，为减少疫情期间农民聚集流动，当地组建了400多支专业化服务队，开展病虫害统防统治，每亩补贴10元，鼓励农民线上预约。

【同期】**安徽省霍邱县燎原农机服务专业合作社负责人 陈国民**

我们采用微信、QQ线上订单、线下服务的模式。1架飞机能抵20个人工，农药施用量减少20%以上，大家都欢迎得很，现在订单都满了。

【正文】

农时不等人，江苏句容万亩良田示范基地的种粮大户受疫情影响，不能及时返乡，当地及时成立了春耕助农服务队，帮助委托代管。由于使用了电动施肥器，效率比以往手动撒肥提高了3倍。

【正文】

为了及时解决春耕中的各类技术难题，农业农村部还动员全国农业技术人员，在“中国农技推广”App平台开展线上技术指导服务。

【同期】

[记者：这里是“中国农技推广”平台的运营后台，目前有37万多名农技人员和6 000多名技术专家在线解决技术难题。]

【正文】

目前，“中国农技推广”平台已经覆盖全国2 400多个县，在线解决了570多万个春耕生产技术难题。

春日渐暖，华南已开始早稻育秧，长江流域3月中旬也将开始，工厂化育秧是2020年国家主推的方向。

在江西新余的一家育秧工厂里，流水线生产，物联网管理，秧苗已经长出一叶一芯，再过一段时间就可以插秧了。

【同期】**江西省新余市隆升农机服务农民专业合作社副理事长　彭鹏**

根系特别发达，每一株都特别健壮，特别齐。

【正文】

2020年春耕，国家重点推广了统防统治、小麦节水保优等一大批高效提质技术；将投入各类农机具2 200多万台套，粮油作物机耕率、机播率分别超过90%和55%。

【同期】**农业农村部科技教育司技术推广处处长　崔江浩**

当务之急就是争抢农时，一方面，我们加大了先进适用技术的推广力度，另一方面，我们指导农民利用好现代农机装备。

【正文】

目前，河南等主产省份小麦已陆续返青，夏粮生产基础较好。农业农村部提醒，主产区要预防“倒春寒”、病虫害；有条件的地区要恢复双季稻。农业农村部技术专家组今天也赶赴江淮、华南、东北主产区，指导春耕生产。

今年中央投入23亿元支持培育高素质农民

刊播 中央电视台（12月12日）
作者 武立丰 许国峰

【导语】

乡村振兴，人才是关键。农业农村部今天表示，2020年，中央财政投入23亿元支持各地培育高素质农民，基本实现农业县全覆盖。“十四五”期间，要通过农民教育培训，留住人、增能人、育新人，推动乡村人才振兴。

【正文】

根据农业农村部的调查，目前，农村实用人才只有2 200多万人，受教育程度在高中以上的高素质农民不到一半，乡村人才总量不足、素质不高依然是突出问题。

【同期】**中央农办主任、农业农村部党组书记 唐仁健**

围绕粮食和重要农产品生产、绿色优质产品供应等开展农民教育培训，加快培育、造就一支适应农业现代化要求的高素质农民队伍。围绕实施乡村建设行动，组织开展农村人居环境整治、基础设施建设、公共服务、文化事业等农民教育培训，加快补上农村社会事业专业人才队伍等短板。

【正文】

唐仁健表示，现阶段，农村高技能人才、双创带头人等十分紧缺，解决“谁来种地”问题任重道远；乡村“谁来振兴”还未完全破题。

2020年，农业农村部、财政部启动实施国家高素质农民培育计划，中央财政投入23亿元，重点培育产业扶贫带头人、新型农业经营服务主体经营者、返乡入乡创新创业者和专业种养加能手。

【同期】**中央农办主任、农业农村部党组书记　唐仁健**

过去，农民教育培训内容主要是农业生产技术。现在，农民的需求层次大大拓展，我们的培训内容也要相应转变，从突出产中向全链条拓展，从突出一产向一、二、三产融合拓展，从突出生产向经济社会全领域拓展，推动农业全面升级、农村全面进步、农民全面发展。

明年要确保粮食产量1.3万亿斤以上

刊播 中央电视台（12月30日）

作者 武立丰　柴华　许国峰

【导语】

昨天闭幕的中央农村工作会议指出，要牢牢把住粮食安全主动权、全面推进乡村振兴落地见效。中央农办主任、农业农村部部长唐仁健今天表示，2021年要确保粮食产量保持在1.3万亿斤以上，确保不出现规模性返贫，解决好种子和耕地问题，全面推进乡村振兴。

【正文】

唐仁健表示，夺取2021年粮食丰收是头等大事，将大规模开展粮食生产高质高效创建示范。

【同期】**中央农办主任、农业农村部部长　唐仁健**

2021年，部里的资金、项目将重点用于粮食生产，积极推动、适当提高稻谷最低收购价，完善玉米、大豆生产者补贴政策。各地要聚焦重点品种，精准发力，南方省份要想方设法巩固双季稻面积，增加冬油菜种植；东北地区和黄淮海地区争取增加玉米面积1 000万亩以上。

【正文】

唐仁健表示，2021年稳定生猪生产恢复势头，还要继续稳定养殖用地、环评承诺制、贷款担保等主要扶持政策，给养殖主体吃下“定心丸”。近期要引导加快出栏，协调适时投放储备肉，保障元旦、春节和2021年全国两会期间猪肉市场供应。同时，要迈出打好种业翻身仗的坚实一步。

【同期】**中央农办主任、农业农村部部长　唐仁健**

启动重点种源关键核心技术攻关和农业生物育种重大科技项目，实施新一轮畜禽水产遗传改良计划和现代种业提升工程，争取自主培育一批突破性品种。

同为水淹16天、没顶10天，平均亩产超普通水稻200公斤

王家坝镇蓄洪区节水抗旱稻表现“神奇”

刊播《农民日报》（11月12日1版）

作者 胡立刚　冯克　孟德才

近日，记者在安徽省阜南县王家坝镇采访时了解到，蓄洪区内水淹16天的近7 000亩节水抗旱稻全部复活并完成收割，亩产300～600公斤，其中没顶10天的近2 000亩平均亩产超350公斤。而同等水淹状况下的普通水稻，平均亩产至少比节水抗旱稻低了200公斤。抗旱稻竟表现出如此好的抗涝性，这让王家坝镇的水稻种植户直呼“神奇”。

因为地处蒙洼蓄洪区，阜南县一直在寻找适应性好的作物品种。2009年，王家坝镇尝试引种了上海市农业生物基因中心选育的节水抗旱稻。因其节本稳产的良好表现，这一品种在阜南县逐年推开。王家坝镇农业综合服务站站长崔显瑞说，7月20日开闸蓄洪后，王家坝等4个乡（镇）全部被淹，近13万亩水稻遭到不同程度水害，其中节水抗旱稻“旱优73”近9万亩。放闸时，“旱优73”已经长了40天，被淹后能恢复这么好，收获这么多，真是“神奇”。

阜南县农业科学研究所研究员丁广礼说，这个以节水抗旱为核心特征的品种，表现出优于其他水稻品种的抗涝耐涝性，让他颇感意外。据他现场观察，水淹16天、没顶10天的节水抗旱稻出现两种生长态势，一是从根部新长，二是恢复生长并分蘖。其他水稻品种尽管恢复生长分蘖，但和节水抗旱稻相比，亩穗数少，结实率低，亩产低了不少。

王家坝镇和谐村董金国家的5亩地水淹16天、没顶10～12天，最后收获

了1 500多公斤稻谷。同村的崔显坤家也种了5亩地，水淹10天、没顶6天，亩均产量达到600公斤。董金国告诉记者，与江淮地区一般中稻相比，“旱优73”生育期短10天，平均亩产少50公斤左右。但节水抗旱稻直播和后期旱管每亩可节省2～3个人工，灌溉次数减少也降低了水资源的投入，每亩总计可减少成本250～300元。更关键的是，这个品种的稻米好吃，能卖上好价钱。

上海市农业生物基因中心节水抗旱稻团队首席科学家罗利军告诉记者，“旱优73”已在全国多地，特别是长三角地区广泛种植，2019年还荣获全国优质稻品种食味品质鉴评（籼稻）金奖。因该品种根系发达，近两年，团队已关注到其具有较强的抗涝耐涝性，王家坝镇蓄洪区的良好表现证实了这一判断。

据上海市农业科学院办公室副主任易建平介绍，罗利军团队于2010年提出节水抗旱稻概念；2016年，农业部正式颁布节水抗旱稻行业标准；2019年，该团队在国际刊物上提出节水抗旱稻育种理论。易建平认为，这是继高产杂交稻后，中国水稻领域的又一次重大创新，而这一创新还在朝实现资源节约、环境友好以及农田增值、农民增收的目标不断突破，力争为粮食安全和生态安全作出更大贡献。

通　讯

NEWS REPORT

2020“三农”新闻作品选

河南省栾川县仓房村咬定生态脱贫，由卖竹子到“卖风景”

生态饭才是长久饭

刊播《人民日报》(7月8日1版)

作者 赵永平 毕京津 常钦

豫西多奇境。熊耳山在栾川县内蜿蜒曲折，造就了一道道秀美沟域，仓房村就藏在这深沟之中。

竹林幽径，古朴农家，空气中透着甜味儿。走近村口，乡村民宿“仓房人家”映入眼帘。

“快来，快来，屋里请！”民宿主人李银生把我们迎了进去，落座，沏茶，山泉水冲泡的毛尖清香四溢。

“老李，生意咋样？”

“这段时间缓过劲儿了，订单上来了，尤其是节假日，房间都订满了。”李银生答道。

“当初怎么会想到开民宿？”

“穷日子过怕了。自打端起‘旅游碗’，吃上‘生态饭’，就甩掉了穷帽子，日子越过越红火。”李银生啜了口茶，打开了话匣子。

山村盼出路，风景咋才能变“钱景”

仓房村山清水秀，这片山水承载着李银生儿时的记忆，也曾经满是现实的无奈。

“山多、地瘦，过去日子过得不行。”老李想起当年直叹气，全家6口人，只有5亩地，还都是沟沟田、条条地，一年种一季玉米，1亩地打不下四五百斤。

“开荒山尖尖，种地天边边”，村里人一度扒坡种地、伐木砍竹，“山被啃秃了一片又一片，还是挣不了几个钱。”李银生说。

种地不行，出去打工。和不少年轻人一样，李银生20岁那年到外面闯荡。可自己一没技术，二没文化，外出务工收入低、开销大，为了照顾体弱多病的父母，没几年他又回了村里。

仓房人祖辈守着好山水，却过着穷日子。村委会主任王青献记得，2013年，全村年人均收入只有2 000元左右，185户人家，贫困户就有112户。

“咱有胳膊有腿，咋还成了贫困户？”李银生心有不甘，发誓一定要把好日子挣回来。

和仓房村一岭之隔，重渡村在山的那边。一样的山水，一样的条件，光景却大不一样。前些年，靠着乡村旅游，重渡沟名声大噪，山那边的人们富了。到2013年年底，重渡村年人均收入达到3万元，“家家小轿车、盖新房，绿水青山成了‘绿色银行’。”

李银生沾了景区的光，他每天跑得勤，骑着电动三轮车把竹笋、木耳、香菇等山货卖到山的那边。

仓房村人在思考。那段时间，村里人茶余饭后总在拉呱（聊天），过去仓房比重渡还强些，人家咋走到了前头？

“咱坡坡地里种一年，不如别人农家乐开一天！”

“不能再开山种田、上山砍竹了，得换个干法。”

“关键是他们村先通了柏油路，咱也得想法儿打通到沟口的路。”

在外闯过的李银生觉得，仓房村缺的不只是条柏油路，更需要一条脱贫路——向重渡村学，让山里的风景变“钱景”。

政策及时雨，村民开民宿“卖风景”

盼啥来啥。2013年元旦，从洛阳到栾川的高速公路通车，高速路口通往重渡沟景区的公路途经仓房村。

“路通了，乡村旅游就有指望了！”李银生看到了希望。

可是，项目从哪儿来，钱从哪儿来？住宿、餐饮、基础设施，哪样都得有不小的投入。

精准扶贫、精准脱贫，一项项好政策落地生根。

竹海野生动物园项目落户仓房村，村里的崎岖山地、茂盛竹林成了休闲好地方。通过山地流转，村民有租金、有分红，园区就业有工资，项目带动每年户均增收6 000多元，还带来300万元务工收入。

“更重要的是，园区引来了人气，到旺季，车都没地方停了。”李银生感觉开农家乐的机会来了。

扶贫干部牵线对接，李银生把各项政策了解得门儿清：扶贫小额创业贷款10万元，免息；贫困户互保贷款3万元，也是免息；到户增收资金3 000元，直接打到个人户头。还有，栾川县对发展乡村旅游的贫困户，最高补贴6万元。

10多万元政策资金，再加上贷款和自筹资金，李银生开始对自家房屋进行改造，2015年年底开起了乡村民宿，取名“仓房人家”。

刚干旅游，两眼一抹黑，潭头镇组织起免费培训班，李银生和妻子认认真真当起了学生，从房间保洁、做饭到接待礼仪，两口子渐渐入了门。一有空，老李就跑到重渡沟取经，“学到才能赚到，多问问人家，不丢人！”“仓房人家”生意渐渐走上正轨，一年盈利七八万元。2016年，李银生全家脱了贫。

好生态也能富口袋，越来越多的村民尝到了甜头。仓房村制定了村规民约，严禁开荒种田，不再上山砍树，引导村民放下柴刀“种”风景。王青献说，现在村里开起42家农家宾馆，每户年均增收3万元。有的卖山货，有的在家门口就业，2019年年底，112户贫困户全部脱贫。

一道风景沟带火一条产业链。重渡沟柿子醋、红薯粉、山果饮料等农副产品身价大涨，2019年产值达9 600多万元，还带动了周边农民从事经商、运输、餐饮等，就业人数达3.5万人。

农家乐减量增效，守护好生态，一起富口袋

旅游饭就是生态饭吗？

“过去觉得对头，现在看也不一定。”李银生说，这两年重渡沟周边旅游火了，光自驾游客就翻了一番。游客多了，自然财源滚滚，可是污染也随之加重，景区一天的废水排放量最高达到8 000吨。

“没了绿水青山，还能保住金山银山？”吃上旅游饭的乡亲又在考虑新问题。

政府引导，成立重渡沟景区管委会，重渡村与周边8个村携手实施“减量增效”——压减景区床位数量，提升服务质量，将农家宾馆升级为精品民宿。对分流到周边村里农家宾馆的游客，景区给予门票优惠。同时，加强污水处理等基础设施建设。

“说保护环境谁都支持，可是要减少床位，相当于从一家一户兜里掏钱，谁都不愿干。”李银生坦言，刚开始许多人都在观望。

关键时候，重渡村老支书余长生站了出来，将自家农家乐的床位从50张减到了15张，打造了12间各具特色的精品房。房间少了，品位上去了，旺季一间房住一天的价格能到1 000元，老余一年赚了60多万元。

“有账算，在理儿！”李银生说，大家慢慢想通了，“减量增效”工作顺利推进。

守护好生态，周边一个个村庄也吃起了旅游饭。新南村建起“铁路小镇”，信号灯、标志牌，乡间列车行驶在翠竹山水间。有了“火车”，大山“活”了，全村办起89家农家宾馆，户年均增收5 000元以上。北乡村种植100亩梯田向日葵，举办赏花节以吸引大量游客，花期过后，向日葵籽榨油销售。

“人不负青山，青山定不负人。”栾川县咬定生态扶贫，建起23个生态庄园、1 442家农家宾馆，乡村旅游带动1.3万人脱贫，绿水青山正变成“金山银山”。

如今，李银生又有了新打算，为自家的民宿打造品牌、上星级，下一步开发“竹”特色精品房，“俺算是认准了，这碗‘生态饭’才是长久饭！”

快60岁的农村大姐郭晋平成了“带货”主播，带“活”了一个贫困村

郭姐“触”网记

刊播《人民日报》（6月12日18版）

作者 朱隽 王浩

【核心阅读】

手机成为新农具，直播成为新农活，流量成为新农资。当农产品销售搭上电商快车，“卖难”问题增加了新的解决渠道。帮助群众脱贫，助推乡村振兴，电商会给一个个村庄带来怎样的变化？农民如何“接得住”电商这项新技能？“网上”连“田间”，会让农业产业链发生怎样的变革？请看乡村主播郭姐和村民们的“触”网故事。

起步

智能手机换下“老人机”，培训时想打退堂鼓，又心疼买手机的钱，挣了1 500元的“第一单”让她铆足劲上满4期培训班

想不到，武乡县知名的乡村主播“郭姐”，不是“80后”“90后”，竟是一位快60岁的农村大姐。

郭晋平也想不到，在农村生活了大半辈子，“老了老了，还赶了一回时髦。”

太行山麓，晨光熹微。山西省武乡县上司乡岭头村田埂上，郭晋平早早支起三脚架，架上手机，打开直播软件，一边松土、除草，一边跟网友互动，“各位朋友，今天又见面了。”“你们看，这儿空气多好，庄稼苗多绿，长出来的小米能不健康吗？！”

郭晋平文化不高，说起过去，不是围着灶台转，就是拾掇几亩地，几十

年如一日。但一部手机，让她的人生轨迹有了“大变化”——成了网友熟悉的“郭姐”。

“操心种地、浇水，更操心粉丝涨了没有，流量也是农资。”郭姐打开手机，时兴软件一应俱全。抖音上，一锅金黄的小米在火上咕嘟着，郭姐念起自创的广告语——“熬着稠，喝着香，看完赶紧买两箱”；微店里，郭姐的“货架”上摆着小米、核桃、酸枣面等十几种土特产，“疫情没影响订单，前几个月卖出500多单！”

“在网上能挣钱，以前哪想得到！”郭姐说，“现在村里大多是老人、妇女，我都算年轻的了。”守着七八亩地，种点杂粮，收成好时，一年挣个千把块，年景不好，一年就白瞎了，这日子咋才能过好？

如何让百姓过上好日子，也是武乡县面临的课题。山峁相连，乡村大多“长”在“圪梁梁”上，和不少农村一样，当地年轻人大多出去打工了，村子多成了“老人村”。2014年年底，武乡县贫困人口50 298人，贫困发生率高达23.9%。

可山旮旯里藏着“宝贝”。武乡地处小米黄金生长带，昼夜温差大，武乡小米素有“金珠不换沁州黄”的美誉。“外面的商贩两三元就能把小米收走，贴上商标能卖十几甚至几十元。”武乡县电商办副主任郝旭东说，“怎么才能让咱乡亲们挣上利润的大头？”

电商带来了转机。2015年，武乡县成为国家电子商务进农村综合示范县。

“电商是新玩意，咱能行吗？”郝旭东一趟趟进村，一家一户动员。岭头村的第一期培训班，让他的心悬了起来——就来了7个村民。

郭晋平就是这1/7。老师让下载微信，她拿的还是老人机，赶紧让女儿买了一部智能手机。“老师手把手教，咋装软件、加好友，上课就像听天书。”她想打退堂鼓，可又心疼买手机的钱，只能硬着头皮上课。

第一个订单让郭姐改变了想法。侄子帮她转发了一条销售信息，深圳的网友买了100多斤核桃。一下子拿到手1 500元，郭姐来了劲头，铆足了劲儿上满4期培训班，开微店、直播、弄短视频，她干得越来越溜。

郭姐算了笔账：现在小米价格翻了几番，1斤卖到10元，刨去种地成本和运费，净挣七八元。2019年她卖了1 000多单，收入近10万元。

“留守村民年龄大、文化水平低，刚开始发展电商，真难！”岭头村党支部书记张玉堂感叹，“可再难也要迈出第一步，县里的培训班开了一期又一期，先学会的带动没学会的。”

“在手机上卖东西，能行吗？”刚开始，村民魏宝玉压根不相信。近50岁的他常年在外务工，一次重病让他干不了重活。

郭姐挣了钱，给魏宝玉带来了信心。

“第一单20斤小米，挣了200多元！”这下，魏宝玉迷上了电商，不管走到哪，都举着手机拍，“城里人爱看村里的事儿，我的粉丝有几十万人。”2019年，魏宝玉靠电商挣了7万多元。

见到真金白银，村里开微店的人越来越多了。“50后”王成胜的微店年收入过万元，残疾人微商张绍东销售收入6 000多元……如今走进岭头村，墙上刷着“把小米卖向全世界”，村里的主干道改名为“微商路”，家家门口贴着二维码。郝旭东说，村里有100多户农民发展电商，其中大部分是50岁以上的村民，“留守村民也能当‘网红’，电商让这个‘老人村’焕发了青春。”

电商也为武乡县脱贫攻坚注入了新动能。武乡县共培训了7 075人，其中贫困户4 137人次，七成以上为留守村民。全县注册微店5 500个，电商直接带动2 318户贫困户增收347.7万元。

过坎

和买家交流，说方言不成，打拼音不会，发错货搭进邮费，下笨功夫学“a、o、e”、学拍照录视频

从扛锄头种地到扛三脚架“触”网，沟沟坎坎真不少。

做微商，遇到的最大困难是什么？

“哈哈哈哈，学拼音。”伴着爽快的笑声，郭姐给记者解释，“用上新手机，不会说话了。说方言，网友听不懂；可咱又不会拼音，看着留言不敢回，只能干着急！”

先过拼音关。“拼音挂图贴在墙上，没事瞅两眼，路上遇到娃娃放学，就跑过去跟他们学。”郭姐入了迷，还惹来家庭矛盾。老伴下地回来，看着她在本子上划拉，嘴里念念有词，锅里却空空的，气得直拍桌子。

“打字、拍照、录视频、和网友交流……咱以前都没接触过，要补的太多

了。”郭姐说，刚开始，因为操作不熟练，好几次发错货，不仅没赚到钱，还把邮费搭了进去。

再过技术关。“如何让互联网更好地‘+’上农民，政府部门也要闯关。”郝旭东说，最初，农民在电商平台上开网店，买电脑、学美工、办各种手续，培训费花了上百万元，可不见成效。“经过考察，我们选择了技术门槛较低的微店、短视频、直播等电商模式。”武乡县拨出资金，请专家开培训班，带着村民外出交流，提供“保姆式”帮扶。

从一张白纸变成电商高手后，郭姐客串起了夜校老师。“不要直接说快下单”“拍照要先选一块空地”“直播内容要和农村生活有关系”……说起成功秘籍，郭姐笑了笑，“下笨功夫，错了就赶紧问，一定能学会。”

村里的电商队伍壮大了。“不怕你们笑，头一天使上智能手机，电话响了不敢接，跑到街上去找人。”如今村民张晓英每天都“钻”进手机里。“除了卖东西，平时我还喜欢看新闻、聊微信、和孩子们视频，一会儿都离不开它。”

换手机、开微店，成了村里的新潮流。“我已经换了3台手机了。”魏宝玉细数，要下载的软件太多，手机内存从8G到32G再到64G，“听说5G手机出来了，我寻思着再买1个，吃饭的家伙可不能差了。”

“随之而来的是，农民对网速要求高了，一些农村信号差的问题凸显出来。”每次下乡培训，郝旭东都会被问“啥时候手机信号能变好？”

魏宝玉深有感触，“刚开始，信号断断续续，网页半天打不开。没有WiFi，用手机流量直播，一场直播结束，话费扣了上百元，相当于赔十几包小米。”

“补上农村信息基础设施短板。”武乡县副县长郑丹说，“县里在村上增设2座信号塔，建了300米WiFi覆盖区，村民上网更方便了。”目前，武乡的乡村基本实现了无线网络全覆盖。

再闯物流关。“村里没有快递点，老伴每次得骑摩托车去县城寄货。”因为发货慢，郭姐被退了不少订单。“邮政快递点在镇上，一般第二天才能发货。其他快递点在县里，可去一趟要40多分钟，得凑够订单才值当。”她说，“咱们一般包邮，3公斤以内，1件5元；4公斤以内，1件6元，依次上涨。本来就不便宜，还要搭上油钱和时间。”

“为了疏通物流‘最后一公里’，县里想了很多办法。”郑丹介绍，提供资金支持，村民每单享受2元补贴，解决物流成本高的问题。目前全县物流补贴60万元左右。“去年我有700多单快递享受了补贴，省了1 400多元。”郭姐说。

撬动社会资本，补上物流“断点”。走进蚂蚁到村公司，快递堆得如同一座座小山，员工们正按乡镇弯腰分拣。“我们就像是一只只蚂蚁走家串户，帮村民代收、代发快递。”蚂蚁到村负责人王旭东介绍，“在政府部门的支持下，我们专人上门，费用不变，让村民寄送快递更便捷。”

一张连接城乡的物流网逐渐形成。截至目前，武乡县328个行政村建设乡村电商服务站233个，覆盖率达71%；农村物流配送点覆盖260个村，覆盖率达79%。

提升

用真空包装换下白布袋子，申请绿色产品标识，1斤小米能卖到16元

“过去卖小米，都用自家缝的白布袋子装。”如今，郭姐家的小米穿上了“新衣”。绿色包装袋上写着“武乡小米”，下面是艺术字“郭姐”。“县里免费提供真空包装机，找专家设计包装。申请绿色产品标识，1斤能卖到16元。”郭姐说。

魏宝玉也给自己定下目标。18.8元！把1斤小米卖出好价钱。“咱小米就值这个价。”

信心来自哪儿？“开微店，不仅让我把农产品卖出去了，还让我的思路更宽了。以前咱就是面朝黄土种地，现在能和市场直接对话了。”魏宝玉说。

对话的结果是，他发现消费者愿意为好品质埋单，“有一位刚当了妈妈的顾客，问我有没有不用化肥的小米，多少钱都愿意买。”

这让魏宝玉来了灵感：种植羊肥小米，采用预售方式。产品刚上架，网友抢购一空。“用羊粪蛋当肥料，土办法产出有机绿色小米。电商让我意识到，按老办法种地不行了。”

一根网线连接城乡，重塑农民的生产方式和观念，撬动了农业产业的深层次变革。

“农村电商，拼流量，更要拼质量，要想一直火，离不开产业基础这把

‘柴’。”郑丹说，发展“互联网+农业”，更应注重“加”的内容。武乡县以电商为契机，“网上”“田间”一起耕耘，促进小米全产业链升级，实现农业提质增效。

标准化种植，解决“怎么种”的问题。“公司给我们讲了，种小米要选择向阳坡地、弱碱性红铁土地块，还得轮茬耕作，这样产出的小米颗粒饱满，米饭黏性强、绵甜喷香。”郭姐说。目前，山西太行沃土农业产品有限公司建立从田头到仓库的全程监控体系，发展标准化种植，带动小米种植1.5万亩。

“推进标准化种植，需要龙头企业带动。”郝旭东说，一方面，农民与企业签订购销合同，按标准种植；另一方面，一些有能力的合作社可以学习、借鉴先进模式。

打造品牌，解决“怎么卖”的问题。魏宝玉的品牌意识足足的。“我找村委会开了证明，还办了营业执照，我自己的品牌也很快能申请下来了。”

武乡县建立了全产业链标准体系，获得了小米地理标志认证和农产品“三品一标”认证，创建了“武乡小米”区域公共品牌，提升品牌影响力，让好产品卖上好身价。

谈及未来发展，村民们还有不少期待。

期待更专业的营销推广服务。“粉丝越多越好。”郭姐说，“有流量就有销路，可咱一个人的力量有限，吸引新客户越来越难了。现在我的微店销量主要靠100多个固定客户，还是得打开销路。不久前，我找到一个妈妈群，宣传自家小米，没想到大家纷纷购买。”

5月16日，一场公益直播带货，让大家见识到“流量”的力量。短短6分钟，售出3万多单小米，销售额突破100万元。

“当前，推广主要靠农民一家一户，多采用熟人转发的方式，缺乏可持续性。”郝旭东分析，接下来武乡县将进一步引进市场力量，拓展渠道，用专业的推广服务提升电商发展后劲。比如，与直播公司合作，举办专场活动；与大型平台对接，建立固定合作关系。武乡县与微店助农平台对接，已经销售了近2万斤小米。

产业链条仍有待延伸。一届武乡小米开镰节，吸引了上千名游客，大家边走边拍，当天成交上万元。“这样的节日越多越好，能为村里带来不少客人。”郭姐说。

“接下来，准备在小米初加工基础上，进一步发展米制品等精深加工，丰富产品品种。与此同时，充分利用武乡丰厚的红色文化、乡村风光等旅游资源，发展文旅产业，实现一、二、三产融合。”郑丹说。

对于未来，郭姐信心满满：“市里要办抖音培训班，我想再带几位邻居参加，一起做大微店，让咱村的生活更有奔头！”

一根网线，改变的不只是岭头村，在武乡，在山西，在全国，它正给一个个乡村注入蓬勃新动力！

畅通两个“一公里”（专家连线）

地头直播、大棚带货，2020年以来，不少地方努力克服新冠肺炎疫情影响，利用“直播+电商”“短视频+电商”等新模式缓解农产品卖难。数据显示，2020年年初以来，快手平台通过“携手助农”活动，累计销售农产品超过1.8亿元。2020年一季度，农村网店在拼多多平台上卖出的农产品订单数超过10亿笔，同比增长184%。淘宝日前发布“村播计划2.0”，计划2020年孵化20万新农人，通过直播带货销售农产品达150亿元。快手副总裁宋婷婷表示，“电商推动田间直达餐桌，成为扩大农产品销量、促进农民增收的新利器。”

“电商在帮助农产品上行方面发挥了不小的作用，2020年应对疫情冲击，这种作用更加凸显。”国务院发展研究中心农村经济研究部部长叶兴庆说。

“农产品电商不是简单地把农产品搬上网，而是倒逼农业全链条变革。”叶兴庆说，互联网的加入，让消费者通过溯源，看到农产品生产全过程，看到采用哪种种植方式、肥药如何使用等，这样一来，消费者可以选择有品质的商品。同时，生产者也更能了解市场需求，通过新的组织方式，适用的新技术、新品种，推动标准化生产，提升农产品质量。

“做好农产品全链条改造，关键要畅通两个‘一公里’。”叶兴庆说，解决“最先一公里”问题，将供应链前置到离产地最近的地方，实现农产品分拣、包装等作业；解决“最后一公里”问题，启动农产品仓储、冷链物流设施建设工程，让农产品运得出、供得上，实现优质优价。

“应该看到，不是所有农产品都适合电商销售。”叶兴庆认为，地域特色鲜明、原先市场半径较小、价格受抑制的农产品更适合电商销售。对大宗农产品而言，目前传统批发零售方式仍然具有成本和效率优势，“解决农产品整体性、系统性卖难问题，还是要线上、线下形成合力。”叶兴庆认为，让农产品电商发挥更大的作用，要“看得见的手”和“看不见的手”一起发力，一方面，要扩大消费、扩大市场，以更大的市场容量来让更多的农民通过农产品电商获益。另一方面，有关部门要努力夯实基础支撑，进一步改善和加强农村交通、物流、通信等基础设施条件，强化电商服务、人才培养等体系建设，促进农产品电商持续健康发展。

优供给　促生产　畅运销

农资供应足　春耕有保障

刊播《人民日报》（3月29日1版）

作者 常钦

“眼下春耕正忙，咱农资企业必须开足马力！”在江苏宿迁生态化工科技产业园的江苏健谷化工有限公司厂房里，公司总经理陆敬松信心十足，“5条农药生产线全开，287名员工一天两班倒，肯定能把订单抢出来。”

“一个电话，化肥就送到家门口，真是省心！”甘肃酒泉市银达镇南坝村村民吕宏云夸赞，2020年镇上推出的新服务，“农民不出门、农资送上门”，足不出户备春耕。

农时不等人，春耕正当时。“越是面对风险挑战，越要稳住农业，越要确保粮食和重要副食品安全。”习近平总书记对全国春季农业生产工作作出重要指示强调。

春耕备耕，农资先行。今春以来，各地各部门统筹疫情防控和春耕农资供应，发力关键环节，出台针对性措施，加快推动农资企业复工复产，打通农资运销“最后一公里”，促进全国农资供应形势明显好转，确保农民用上放心种、放心药、放心肥。

农资供应总量足质量高，向优向绿是主基调

2020年春耕，农资供应足不足？

“当前，农资重点企业复工率达88%，农资门店营业率达90%，农资供应已达到常年水平。”农业农村部农产品质量安全监管司副司长黄修柱介绍。

备足“粮草”好种田。前几天，一辆满载化肥的运输车驶进了甘肃瓜州

县西湖镇向阳村，一袋袋化肥、农药等春耕物资送到了村民家门口。“合作社给我们送货上门，质量有保障，每袋还便宜10块钱。”村民王建国说。早动手、早采购，向阳村的瓜州县凯德顺农机农民专业合作社已储备优质化肥2 300吨，保障全村春耕生产用肥不愁。

从总量看，目前春耕备耕物资供应充足、保障有力。全国玉米、杂交水稻、大豆等可供种26亿公斤，大于18亿公斤春播需求；化肥是“粮食的粮食”，可供应量为3 600万吨左右，能满足2 000多万吨春播需求；小麦、油菜主要病害用药需求4.65万吨，可供6.44万吨；地膜加棚膜共需130万吨，可基本满足春耕需求。

农资供给不仅看数量，更要看质量。2020年春耕，农资产品向优向绿转变成为主基调。

“瞧，这优质麦根系壮，是咱这儿的一张王牌！”河南温县种子协会会长吕庆丰在田间捻开一株麦苗说，靠着好麦种，2019年亩均产量602.1公斤，刷新了高产纪录。“优质麦收购价高出市场价10%，30万亩推广面积，能让农民增收3 000多万元。”

好种子支撑起高产、稳产。近年来，我国构建市场导向、企业主体、产学研协同的中国特色种业创新体系，自主选育品种播种面积占95%以上，基本实现主要农作物良种全覆盖，种子合格率稳定在98%以上。

鲁南小麦正返青，绿色农药成了潮流。“打的是高效、低残留农药，省水七成，省药六成，一亩地减少人工成本三成。”山东郯城县归昌乡陈庄村无人机操作员陈斌，边给麦田飞防作业边说：“无人机配上好农药，真是如虎添翼！”

农资助力绿色生产。目前，我国三大主粮化肥利用率达39.2%，农药利用率达39.8%，比2015年分别提高4个百分点和3.2个百分点。“绿色技术加快推广，全国新型肥料推广应用达2.45亿亩次，有机肥施用超过5.5亿亩次。”农业农村部种植业管理司司长潘文博说，2020年要继续强化措施，持续推进，确保化肥、农药利用率达到40%。

强监管，让农民用上放心农资。“农资不好，丰收难保！”在内蒙古阿鲁科尔沁旗双胜镇，市场监管所所长刘羽清和同事们忙着逐一检查农资经销店，确保农资市场秩序正常。日前，农业农村部在全国范围内启动农资打假“春雷”行动。各级公安机关周密组织、迅速行动，聚焦春耕急需必备物资，依法严厉打击套牌生产、侵权假冒、非法添加等典型农资犯罪行为。

“一对一”解难，农资企业复工复产按下“快进键”

“体温正常，登记后就能进车间……”每天一大早，四川广元市牛牛生物科技有限公司的工人们排队量体温、消毒。公司负责人张童介绍说，受疫情影响，2月份销售量同比减少80%。“现在，复工复产按下‘快进键’，争分夺秒保生产，已生产专用肥750吨。”

春耕生产关键时节，各地各部门努力克服疫情影响，打通堵点、补上断链，加快推动农资企业复工复产。

受疫情影响，化肥行业整体开工率不足。对此，工信部牵头成立复工复产专班，每日调度化肥复工复产情况，近期化肥产能迅速恢复。农业农村部推动把农资产品纳入生活物资保障范围，并将相关企业列入复工复产企业重点名单，加快复工复产。

“一对一”调度，解决开工难。湖北祥云（集团）化工股份有限公司是复合肥上游企业，生产的磷酸一铵占全国产量的15%。加快重点企业复工，全国春耕农资应急调度保供组推动审批进度，3月4日，公司3条生产线开工，到3月9日，6条磷肥生产线全部复产，日产量3 100多吨，大大缓解了下游复合肥企业原料供应的紧张压力。

“一对一”对接，化解人手不足难题。在江西帅达生物科技有限公司复合肥生产车间，生产厂长陈立国紧张地忙碌着。“他们都是技术骨干，是我们专门从云南丘北县接回来的！”公司总经理肖里兵说，为了顺利复工，各地政府部门联动，提供返工证明，一批批工人顺利返厂。“公司报销了路费和体检费8 000多元！”不少工人满是感激。生产车间又热闹起来……

多方合力推动，农资企业产能加快恢复。目前，全国1 559家农药企业复工复产率达83%，25万家农药门店的复工率达91%，接近常年的水平；主要化肥企业开工率已经达到常年水平，氮、磷、钾肥总体供应充足；当前生产农民急需的小麦条锈病、赤霉病等农药的农药企业，复工复产率达94%，能够满足农药需求。

“点对点”服务，一键下单，农资进村入户到田

农资企业生产热起来，还要打通运销“最后一公里”，让各种农资顺畅送达农民手里。

打通交通堵点，各地各部门积极行动。交通运输部、农业农村部联合印发通知，将春季农业生产物资和农机具转运纳入应急运输绿色通道政策，由企业自行打印全国统一的“疫情防控应急物资及人员运输车辆通行证”，确保农资运输车辆不停车、不检查、不收费，优先运行。目前，交通主动脉基本贯通，县级道路的通畅无关卡达92%。

“为农资门店开通绿色通道，县里办理农资车辆通行证279个，980多个农药、肥料、种子经营门店全部恢复营业，春耕农资及时到户到田。”河南夏邑县农业农村局局长胡序涛介绍。

畅通销售渠道，各级农业农村部门组织农资进村入店，确保春耕生产所需的种子、化肥、农药等农资运输畅通，鼓励农资企业和经销商开展“点对点”生产、配送，确保农民有农资可用。各地创新开展“不见面”的点对点服务，农资线上订购、线下配送、送货上门，减少疫情对春耕生产的影响。

“您的1吨水溶肥、3公斤杀虫杀菌剂到了，马上到地头了……”农民商泽军说，没想到这专家开出的“救急药”直接送到了田间。前些日子，江苏宿迁市宿豫区农业农村局与裕农公司联手进行春耕生产网络直播，现场解答种植户的问题。草莓被在线诊断出了灰霉病。

“‘点对点’服务，一举两得！”裕农公司配送员骆新泽说，通过电话、微信、线上订购方式，由厂家直接供货给2 000余位种植大户，农资及时配送有保障，还能降低购买成本。目前，已直供农药20余吨、种子10吨，在线解答农事520余例……

打通农资进村入户的“最后一公里”，农业农村部提出，要创造条件，充分发挥农民专业合作社、家庭农场、种植大户等新型农业经营主体的作用，实行统一采购、定点配送。

在河南滑县白道口镇西河京村，“农管家”服务点负责人黄国兴的手机“叮咚”一声，又来个新订单。“有人订化肥，下午就送过去。”黄国兴晃了晃手机说，“这段时间，光靠手机就卖出了100吨化肥、20种农药。”

“农管家”是滑县推出的现代农业信息服务平台，作为服务点负责人，如今黄国兴除了配送农资，还提供定制农活、耕种、打药、施肥等服务。“一键下单，农资不用愁，地帮你种好，俺这服务中不中？”他说，这两天打药、施肥等作业订单量激增，正招呼更多村民一起帮忙。

线上发力解卖难，各大电商平台企业累计销售滞销鲜活农产品79.6万吨

电商助农，“一时火”还要“一直火”

刊播 《人民日报》(4月24日18版)

作者 常钦

【核心阅读】

危和机总是同生并存的，克服了危即是机。这次疫情给农业发展带来不少新的困难和挑战。应对冲击，各地努力化危为机，电商销售、智慧农机、线上服务等新技术、新模式大显身手，加快推进农业迈向高质量发展，补齐农业领域短板。

流量变成“新农资”，直播成了新农事

【长镜头】

“2万、5万、10万、100万！”网店粉丝人数一路上涨，让江西寻乌县桂竹帽镇华星村的黄洪林格外兴奋：“太棒了，太棒了，积压的果子总算不愁了！”

手机屏幕上弹幕滚动，“点赞”“下单”不停刷屏，黄洪林和同伴们忙得不亦乐乎，“一场直播就接了6 000多单，百香果卖了3万斤，脐橙卖了2万多斤，真厉害！”

果业是寻乌农民的致富产业，全县种植面积有30多万亩，华星村几乎家家种百香果。2020年疫情来袭，采购商的卡车不见踪影，村里人犯了难。

“一天天等下去不是办法，咱不能眼看着一年的辛苦打了水漂。”黄洪林决定一边联系线下客商，一边在网上找机会。他在拼多多上注册了店铺，自己上网吆喝，“一直播就忘词，闹了不少笑话，播了1个多星期，果子没卖出

去多少。”

3月4日晚上，寻乌县县长杨永飞走进黄洪林的网上直播间，为农产品代言：“我们这里的百香果，汁香味浓，适合鲜食，还可以做成果茶、蛋糕、果冻。”杨永飞当场切开果子，介绍起花式吃法，很快，在线观看人数超过了130万。

“流量就是‘新农资’，直播成了新农事，一根网线，让好果子飞出了大山！”黄洪林感叹，一场县长直播，让他的网店火了起来。现在，他和乡亲们每天直播两小时以上，带动华星村的百香果基地又热闹了起来，乡亲们忙着打包、装箱，发往全国各地。如今，30多万斤滞销百香果基本卖完，80%靠的是线上销售。

【专家连线】

为了给滞销农产品找出路，这段时间，不少干部、农民纷纷走进直播间，为农产品代言，助力农产品市场快速恢复正常秩序。

国务院发展研究中心农村经济研究部部长叶兴庆认为，这次疫情也显现出农产品供应链的一些短板，信息、物流不畅，农产品上行通道受阻，部分地区农产品一度出现滞销。大力发展农产品电商，打造产销一体的供应链，有助于畅通农产品进城渠道。

“农产品电商促进产销对接，是保供给、促增收的有效方式。”农业农村部市场与信息化司司长唐珂说，为应对疫情影响，农业农村部号召电商平台企业，推出爱心助农活动，开设农产品滞销信息采集通道，向农产品商家提供优惠贷款和运费补贴，助力销售滞销农产品。截至4月17日，各大电商平台企业累计销售滞销鲜活农产品79.6万吨，成功撮合线上交易1 820万次。

“农产品电商市场前景广阔。”拼多多消费数据研究院副院长刘中琪说，拼多多通过上线“抗疫助农”专区、“滞销农货反馈通道”等活动，探索“市长县长当主播，农户多卖货”模式，推动形成田间到餐桌的“超短链”，很好地促进了农产品销售。

唐珂说，下一步，农业农村部将继续加大政策扶持力度，加快实施“互联网+”农产品出村进城工程，推进信息技术在农业生产经营中的广泛应用，加快新技术、新模式、新业态的创新步伐，建立健全适应农产品网络销售的供应链体系、运营服务体系和支撑保障体系，为促进农产品流通提供有力的支撑。

“添柴”强基础，畅通农产品出村两个“一公里”

【长镜头】

“叮咚、叮咚”的订单声此起彼伏，快递车辆往来穿梭，这不是哪个大城市，而是有“淘宝镇”之称的河南夏邑县何营乡。这里有1 000多家网店，每天发出的快递有7万多件。

“订单上来了，真是忙不过来啰！”宋营村“网店主”何红星新聘请了3名客服员，专门做直播销售坚果、红枣，“疫情期间，土特产网上订单更多了，生意更好了。”

何营乡，一个传统农业乡镇怎么变成了“淘宝镇”？

王营村第一个开网店的王凤雷感叹：“政策实在，‘最后一公里’通畅，开网店准错不了！”几年前，在外打工的王凤雷回乡过年，发现乡亲们都用起了智能手机，拿着手机订农资、问农事，快递从县到村1天就能到达。

为了发展农村电商，夏邑县花了力气。借信息进村入户政策的东风，夏邑县加快补基础短板，80%的行政村建了益农信息社，建设县级仓储配送中心、16个乡级物流服务中心、167个村级物流服务点。政府搭台，在用地、贷款、用水等方面提供政策支持，让返乡创业人员吃下定心丸。

短短两年，王营村一下“长”出200多家网店，年销售额达3亿多元，成了“淘宝村”。

网店多了，同质化问题来了。为了提档升级，王营村建起电商产业园，建起仓储冷库，22家电商企业、4家物流企业进驻，实行标准化管理。王凤雷有了新烦恼：“生产线要升级，一直招不到人。”

夏邑县农业农村局局长胡序涛坦言，下一步要加强电商人才体系建设，加强本地人才培训，吸引大学生返乡创业。另外，还要引入专业的服务商，从营销、供应链、数据分析等方面，为乡村网店提供更专业的服务。

【专家连线】

“近年来，农产品电商增速持续高于电商整体增速，但潜力还没有被充分释放。”唐珂认为，当前制约农产品电商发展的主要瓶颈，一是初级农产品向适合网络销售的农商品转化困难，二是农产品物流效率低、成本偏高。

“提升网络覆盖质量，缩小城乡数字差距。”中国社会科学院农村发展研究所所长魏后凯认为，互联网跟水电路网一样，是乡村产业发展必不可少的基础设施，必须加快补齐这个短板，加强农村4G、宽带等建设，让电商服务通达所有乡（镇），快递服务基本实现乡乡有网点。

“补齐物流短板，要畅通农产品出村的两个‘一公里’。”叶兴庆说，解决“最先一公里”问题，将供应链环节前置到距离产地最近的地方，实现生鲜农产品快速预冷、分拣、包装等作业；解决“最后一公里”问题，启动农产品仓储保鲜冷链物流设施建设工程，让农产品运得出、供得上，才能卖上好价钱。

不是简单把农产品搬上网，而是倒逼产业深层变革

【长镜头】

沉寂了1个多月，四川丹巴县八科村醒了！

山路旁的坡地热闹起来，2020年计划种200亩黄金荚，200亩高山蔬菜。“咱们种的可都是订单！”村委会主任蒋朝林说，盒马公司合作的基地落地，村里种出了生鲜超市里的“网红”蔬菜。

一张张订单，让丹巴县特色蔬菜“黄金荚”改变了命运——由一季种到两季，重新种满了山谷，豆荚能从6月摘到国庆节前。靠着电商供应链，不到24小时，沾着露水的豆荚就会被送到城市的超市货架上。

其实，黄金荚的“成名”之路并不顺利。黄金荚是一种金黄色的四季豆，是丹巴特有的蔬菜，纤维少，口感脆。刚发展的那几年，常常滞销。蒋朝林清楚地记得，2018年，他拉着1 500斤豆荚，满怀希望地到了成都，结果3天只卖出75斤。又拉了一车去康定卖，还是卖不动。

“养在深山人未识啊！”丹巴县农牧局局长陈淼坦言，靠农户自产自销，黄金荚的市场仅限于丹巴当地，卖不上价。“当时，产业发展陷入两难——继续扶持，资金压力大，可如果放弃，农民种在地里的咋办？”

产业迎来转机。2018年7月，成都盒马公司采销总监熊志然到川西寻访农产品，觉得黄金荚有做网红蔬菜的潜质，“雪山就在眼前，山水土壤纯净，黄金荚好吃，有辨识度。”2019年6月，熊志然正式把黄金荚推广到全国门店。

县里与盒马鲜生建立长效合作机制，以销定产，继续扩大种植面积。

“订单让种植更智慧！”蒋朝林说，村里的黄金荚卖到全国，不同地方的人口味不一样。成都人喜欢凉拌，要嫩一点的；北京顾客喜欢爆炒，要稍大一点的。“村里定制化生产，筐筐蔬菜都能卖上好价。”

“没想到，黄金荚真变成了‘黄金’！”八科村农民肖学凤算过一笔账：每亩能收3 000多斤，按收购价每斤4元计算，1亩年收益上万元。

【专家连线】

“要构建产销对接长效机制。”唐珂说，从长期看，要在建设优质特色农产品产业链和供应链上下功夫，实现初级农产品向适合网络销售的农商品的华丽转变，促进电商平台企业与农村，特别是贫困地区建立长效、稳定的购销关系。

农产品电商，不是简单地把农产品搬到网上，更重要的是通过市场倒逼，实现产业链的变革。“标准化是农产品的上行基础。”魏后凯认为，要引导龙头企业、合作社等新型经营主体，带动农户形成生产标准统一、利益分配共享的“共同体”，实现农产品从种到销的全程标准化生产，完善贯穿生产、流通和销售全流程的数字化供应链。

“要让电商助农成为长远之策，关键在机制。”魏后凯说，各地在推进农业供给侧结构性改革过程中，应把电商助农融进整体规划中，实现从“产什么卖什么”到“市场需要什么就生产什么”的转变，助力农业增效与农民增收。

如何让更多农民“接得住”电商这项新技能？河南正阳县委书记刘艳丽说，县里创新推出电商孵化模式，培养更多本土专业人才。下一步还要以电商倒逼农业转型升级，发展农产品精深加工，提升电商产业链增值空间，带动更多农民鼓腰包。

截至2019年年底，89.3万个农业社会化服务组织生产托管服务面积超15亿亩次

"田保姆" 种地好帮手

刊播《人民日报》（11月10日12版）
作者 郁静娴

【核心阅读】

为破解"谁来种地，怎么种地"的难题，农业生产托管应运而生。数据显示，截至2019年年底，全国农业社会化服务组织总量达89.3万个，生产托管服务面积超过15亿亩次。

农业生产托管不仅有效解决了土地撂荒、粗放经营的问题，还提升了农业经营效率，对完善农村基本经营制度具有重要意义。

家有三五亩地，在外打工，没时间耕种；智能农机作业效率高，可小户经营，购置一整套设备划不来……当前，小农户依然是农业生产经营的主体，却不得不面对城镇化推进过程中出现的种种问题。"谁来种地，怎么种地"，成为现代农业发展过程中亟待破解的难题。

作为一种新型农业经营方式，农业生产托管应运而生。一家家"田保姆"服务田间，成为农民种地的好帮手，不仅有效解决了土地撂荒、粗放经营的问题，还提升了农业经营效率，对完善农村基本经营制度具有重要意义。

加快发展，有利于破解"谁来种地，怎么种地"难题

这段时间，江苏省泗洪县的晚稻收割临近尾声。整个收获期，陈圩乡王岗村村民杨豹都不慌不忙，在周边市区接了好几单泥瓦活。"家里有12亩水稻，1亩花上50元，合作社连收带运，啥都不用操心。"

“早稻一般4月底就要开始育秧，移栽后1个星期之内，既要防旱又要防涝。晚稻在霜降前后就要陆续开始收割了……”2020年，泗洪县四方农机服务专业合作社的托管服务面积扩大到8 000亩，给邻近几个乡镇提供社会化服务，哪个节点该干什么，合作社成员都清清楚楚。

“大国小农”是我国的基本国情、农情。目前，我国有承包耕地农户数2.07亿，通过土地流转经营30亩以上的农户仅占全国总数的5%。

“经营自家承包耕地的小农户占大多数这个情况，在相当长时期内难以得到根本改变。”农业农村部农村合作经济指导司司长张天佐分析，农业生产托管在不改变土地承包关系的前提下，将耕、种、防、收等部分或全部作业环节委托给社会化服务组织完成，让小农户成为适度规模经营的积极参与者和真正受益者。同时，发展生产托管也有助于破解当前土地流转的地租难题，保障国家粮食安全和重要农产品有效供给。

目前，各地农业生产托管有多种模式，包括合作社、集体经济组织、企业等多种服务主体，各环节服务贯穿产前、产中、产后，覆盖大宗农作物和经济作物等。在江西省上栗县，不少农户选择了“保姆式”全托管或“菜单式”半托管，当起了“甩手掌柜”。“托管服务能‘点单’，也能‘包席’，太方便了！”杨坊村村民李其收说。2020年，他选择了10项服务里的旋地、播种和植保等环节服务。

顺应市场趋势，农业生产托管加快发展。截至2019年年底，全国农业社会化服务组织总量达89.3万个，生产托管服务面积超过15亿亩次，其中，服务粮食作物面积达8.6亿亩次。服务带动小农户超6 000万户，占全国农业经营户的30%。

专业服务，推动生产经营效率提升

走进安徽省天长市汊涧镇张营村，水稻田里机声隆隆，天长市禾禾生态农业专业合作社的联合收割机在前头一垄一垄地收获，秸秆打捆机紧跟其后，将秸秆直接压缩成捆。

每年收获季，如何处置成堆的秸秆是种植户的“挠头事”。作为当地的“田保姆”，合作社理事长平东林先后购置秸秆打捆机、粉碎机械10台套，及时推出秸秆回收加工服务项目。

“托管服务就是要瞅准农户需求，帮助增产增收，这样才能体现咱们的优势！”平东林介绍，除了秸秆回收，合作社还为大伙统一团购种子、化肥、农药等农资，一年下来，户均节省种植成本25%以上。2019年，合作社牵头和托管户与粮食加工企业签订5 000亩水稻和小麦订单，对订单种植户进行产前、产中、产后全程跟踪指导服务，亩均增收150元。

张天佐介绍，通过服务组织集中采购、集成技术、标准作业、统一服务、订单收购等，能充分发挥农机装备的作业能力和分工、分业专业化服务的效率，降低农业物化成本和生产作业成本。农业农村部对19个省份共875个托管案例的定量分析显示，农户采取全程托管，算上人工成本，小麦每亩节本增效356.05元，玉米每亩节本增效388.84元。

2020年春耕遇上新冠肺炎疫情，湖南、江西等地重点支持早稻工厂化育秧、机插秧等环节的生产托管，大幅减少了农民集中下地的情况，抢抓农时，实现增产增收。山西省万荣县托管麦田化学除草、病虫害统防统治环节，亩均减少农药用量20%～30%。

让专业的人干专业的事，不断激发现代农业的发展潜力。“作为供销合作系统，发挥好流通优势，依托农业生产服务中心开展各环节全程服务，并联合金融机构开展供应链金融服务，有助于推进农村产业融合发展。”中华全国供销合作总社合作指导部部长刘进喜说。2020年1—7月，中华全国供销合作总社全系统土地托管面积达1亿亩，开展配方施肥、统防统治、农机作业等多环节托管服务2.06亿亩次。依托服务主体，2019年，全系统还培训农村实用人才202万人次。

补齐短板，提供多元化社会化服务

随着我国现代农业加快发展，对生产托管的需求越来越旺盛。专家指出，当前，农业生产托管仍面临服务主体能力不强、服务领域不宽、政策支持力度不够、行业管理有待加强等问题。

2019年年底，农业农村部组织开发了中国农业社会化服务平台，促进供需对接、资源整合。各类社会化服务主体也纷纷立足自身优势，不断提升服务的规范化、信息化和专业化水平。

“扫一扫二维码，就可以随时了解托管服务的进程和详情。我们还在不同区域建起试验示范田，组织召开苗期、测产等现场会，让农户亲眼见证托管地块的播种方式、出苗率、田间管理、产量指标等。”辽宁万盈农业科技有限公司总经理韩卓介绍。

农业农村部农村经济研究中心研究员张照新分析，我国农业比较效益相对偏低，部分小农户的社会化服务支付能力不足，尤其是对清洁生产、循环经济等增收效果不明显但外部经济性较强的作业服务，支付意愿不强。面对众多分散的小农户，服务主体的组织和作业成本也相对较高，成为社会化服务发展的双重制约。

“推进农业生产托管，要以农民需求为导向。从农民不愿意干、干不了或干起来不划算的环节入手，并不断创新机制，探索融资、用地等方面的扶持政策，实现农业生产托管服务和农户多元化需求的无缝对接。”张天佐建议，还要引导各类服务主体积极与相关院校开展科研和人才合作，推动服务链条横向拓展、纵向延伸，建立更紧密的利益联结和分享机制。

2020年，中央财政投入专项资金45亿元，通过先服务后补助的方式，在29个省（自治区、直辖市）实施农业生产托管项目，支持小农户通过以农业生产托管为主的服务方式，广泛接受各类农业社会化服务。张天佐介绍，项目受益对象主要聚焦小农户，要求小农户受益资金比例或为小农户服务的面积不低于60%；补贴要补到薄弱环节、关键环节，同时鼓励探索特色产品、特色产业的补贴方式。

特写：中国最珍贵麦田开始收获

刊播 新华社（6月15日）
作者 董峻　高敬

15日一早，太阳明晃晃地照着北京城。位于北三环联想桥东南侧的一块麦田里，传出轰隆隆的声音，一台小型收割机正在有条不紊地收割已经成熟的小麦。阳光灿烂、温湿适宜，正是收获的好天气。

麦田周围高楼林立、车水马龙。收割机的声音并不明显，但吸引了来来往往的路人驻足观望。有些人在麦田外的过街天桥上用手机拍照。

这里是中国农业科学院作物科学研究所的150亩试验田，用于开展小麦、玉米、大豆、水稻和杂粮等作物研究。在寸土寸金的北京城里保留下这块农业科研试验田，殊为不易。不过，这块试验田的科学价值远超这块土地的市场价值，甚至可以说是一块“无价宝地”。

“这里是中国现代小麦育种研究的起点之一，也是小麦品质育种的发源端。”农业农村部小麦专家组成员、中国农业科学院作物科学研究所研究员赵广才正在地里忙活，安排机手收割。他骄傲地介绍说，这块试验田培育出“中麦”系列小麦、“中单”系列玉米、“中黄”系列大豆、“京粳”系列水稻等340个新品种，推广面积超过5亿亩，累计增产150亿斤。“中黄13”大豆连续9年推广面积全国第一，累计超过1亿亩；“中麦175”是近年来我国北部冬麦区推广面积最大的小麦品种，“中单808”是西南地区的玉米主栽品种。

这里不仅孕育出众多新品种，还是一系列重要的栽培技术创新之地。近年来，科研人员研发了“玉米温光资源定量优化增产增效技术”“优质专用小麦生产关键技术”“夏大豆麦茬免耕覆秸精量播种技术”等提质增效生产技术，促进作物绿色发展模式的大面积应用。密植高产和机械粒收等核心技术连续6次创造了我国玉米的高产纪录。

麦香阵阵，收获满满。半个多世纪以来，金善宝、陈凤桐、戴松恩、李竞雄、徐冠仁、鲍文奎、董玉琛、庄巧生、刘旭、万建民、钱前11位中国科学院或中国工程院院士，以及邓景扬、王连铮、翟虎渠等杰出科学家的汗水洒落在这块田地里。他们培养出的一大批科学家，已成为保障国家粮食安全的中坚力量。

截至15日，全国夏粮收获已到九成。据农业农村部农情调度和专家实地调查分析，2020年夏粮面积稳定、单产提高，丰收已成定局。而农业科技为中国人端牢手中的饭碗发挥了重要作用。

“中国的小麦育种已经从传统育种发展到利用基因组学、转基因技术、分子设计育种等现代生物工程技术进行育种，不过试验田的作用仍不可或缺。”赵广才说，小麦科研正在聚焦节水抗旱、抗病虫害、提升品质等方面，推动实施“藏粮于技”战略，为保障国家粮食安全作出新贡献。

特写：热线，直通农民的心

刊播 新华社（3月4日）
作者 于文静

3日上午9点多，农业农村部的一间办公室里，电话铃声此起彼伏响个不停。

“这里是农业农村部养殖业问题热线电话，有什么可以帮您？……有多少头猪？要卖到哪里？”

一大早，中国兽医药品监察所的高慧就开始了忙碌的一天。她的工作是接听电话、记录线索、解答咨询，并将来电反映的问题及时报告相关业务司局。

新冠肺炎疫情发生以来，由于一些地方道路阻断、村庄封闭，养殖饲料运不进、产品运不出，农业农村部早在1个月前就开通了专人接听的热线电话。因为来电咨询较多，10天前，热线电话增加到10部，分成养殖业（010–59191471）、种植业（010–59191475）、农产品产销（010–59191478）3类热线。10部热线电话同时开启，受理全国线索，在农业农村部是多年少见的。

“养殖业有4部电话机，最忙时经常4个人同时接听。要把乡（镇）、村和姓名记清楚，有的农民口音很重，我们就要一个字一个字问清楚。”高慧说，“我平时说话比较少，感觉这些天把一年的话都说完了。”

会议室里，高慧等10位戴着口罩的同事一刻也闲不下来。记者得插着空才能跟他们聊几句。电话、电脑、笔记本、参考资料就是大家的工具。每天早8点到晚7点，这里就是大家倾听心声、回应关切的前线。最忙碌的时候，一天接到过800多个电话。

农民反映强烈的是啥问题？

农业农村部畜牧兽医局饲料饲草处处长黄庆生说，养殖业反映的主要是车辆通行受阻，饲料和畜禽出入场、村的通道阻断，产业链上下游企业复工复产困难，其中最集中的是饲料进不去、畜禽产品运不出。

农资方面，全国春耕农资应急调度保供组政策协调组组长谢焱说，主要是“微循环”不通、乡村道路不畅、农资进村入户难。还有部分来电反映进出村难、影响种地，基层农资经营网点营业难，需要提交的材料多等。

农产品方面，主要反映鲜活农产品滞销问题。黑龙江等地粮食收购难也是热点，原因既有交通封闭造成外地采购商难进入、本地采购商压级压价，也有个别粮库不开门、库容不足等问题。

反映的情况咋办？农业农村部第一时间交办给地方农业农村部门，限期3天办理并反馈结果。各级农业农村部门积极响应，全国种植、畜牧、渔业、种业、市场与信息化等系统积极行动。以养殖业为例，截至目前，全部1 321条问题线索已移交各地办理，解决率为85%，其余问题正在协调。

他们还会同交通运输部的有关业务部门建立了微信工作群，全程跟踪事件办理。对接当事人了解结果，督促地方落实中央政策和部署，并且统筹优化政策。

随着各项政策措施相继落实到位，每天的来电数量正在减少，而越来越多的农民关切问题正在被解决——

内蒙古兴安盟牧民张旭的500多只母羊跨区转场受困，来电当天问题得到解决。当地还解决了42家牧户3.7万只羊的类似问题。

湖北宜城双胞胎饲料有限公司3 000吨玉米滞留码头。通过部门联动、精准对接，也实现了当天接报当天解决。

山东潍坊养殖户张雪梅的6 000只肉鸡没法出栏，近3万只鸡面临断粮。接到农业农村部通报的情况后，地方相关部门及时现场沟通，当地改造了村口围挡，对车辆消毒处理后放行。

……

车辆运输通行证办理手续简化再简化，养殖业和春耕生产物资及产品都被纳入生活必需品保障范围。据农业农村部最新统计，全国饲料、屠宰、兽药等养殖业的上下游企业复工率分别达82%、73%、67%。

一部部热线，带着温度直通农民的心，大家也从中得到很多成就感。

“以前也经常和农民见面，但这次集中倾听农民的问题，确实感觉不同。”来自中国农产品市场协会的彭建旗说，“湖北一个水产养殖户，因为鱼卖不出去，在电话里哭了。我们怎么能不努力帮她呢？后来她打电话说当地已经协助解决好，我们的心这才放下。”

“要帮助农民纾解情绪，更要解决实际问题。当山西、甘肃、黑龙江等地的农民打电话说鸡鸭卖出去了，饲料运输也放行了的那一刻，就是我们最有成就感的时候。”高慧感慨地说。

这两个水稻品种为啥成了抢手货？

刊播 新华社（10月5日）

作者 董峻

10月上旬，在浙江省诸暨市山下湖镇，种粮大户黄益飞的水稻田青绿色中透着金黄，飘散出丰收的气息。再有1个多星期，这些沉甸甸的稻谷就可以收获了。

黄益飞近几年种的水稻品种是“嘉丰优2号”，不但产量高，而且品质好，因此卖得俏，每公斤比以前多卖六七角钱。他说，周边好多农户都开始种这个品种了。

黄益飞生怕迟了买不到种子，稻谷还没收，就向种子公司预订了2021年的“嘉丰优2号”种子。“我打算继续扩大种植面积。”他说。

无独有偶。100多公里外的永康市芝英镇稻香家庭农场里，水稻茎秆壮实、穗粒饱满。这里的水稻主导品种也是“嘉丰优2号”，同时还种了另一个新品种“嘉禾优7245”。

“今年亩产估计在850公斤上下，比去年还好些。”农场主胡志说。

为什么“嘉丰优2号”和“嘉禾优7245”成了抢手货？记者采访后得出3点启示。

启示一：找准市场需求的品种才是好品种

一直以来，水稻育种追求的最重要指标是高产，但产量和品质往往是一对矛盾。中国水稻研究所研究员曾大力解释说，粳稻的口感和味道通常优于籼稻，但籼稻的产量更高。这两个新品种兼顾了籼稻的高产特性和粳稻的食味品质，“看着像籼稻，吃起来像粳稻”。

既保障了产量，又提高了品质，从而增加了农民的亩均收益，而每公斤单价略高（比普通大米每公斤贵不到1元钱），对大多数消费者来说也是能接受的。各方都满意的新品种，能不走俏吗？

所以，这两个新品种问世3年就赢得了众多荣誉：“嘉丰优2号”2018年获首届全国优质稻（籼稻）品种食味品质鉴评金奖；2019年，在江西鄱阳湖地区千亩示范区的平均亩产达1 022.2公斤，刷新了江西单季稻亩产历史纪录；2020年，成为农业农村部“超级稻”确认品种之一。“嘉禾优7245”2018年成为浙江省十大“好味稻”品种之一，如今已在长江中下游及广西等地大面积推广。

启示二：农业企业可以成为技术创新主体

这两个新品种都是由中国水稻研究所、浙江省嘉兴市农业科学研究院、中国科学院遗传与发育生物学研究所和浙江可得丰种业有限公司等单位合作育成的，而不是采用科研单位培育出新品种后，对接种子公司进行技术转让，再由种子公司进行扩繁经营的传统模式。

据浙江可得丰种业有限公司负责人曹小平介绍，公司前身浙江省磐安县种子公司是国内最早从事杂交水稻种子生产的公司之一，但他们没有止步于这个常规“路数”，而是与科研机构深度合作，共同选育新品种，从研发起就瞄准消费者和农民的需求。

不少人认为农业产业有其特殊性，如基础性、公益性特征明显，行业平均利润率低，企业缺乏投入资金搞研发的实力和意愿，因此，“企业是创新的主体”这句话并不适用于农业，科研院所才是农业技术创新之源。

实践证明，随着我国种业改革不断深化，一批具有“育繁推一体化”能力的种子企业成长壮大，越来越多地承担起被称为农业“芯片”的种子产业的发展重任。

启示三：基础研究是培育新品种的源泉

“农学是实践的科学。”中国科学院院士、中国农业科学院作物科学研究所所长钱前一语道破育种“玄机”：“企业对市场最敏感，农民对价格更关心，充分考虑两者需求是衡量新品种好坏的标尺。”

创新的成果虽然出现在今天，基础却是很早就打下的。10多年前，钱前和中国科学院院士李家洋等组成的科研团队就克隆了控制水稻理想株型的关键多效基因IPA1，为后来的育种工作提供了极大便利。

钱前等人的另一项研究则发现，一个名为GL7的基因与水稻品质有关。这个基因可以让稻米变得更细长，并影响米粒色泽、米粒中淀粉粒的排列和结构等特性，提高稻米外观、口感等品质。

“农作物已经到了分子育种时代。”钱前说，用分子标记方法把带有理想株型的基因导入目标作物，可以实现高效、精准育种。

从基础研究持续发力到企业发挥创新潜力，沿着已成功探索出的种业改革经验道路继续前行，中国种业一定能为保障国家粮食安全、推进现代农业发展起到关键支撑作用。

买家说桃子越来越不好吃了？啥原因？

——来自水蜜桃产业的调查

刊播 新华社（9月2日）

作者 于文静

粉润香甜、汁水丰富的桃子，是很多人心中最美的夏秋之味。然而也有不少人觉得“现在的桃子不好吃了”。

桃是中国本土水果，已经与中国人相伴数千年。如今人们为什么难觅好桃？桃产业发展过程中有哪些共性问题？记者日前进行了采访。

从育种到运销，全产业链都有短板

1个半月前，河北省深州市良桑繁殖场场长张九青在江苏省无锡市阳山镇选购了32盒八成熟的水蜜桃，收到快递后发现坏了近半。而几乎同时，在北京西城区的范阿姨家，网购的两盒水蜜桃放了1周后还“不服软”。

想吃到“状态最好”的水蜜桃，为何不容易？国家桃产业技术体系首席科学家、北京市农林科学院研究员姜全说，长期以来过度追求产量而忽视品质是根本原因，一系列问题仍有待解决：

——在品种选育和改良方面注重丰产、耐储运等特点，而把桃的香味等特质“改丢了”。

——种植者习惯以“大水大肥”方式种大果，导致果实品质和风味下降。

——在流通环节中，熟果不易储运，农民也希望通过早摘降低风险。

江苏有位桃农告诉记者，通常桃农给二线城市发货是七成熟，给一线城市发货则是七点五成到八成熟，超过八成熟的只能客户现场提货，“最好吃的桃子在果园里。”

“桃子越到成熟后期，糖度提升越快，但鸟也喜欢吃，加上可能会有雨水、冰雹及运输损耗等因素，有时果子在树上多挂5天，成本就可能翻番。”姜全说。

传统大宗销售存在采摘时间问题，而电商平台散单客户则有价格顾虑。根据某快递公司价格表，6.5公斤重、价格约90元的阳山水蜜桃，发至苏浙沪地区需运费27元，而发到北京需84元，桃子价格和运费相当，也让不少消费者“望而却步”。

重产量轻品质、过早采摘、生鲜电商成本过高等，不是桃的生产和流通所独有的问题，在某种程度上，这也是目前许多水果产业的“通病”，需要在产业链的各个环节齐发力。

如何恢复“四大名桃”往日光芒?

近日，在深州蜜桃创新驿站的展台前，一个个淡黄透红、形似寿桃的大蜜桃，引来参会的各地专家纷纷品尝，其甜度和口感收获了不少赞叹。

“南方水蜜桃切开后通常汁水直流，而深州蜜桃切开后可以看到表面有蜜汁渗出来，糖度在20度以上。”姜全说。

桃子自我国起源并传播到世界各地，在中国文化中有祝寿、桃李满天下等美好寓意。“奉化水蜜桃、阳山水蜜桃、深州蜜桃和肥城佛桃是我国四大传统名桃，据考证，规模栽种历史短的有800多年，长的有2 200多年。”姜全说，四大传统名桃的共同特点是同时具备大、香、甜、水、少酸的优点。

近年来，传统名桃面临品种退化、桃园老化、采后贮运困难及抗病虫能力差等问题。为了加强保护、推动优势产区发展，2019年，浙江宁波市奉化区水蜜桃研究所、江苏无锡市惠山区阳山水蜜桃桃农协会、河北深州桃产业技术研究姜全专家工作站、山东肥城市肥城桃研究所成立了中国传统名桃共同体。

“现代的育种方式在单一方面都能育出表现卓越的品种，但同时在‘香、甜、水’等几个方面都优秀的还很少。”姜全希望通过进一步发掘和利用传统名桃种质资源，用现代技术加强古树保存和名桃保护，推动优势产区合作，让更多消费者吃到好桃。

留住传统好味道

“去年有客户给长辈订桃，老人吃了很喜欢，说有‘小时候的味道’。”为了种出这种味道，阳山建勤家庭农场负责人孙建勤动了很多脑筋。在专家指导下，他采用改良土壤、果园生草、长梢修剪等技术，种出的水蜜桃获得2019年中国北京世界园艺博览会优质果品大赛银奖。

如何让香甜多汁的水蜜桃离消费者更近？各环节正发生着变化。

在江苏，阳山水蜜桃产业提升3年行动计划自2017年起实施。国家桃产业技术体系南京试验站站长宋宏峰说，通过优质水蜜桃全程绿色高效生产技术集成与推广，项目区每亩优质水蜜桃产量比常规技术区增加约1.4倍。优质果多了，人们吃好桃的机会也增加了。

在浙江，当地进一步发掘和利用玉露等传统名桃种质资源，育成优势新品种，引进水蜜桃无损检测分拣线，并提升快递运输质量。

“糖度是评价桃的一个重要指标。今后我们要探索成立可以鉴定糖度的社会化服务组织，并按照糖度分级收购，在超市也要推动标识糖度，既方便消费者选购，也可以实现优质优价。”姜全说。

优势产区专家们表示，江浙水蜜桃多在7月上市，华北蜜桃多在8月底9月初成熟，下一步传统名桃共同体计划联合发展专业冷链物流，探索实现南北互济，使消费者在7—9月都能吃到口感很好的水蜜桃。

肉价连降9周：元旦、春节百姓碗里的猪肉有保障吗？

刊播 新华社（11月1日）

作者 于文静 叶婧

近一段时间以来，一些地方猪肉价格下降，引起消费者关注。目前全国猪肉价格走势有何变化？生猪生产恢复如何？2021年元旦和春节，百姓碗里的猪肉是否有保障？记者日前就此进行采访。

预计元旦、春节肉价低于2019年同期

家住山东省济南市槐荫区的张立桂“掌管”着一家人的餐桌，是生鲜店的常客。最近几周，她明显感受到“肉盘子”轻快不少：“国庆假期我回老家，在县城买猪肉还得1斤30多元呢，这两天在济南买了1斤里脊，价格降到20多元。”

在济南市玉函路的银座超市“金锣冷鲜肉”销售柜台旁，销售人员告诉记者，近一段时间肉价降幅明显，柜台销售额也有所上升，目前每天销售额近8 000元。

据农业农村部监测，2020年以来，随着生猪生产恢复，猪肉市场总体呈现出供应改善、价格振荡回落态势。

农业农村部畜牧兽医局副局长陈光华说，生产方面，2020年3月以来，生猪出栏连续7个月环比增长，前期新增产能正在陆续释放。进口猪肉也在增加，1—9月进口量为328.6万吨，同比增长132.2%。价格方面，9月以来，猪肉价格连续9周下降。

“目前，集贸市场猪肉价格为每公斤47.66元，比2020年2月份的最高点

低了11.98元，回落趋势明显。”农业农村部总经济师魏百刚表示，根据专家分析和测算，综合考虑生产恢复、进口、消费变化等因素，预计2021年元旦、春节期间，猪肉供应量同比会增长约三成，价格总体将低于2019年同期，不会出现价格大涨的情况，“能够保障过年期间老百姓碗里不缺肉”。

前三季度生产恢复好于预期

魏百刚表示，2020年以来，各地落实生猪生产恢复扶持政策，加快养殖场户扩能增养，抓好非洲猪瘟常态化防控，前三季度生猪生产恢复好于预期。

据了解，前三季度，全国新建、投产了1.25万个规模养猪场，1.34万个空栏规模养猪场复养。到9月底，全国生猪存栏达3.7亿头，恢复到2017年年末的84%；能繁母猪存栏达3 822万头，恢复到2017年年末的86%。

新希望六和股份有限公司相关负责人介绍说，2020年，公司探索和推广大棚养猪模式，严格进行基因鉴定，保证种源质量，并将部分自育肥场临时改造成种培场，加快种猪培育。同时，积极研究和实践三元母猪回交技术，促进存栏种猪和自产仔猪数量快速提升。上半年已投入运营的项目产能达1 800万头。

在市场拉动和政策推动下，2020年，养殖场户补栏增养的积极性高，生猪生产持续恢复。据监测，2020年9月，能繁母猪存栏连续12个月增长，生猪存栏也连续8个月增长。

“特别是2020年6月和7月，能繁母猪和生猪存栏先后实现同比增长，这是生猪生产恢复的两个重要拐点。”陈光华说，8月、9月增幅进一步扩大，“按照这个趋势，我们有信心实现全年生猪产能恢复到接近常年水平的目标。”

多措并举强化疫情防控

秋、冬季是动物疫病多发时期，如何做好防控、确保来之不易的生猪生产恢复势头？

记者从农业农村部了解到，2020年以来，共有9个省份报告发生19起非洲猪瘟疫情，其中家猪疫情18起，野猪疫情1起。随着非洲猪瘟常态化防控措施逐步落实落地，养殖场户生物安全防护水平提高，养殖、调运、屠宰等环节风险得到了有效管控。

业内专家表示，目前全国非洲猪瘟疫情形势总体平稳，但也要看到，非洲猪瘟病毒已在我国定植，污染面较大，疫情点状发生的态势将在较长时期内存在。

“随着秋、冬季气温降低，清洗消毒效果可能会受到影响，加上种猪、仔猪调运频繁，疫情发生和传播风险进一步增大，如果防疫措施不到位，不排除出现区域流行的情况，影响甚至阻断生猪生产加快恢复的进程。”陈光华说。

据了解，下一步，农业农村部将督促指导各地严格养殖、调运、屠宰和无害化处理等环节监管。坚持开展入场采样监测，结合11月份开展的秋防检查，督促各地落实防控措施。加快推进非洲猪瘟无疫小区建设，力争2020年年底前建成一批高质量的无疫小区，带动养殖场户提升生物安全防护水平。

长江禁渔进展怎样？渔民生计有保障吗？

——来自沿江省份的调查

刊播 新华社（9月8日）

作者 于文静 林翔 闵尊涛

长江流域禁捕是为全局计、为子孙谋的重要决策，涉及10多万艘合法持证捕捞渔船的退捕，关系20多万捕捞渔民转产安置保障。2020年1月1日起，长江流域332个水生生物保护区实现全面禁捕；2021年1月1日起，长江流域重点水域将实行为期10年的禁捕。目前进展如何？渔民生计如何保障？记者近日进行了采访。

禁得了：摸清底数，精准实施

“我从14岁起跟着父辈在鄱阳湖捕鱼，到现在已经有20多年。以前一网下去有几百斤野生鱼，这些年基本见不到了，捕到的七成以上是小龙虾，另外三成主要是‘四大家鱼’。”江西省南昌市新建区联圩镇下沙头村村民吴华山说。

在长江流域禁渔退捕中，吴华山家里共4艘船，得到渔船和渔具回收补偿、过渡安置补贴后，现在流转了三四百亩水田，从事虾稻共作，年收入约30万元，并带动4户渔民就业。

近年来，受高强度人类活动影响，长江水域生态功能显著退化，全国每年水产品总量约6 300多万吨，其中长江水域产量不到10万吨。禁渔既是出于破解生态困境的需要，也是为渔民的长远利益着想。据农业农村部统计，近期，各地已全面摸清退捕渔船和渔民的基本情况，完成建档立卡，禁渔退捕转入全面推进、精准实施的新阶段。

在安徽，实现了建档立卡、证注销、船回收和网销毁4个百分之百。在江西，界定了专业渔民、兼业渔民和其他渔民，建档立卡2.14万户、6.82万人，封存退捕渔船（含辅助船）3.1万艘，已拆解处置渔船（含辅助船）2.7万艘。

据了解，中央财政已安排禁捕退捕补助资金，省、市、县各级将进一步加大资金支持力度，确保补偿资金足额、及时发放到渔民手中。

“在拆解处置渔船时，有的渔民把船锚或船前面的木板留下作纪念。”有基层干部对记者说，渔民对船感情很深，几十年朝夕相处，“这既是对过去的纪念，也意味着新生活的开始。”

退得出：确保每个家庭至少一人就业

“当初得知要退捕上岸，心里挺着急，很多渔民担心生计。真正上了岸，在政府帮扶下，很多年轻人学手艺，找到了工作。”安徽省马鞍山市原薛家洼村民三姑娘说。

三姑娘家有住家船、生产船和辅助船共5艘，这次渔船拆解得到补偿款和过渡期生活补贴，以优惠价格买房并搬进新居。如今，儿子在企业做车工，丈夫成为护渔保洁员，一家人的生活有了新气象。

为了让退捕渔民走上岸、立住脚，各地各部门分类施策、精准帮扶。其中，江西向退捕渔民发放为期1年的过渡期生活补贴，专业渔民标准为1.2万元，兼业渔民0.6万元，并给予15年养老保险补助，计划9月底前完成参保手续任务。同时，对退捕渔民就业创业、托底安置、就医就学、住房保障等统筹安排。

当前，退捕渔民就业安置也面临不小的难度。沿江10省份退捕渔民落实社保政策比例还不高，多数省份社会保障水平总体不高。大部分渔民年龄偏大，多数只有初中以下学历，转产再就业比较困难。

农业农村部部长韩长赋表示，有条件的地区要抓紧出台参照被征地农民标准，把退捕渔民纳入社会保障的具体政策措施。积极组织退捕渔民成立合作社，开展水产养殖、休闲农（渔）业等，实施免费职业技能培训，通过组织劳务输出、设立公益性岗位等方式，拓宽就业渠道，确保每个退捕渔民家庭至少有一人实现就业。

“我们像鸬鹚一样，以前只会在水里抓鱼。现在上岸了，要努力慢慢转产，靠勤劳把新生活建起来。”53岁的江西庐山市南康镇大塘村生态鱼庄老板张保东说。

管得住：构建监管长效机制

“长江干流一马平川，相对好管，而鄱阳湖有上百个小型湖泊，监管难度可想而知”“有证的船收上来了，可互联网上仍能买到塑料船、气垫船”……如何切实强化监管？

在位于蛇山岛的鄱阳湖联合巡逻执法勤务指挥中心，记者看到工作人员正通过大屏幕实时监控湖区各处情况。目前，当地已建立人走船巡、雷达监测、无人机巡航的省、市、县三级部门联合巡逻执法机制，34个高清摄像头可360度旋转。

“鄱阳湖水位正常时，面积约3 500平方公里，1人1船巡遍全湖需要10～15天，现在利用高科技，只要1小时就能巡完。”江西省鄱阳湖渔政局副局长詹书品说，该系统还可实时定位执法人员及船艇位置，及时调配力量赶赴现场进行处置。

除了推动“人防+技防”，各地还强化“专管+群管”模式。马鞍山市当涂县农业综合行政执法大队指导员蒋健说，当地确立了县、乡、村3级管理体系，县级主要依靠农业综合行政执法大队和渔政执法中队，乡级要求每个乡政府配备6名巡查员，村级确保每村有2名护渔网格员。执法过程采取多部门联合巡查办案模式。

韩长赋表示，下一步要有针对性地强化基层渔政执法力量。特别是“一江两湖七河”227个重点县，要做到有独立或相对独立机构、专门人员、执法装备、专项经费、协助巡护队伍和公开举报电话，健全“专管+群管”“人防+技防”的长效监管机制。

奶源安全如何保障？怎样让更多孩子受益？

刊播 新华社（12月23日）

作者 于文静 林超 郭雅茹

每天一杯奶，强壮一个民族。2020年是我国“学生饮用奶计划”实施20周年。当前学生奶发展情况如何？奶源安全如何保障？怎样让更多孩子受益？记者日前就此进行了采访。

2 600万学生受益

每天早上9点多，当老师提着装有学生奶的小筐出现在班级门口时，福建省龙岩市长汀实验小学二年级一班的孩子们便立刻停止嬉闹，一边说谢谢，一边从老师手中接过牛奶高兴地喝起来。

课间喝一盒学生奶，已是这所学校里一些孩子坚持了6年的习惯。“喝点牛奶补充营养，对于山区孩子来说是一件很有意义的事。”校长李玲香说。

学生奶对于孩子们来说，既是营养，也是关爱。2000年，农业部、国家发展计划委员会等7部门联合启动实施国家“学生饮用奶计划”。2013年，中国奶业协会负责推广工作后，先后颁布了推广管理办法及学生饮用奶系列团体标准，启动增加学生饮用奶产品种类试点工作。

日前，在北京举行的国家“学生饮用奶计划”实施20年暨现代奶业评价体系建设推进会上，中国奶业协会副会长兼秘书长刘亚清说，全国学生饮用奶在校日均供应量从2001年的50万份增长到目前的2 130万份，惠及2 600万中小学生，从最初的5个试点城市覆盖到全国31个省（自治区、直辖市）的63 000多所学校。

"'学生饮用奶计划'让越来越多的孩子喝上优质的牛奶，改善和提高营养健康水平和身体素质，也让学生养成了健康饮奶习惯，将受益一生。"国家食物与营养咨询委员会主任陈萌山说。

高标准、严监管

作为家长，福建省南平市市民陈丽丽最在意学生饮用奶的品质。2020年暑假，她特意带孩子参观了提供学生奶的长富牧场，看到挤奶、储藏、运输等全程有保障，心里有了底："孩子的事最重要，学生奶的安全再怎么强调也不过分。"

据中国奶业协会统计，目前，学生饮用奶生产企业从首批认定的7家，增加到123家，备案学生饮用奶奶源基地有354家，泌乳奶牛总存栏40多万头，日均供应生鲜乳12 000多吨。蒙牛、伊利、三元、光明、新希望、君乐宝、长富等均是学生饮用奶的生产企业。

据了解，为确保质量安全，学生饮用奶要求产品采用新鲜生乳为主要原料，乳脂肪、乳蛋白含量等指标高于国家食品安全标准要求，产品不使用、不添加复原乳和营养强化剂，生产24小时处于监控之下，产品包装采用无菌包装材料，检验检测全部合格后方可出厂。学校要有专人负责接收学生饮用奶产品，并且要设专区储存，温湿度适宜。

以未来星学生奶为例，蒙牛集团副总裁顾瑞珍介绍说，奶源来自专属基地牧场，以专用牧场、专仓收奶、专罐储存、专用设备、专人操作的生产方法，采用瞬时灭菌技术及无菌包装，经过200余项检测，105项指标监控，实行牧场、工厂、仓库、流通、学校等各环节严格监管。

巴氏奶、酸奶将进入学生饮用奶计划

纯牛奶、各种果味牛奶、奶糖味牛奶……会场外的展台前，琳琅满目的学生奶吸引了不少人的目光。

"把学生饮用奶这件好事办好，还需要多方进一步努力。"中国奶业协会名誉会长高鸿宾说，发展学生饮用奶还面临一些现实情况：随着学生营养需求和膳食多样性发生变化，当前的学生饮用奶产品种类已无法满足需求；2019年，国家"学生饮用奶计划"受益中小学生普及率仅为17%；多数提供学生奶的企业保本微利，也有少数亏损。

2018年6月，国务院办公厅印发《关于推进奶业振兴保障乳品质量安全的意见》，要求大力推广国家“学生饮用奶计划”，增加产品种类，保障质量安全，扩大覆盖范围。

在会议上，《国家“学生饮用奶计划”推广规划（2021—2025年）》正式发布。规划对2025年的覆盖学生人数、日均供应量、生产企业数量、奶源基地数量、抽检合格率等做了要求，并明确，将增加巴氏杀菌乳、发酵乳和再制干酪。

规划还要求，加强学生饮用奶原料奶和产品的监督检验，倡导学生饮用奶生产企业严把原料关、加工关和运输关，督促和指导企业建立质量安全追溯体系，落实企业主体责任。同时，明确坚持市场机制运作与相关部门支持相结合。

“‘学生饮用奶计划’对奶源、加工、运输、入校等各环节要求很高，需要政府、学校、乳企、社会等多方共同努力，希望未来能拓展产品品类，让孩子们有更多选择，更喜欢喝奶。”河北省邯郸市涉县索堡镇中心小学校长李献军说。

特殊时期的特别热线

刊播 中央电视台（3月8日）
作者 宋建春 王凯博 刘成 郝毅杰

【导语】

一手抓防控，一手促生产。近日，农业农村部新设置了10部涉农热线电话，帮助农民及涉农企业在疫情防控期间解决生产中的难事儿。

热线电话是如何发挥作用的？来看记者的探访。

【同期】**农业农村部涉农热线工作人员 周元清**

您好，农业农村部热线。

【正文】

在农业农村部办公楼9层涉农热线值班室，10位工作人员面前的10部电话不断响起，此起彼伏。

【同期】**农业农村部涉农热线工作人员 周元清**

就是说，你们村设了一个关卡。我们已经记下了您的问题，会尽快反映给相关部门解决。

【同期】**农业农村部涉农热线工作人员 高慧**

我们收到很多这方面的信息，政策应该很快就出来了，你不要着急。

【正文】

记者来到这里的短短10分钟，已经有近20个电话打进来。有反映复工无法开健康证明的，有反映道路不通、农资运不进村的，还有反映农产品卖难的。

【同期】**农业农村部涉农热线工作人员　周元清**

要记下来电人的地址，因为只有记下详细地址才能帮他解决问题。记下来电人的姓名，他遇到的主要问题的是哪些。

【正文】

疫情发生以来，道路通行不畅、农产品卖难等，成为不少地方农业生产和农产品稳产保供最主要的困难。为此，2月4号开始，农业农村部陆续公布了养殖业、种植业、农产品3类产销秩序受理热线电话。而随着疫情防控的阶段不同，以及一些新政策的出台，群众来电反映的问题也有新变化。

【同期】**农业农村部涉农热线工作人员　高慧**

新闻发布会公布了可养殖的蛙类品种，明确了牛蛙和美国青蛙可以养殖，(现在）就接到了很多关于石蛙、黑斑蛙能否养殖的政策咨询。

【正文】

为了有效解决群众反映的问题难点，农业农村部的4个相关专业司（局）成立专班，工作人员提前做好功课，每天8—19点，准时上岗接听电话。

【同期】**农业农村部涉农热线工作人员　杜红娟**

这是我们根据需要及时汇总的信息，这样可以第一时间提供给来电人员。一类是应急的电话，一类是我自己后期补充的各地农业农村部门的产销的热线。

【正文】

工作人员告诉记者，热线开通以来，来电覆盖了全国31个省份，在高峰期，每天会有800多个电话打进来，随着国家和地方多项政策密集出台，很多反映的问题已经得到解决，来电频次也明显减少。

长江禁捕，渔民的生活怎么样了

——来自安徽和江西的一线调查

刊播《光明日报》(9月11日10版)

作者 李慧　杨心悦

受高强度人类活动的影响，“长江病了”，长江生物完整性指数曾经到了最差的“无鱼”等级。为全局计、为子孙谋，党中央作出长江禁捕的重要决策，禁捕涉及10多万艘合法持证捕捞渔船的退捕，关系20多万捕捞渔民的转产安置保障。

2020年1月1日起，一场为了“生命长江”永葆青春、永续发展的长跑启幕——长江流域332个水生生物保护区实现全面禁捕；2021年1月1日起，长江流域重点水域将实行10年禁捕。目前禁捕的进展如何？渔民的生活是如何安置的？记者近日在安徽和江西进行了一线调查。

退捕如何退：收船网，兜社保，解隐忧

初秋，位于安徽马鞍山长江沿岸的薛家洼生态园，空气清新，绿草茵茵。1年多以前，这里还是另一番景象：沿岸停放着200多艘渔民的住家船和作业船。3个非法码头上，船只密密麻麻，生活废弃物、污水随意丢弃、排放，环境污染严重。

为响应长江禁捕号召，2019年5月1日，马鞍山启动长江干流和重要通江支流的渔民退捕转产工作，当年7月底就完成了退捕任务。

“当时决定，首先在薛家洼这个点开展工作，因为这里的情况最复杂，有渔民50户左右，渔船200多条。”马鞍山农业综合行政执法支队副支队长夏德军回忆，为开展工作，各个县、区在薛家洼设立临时指挥部，24小时办公，现场做渔民的思想工作，“把薛家洼的局面打开，全市退捕工作便势如破竹，80多天就全面完成了”。

渔民中，有很大一部分祖祖辈辈从事捕捞工作，在船上出生、长大，在岸上没有住所。渔船回收后，众多渔民的安置问题如何解决？夏德军告诉记者，渔民上岸后，可以以优惠价格购买商品房，住自建房、租廉租房或公租房。

在长江10年禁捕政策实施前，48岁的张周华是一名专业渔民，全家3口人一起生活在水泥船上，拥有大大小小5艘渔船。“刚得知长江禁捕的消息时，心里很慌，后来看到政府对渔民很照顾，就稳定下来了。”渔船回收后，他根据标准获得经济补偿。如今，张周华已乔迁新居，和妻子、儿子、儿媳一起住进99.5平方米的商品房。“买房花了26.4万元，用了政府发放的补偿金和自己的一些积蓄。和船上相比，现在的住房更宽敞，生活也更方便了。”张周华对记者说。

为保障渔民的生活，马鞍山完善社保政策，对年满16～59周岁的参加居民养老保险的渔民，根据参保人选择的年缴费档次，由政府为其代缴养老保险费，做到符合条件的退捕渔民家庭成员应保尽保。

渔民退捕上岸后，子女如何就学也是渔民最大的牵挂之一。南矶乡位于鄱阳湖中的一个岛屿上。乡政府召开工作调度会，向渔民宣传就学政策，做好就学意向登记摸底。最终按照自愿报名原则，解决渔民子女96人的小学、初中就学问题，为他们解决了后顾之忧。

转产怎样转：让渔民上岸后，稳得住，能致富

2020年8月，习近平总书记在安徽考察时指出，实施长江10年禁渔计划，要把相关工作做到位，让广大渔民愿意上岸、上得了岸，上岸后能够稳得住、能致富。

让渔民顺利转产就业，找到可靠的工作，获得稳定的收入，长江10年禁捕才能真正“立得住”。

为顺利实现渔民转产就业，各地纷纷完善就业帮扶政策，通过举办专场就业招聘会、开办技能培训班、提供公益性岗位等，全力为渔民解决就业问题。

渔民长期捕鱼、捕虾，了解鱼、虾的习性，能不能利用这一优势，变捕捞为养殖，实现转产就业增收，成为各地的重要考量。

江西南昌新建区联圩镇下沙头村渔民吴华山，常年在鄱阳湖从事捕捞，是位“渔三代”。“我14岁开始随父辈打鱼，当时鱼的种类十分丰富。近十几年来，很多鱼都看不到了。”41岁的吴华山告诉记者，意识到渔业资源的衰退，他2018年就决定退捕转产。他流转了300多亩水田，从事小龙虾养殖，在象山镇埠角村成立兴旺家庭农场。“今年共收获3万斤小龙虾，纯收入达30万元。”吴华山说。

许多退捕渔民变捕鱼为护渔，从事护渔员兼保洁员工作。渔民张周华退捕上岸后，和同事负责从薛家洼生态园到采石风景区3公里左右的江面巡护。2020年5月，安徽马鞍山当涂县渔民程友明也加入当地渔业资源保护协会，成为一名志愿者。

“护渔员是渔政执法队伍的有机组成，平时的工作主要是劝阻垂钓、报告偷捕情况以及江面保洁。护渔员能帮助渔政执法部门看得更远、看到基层。”夏德军向记者解释，护渔员兼保洁员1个月收入有2 400～3 300元，如果夫妻两个人一起工作，1年的收入基本上可以和打鱼收入持平。

此外，发展旅游也成为吸纳渔民就业的有效方式。在江西上饶余干县康山乡忠臣庙景区担任讲解员的袁芳，父母都是渔民，禁捕前使用100多只鸬鹚捕鱼，“禁捕实施后，景区发挥她父亲的特长，为他提供了鸬鹚表演的工作。”而捕鱼将近30年的渔民袁发亮，退捕后承包了景区商业街的一家饭馆：“接待游客最多的时候，1天有20多桌，年纯收入有八九万元。”在长江禁捕实施过程中，忠臣庙景区共带动康山乡二三十名退捕渔民实现就业。

监管如何管：健全“专管＋群管”“人防＋技防”长效机制

“长江干流一马平川相对好管，而鄱阳湖有上百个小型湖泊，监管难度可想而知”“有证的船收上来了，可互联网上仍能买到塑料船、气垫船”……如何切实强化监管？

各地在监管中，向信息化、智能化等科技手段要效率，大大提高了巡逻执法能力。乘船登上位于鄱阳湖中心的蛇山岛，走进江西鄱阳湖区联合巡逻执法勤务指挥中心，首先映入眼帘的是鄱阳湖以及周边地区的地图，监控室的大屏幕上清晰地展示着各个探头的位置以及实时画面。工作人员介绍，这些高清摄像机可实现360°旋转，至少可监测到周边5公里远。

2018年，江西省财政投入2 131.9万元，建设蛇山岛省级联合巡逻执法办公用房及联勤指挥中心、无线应急通信专网、雷达监控三大系统。2019年，江西省公安厅首次投入警用无人机参与巡航，联合巡逻时间也由往年的重要敏感期向全年段拓展，健全了省、市、县3级联动联合巡逻执法机制。

“在正常情况下，沿着主要航道联合巡逻需要10～15天，配备系统后，只需要1个小时便可以实现湖面全覆盖巡逻。”江西鄱阳湖渔政局副支队长吴鼎盛告诉记者。

禁捕实施后，防范偷捕行为成为新的任务。“现在和之前相比，基层执法压力变大，禁捕后生态环境好转，鱼的种类增多，还有很多大鱼，有人因此铤而走险，给执法增加了难度。”江西省南昌市新建区禁捕办副主任谭云平坦言，要通过监管举措确保水上无船、水里无网，岸上没有非法网具，确保所有水面都在监控之下。

记者从农业农村部获悉，下一步，有关部门将有针对性地强化基层渔政执法力量。特别是“一江两湖七河”227个重点县，要做到有独立或相对独立机构、专门人员、执法装备、专项经费、协助巡护队伍和公开举报电话，健全“专管+群管”“人防+技防”的长效监管机制。

农民工田友来讨薪追踪记

刊播 《农民日报》(1月18日4版)

作者 李海涛　李慧斌　刘杰

春节将至，不少农民工踏上了回乡的路，准备与亲人团聚。而在北京市昌平区北郊农场家属院的锅炉房内，32岁的田友来和几位工友已经“蜗居”4天了。

4天里，白天他和工友各处求助，晚上就在这锅炉房里将就一宿。这几天北京的气温已经降至冰点以下，而入夜后的京城北郊比市里还低上两三摄氏度。几天的讨薪无果，让田友来的心里也蒙上了一层霜。

活儿干完了，应得的工钱却拿不回

1月14日，在北郊农场家属院门口，记者见到了田友来等人。刚一见面，田友来就告诉记者：“我是河北大名县的农民，家里就靠我和我哥养家糊口，我哥不久前在车祸中受伤了，现在急需用钱。这工钱迟迟不给我们，实在没办法了才找你们。”

2019年6月，田友来等人参与北郊农场家属院、慧华苑小区供热二次线及楼内管道改造工程。10月份工程完工时，田友来累计收到工钱2.76万元，剩1.3万元未结算。“当时工程完工了，我就去接其他的活儿了。没想到剩下的钱，拖了几个月都没有着落。”田友来说，直到前几天，仍有参与该工程的21名农民工共计十几万元工钱没有结清。

在小区里，田友来指着脚下的水泥地说：“这就是我们夏天施工的地方，从这儿通到那头，当时都刨开了，换暖气管线。当时我们一群人，大夏天顶着高温，进入地下改造取暖管道，下边又脏又闷，但就算这样，我也把活儿干好了。我不明白为什么活儿干完了，应得的工钱咋就拿不回呢？”

说完，他就走向旁边的一个井盖，试图打开井盖，向记者展示施工时换装的阀门。“这里就是暖气管线的一个节点阀门。”田友来说。

这时，小区里一位60来岁的大妈走了过来，询问他们在干什么。田友来忙上前解释道：“我们是夏天暖气施工的工人，现在还没拿到钱。”大妈站在那儿想了想：“我想起来了，看你们是眼熟。”

“改造完后，您家里暖不暖和？”田友来问。

“家里暖和多了。”大妈笑着说。

“小区居民家暖了，可我们却不暖。”田友来掏出自己的钱包，从里面拿出了一沓皱巴巴的火车票，“这是我从邯郸老家到北京的火车票，你看看，为了要这些工钱，我跑了好多趟了，实在折腾不起了。”

包工头与承包商各执一词

为了讨回工钱，田友来多次找包工头张某和项目承包商江苏某建筑公司相关责任人沟通。承包商的一位项目经理称：“张某没有给出用工明细，我们不能给进度款。”而张某则称：“公司压根就不想给钱，报备好几次都说不合格。”

面对僵局，田友来等人也求助了相关机构。“我们拨打北京某热线，他们回复说，你没签劳动合同，发生这种纠纷，需要到公司注册地解决。”田友来说，“我们又给江苏那边打电话，那边回复说，这事应按属地管理，就在北京解决。”之后，田友来一行人又来到回龙观劳动保障所劳动监察室寻求帮助，对方则称，他们提供的电话联系不到公司相关负责人。

当记者问张某为什么不给田友来等人结清工资时，张某称：“江苏这个建筑公司已经给我支付了32万元，这些钱我已经陆续发给了工人们。但剩下的尾款公司那边一直拖着，不给做决算。直到2019年12月20日，公司才做出来42万元决算款。但决算出来后，就施工过程造成损坏需要扣除的费用，公司的说法我没法认同。所以，农民工工资才一直难发放。”

1月14日下午，田友来一行人和包工头张某再次来到回龙观劳动监察室寻求帮助。记者看到，田友来表明来意后，工作人员很快就拿出一张表格，并表示知晓此事：“按你们上次提供的电话，我们没有联系上。”这时，张某提供了承包商江苏某建筑公司经理吕某的电话。工作人员拨打了两次后，接通了吕某的电话。

吕某表示，拖欠农民工工资，他们也有苦衷。他称："此次事件是由工程质量不合格造成的纠纷。企业有理由扣除因工程质量造成的损失，但是包工头却不承认。而在工资支付方面，由于工人流动性比较大，承包商很难掌握工人名单，只得将工资款项统一支付给包工头，让他统筹分配。"随后，他表示需要班组长确认一下，就能马上结算。在劳动监察室的调解下，张某和吕某于当晚即进行了对账结算，此事似乎有了些眉目。

1月15日，田友来告诉记者，他知晓吕某与张某已达成共识，愿意一次性结清21名工人的工钱，但是要扣除1.76万元的误工费。张某承担其中1.5万元左右的费用，而他和另外一名工人要负担另外的2 000多元。对于这个结果，田友来有些不满，但他决定放弃追回这笔误工费，"算了吧，实在是耗不起。"在得到承诺后，田友来坐上了返乡的火车，赶回家照顾生病的哥哥。

1月16日，记者得知21名农民工已经陆续收到了被拖欠的工资。

农民工遭遇欠薪如何解

田友来说，经历了这件事后，自己也要长个心眼儿，以后干活要跟对方签劳动合同，保护自己的利益。而在以前，他没有签合同的想法。"我们干活儿，都是靠信誉的，大家都是熟人了，不会有什么问题。"田友来说，"这么多年了，也没遇到什么事。"

在采访中，记者了解到，由于承包商和包工头层层转嫁风险或产生施工质量等方面的纠纷，农民工往往成为一部分风险的承担者，另外，熟人用工和口头协议也往往导致了他们遭遇欠薪时证据不足。

近日，国务院发布的《保障农民工工资支付条例》提高了拖欠工资的违法成本，有利于明确清偿主体、规范支付行为、营造"不能欠"的制度环境。在拖欠农民工工资相对集中的工程建设领域，《保障农民工工资支付条例》还设立专章，作出了一系列规定，如"专款专用""总包代发""实名制""工资保证金"等。

"工资是农民工及其家庭生活的最主要来源，也是其最基本的权益。农民工欠薪问题，成因复杂，必须多管齐下，综合治理。"中国政法大学教授王显勇称，工程建设领域欠薪频发、高发、的背后是拖欠工程款、“三包一靠”、用工主体没有责任能力等深层次问题，《保障农民工工资支付条例》从资金来源、市场规范、用工管理等源头性问题入手，将实践中行之有效的制度措施予以立法确认，旨在有效解决工程建设领域“没钱发”“发给谁”“怎么发”等欠薪难题。

（应被采访对象要求，文中田友来为化名。）

疫情之下，农民工出门有顾虑，企业复工防控责任大，怎么办——

四川两招化解两头难

刊播《农民日报》（2月18日1版）

作者 张艳玲

2月14日，四川省眉山市仁寿县年后开出第三趟“春风行动”农民工返岗省际包车，22名仁寿县农民工踏上返岗行程。

听说回城之后，需要隔离14天才能返岗，四川省自贡市荣县铁厂镇山王村村民刘辉犹豫了。他琢磨了半天，还是从村党支部书记那儿要回了返岗申请书。

要不要进城？怎么进城？疫情之下，这两个简单的问题，让四川2 000万返乡农民工犯了难。

据四川省人力资源和社会保障厅统计，截至2月12日上午11时，省内务工、返岗农民工仅72.92万人，占省内农民工的5.32%；出省务工、返岗农民工92.01万人，占春节前回川的720万人的12.78%。

当下，对于农民工输出大省四川而言，让身体健康的农民工安全有序地从田间进入车间，是各地企业复工复产的现实需要，也事关2 000万个农村家庭的就业和生计，更是落实党中央“把疫情对经济社会发展的影响降到最低，奋力实现今年经济社会发展目标”的切实举措和四川担当。为此，四川开展“春风行动”，并开通外出务工人员健康证明网上平台，让农民工返岗顺心、企业用工放心。

复工返岗的两头顾虑

“立春”之后，四川进入春耕备耕时节，凉山州及盆周山区随之进入春季马铃薯播种高峰期。往年这个时节，主营马铃薯原种繁育和推广的成都玖森农业公司正是忙碌的时候。

“种植大户急切地需要马铃薯种，但我们没办法组织工人，每天只能少量发货。”销售经理施琴告诉记者，公司已经按规定提交了复工申请，正在等待审批。

2 000公里之外，中国华西企业有限公司深圳某项目已经准备好充足的防疫物资，前期已向后勤人员发出了返岗通知，只等相关部门批准。

一方面，企业迫切地希望开工复产，以减少损失；另一方面，按照“谁用工谁负责”的原则，面对来自不同地方的返城工人，如何核实他们的健康信息，又让企业有所顾虑。

在深圳建筑行业打拼多年的一位四川籍老板告诉记者，目前深圳绝大部分建设项目都还未开工，大家还是担心，万一防控不力，会很被动。

而在乡村，对返城持观望态度的务工者不在少数。

“从各乡（镇）摸底的情况看，目前农民工出行的需求还不是太迫切。”眉山市仁寿县交通运输部门连日来向全县农民工收集出行需求，该县道路运输管理所党总支书记廖峥告诉记者，经常有人今天报名要出行，第二天又变卦。

2月8日，与刘辉同村的秦宏接到了上级的复工通知。然而，他却不打算进城，就在前几天，他接到房东的电话，因为疫情防控需要，物业不允许群租房租客进小区。“住的地儿都没有，怎么进城？”秦宏不禁叹了口气。

“与其进城被关进宿舍，不如窝在村里。”刘辉盘算之后，想再等等。

仁寿县农民工服务中心主任刘刚分析，不少农民工一是担心乘坐长途公共交通工具有风险；二是目前城市社区、园区管委会对外来人员十分警惕戒备，农民工因此延迟了回城计划。

一场“春风行动”，让农民工安心跨省出行

因所购车次临时停运，在经历了3次动车退票后，张建芳不想再等了。

2月14日，她坐上县里安排的省际包车，与21名老乡一起踏上返岗行程。这是四川省眉山市仁寿县年后发出的第三趟“农民工返岗”省际包车，也是四川省开展农民工返岗“春风行动”的一个缩影。

张建芳是仁寿县宝马镇洪水村6组村民，在广东省东莞市一家电子厂务工。“和乘坐动车的价格差不多，虽然时间长不少，但包车乘客少且经过政府审核，比动车还稳当些。”张建芳说。

张建芳口中所说的“审核”，是指农民工在向交通运输部门申报出行需求之前，需要到村委会开具返岗申请或是返岗登记，并且在行前3日内就近到居住地乡（镇）卫生院或社区卫生服务中心获取《四川省2020年春节后出省务工和返岗农民工健康状况随访记录表》。

记者注意到，在由乡（镇）卫生院出具的健康随访记录表上，主要记录了出行人的体温、血压、心率、呼吸道症状及在川春节期间流行病学史。据了解，这是四川省首次针对出省务工和返岗的农民工推出行前免费健康服务，为健康农民工减少因防控带来的出行阻力。

记者登上这辆49座的长途大巴后看到，座位最后两排作为“临时隔离区”空了出来，并配上了拉帘。按照交通运输部包车50%客座率要求，22名乘客隔位而坐。乘客宋辉被选为车长，他将和副车长一起按时为车上工友检测体温，并填写体温监测表。

四川省交通运输厅相关负责人告诉记者，与往年由交通运输部门开展农民工返岗“春风行动”不同，这次是由四川省应对新型冠状病毒肺炎疫情应急指挥部直接部署，目的是保障农民工安全有序返岗，保障疫情可防可控，因此在各个环节都作了特殊的要求。

据统计，2月1—15日，眉山、绵阳、自贡等15个市（州）陆续开展“春风行动”，累计发车346辆，运送12 763人次，主要前往广东、云南、北京、青海、浙江等地。

值得一提的是，目前四川已与广东、浙江两省成立了省级层面的工作专班，由人社、卫健、经信、交通运输等部门组成，在疫情防控期间，负责跨省返岗复工的组织协调、人员协查、信息沟通等工作。

一个“健康二维码”，让农民工在省内流动起来

目前，四川正积极组织企业有序复工。据四川省经济和信息化厅统计，截至2月13日，四川省重点防控物资生产企业全部实现复工复产；粮油、肉制品等七大类生活必需品生产企业复工率达52.9%；规模以上工业企业复工

率达35.6%。然而，从复工企业用工人数来看，仅为正常水平的30%左右。

在四川2 500万农民工中，约有1 400万在省内务工。如何让身体健康的农民工在省内流动起来，打破企业无工可用的僵局，显得愈发迫切。

2月14日，四川省委书记彭清华在遂宁市大英县隆盛镇黎明村、杜家寨村调研农村疫情防控工作，给村民带来了好消息——四川省外出务工人员健康证明网上服务平台在当天正式上线了，“让大家尽快在省内流动起来，早日实现就业”。

同一天，四川省应对新型冠状病毒肺炎疫情应急指挥部发布第8号公告，就实施健康申报证明服务有关事项向社会进行公告。

四川省卫健委副主任宋世贵介绍，这不是一项收缩性的管控政策，而是一个便民的服务举措，通过健康证明的申报服务，解决群众安全、有序、健康出行的问题。

健康申报证明可以说是健康随访记录表的升级版。记者了解到，由于接收地不认可，四川前期为跨省流动农民工开具的健康随访记录表沦为一张“出门条”，收效甚微。这让大家意识到，省级层面的标准不统一，就无法破除农民工在四川省内跨市、州顺畅流动的障碍。

宋世贵特别强调，健康证全省范围内通用，各市（州）、各县（市、区）人民政府和用工单位均须认可，不得另行设置限制务工人员出入本区域的门槛。

在程序上，宋世贵介绍，农民工若需跨市（州）务工，可在网上申报，由所在乡（镇）审核，满足在川居住14天以上，且接受当地村（社区）管理的人员给予通过，农民工就可到乡（镇）卫生院（社区卫生服务中心）接受免费健康服务，获得专属的“健康二维码”，不管是本人、医生，还是用人单位，都可通过微信、支付宝等多个渠道查询相关信息。

那么，对于出省务工人员来说，拿到的健康证明，出省后还能用吗？四川省人社厅党组成员、省就业局局长黄晓东透露，目前，四川已与川籍农民工主要输入省广东、浙江建立健康检测信息互享及结果互认机制。通过“点对点、一站式”方式开辟专车，做好在途中的健康监测管理，用工企业进行健康复检，可以进一步优化流程、缩短时间。

农民工在家有村里的严格管控，到了务工地会不会“失控”？这点，四川也考虑到了，强调持此证明的人员要纳入务工所在地的村（社区）服务管理。也就是说，农民工在抵达务工地后，各项防控工作将实现“接力”。

拎稳武汉百姓“菜篮子”

刊播《农民日报》（2月24日1版）

作者 李飞　邓俐

湖北省武汉市水果湖社区，菜贩侯长珍看了一眼微信群里的订单，埋头麻利地拣起几样蔬菜，称重、装袋、系紧，递给丈夫蒋祖高，由他给群里的老主顾们送到小区门口。这些蔬菜，来自15.5公里外的武汉白沙洲农副产品大市场。蒋祖高等菜贩习惯称之为“白沙洲大市场”。

武汉市洪山区黄家湖东岸，两辆蔬菜运输车每天由雷神山医院驶出，前往隔湖相望的白沙洲大市场，从这个市场唯一还开着的主门驶入，司机通过体温和口罩检查后，汇入众多蔬菜运输车中，最终采购回当日医护人员所需的蔬菜粮油。

“江南白沙洲，江北四季美。”武汉长江两岸各有一个大型农贸市场。白沙洲大市场，这个华中地区鼎鼎有名乃至在全国范围内也颇有影响力的农副产品交易地，自2004年成立之始，就是武汉市民最重要的“菜篮子”集散地。

新冠肺炎疫情发生以来，白沙洲大市场一方面加强防疫，内防扩散、外防输出；一方面稳价保供，积极设法调剂湖北省内外货源。即使在疫情最严峻的时刻，市场也未中断营业，为武汉全民抗击疫情攻坚战守牢了“菜篮子”大后方。

防控细实，价格平稳

白沙洲大市场共有1个主门和9个侧门，疫情暴发后，市场迅速关闭了所有侧门。记者佩戴口罩、量过体温后，由主门进入。门口的电子显示屏上，更新播报着确诊及疑似病例的最新情况，市场主道路两侧的墙上，挂着“早发现、早报告、早隔离、早诊断、早治疗”“严厉禁止活禽销售宰杀”等横幅。

疫情防控是武汉市的头等大事，人流、车流相对集中的白沙洲大市场不敢有丝毫放松。除测温提醒外，市场管理部门对人、货、车及运输路径等信息逐一核实登记。每天还要派出专业人员，与政府职能部门的工作人员一起对经营区域进行全面消毒。环卫工人始终坚守在岗位上，从春节前至今，没有落下过一天的清扫保洁。

占地1 100多亩的市场，大致分为蔬菜区、水产区、粮油区和调料区。记者看到，水产区已彻底关闭，被一人高的金属挡板隔开，里面空无一人，粮油区、调料区也较冷清，而蔬菜区就显得繁忙多了，六七成的商户档口开门营业，工人们忙碌地装卸各种蔬菜。用于运输的车辆，除常见的厢式货车、面包车外，也不乏小轿车和手推车。

“蒿子多少钱一包？”肖唐湖的档口前，一位主顾指着一包百公斤重的新鲜泥蒿问。

“350块钱。”肖唐湖是湖北黄石阳新人，受乡镇政府委托，代当地的小散泥蒿种植户来白沙洲大市场销售泥蒿。

泥蒿等叶菜不耐存放，价格有所下降。而较耐储存的大路蔬菜，价格则有不同程度的上涨。白沙洲大市场副总经理郑荣秀从电脑里调出了2月19日市场监测到的20种蔬菜批发价格：以公斤计价，土豆3.9元、包菜1.4元、大白菜1.65元、白萝卜1.45元，均价为5.63元。

“总体看，价格还是稳定的。有一定上涨是因为进货和运输成本都增加了，人工也十分紧张。”郑荣秀说。

储备充足，供应稳定

受疫情影响，武汉市民的购菜方式发生了变化。通过“菜篮子”直通车、电商、微信销售配送的“无接触直供”模式颇受欢迎。在白沙洲大市场内，记者看到，电商和配送平台的运输车明显多了不少。

郑荣秀介绍，常态下，市场日交易人数超1万人，日均交易量稳定在4 000吨以上。疫情暴发后，为稳定蔬菜供应，市场方面第一时间号召蔬菜商行组织货源来汉，确保蔬菜供应充足、品种丰富，特别是大白菜、甘蓝、白萝卜、莲藕等冬储春供菜，共向商行下达了70万公斤“必须完成”的储备任务。

湖北疫情防控措施不断升级，鄂牌车尤其是武汉车辆出省越来越难，而外地车辆也因为返程须隔离的原因不愿进入湖北。

采访中，记者了解到，鄂外司机大多对返程后的“隔离状态”持复杂心态：一方面可以理解，另一方面又不能接受。两难之下，司机们往往倾向于选择“不跑湖北”。

请车难、请车贵，导致长途运费普遍上涨1倍以上。为了缓解商户的经营压力，白沙洲大市场自1月24日14时起，免除进场车辆相关费用。据郑荣秀估计，截至2月20日，共免除进场费超过百万元。

同时，白沙洲大市场积极与武汉市交管部门保持紧密沟通，力争让外地蔬菜运销车辆能够随时进入市场，同时通过收集、发布商品和物流信息等方式，吸引省内外供货商和采购商进场交易。

记者从市场方面了解到，目前场内蔬菜、米面、粮油等储备充足，日均进场交易人数两三千人，交易量稳定在2 000吨左右，最高达2 500吨。

交易回升，支撑有力

记者拿到了一组市场方面的数字。与2019年同期相比，2月1—20日，白沙洲大市场蔬菜交易量为3.6万吨，较2019年同期下降了37.52%。而1月25日至2月13日，白沙洲大市场蔬菜交易量为2.6万吨。

从同比下降数字看，市场交易量正在向往年水平恢复。特别值得一提的是，2月以来，白沙洲大市场在武汉市内的交易量占比超过70%，而2019年占比约30%。供应占比增加两倍多，充分体现了白沙洲大市场在武汉市应急保供、稳定市场方面的有力支撑作用。

目前，对白沙洲大市场影响最大的是人手吃紧问题。由于武汉公共交通中断，导致市场内大量工人无法返岗。记者看到，不少商铺内只有两三个人，有些档口从过磅、开票、收款到搬运，都需要老板亲力亲为。

白沙洲大市场自身也面临着人工问题。“员工居住的小区普遍有规定，只要出小区上班，就不能再回去了。”郑荣秀说，这样的规定让很多员工犯了难。目前，部分在岗员工只能住在市场里。

她希望，街道社区可以对承担保供任务的企业员工采取更精细化的管理方式，市场方面也积极配合做好相关工作，“毕竟，疫情防控和市场保供都是攻坚战。”郑荣秀说。

三万七千只羊的归途

一场特殊时期的转场接力，一条热线牵出的专辟通道

刊播《农民日报》（3月5日4版）

作者 焦宏

2月21日凌晨3时左右，4辆载着1 000多只待产母羊的大卡车停在了内蒙古自治区兴安盟科尔沁右翼前旗索伦镇联军嘎查岗根套海一社的一片牧场上。

副驾驶座位上，蜷了半晚的张旭一抬腿跳下车，站在自家7 000多亩的草场上，悬着的心总算踏实下来。

“回家的感觉真好！”这个脸冻得通红的牧羊人嘴里嘀咕着。

和大多数地方一样，新冠肺炎疫情发生后，兴安盟部分旗县的道路也随即被封，科尔沁右翼前旗42户牧民急需转场的3.7万只羊被困在放牧点，回不了家。眼瞅着天气慢慢变暖，母羊产羔的季节到了，春防也要开始了，被困的牧民急得像“热锅上的蚂蚁”。

“放牧点就是个简陋的窝棚，小羊羔生下来也活不了多少，一年的辛苦算白瞎了。”42户在外放牧的牧民和张旭一样担忧。

从2月18日开始，一场特殊时期的转场接力开始了，3.7万只羊通过专辟的通道踏上了回家路。

家未动，羊已远，牧羊人在旷野

大马力发动机轰鸣着，前照灯射出去老远，家里的人都跑了出来，帮着装卸工从笼子里一只一只往下卸羊，牧羊犬狂吠起来，乱哄哄的，可张旭心里很安稳。羊群“咩咩”叫着，像水流一样淌向羊圈，小羊跟在母羊后边，等一切都安顿完，天也放亮了。张旭这才走进阔别了近4个月的家，端起一碗

热乎乎的奶茶。

48岁的张旭放了近30年的羊，家里4口人，如今养着500多只羊。他家的牧场靠近阿尔山市，算是在兴安盟靠北的地方，每年10月底，气温就开始下降，到冬天就更冷了。羊群越冬的时候消耗饲草料多，热量损耗大，容易掉膘。

2019年10月末，和往年一样，张旭和同伴韩少忠拉着两家的1 000多只羊，来到300公里外的扎赉特旗小城子镇青山村放牧点遛茬过冬。

"遛茬"是当地方言，指的是秋收后赶着羊到农田里，把掉在地里的玉米、大豆等粮食吃掉。北方的田野里，冬日的阳光下，不时能看见羊群安静地捡食地里遗撒的粮食，与孤独的牧羊人和蹦跳的牧羊犬组成了一幅游动的田园画。

"遛茬"是牧民的一种生产方式，我国农牧交错带的大部分地方都保留有这样的习惯。但是每年秋收后，牧民拉着羊群辗转几百甚至上千公里到农区遛茬，直到来年春天再转场回到自家牧场接春羔子的习惯，似乎只在内蒙古、黑龙江、吉林3省份交接的地带还存在。兴安盟的规定是每年10月15日至下一年的3月31日，允许牲畜进入农耕地遛茬。

打开地图可以看到，这些地方多是半农半牧区，是典型的草原文化和农耕文明交错地带。蒙古族的游牧传统在现代牧民身上保留了下来，虽然没有像过去的游牧生活那样"逐水草而居"，但是在农区长达4个多月的"逐粮草遛茬"，也算是现代版的游牧生活。

只不过，过去牧民从夏季牧场转场到冬季牧场，是全家坐着牛车、带着帐篷，在草原上慢悠悠地边走边牧，生产和生活都在一起。现在转场遛茬是用车辆运输，几百、上千公里的路，加上装羊卸羊的时间，一两天就够了。家未动，羊已远，牧羊人在旷野。

现在的遛茬习惯从张旭的父辈开始延续，每年秋季，他都会拉着羊群转场去农区遛茬过冬，最远到过离家500多公里的地方。

"南边农区冬天的正常温度比索伦镇高10℃左右，在地里遛茬还能保膘，增强体力，节省饲草料。"张旭说，秋天农区的玉米、水稻、大豆、杂粮等作物收割后，地里会留下各种作物秸秆的茬口，也会有遗撒的玉米、豆粒等。

对种地的农户来说，这些东西收起来不值当，扔地里也不可惜。但对冬天缺饲草料的牧民来说，这些都是羊爱吃的好东西，等到来年春天母羊开始产羔的时候再回到自家牧场接春羔子，也不耽误生产，一举多得。

对农区来说，地里的庄稼收割后，羊在地里来回遛茬，粪便都留在了地里，慢慢变成了自然发酵的有机肥，增强了地力，来年的庄稼也长得好。

“一个遛茬季，1 000多只羊，能给地里产生8万斤的羊粪，这是花钱都买不来的好肥料。”张旭说。所以农区也欢迎牧民来遛茬，并且会提供各种便利，帮助放牧点上的牧民，让羊群安全越冬。每年到了一定的时间，牧民就会联系好农区的放牧点，拉着羊过去。

从2019年秋末到2020年开春，张旭和韩少忠就生活在远离村屯的放牧点上，住在用矮土墙或铁丝网圈成的简陋羊圈边的窝棚里，除了有时到附近的集市买点吃的东西外，每天就是赶着羊群在地里来回走。北方的冬天，空旷的田野中也看不见几个人，寂寞的日子在羊群的“咩咩”声中随着风一天天滑过去。

春天来了，天气慢慢转暖。进入2月，一只只“性急”的小羊羔在遛茬中出生。2月14日，张旭在羊群里捡了两只刚出生的小羊羔，过了一天，又捡了两只。接春羔子的时候到了，他知道羊群该转场回家了。一年中最忙碌、最幸福的日子来了。

“收拾收拾，咱们准备拉羊回家接羔子！”2月17日，张旭给同伴韩少忠交代了一下，就出去联系运输羊群的车辆了。

拉羊的车过不来，羊群就回不去

位于内蒙古自治区东北部的兴安盟处于3省份交界处，东北与黑龙江相连，东南与吉林毗邻，南部、西部、北部分别与内蒙古的通辽市、锡林郭勒盟和呼伦贝尔市相连。全盟粮食作物播种面积达1 581.2万亩，和往年一样，2019年秋天，牧民们就拉着羊群来到三地交错的农区遛茬了。

新冠肺炎疫情发生后，在放牧点上的牧民也通过手机了解到全国上下正在共同抗击疫情，每个人出门都戴口罩，形势似乎很严峻。但放牧的人很少戴口罩，每天在大野地里放羊，一天也见不着啥人，空气也好，觉得没啥事。

张旭之前也听别的牧民说可能封路了，车过不来。动作快的牧民已经回到家，有的牧民联系放牧点附近的亲戚朋友，把羊群先赶过去接春羔子，扛过这段日子再想办法回家。

张旭对封路的消息半信半疑，2月17日，他赶紧找到扎赉特旗疫情防控部门发的通知，按照上面的联系电话找到了扎赉特旗交警队。

“车不能进扎赉特旗了。如果运输车非要进来拉羊，司机就得隔离，隔离多长时间还没定下来。”交警队队员告诉张旭。

传言得到证实。原来，近期黑龙江省新冠肺炎疫情防控形势依然严峻，兴安盟扎赉特旗与黑龙江齐齐哈尔市接壤，平日里两地贸易及人员往来频繁，扎赉特旗疫情防控指挥部作出临时封城的决定，限制人员及车辆流动。而从科尔沁右翼前旗来的车辆到放牧点拉羊，必须要经过扎赉特旗。

“现在路都封了，车不让过来，过来了也回不去。”“由于周边新冠肺炎疫情防控形势严峻，让地理位置优越、处于东北经济区的兴安盟防控压力陡增，各旗县都在严格控制人员和车辆往来，路基本都封了。”兴安盟农牧局副局长王俊峰说，牧民转场的时间正好是周边各旗县严防死守的关键时期，转场的路线上都设卡封闭，禁止车辆和人员通行。

张旭打听之后发现，什么时间解除封锁，让人员车辆流动，一时半会也定不下来，得根据周边疫情发展才能确定。

这个时候，韩少忠还在放牧点上等着张旭的好消息。羊圈是用夯筑的矮土墙和铁丝网、木栅栏围起来的，顺墙搭了些简陋的敞口棚子，当地称之为窝棚。遛荏回来的羊一圈一圈的，有的待在棚子里，有的卧在棚子外面反刍，偶尔还能看见小羊羔在棚子里围着母羊转来转去找奶吃。韩少忠围着羊圈来回溜达，万一有羊要出生了也好随时准备。

拉羊的车过不来，羊群就回不去。张旭往青山村放牧点的羊圈走的时候越来越发愁。如果真转不了场，两家的1 000多只小羊羔就要产在放牧点上了。看着条件简陋的放牧点，张旭想着小羊羔子指定活不了多少，估计损失至少在50万元以上，几年挣的钱都得搭进去。而那500只羊几乎就是他的全部。照他原来的打算，养好了，这些羊2020年能产500只以上羔子。

和张旭一样着急的还有在外放牧的42户牧民。

“这可咋办？”牧民们平生第一遭碰到羊群不能转场回家的事。几万只待产的母羊滞留在条件简陋的农区，焦虑与不安蔓延开来。

“眼看着待产母羊陆续把小羔子产下来了，路却封了，羊回不去，我都急得好多天睡不着觉。虽说已立春了，但东北早晚气温还很低，产的小羊羔多了，照顾不过来，它们很难活下来。”在吉林省洮南市那金镇遛茬的牧民王布仁特古斯说。

80公里山路，羊群整整走了三天三夜

让羊群回家是牧民的头等大事。车到不了放牧点，就得想别的办法让羊群回去。着急的牧民开始赶着羊群避开大道，朝家的方向走。

“我是去年11月12日拉着羊出来的，在太本镇放牧已经3个多月了，现在要回家了，路封了，只能想办法走山路绕回去。”在乌兰浩特放牧的斯琴毕力格说。

2月14日一大早，斯琴毕力格收拾好行囊，骑着马，赶着1 300多只羊从放牧点出发了。他的目的地是乌兰哈达镇，在那里装车，把羊拉回科尔沁右翼前旗满族屯满族乡特布格日乐嘎查熬门台沟的自家牧场。

乌兰哈达镇距离放牧点80公里，斯琴毕力格和同伴骑着马，冒着严寒，赶着羊群上路了。1 300多只羊时而上山，时而下山，在弯弯曲曲的山路上挤挤挨挨、走走停停。

一路踏雪行进，风餐露宿。羊群路过呼和马场七连、三连和呼和马场时分别打了尖，吃点干草接着走。

80公里山路，羊群整整走了三天三夜。2月16日，终于走到了乌兰哈达镇。斯琴毕力格联系好的车辆正在乌兰哈达镇等着装羊。回家的路不远了。

“2月17日晚上，我的羊群就回来了。”斯琴毕力格自豪地说，现在已经生了300多只小羊羔了，如果生在放牧点，活不了多少。

路封了，车过不了省界，科尔沁右翼前旗的在吉林、黑龙江地界放牧的牧民们也着急起来。他们先把羊从吉林、黑龙江地界赶到内蒙古地界，再想办法拉着羊回牧场，这样心里才能踏实。

王布仁特古斯算来算去，从那金镇放牧点到科尔沁右翼前旗居力很镇红忠村这条路能成行，距离大概50公里。

2月22日，王布仁特古斯在寒风中赶着800多只羊向红忠村出发，走了一

天一夜，23日到达红忠村，看到来接羊群的车辆，王布仁特古斯紧绷着的心一下子放松了。当天夜里，羊群就回到了科尔沁右翼前旗满族屯满族乡白音乌拉嘎查的家里。

在青山村心急火燎、束手无策的张旭也没闲着，不停地刷着手机，希望能够找到解决办法。他在微信群里看到一份通知，是关于维护畜牧业正常产销秩序、保障肉蛋奶市场供应的。农业农村部办公厅在2月4日发布了一份通知，要求各地在疫情防控中要做到“五不得一支持”，其中明确要求不得拦截仔畜雏禽及种畜禽运输车辆。

通知是十多天前发出的，还公布了热线电话，张旭像抓住了一根救命稻草一样。2月18日，刚到上班时间，他就着急忙慌地拨通了热线电话，把自己碰到的困难告诉了农业农村部畜牧兽医物资保障组。

“时间不等人，正是接春羔子的时候，马上又要开始春季动物疫病防控了，牧民羊群转场的事等不得。”电话那头，畜牧兽医物资保障组的同志接到张旭的反映后，安慰张旭不要着急，表示将立即会同内蒙古自治区农牧厅，把张旭的信息反馈给兴安盟农牧局，帮助转场。

2月18日上午，兴安盟农牧局接到自治区农牧厅的信息后，马上和张旭取得了联系，并指定由扎赉特旗农牧局局长刘立军负责协调解决。

在详细了解了张旭羊群转场数量、转场时间、运输车辆的状况和路线等信息后，刘立军将信息反馈给扎赉特旗疫情防控指挥部，由指挥部协调公安交通部门和小城子镇、青山村等，要求在做好车辆消毒、司机体温监测等基本措施后，给张旭转场运输羊群的车辆开具上路证明，让待产母羊安全转场到索伦镇张旭自家的产羔点，保证牧民财产和母羊生产安全。

经过协调，2月18日晚8时左右，刘立军将扎赉特旗疫情防控指挥部的意见传达给了小城子镇分管农业的副镇长李清城，镇里马上和张旭放牧点所在的青山村村委会取得联系，将张旭的诉求和扎赉特旗疫情指挥部的决定传达给村委会主任。

“运输羊群转场回家的事没问题了，明天就可以联系车辆过来拉羊。”刘立军也将扎赉特旗疫情防控指挥部的决定及时通知了张旭，并嘱咐张旭告知来拉羊的司机要带齐出行证明，将羊运到目的地后马上到青山村村委会去开回程证明。

他怕混乱中把小羊给踩了

青山村有4万多亩地，都种玉米，也有少量的大豆、杂粮。每年都有牧民拉着羊来青山村遛茬过冬。

青山村村民李金生说，“去年10月末，张旭和我联系好，想秋收后拉着羊到我这里遛茬保膘。哪承想现在因为新冠肺炎疫情，1 000多只羊被困在村里走不了。很快，村里也要开始春耕备耕、准备禁牧，羊群不能随便放了。”

2月18日晚，青山村村主任张怜奎接到镇里的电话通知后才知道，在青山村放了快4个月羊的张旭要拉羊转场回家了，这里的放牧点就是个窝棚，不能接羔子。

“请带着从索伦牧场放牧点来的车辆的证明、司机健康证明和当地开具的出行证明，到村委会开回去的证明。”按照扎赉特旗疫情指挥部的要求，张怜奎电话通知了张旭返回自家牧场需要的材料。

2月19日晚，运输车终于到了。张旭连夜将车辆和司机出发地的材料送到了村委会。

2月20日一大早，4辆拉羊的大卡车开进了青山村张旭的放牧点。张怜奎带着村医和其他防控人员，给司机和前来装卸的人员一一测了体温，并给每辆车都仔细做了消毒处理。

“拉羊的车进来后，我们对每个人都测了体温，对车辆进行消毒。”青山村村医王跃东说，体温正常才能开具放行证明。

货车发动机轰隆隆地响着，和羊群的叫声混成一片。装卸工们弯着腰，将一只只待产的母羊装进3层的铁笼子里。张旭抱着一只刚出生没多久的小羊羔，1 000多只羊要装车，他怕混乱中把小羊给踩了。

“从20日上午9时开始，一直盯着往车上装羊。1 000多只羊，还有出生不久的小羊羔，整整用了一天时间，直到晚8时多才把羊全部装上车。”青山村放牧点管理负责人姚启文说，羊装好后一点都没耽搁，连夜离开青山村，向索伦镇的牧场驶去。

一路上，扎赉特旗设立的卡口，在夜色下都给车辆放了行。

2月21日凌晨3时左右，张旭和他的羊群回到了阔别近4个月的科尔沁右翼前旗索伦牧场。

终于到家了。

看着在自家牧场上溜达的羊群，张旭有点激动，“说实话，我打电话的时候很着急。没想到的是头天还在为羊群转场回家的事上火，第二天就解决了，第三天就回到家了。”

张旭不知道的是，接到他反映羊群转场被困的信息后，兴安盟农牧局举一反三，立即开始全面普查梳理牧民转场现状，疏通被困羊群转场回家通道。

“经过排查，全盟因疫情出现转场被困的放牧户42户，共计3.7万只羊。”王俊峰说，经过协调，当地疫情防控指挥部对转场羊群的运输车辆采取了同样的措施，在符合条件的情况下全部予以放行。现在，有的牧民找到了接羔点，有的牧民投奔亲戚家的放牧点接羊羔，大部分转场牧民已经顺利回到自家放牧点。

最幸福的路，是回家的路

一年一度接春羔子的时候到了，代表希望和梦想的又一批小羊羔来到牧民家。2月28日，刚回到家的张旭就接了20多只小羊羔，家里的羊圈挡风暖和，小羔子生下来后不会受冻，很快就跟着母羊在圈里溜达找奶吃了。张旭家里准备了精饲料，这几天也都用上了，一家人整天乐得合不拢嘴。这是牧民用一年的含辛茹苦换来的犒赏。

“趁着现在羊价好，要保证小羊羔的成活率。”张旭说，母羊一直到4月初才能接完羔子。小羊羔出生后，得在牧场里养5～6个月，8月开始陆续出栏上市，养好了，每年能收入10多万元。

牧民羊群转场的事终于解决了，3.7万只羊有了各自的归宿。

应该说，在这特殊时期，张旭是幸运的。他看到了那份通知，又拨通了热线电话。接到羊群转场受阻的信息后，从上到下都在帮他协调转场，一天时间搞定，也让2019年同样从家里出来的42户牧民和3.7万只羊顺利踏上归途。

世上最幸福的路，是回家的路。对人来说是这样，对羊也一样。

山重水复终有路

——重庆现代山地特色高效农业观察

刊播《农民日报》(12月28日1版)

作者 唐园结　邓俐　李飞　李鹏

（一）

中国多山，山是大地的骨架。雄壮绵延的山地和葱郁秀丽的丘陵，是大江大河的水源地或分水岭，是不同地形地貌的缔造者和分界线，进而在很大程度上造就了各地迥然有别的生产生活方式。

中国人乐山，对山的情感极重。山民靠山吃山，感恩山的馈赠。山外的人，五岳寻山不辞远，一生好入名山游，灶厨边有山珍，雅室常挂山水画。

千百年来，山深刻影响着中国人的生活，它的分量可称得上“重如泰山”。时至今日，仍是如此。占国土总面积2/3的山区，主要分布于19个省份的1 400多个县（市、区），既是我国粮食和特色农产品的重要产地，又是相对贫困人口的集中地，还是现代城市人寄情于山水的旅行目的地。

今天，山的文章有了时代命题：山地特色农业现代化。它是山地丘陵地区农业农村现代化的内在要求，是保障粮食和食物多样性安全的必然之路，是消费升级背景下需求端驱动供给侧的提档升级，是绘好现代版“富春山居图”的关键起笔，尤其在开启全面现代化伟大征程的历史节点上，其战略意义更显重大和深远！

时代出考卷，自有破题人。乡村振兴战略实施以来，山城重庆勇毅创新、奋力实干，凿出了一条坦阔的“山路”，引领着山地特色农业现代化的方向——以农田宜机化、种养精细化、生产绿色化、产业链条化、业态融合化、产品品牌化为要，倚特色而立、向高效而行，提升农业质量效益和竞争力，为乡村全面振兴夯实产业之基。

过去3年，《农民日报》采访组年年赴重庆，走进10余区、县的数10个乡村，共聚焦粮、油、果、菜、茶、菌、药、鱼、猪、牛等10多个产业，形成对巴渝现代山地特色高效农业发展的系统性认识，也获得一些对山地丘陵地区农业现代化有益的经验性启示，谨以此文记之。

（二）

经济发展史上有这样一种价值判断：农业文明时代，平原宜耕作；工业文明兴起后，沿江、沿海有优势；进入生态文明新纪元，山地特有的宝贵价值愈加凸显。

巴渝最不缺的就是山，山地丘陵面积占比高达98%。

重庆的版图，形似一个朝向右下的“山”字。巫山、武陵山、大娄山分居重庆东部、东南和南部。千余里长江自西向东横贯全境，很像是“山”字底部的一横。长江辞川蜀而入江津，至奉节横穿巫山3个背斜，造就了三峡胜景，及至湖北宜昌，群山戛然而止，一望无际的江汉平原迎面铺开。

地质学家总结巴渝地形特征，称之为“平行岭谷”。一道道山岭呈长条形，大致平行延伸，状如横断山脉，但又不似那般山高谷狭。重庆的山多为中低山，谷较宽广，适宜作物种植和人类生活，这就将稀缺的耕地资源由平面的拉成了立体的，产业规模空间骤呈几何级数增长。

山谷纵横决定了气候的多变。冬暖春早，夏热秋凉，朝云暮雨，多雾少霜，常常是转过一座山，阴晴冷暖就大不一样。

环境的多样带来了多元的资源。万重山、千条水，遍地是宝贝。巴渝山川化育了6 000多种植物，各类特色作物在河谷平坝和低、中、高山区中总能找到最适合生长的一方水土，而且由于山区工矿企业少，几无污染，更为农产品添了一抹宝贵的“绿”。

这些山水云雾，一经寓于产业，迅速幻化出无限可能。

“如果说，过去重庆的农业更多受制于山地的局限性，那么今天，我们认为传统意义上的地形劣势完全可以被转化为资源优势，发展出优势产业。”在重庆市农业农村委主任路伟看来，制约农业效益的穷山正在变成高效农业发展的靠山——

生产条件改善了。智能化设备精准控制光、温、湿条件，土地适度规模化和农田宜机化改造打破了“巴掌田”“鸡窝地”的碎片化瓶颈，一番“改天换地”，让山地资源利用率大幅提升，不仅夯实了粮食生产基础，也为发展经济作物释放出巨大空间。

市场需求升级了。消费者对农产品量的需求满足后，开始追求食物的多样性，那些没吃过的、更好吃的、吃着放心的“山货”成了“抢手货”。更有些城里人，一有闲暇就走进大山深处，在绿水青山里品味自然。

供需通道畅通了。山货出山不再是一山放过一山拦，通村路、通组路、产业路、机耕道……路网密布，路路畅通；大数据铺就信息高速路，农村电商产业勃兴，冷链物流保鲜速达，让农产品变商品的“一跳”不再那么“惊险”。果农、菜农说：“与其在外东奔西跑，不如在家动动电脑；与其跑市场四处卖，不如开直播自己带。”

山地之于农业的优劣势反转，是经济社会发展到一定阶段时自然发生的。但是，山地优势并不能自发地转化为优势产业，这个过程需要有为的政府和有效的市场共同作用，其路径就是山地特色农业的现代化——立足“山地特色”基础，抓牢“优质生态”优势，丰富“农业产业”业态，着眼“现代高效”目标，加速人、地、钱等要素向山区流动，让山地农业大有奔头。

山地特色农业现代化之于重庆，极其重要。它不仅在很大程度上决定着重庆农业农村现代化的成效，还是重庆挖掘乡村振兴这个最大潜力、追求城乡融合这个最高境界的必由之路。

重庆是个“一条腿长、一条腿短”的大个子。山地大农区包裹着超级大城区，往往一个转弯，鳞次栉比的高楼被挡在山后，农家院就映入眼帘。农村常住人口超过千万，武陵山腹地、大巴山深处仍有不少刚刚摆脱贫困、生活还不算富裕的农民群众。

相对落后之处常有后发优势，于薄弱环节发力，往往能“四两拨千斤”。重庆市副市长李明清说：“重庆发展现代山地特色高效农业，是学好、用好‘两山’理念，走深、走实产业生态化、生态产业化‘两化路’的生动实践。”他以“四个有利于”总结山地丘陵地区发展现代高效特色农业之利：有利于丰富百姓的“菜篮子”，鼓起农民的“钱袋子”；有利于推进农业绿色发展，培育农旅产业；有利于一、二、三产业融合发展，提高产业效率；有利于建设成渝现代高效特色农业带，推动农业对外合作。“这与总书记要求重庆‘加快建设内陆开放高地、山清水秀美丽之地，努力推动高质量发展、创造高品质生活’的目标是完全一致的。”李明清说。

可以想见，走通山地特色农业现代化的路子，乡村产业、人气两旺，全面振兴可期，环抱充满现代感的城区，大重庆将更具魅力、更吸引人。

重庆现代山地特色高效农业探索之于全国，极为宝贵。全面现代化征程中，乡村振兴是一篇“大文章”，在山地农区更是一篇“难文章”。不少地区都急切需要，也努力想要念好“山字经”的“产业篇”，但在瓶颈如何破解、要素如何流动、产业如何布局、特色如何突出等问题上思路不清、办法不多、效果不好，亟须学习借鉴一些有益探索的实践和经验。

跳出山来看，山地特色农业现代化还直接决定着我国农业的战略纵深和多样性安全。无论是出于战略布局考虑，还是基于比较优势来看，我们都应主要靠平原托起粮食和大宗农产品的基本盘，而在山地丘陵地区进一步筑牢粮食和重要农产品保供的基础，同时丰富农业功能和农产品的多样性，以缓解消费升级带来的“新保供压力”。

切换到全球视角，山地特色农业现代化还直接关系着我国农业的竞争力和在国际农产品贸易中的主动权。试想，若没有山地农业之纵深，则中国以有限的耕地保障粮食安全尚难度极大，特色农产品更是只能主要靠进口，14亿人每人1张口所构成的超大规模市场将不再是优势，而成为难以填补的“无底洞”，一果一菜都要受制于人。

由此种种观之，山地特色农业现代化是一条必须走好的路。

（三）

重庆是生在山中，长在江上的城市。烟火参差家百万，波涛上下浪三千，这座山城也是江城。嘉陵江自西北来，三折而入长江，乌江于涪陵汇入长江，大宁河在巫山与长江交汇，使江面一下子宽阔起来。

顺着这些支流而来的，还有人和货物。历史上，重庆人口流动的方向一直是从山间走向水边，朝天门码头汇聚着商人、游客，也是船工、挑夫们扎堆的地方。大山深处的物产在码头交易装船后，一路沿大江东去。

要素的流向，决定着区域的兴衰。长期以来，人、地、钱等要素就像长江重庆段的几十条支流一样，从山里的村庄流向江岸的城市，随之而来的是乡村产业渐弱，城市则越来越大。

山无水不活。走山地特色农业现代化之路，首先要引导资源要素向山地丘陵地区汇聚。

政策导向是要素流向的“指挥棒”。2018年，乡村振兴开局伊始，重庆市委、市政府深入学习贯彻习近平总书记关于“三农”工作重要论述，贯彻落实党中央决策部署，紧锣密鼓地制定《重庆市实施乡村振兴战略行动计划》《关于聚焦乡村发展难题精准落实“五个振兴”的意见》《重庆市实施乡村振兴战略规划（2018—2022年）》及一系列配套措施和工作方案，完成了巴渝推进乡村振兴的政策体系设计，引导资源要素更多流向农业农村。其中，凡涉及产业，必明确“扎实推进农业高质量发展，大力发展现代山地特色高效农业”。近几年的重庆市委一号文件也反复强调这一点。不久前出炉的重庆“十四五”经济社会发展规划和2035年远景目标建议，再次重申了这一要求。

推进山地特色农业现代化的工作抓手是“十百千”工程：

——“十”，就是重点发展柑橘、榨菜、柠檬、生态畜牧、生态渔业、茶叶、中药材、调味品、特色水果、特色粮油十大山地特色高效产业集群，打造20个重点现代农业产业园。

——“百”，就是培育100个以上年产值超过亿元的加工龙头企业，打造100条乡村旅游精品线路。

——“千”，就是建设1 000个“一村一品”示范村镇，培育1 000家农业专业合作社示范社。

以“十百千”为统领，重庆市委、市政府要求各区县“到什么山头唱什么歌”，各镇村一业为主、多种经营，产业进山宜农则农、宜林则林、宜牧则牧，主攻山上、林下和水中经济，在差异中找准特色，在协同中迈向现代。

要把人、地、钱真正导流到山地特色农业上，只有政策这根“指挥棒”是不够的，还需要效益这颗“定心丸”。重庆发展山地特色农业固然有自然禀赋，市场也有需求，但若是产业布局不当、定位不准，很容易导致优势产业产能不足、落后产业产能过剩，或者在主产区过度竞争，到市场上又缺乏竞争力。

在充分考虑区位条件、市场需求和资源禀赋等因素后，重庆谋定“一区两群”协调发展的产业格局——针对主城都市区，打造粮油保供基地，重点发展现代都市农业、乡村休闲旅游业和农村电商服务业，推动农业“接二连三”；针对渝东北三峡库区城镇群，做强“三峡农家”山地特色高效农业，成片、成带、成规模建设柑橘（柚）、脆李、草食牲畜、生态渔业等现代农业产业园；针对渝东南武陵山区城镇群，以“文旅+”为中药材、茶叶、烤烟、特色经果林、调味品、生态畜牧等特色产业“链条化”赋能。

在大区域层面的合理布局，基本保证了散布在山间的产业既能立足优势资源禀赋，又不脱离市场盲目发展。具体到每一个小气候中，“干什么、干多大、怎么干”，还需下一番功夫精心研判、细细思量。

“多品种、小规模、高品质、好价钱”——这是重庆市委副书记、市长唐良智在广泛深入调研基础上高度概括的现代山地特色高效农业的基本特征，也为产业从业者提供了发展遵循。

“多品种”是由山地资源环境多样性决定的。不同的环境意味着不一样的产业土壤。在大足区中敖镇的“最忆小橘”柑橘种植园，返乡创业大学生刘峰钻告诉记者，他的家乡是紧邻大足的四川安岳，他之所以与合伙人选择来大足种柑橘，主要看中的是这里的小气候更适宜种植他们所挑选的优势柑橘品种。类似这样因一山之隔而气候不同、产业也随之而变的例子，在重庆十分常见，也说明市场这一“无形之手”可以将粗线条的优势产业布局设计得更加精细。

“小规模”是由山地农业的生产条件决定的。一则受制于山地开发难度大，上规模面临“先天不足”，二来小气候因地势而变，某个产业的优势种养区域面积一般不大。涪陵区南沱镇睦和村的产业结构就很有说服力：作为典型的三峡库区后靠安置村，土地资源十分有限，但春有枇杷、夏有荔枝、秋有龙眼、冬有脐橙，四季花果飘香。村干部告诉记者，这些产业的规模都不大，却各有特色，小而不弱。

“高品质”是由山地农业资金密集特点决定的。在山地上搞农业、建设施，各项成本要比平原地区高出不少，特色种养还需要更多定制化的投入品。资金密集意味着山地特色农业只能走高品质、高效益的路子。在“有诗、有橙、有远方”的奉节县，很多橙农会在果树下种植三叶草培肥保墒，并多施一道有机肥，尽管人工和物料成本增加了，但是口感和效益也随之提升，“园甘长成时，三寸如黄金”。

“好价钱”是由市场偏好特色优质农产品决定的。不难想见，产量有限、品质上佳的特色农产品，受消费者喜爱，价格自然会水涨船高。重庆人喜食生态鱼。西南地区最大的冷水鱼生态流水养殖场位于开州区谭家镇，场区沿山溪而设，冰凉的东里河水顺次从鲥鱼、虹鳟、鲟鱼等高档鱼类养殖池流过，经净化达标后汇入河流。这些在自然溪水中养大的冷水鱼，销量好、利润高，1个直径10多米的鲟鱼池，平均年产值可达百万元。

看准了政策导向，选好了优势产区，摸透了产业特征，越来越多的资源要素开始流向山地特色农业。在重庆采访期间，记者时常遇见从城市、部队、大学以及海外来到乡村、投身农业的创业者，他们不仅带来资金、技术和管理团队，更把市场意识、契约精神、现代理念植入乡野。

原本在重庆大学工作的退伍军人秦兆宏，现在的身份是荣昌区清流镇马草村的橘农。返乡创业12年，秦兆宏不仅把血橙种到3 000多亩，卖到了马尔代夫，还带动了全村59户贫困户如期脱贫，荣膺“重庆首届杰出英才奖”。

以秦兆宏为代表，大量的资源要素在“十百千”工程的引领下迅速渗透进产业链条的各个环节，形成了一批现代农业产业园、产业带。沿长江经济带发展柑橘370万亩，三峡库区和武陵山区种植中药材超340万亩，涪陵、万州、丰都等区（县）发展榨菜190万亩，石柱、江津等区（县）建成调味品基地178万亩……潼南柠檬、巫山脆李、武隆高山蔬菜、巴南花木、梁平蜜柚、垫江晚柚等一大批特色产业在群山间竞相怒放。

（四）

采访期间，记者每与农业农村干部群众交流，都会增进一分对重庆发展现代山地特色高效农业的认识。将这些碎片化的启发摆进产业规律中加以分析、提纯，可以较清晰地看到山地特色农业现代化的努力方向——

农田宜机化。机械化是农业现代化最重要的标志，也是解决“谁来种地”

问题的根本出路。2018年，为了让农机下得了田、转得开身，重庆开始大规模推进农田宜机化改造，在渝北、永川等区（县）整村、整乡建设万亩宜机化示范基地。

在永川区金龙镇一块正在进行宜机化改造的山地上，副镇长金富鹏告诉记者，改法要诀是“小并大、短并长、陡变缓、弯变直、互联互通”。每改造一亩地，政府视不同地形条件补助1 000～2 000元。

渝北区大盛镇青龙村较早完成了改造，记者在村里一处坡顶举目远望，见层层良田像五线谱一样伸向远方，果树遍植山坡。前年，村民王斌放弃了城里月薪6 000元的工作，成为村里新组建的农机服务队的队长，“山地的生产条件好了，留在老家创业的机会不比外面少！”

渝北区副区长颜其勇估算了全区改地的平均效益：耕地面积约增加3%～5%，农田亩均可节省种植成本350元以上，“‘一加一减’之间，效益尽显，更重要的是夯实了现代山地特色高效农业的基础。”

种养精细化。与平原地区小麦、玉米等谷物生产的全程机械化水平相比，山地丘陵地区即便完成了农田宜机化、农机宜地化改造，现代山地特色高效农业仍属劳动密集型，且特别依赖专业技术工人的精细化种养。

从种到收，山地农作物的生产、加工需要倍加管护，如修枝、套袋、采收、清洗、分选等环节，往往要投入大量劳动力。这也为一大批年纪超过50岁，无法在城务工的中、老年劳动者提供了在家门口就业的机会。

在璧山区七塘镇四合村的橘园里，记者请操作熟练的技术员郑长江以最快的速度为柑橘套袋，算下来，能挂150多个果的树至少需花费半小时才能全部套完。

同时，又因不同产业所需的种养技术迥异，山地特色农业对专业技术工人的要求极高。记者采访发现，几乎每个园区、每片基地，都有不少“土专家”。他们未必接受过系统的种养技术培训，但都在解决一个个具体问题中积攒了大量的实战经验。

智能化手段的应用场景也越来越多地出现在山地特色农业中，辅助人工将生产过程管控得更加精细。璧山国家农业科技园区的物联网设备实时采集气象和土壤数据，并明确告知种植者下一步需要做什么。一些种植大户告诉记者，数字下乡后，效益有了大幅提升。

种植如此，养殖亦然。为了让生产决策更精准，重庆用好大数据这个智慧工具，在国家级重庆（荣昌）生猪大数据中心，生猪养殖、交易、加工、流通等相关行业运行的数据被汇聚在一起，大小养殖户各取所需信息，“猪”事皆有科学依据。

生产绿色化。“绿”是农业的天然属性，“搞绿”是它的看家本领。如果说山地特色农业是“倚特而立”，那么它的现代化方向之一就是“向绿而行”。

推进现代山地特色高效农业发展过程中，重庆始终坚持山为特色，绿为主色，在严守生态红线基础上，通过调整结构、创新模式、塑造品牌等手段推动“产业生态化、生态产业化”，让生态为农业增值增效、农业为生态添绿添彩，农民增收活水滚滚，绿水青山生机勃勃。

重庆沿长江柑橘带一年四季常绿。青翠的柑橘树下，是有机肥的用武之地，用它替代化肥后，果品口感更好、价格更高。永川秀芽茶在茶客中有着上佳的口碑，其中一个重要原因是它别有一种“绿”——茶山竹海，满目苍翠，一畦畦茶树沿着山坡铺展开来，杀虫灯、诱虫板和一系列生物防控技术护佑着茶尖嫩芽，也保障着“茶杯里的安全”。

生猪养殖较易导致面源污染，不少地方出于环保考虑而划定限养、禁养区。记者在三峡库区采访发现，重庆并没有一禁了之，而是在严把底线关的前提下鼓励发展创新养殖模式，闭合生产循环，或者就地消化粪污，或者有效资源化利用，实现了绿色发展，荣昌猪、涪陵黑猪等特色生猪产业越做越大。

产业链条化。在平原地区，由于农业产业规模大、标准化程度高，产业链条可以在市场上自然形成，各环节呈高度分工之势。而山地特色农业却有所不同，小规模特征决定了它必然“链条化”，往往需要一家企业覆盖从育种到深加工的全产业链。

大足区高升镇有个芳香产业园，种了近2万亩迷迭香，是西南地区最大的芳香植物种植基地。基地负责人张武告诉记者，这种规模有限、极具特色的产业，很难靠市场自发培育出上下游企业，唯一的出路就是自主打通产业链。记者看到，在种植基地不远处，就是科研中心、精油和纯露加工车间以及芳香文化园，整个产业链条尽在眼前。

看准了山地特色农业产业的“链条化”属性，重庆市政府因势利导，专门出台《关于促进农产品加工业发展的实施意见》，制定20条政策措施，重点打造一批食品、粮油、果蔬、乳制品、卷烟、林产品等百亿级加工产业集群，一大批“小而全”的厂区随之在山间涌了出来。

孟冬时节，三峡库区腹地的忠县境内，红彤彤的柑橘挂满枝头，山野间弥漫着清新的果香。这片晚熟柑橘将在春节前上市，预计价格比普通早熟品种每斤高出2元左右。除了销售鲜果，忠县还建起了冷鲜橙汁深加工产业链，打造了“三峡橘乡”国家级田园综合体，就连提炼后剩下的皮渣，都被制成了橘饲料或有机肥。

产品品牌化。“活得浓墨重彩，吃得淋漓痛快”，是重庆人尊崇的生活方式，也是“巴味渝珍”区域公共品牌的文化由来。这是全国最早在省级层面整合全域农业资源的公用品牌，就这一点而言，重庆山地特色农业品牌化走在了全国前列。

“巴味渝珍·奉节脐橙”既是省级区域公用品牌和市级品牌的“握手”，也是重庆农产品整体形象和具体产品的融合。2019年，它的品牌价值超过180亿元，为奉节橙农提高的效益难以估值。

“合川桃片”成名已久，也是“巴味渝珍”里的重要一味。近年来，合川区太和镇又有了一张新名片——“太和黄桃”，不仅桃园越来越大，黄桃越种越甜，还衍生出黄桃果酒、太和桃花节等一系列品牌产品和活动。2019年，“太和黄桃”入选全国名特优新农产品名录。

以“巴味渝珍”为龙头，绿色有机农产品为基础，以灿若繁星的企业品牌和区县农产品品牌为支撑，重庆建立起覆盖山地特色农业全品类的品牌体系，为产业发展赋文化之魂、赋发展动能，更赋提质升级的内生动力。

质量安全是品牌的生命线，重庆在“抓质”基础上，特别对“巴味渝珍”品牌实行动态管理，不合格产品一律被清出旗下。管理制度是品牌健康发展的保障，为此，重庆成立现代农业品牌服务促进中心，专事“巴味渝珍”品牌管理和运营。文化挖掘是品牌增值的源泉，品牌中心遍地寻“老”，复兴“永川豆豉”“合川桃片”等“老字号”品牌，深度挖掘传统美食、加工技艺、农业非物质文化遗产内涵，把巴渝文化的多姿多彩转变成巴渝农品的市场优势。

业态融合化。凭着山带来的生态优势，现代山地特色高效农业很自然地催生出融合化的新业态。

铜梁区城南街道郊外，玄天湖静静地躺在巴岳山的臂弯里，水是眼波横，山是眉峰聚，薄雾似纱，宛若水墨画。这是铜梁长长“绿道”中的一景——在布局山区特色产业时，铜梁同步设计沿线绿道，60公里长的绿道将全区5个镇、街的24个村、社连成一片，也串联起果苗、三角梅、彩叶林、观赏鱼等34个特色产业基地，把农区变成景区，让田园变为公园。

“简直像做梦一样！”铜梁区土桥镇六赢村村民李有民感慨，自己种了一辈子莲藕，如今又吃上了旅游饭，“家里的房子改造成了民宿，顾客至少提前1周才订得到房间。”

万州区大周镇的五土村地处长江岸边，沿江有一片古红橘林，建有观景采摘长廊。这两年，来到村里的游客越来越多，长廊越修越长，村民们承接乡村生态游的产业也越来越丰富。村中一处临江农家院，改造后取名“滨江小筑”，兼营餐饮和民宿。雾萦长江、红橘万亩的景色，在房间里就可以收入取景框，吸引着城里人来此润肺、养眼、静心。

慢城长寿有个长寿湖，天然岛屿组成巨大的魏碑体“寿”字，宛如漂浮在湖心。环湖十里八乡，乡村环境净而清幽，夏橙、血脐、长寿柚四季飘香，乡村游红红火火，不少村庄依靠得天独厚的生态优势，农旅融合发展，兼得产业与生态振兴。

以上“六化”，分别指向山地特色农业现代化过程中基础条件的改善、生产效率的提升、绿色理念的践行、产业链条的延伸、农业业态的丰富和品牌形象的塑造，其最终目标是“高效化”，提高竞争力，满足消费者，富裕一方人！

（五）

我们在过去几年中，每赴重庆采访，总能在看到新变化、发现新亮点之余，偶得一些对中国农业农村现代化有益的启发，常会不由得为巴渝千万农民高兴，也不禁为奋斗在这片土地上的干部群众点赞。

爱农、重农、懂农是一级党委、政府抓好“三农”的基础，它内在要求强烈的“三农”情怀和对做好农业农村工作的规律性认识。此次采访中，记者一路行思，切实感到重庆对“三农”重中之重地位理解深、贯彻实，结合过去几年的观察收获，也感到做好“三农”工作至少要把握这样几条，即要发展好中国的农业农村，产业是基础性的，政策是导向性的，市场是决定性的，干部是关键性的，依靠农民是根本性的，实事求是是底线性的。

重庆对发展现代山地特色高效农业的探索，与过去推动农业农村现代化的实践证明：若能辩证地看待发展中的问题，则一切困难、劣势都是阶段性的，制约因素也能在某个节点变成积极因子；只要把握住农业农村发展的基本规律，大胆地创新，久久为功地苦干、实干，乡村全面振兴就指日可待！

奔向美好生活的新起点

——浙江解决相对贫困的探索与实践

刊播《农村工作通讯》（10月）

作者 雷刘功 李锦华 王琦琪

2020年，中国将消除绝对贫困，步入全面小康，与此同时，也将迈入解决相对贫困的新征程。我们将拿出怎样的治理之策，破解这道时代课题？

浙江，这个率先完成脱贫攻坚任务的沿海省份，先行先试，于2003年展开解决相对贫困的探索实践，于2015年全面消除年家庭人均收入4 600元以下现象，自此实现了从解决绝对贫困向解决相对贫困的历史性跃迁。

近日，记者踏上之江大地，沿着重点县域、村庄和脱贫人群的足迹，探寻解决相对贫困的浙江密码。

理论到实践的生动转化

——习近平总书记关于扶贫工作的重要论述，深印在基层干部和广大群众的头脑中，植根在广袤的之江大地上，进而转化为解决相对贫困的生动实践

马克思曾说，理论一经掌握群众，就会变成强大的物质力量。

习近平总书记在浙江工作期间，留下许多重要理论和重大谋划，不仅转化为历届浙江省委、省政府的战略指引，还转化为各级政府和人民群众脱贫致富奔小康的生动实践。

在浙江，习近平总书记亲自调研、亲自谋划、亲自推动了“山海协作”等扶贫工程。如今，这一工程已转化为县域经济的加速器，“飞地经济”“飞柜经济”显著带动薄弱村集体发展和低收入农户增收。

在浙江，习近平总书记提出的“八八战略”已融入浙江发展的主动脉，

转化为与时俱进的浙江精神，成为浙江发展的总纲领，在浙江告别绝对贫困，解决相对贫困，进而实现高水平全面小康过程中发挥着重要的引领作用，使浙江走出了一条富有浙江特色的反贫之路。

在浙江，习近平总书记创新性地提出了“不能把贫困村、贫困人口带入全面小康社会”等战略要求。如今，浙江全省农村居民人均可支配收入达29 876元，实现了从农村温饱到步入小康，再到全面小康、高水平全面小康，浙江成为人群贫困解决最好、区域发展差距最小、全面小康实现水平最高的省份之一。

特别是2005年8月15日，习近平在浙江余村考察时首次提出“绿水青山就是金山银山”，这一理念早已扎根之江大地，落地山水之间，深入百姓心田。

绿水逶迤去，青山相向开。穿行在浙江千姿百态的美丽乡村，低收入农户依托农家乐、民宿等业态尽享生态红利的创富例子到处可见，“千万工程”使村庄环境不断得到改善，美丽山水变现为蓬勃发展的乡村旅游。

“‘绿水青山就是金山银山’理念，是习近平生态文明思想的丰硕成果，是浙江解决相对贫困的重要指引”，浙江省农业农村厅厅长、省扶贫办主任王通林说，“这不仅培育了百姓增收致富的产业，而且激发了广大农民的创新创业，同时也壮大了农村集体经济，可以说，实现了生态保护和扶贫开发一个战场、两场战役的双赢。”

绿水青山转化为金山银山，转出了产业兴旺。

产业扶贫是稳定脱贫的根本之策。

诗画江南，山水浙江。抓住了“山水”，就抓住了百姓脱贫致富的产业。对于浙江的加快发展地区来说，优势是“绿水青山”尚在，劣势是“金山银山”不足。浙江通过对山水资源进行高质量转化，实现了经济建设与生态建设同步推进，也实现了产业发展与环境优化一起提升，有效破解了经济发展和环境保护的“两难”悖论。

景宁作为全国唯一的畲族自治县，可谓风景旖旎，森林覆盖率达81%，但过去的景宁人背靠“绿库”，过的却是穷日子、苦日子，因此也成为浙江省扶贫开发的主阵地。如何让贫困群众吃上“生态饭”？景宁通过创立“景宁

600”区域公用品牌，发展在海拔600米以上种养的特色农产品，搭建产销加一体化服务平台，帮助低收入人群增收，高山农业变身“海拔经济”。“景宁600”展销中心负责人苏承波介绍，他不仅建起300亩高山蔬菜种植基地，还配套物流网络，对接了20余个村庄1 000多农户，发展订单农业。在“五统一”的模式下，高山养殖、高山茶及畲药种植得到强劲带动，形成了高山特色产品集群。2019年以来，“景宁600”通过“山海协作”进入上海等长三角地区，“飞柜经济”助力品牌销售额达到6.1亿元。

拥有“全球重要农业文化遗产”“稻鱼共生”农耕传统的青田县，在绿水青山和文化遗产的叠加中，统筹发展了“五个一”特色产业——“一粒米(稻鱼米)、一条鱼(青田田鱼)、一篮梅(杨梅)、一桶油（山茶油)、一片叶(茶叶)”。青田县委书记周和平介绍：“通过统筹推进特色种养、农旅融合等产业，实现了生态产品价值转换，持续推动农民增收致富。”

依托对绿水青山的转化，浙江的新产业、新业态齐头并进、孕育壮大，成为乡村经济新增长点。“绿水青山就是金山银山”理念的发源地安吉县余村，经历了从卖石头、到“卖风景”，进而到“卖文化”“卖品牌”的跨越发展，三次实现产业从单向演进向深度融合的升级，乡村产业体系逐步完善，“美丽风景”蜕变为“美丽经济”。

浙江围绕城乡产业聚合、三次产业融合，统筹推进布局优化、业态培育、平台打造。浙江省农业农村厅副厅长、扶贫办副主任刘嫔珺介绍，浙江省先后出台财政专项资金切块、扶贫贷款和其他支持政策，推动特色种养业、乡村休闲旅游业加快发展，不断拓宽农民增收路子，未来还将持续健全将绿水青山转化为“金山银山”的长效机制，加快构建现代乡村产业体系，大力发展美丽经济。

绿水青山转化为“金山银山”，转出了创业活力。

绿水青山引来了游客，更招来了创客；既成为农民创业的源头活水，也成为低收入农户的“绿色银行”。

作为全国首个生态产品价值实现机制试点市，浙江丽水在全国率先用科学方法量化“绿水青山”的价值。在景宁大均乡伏叶村，宿叶民宿客房的价格表中醒目标注“含生态价400元”，给游客留下深刻印象。返乡创业的民宿创始人吴聪介绍："单独列出生态价格，是因为我们不仅'卖客房''卖服务'，更是'卖风景''卖环境'。"

吴聪在外工作多年，发现家乡的山水恰是事业的土壤。"我们几个合伙人租了两处农民的房子，加上装修改造，一共投资上千万，10年后再把装好的房子还给农民。"吴聪介绍，1栋民宿1个周末的营业额在2万元以上，餐饮、客房服务则需要雇用3～5人，为当地低收入农户提供了就业岗位。

近年来，浙江通过健全科技进乡村、资金进乡村，乡贤回农村、青年回农村的"两进两回"长效机制，深入推进"千企结千村"等行动，源源不断地为乡村振兴注入资源要素，形成了"百万能人创业带动千万民众就业"的生动景象。

莫干山脚下的德清县仙潭村，是青山绿水掩映下的一颗明珠。该村通过"无中生有"发展农家乐，"腾空换鸟"改建高档民宿，已有近百家农家乐，年接待游客10多万人，营业收入可达上千万元。"乡村发展最大的优势就是返乡青年"，仙潭村能人沈蒋荣返乡后当选村党支部书记，他将自家房屋建成民宿，还成立了"返乡创业协会"，6年时间共带动100多名青年返乡创业。

浙江省不断创新和完善创业服务，引导农民转变创业方式，并以政府扶持资金量化、农户产权入股等形式，带动低收入农户参与创业就业，共享收益。在浙江的绿水青山之间，形成了"时时处处无闲人"的充分就业格局和"户户人人有收入"的普遍增收局面，低收入农户工资性收入占总收入比重稳定在40%以上。

绿水青山转化为"金山银山"，转出了集体经济的强劲。

厚植集体经济根基，让低收入农户在致富路上"有船可乘、有车可坐"，浙江不遗余力。

2017年，浙江启动实施消除集体经济薄弱村三年行动计划，即消除全省6 920个年收入10万元以下、经营性收入5万元以下的集体经济薄弱村。2017—2019年，省财政安排资金4.1亿元，市县财政安排超100亿元，扶持薄弱村发展。

永嘉县在浙江省"消薄"中，跑出了"永嘉速度"。依托楠溪江资源，永嘉县推动重点帮扶村、集体薄弱村大力发展乡村旅游，实现了"一产变六产”，乡村旅游连续6年保持20%以上增长。永嘉县县长林万乐介绍，通过建设“红色小镇”乡村振兴示范带，带动了周边16个村、1 100多名低收入农户人均增收5 000元。

在发展过程中，浙江非常注重让广大农户、村集体直接经营或参与发展，使他们成为最主要的参与主体和受益主体，通过门票收入、停车收费、持股分红等给村集体带来可观收入。

“一个村就是一个大企业，家家户户都是小引擎。”天台县后岸村村集体通过成立农家乐协会和寒山旅游公司，实施以村办农家乐为龙头、户办农家乐为集群、公司化运作的集约经营模式。2011—2019年，村集体经济从10万元跃升到503万元，人民纯收入从6 000元增至5.1万元。据介绍，后岸的乡村建设与乡村经营齐头并进，不仅打通了“绿水青山就是金山银山”理念的转化通道，还打造了“生态文明+共同富裕”的后岸模式。

好生态带来了好“钱”景，村民保护绿水青山的意识也越来越强。为了给子孙后代守好这一江绿水，景宁县大均乡放弃20亿元投资规模的水电站项目，加大了对绿水青山的保护力度，全乡域河流均达标一类水质。大均乡乡长吴名标介绍：“正是看中了这一点，前不久，浙江省把水上救援基地定在了这里，并建起水域救援科教馆，在旅游经济和培训经济的带动下，优质的水资源给我们带来了近千万元的收益。”

“不负绿水青山，方得金山银山。”浙江的成功实践，为建立生态扶贫长效机制、解决相对贫困提供了有益探索。这启示我们，在拥有绿水青山却相对贫困的地区，如何满足人们在全面小康阶段对良好生态环境质量和服务的迫切需求？答案就是更加注重资源环境要素的保护和高效利用，在坚守“绿水青山”新风景中做大生态长效资本，实现产业生态化、生态产业化，让生态红利永续造福于民。

选择与重构的渐次跃迁

——根据阶段变化及时调整扶贫目标和政策体系，浙江走出了一条与低收入农户需求同步、与时代发展同步、与“四化”进程同步的精准扶贫之路

“七山一水两分田”的自然资源禀赋让浙江一直面临着较重的扶贫任务。1978年，浙江贫困发生率达35.1%，比全国还高出4.7个百分点。浙江省委、

省政府一任接着一任干，始终以问题为导向，审时度势选择战略打法，不断重构和优化工作体系，向解决贫困的更高要求不断进发。

回顾浙江走过的扶贫之路，可谓步步为营，久久为功。

1997年，在“八七”扶贫攻坚计划指引下，浙江以8个贫困山区（县）为重点区域，以区域内全体农民为对象，着力消除县域绝对贫困，成为全国第一个没有贫困县的省份；2002年，通过实施“百乡扶贫攻坚计划”，浙江101个贫困乡（镇）农民人均收入超过1 500元，成为全国第一个没有贫困乡（镇）的省份。

这期间，搬迁扶贫立下不小的功劳。“我原本住在不通公路的高山村。搬迁下山后，不仅生活方便了，还新租赁了6亩茶园，1年收入近20万元！”松阳县泉庄新村的孟盛伟说。据统计，浙江搬迁农民的人均收入较之前增加2倍以上，真正做到了让搬迁农户“挪穷窝，换穷业，拔穷根”。

这个阶段里，县域发展“水涨船高”与重点乡镇“攻坚拔寨”形成良性互动，浙江初步构建起新时期扶贫工作总体框架和制度体系。

消除贫困县和贫困乡（镇）后，浙江扶贫的下一块“硬骨头”在哪里？

2003年，浙江在时任省委书记习近平同志的指引下，以农民收入低于全国平均的361个乡（镇）为重点，启动“山海协作”工程，安排专项扶贫项目资金10.5亿元、实施项目6 500个，深入推进浙东沿海和浙西山区结对帮扶。

随着一声鸣笛，一列满载货物的海铁联运班列，从丽水火车站驶往宁波舟山港，这标志着“丽水—宁波舟山港”班列顺利开通，靠山不靠海的丽水“拥有”了自己的港口。一条铁轨连接了“山”“海”，更让低收入农户搭上了致富增收的快车。

特别值得注意的是，在这一阶段，浙江的扶贫目标中有了“缩小相对差距”的要求，提出了“361个乡镇人均纯收入年增长幅度要高于全省平均水平”。

到2007年年底，“山海协作”让361个乡（镇）农民收入达到4 500元，比2002年翻了一番，80%以上乡（镇）农民收入超过全国平均水平，浙江区域性绝对贫困得到基本解决。

浙江通过区域协作补短板，这一阶段的特点是，突破单纯解决人口贫困的打法，重构区域与人群互促共进机制，扶贫的举措更加丰富、领域更加广阔、体系更加健全、力量更加强大，为相对贫困的解决打下了坚实基础。

2008年，农民“发展贫困”“能力贫困”问题日益凸显。浙江在扶贫工作中发现，一些素质较低、能力较弱、积累较少的低收入农户成为增收难度最大的群体，与其他人群的收入差距不断扩大。

为破解这一难题，浙江把扶贫对象下沉到户，实施“低收入农户奔小康”工程，系统开展产业开发帮扶、培训就业帮扶、下山搬迁帮扶、基础设施帮扶、社会救助覆盖、区域协作促进、金融服务支持、社会援助关爱“八大行动”。

“多亏有‘政银保’帮我解决了资金难题！”景宁畲族自治县东弄村村民蓝葱和说。“政银保”是景宁推出的“政府贴息、银行贷款、保险投保”扶贫小额信贷项目，主要对低收入农户发展生产进行金融帮扶。截至9月，“政银保”共帮助低收入农户15 437户次，贷款总额7.89亿元，未出现不良贷款记录，极大地解决了低收入农户“最不想贷款、最难贷到款”的问题。

2015年，浙江全面消除年家庭人均收入4 600元以下现象，实现淳安等26个欠发达县一次性“摘帽”，全省绝对贫困得到全面解决。经过这一阶段的发展，浙江初步形成了专业扶贫、行业扶贫、社会扶贫的大扶贫格局。

“摘帽”以后，新的问题又摆在面前：城乡之间、区域之间、农民群体内部收入差距拉大怎么办？

“在浙江整体完成绝对扶贫任务之后，持续提高低收入群体的收入和生活质量仍然是一项长期的任务。”清华大学中国农村研究院副院长张红宇说道。继续沿着习近平总书记的指引，在消除绝对贫困之后探索解决相对贫困，成了浙江的必然选择。

浙江扶贫工作全面进入以促进协调发展、实现共同富裕为目标的解决相对贫困新阶段。“我们现在的目标是进一步聚焦人的全面发展和省域一体化高质量发展，着力破解发展不均衡、不充分问题。”王通林说。

2019年年底，浙江已全面消除家庭人均收入7 600元以下现象，低收入农户人均可支配收入达12 546元，与全省农民收入之比从2018年的2.46:1缩小至2.38:1，所有行政村集体经济收入达10万元以上，全省低保标准提高到每人每月814元，上好学、就好医、住好房、喝好水惠及千家万户。

消除绝对贫困、转入减缓相对贫困，既是为全面建成小康社会跑好“最后一公里”，又是乘势而上，开启全面建设社会主义现代化国家新征程。“扶贫没有完成时。”绍兴市委常委、组织部部长（原德清县委书记）王琴英说：“随着农民生活水平的不断提高，接下来，我们将重点提升低收入群体的获得感、幸福感、安全感。”

每一次选择，都是对相对贫困战略部署的顺势调整。浙江从低收入农户的实际需求和面临的问题出发，根据经济社会发展阶段，不断调整优化扶贫目标和政策体系，一步步缩小贫困“包围圈”。

每一次选择，都是向农村全面小康迈进的梯次跨越。从小康到全面小康再到高水平全面小康，都与低收入农户需求同步，与时代发展同步，与农业现代化、工业化、城镇化、市场化进程同步。

每一次选择，都能让低收入农户持续提升幸福感。抓住低收入农户增收这一关键点，着力培育低收入农户技能、素质，增强低收入农户自身发展能力，极大提升低收入农户幸福感、获得感、安全感。

扶贫与振兴的有机衔接

——面对解决相对贫困这个长期而艰巨的任务，作为“先行省”，浙江为我们提供了丰富的实践和经验

党的十九届四中全会提出，“坚决打赢脱贫攻坚战，建立解决相对贫困的长效机制。”进入减缓相对贫困新阶段，意味着扶贫的主要目标已不是解决温饱和生存问题，而是不断满足人民日益增长的美好生活需要，不断缓解和缩小城乡差距，实现城乡公共服务均等化，让低收入农民同全体人民一起进入高水平全面小康社会。浙江将解决相对贫困问题纳入实施乡村振兴战略的统筹安排，探索构建解决相对贫困长效机制。

——解决收入更“稳”的问题。

解决低收入农户稳定和持续增收问题，是防范大面积返贫的重要保障，也是缓解相对贫困的前提基础。

浙江始终把解决农民收入问题放在最重要的位置上。从“低收入农户奔小康”，到“低收入农户收入倍增计划”，再到“低收入农户高水平全面小康计划”，农民收入水平越来越高，越来越稳。2020年，浙江将持续促进低收入农户增收，全面消除家庭人均收入8 000元以下农户，发展壮大村级集体经济，持续推进26县加快发展。

磐安县乌石村，仍保存着历史悠久的建筑群落。2006年，时任浙江省委书记的习近平到乌石村考察农家乐发展时说："你们要保护好、利用好老祖宗留下的宝贝，搞好乡村旅游，带领村民致富，建设美丽乡村。"

通过村集体投资、实行"统一对外促销、统一接团分客、统一收费标准、统一结算账目"的管理模式，如今的乌石村已然成为"金华市农家乐第一村"，从2005年首批4户农家乐发展到2019年的173户，农民人均纯收入从2004年的3 000元提高到2019年年底的6.7万元。

目标是增收，路径是发展。浙江将着眼点放在提高扶贫对象同步融入"四化"进程的能力上，形成了以低收入农户为核心的"户—村—县"相互联动、有机衔接、互促互融的增收发展机制。

在低收入农户发展上，确保有劳动能力家庭至少一人就业，抓住产业扶贫、就业创业两大重点，让低收入农户主动参与市场，培育自我发展能力。

在重点帮扶村发展上，首先健全将绿水青山转化为"金山银山"的长效机制，加快构建现代乡村产业体系，将乡村产业打造成持续增收的"长效之源"，不断缩小收入差距。

在县域发展上，充分发挥比较优势，大力发展生态农业、特色产业。持续深化"小县大城"战略，规范、有序推进扶贫异地搬迁，不断优化生态环境、发展环境。

——解决跑得更"快"的问题。

跑得更快，本质上是缩小区域发展差距，解决发展不平衡、不充分问题。

浙江解决相对贫困的过程，实际上就是26县"加快发展"的过程，就是"促均衡""求协同"的过程。2018年，浙江提出打造"山海协作"升级版，进一步发挥山海协作工程的机制优势，促进浙西南山区与东部沿海地区的交流与合作，加快推进全省区域平衡协调发展。

"'山海协作'对我们来说是极大的机遇。"青田县副县长陈海民说。

在浙西南的青田县与杭嘉湖平原的平湖市"山海协作"项目中，青田先后组织265个经济薄弱村自主集资、1万余户低收入家庭广泛筹资，"供土地指标、供钱投资、供人管理”，由平湖“保障落地、保障招商、保障收益”，建起一座“产业落地在平湖，扶贫增收在青田”的“飞地产业园”。

飞地产业园运行后，青田经济薄弱村年均增收7.4万元，低收入农户年户均增收1 000～2 000元，给青田经济发展和低收入农户增收按下了“加速键”。

“飞地消薄”“飞地消困”让浙江山海相连，互促共进。浙江提出，到2022年，在浙西南山区高标准建设一批互联互通基础设施项目，高水平建设一批绿色产业发展平台和项目，高质量建设一批人才、科技、社会事业和群众增收合作项目。区域协调发展新格局正在之江大地逐渐形成。

“我们要跑得更快，要带着低收入农户一起跑。跑不动的，我们就把他们背起来。”景宁畲族自治县副县长毛华庆说。

——解决动力更“足”的问题。

解决相对贫困问题，关键在于发挥“内生动力”的驱动作用。

永嘉县桥下村“来料加工一条街”，老人小孩、男人妇女都围坐在门前桌子旁，纽扣成型、发夹包装、鞋面贴标，他们飞针走线，分工有序，转眼之间，成品堆成了小山。

“为了激发低收入农户参与来料加工的劳动积极性，政府按工资的20%给予低收入农户补贴，并给订单介绍人也补20%。”永嘉县来料加工协会会长潘佰欢说，“来料加工工艺简单、时间灵活，坐在家里就能增收，工资还有补贴，低收入农户动力很足。”

2008年，浙江在实施第3轮欠发达县加快发展政策时，就把不断增强低收入农户的内生动力作为主要任务之一。以技能培训提升农民能力，以政策激励支持农民发展，激发低收入农户的发展愿望，让低收入农户获得长久“脱贫之技”，走上稳定脱贫之路。

“自从当了‘月嫂’，孩子的学费、生活费都不发愁了！”“畲乡月嫂”雷梅珠说，她是一位单亲妈妈，生活过得很拮据，了解到景宁县举办免费的“畲乡月嫂”培训班，就毫不犹豫地报了名。

为了提高低收入农户的发展能力，景宁县探索培育“畲乡月嫂”品牌，为畲族女性提供免费技能培训，已促进当地近4 000名农村留守妇女转移就业。如今雷梅珠工资每月近万元，已在城区买了新房。对未来的生活，她充满信心。

——解决保障更“宽”的问题。

“宽”，就是建立多重保障机制，为低收入群体构建一张安全可靠的生活保障网。

“进出大山全靠腿、运送物品全靠挑、生活来源仅靠笋”。这曾是武义县上夫山村的真实写照，2000年，村民年人均纯收入不足500元。2003年，上夫山村整村移居东皋，村民们住上了“联排别墅”，武义县出专项资金为新村建好了基础设施。光有住房还不行，村“两委”瞄准电商产业，村民纷纷出租自家房屋用于电商办公、仓储，投身“淘宝”事业。2018年，村民年人均收入达2.5万元，每位村民都享受了更为全面的社会保障。

“我们的日子已经跟城里一样了!”这是上夫山村农民对异地搬迁后生活保障政策最大的认可。

浙江始终聚焦低收入农民对美好生活的向往，建设更高水平“两不愁三保障”，推进公共服务城乡同类、同标、同质提升，实现从“解决温饱问题、保障基本生活”向“实现共建共享、防止两极分化”的转变。

特别是针对低收入群体和重点区域，浙江正逐步构建起社会救助、社会保险、社会事业、基础设施以及农民健康等以保障性扶贫政策为主的多重防范体系，促进教育、医疗卫生、文化等事业均衡发展，着力缩小城乡之间、区域之间、群体之间的基本公共服务差距。

在金华，全民基本医疗保险制度全市统一，贫困人员医疗费用实际报销水平最高达98%以上。

在台州宁溪镇，“爱心营养餐”“雨露计划”“圆梦计划”等助学政策帮助低收入农户解决就学难题。

在永康，1 000多名低收入农户收到扶贫专项意外保险“红色保单”，极大降低了他们因病返贫、因伤返贫的风险。

——解决制度更“远”的问题。

相对贫困、相对落后、相对差距将长期存在。解决相对贫困，根本在于长效机制的建立。浙江正加快建立健全缓解相对贫困的政策体系和工作机制。

精准识别相对贫困人口是建立解决相对贫困长效机制的基础。浙江把区域经济发展、农民收入增长、民生水平等作为重要参数，因地制宜、因时而异地适时调整扶贫标准，逐步实现对扶贫对象的参数化、动态化精准管理。

考虑到区域发展的差异性，以县为单位，以当地上年最低生活保障标准的1.5倍或上年度农民人均可支配收入的40%为依据，确定低收入农户的识别标准。此外，还参照低保水平最低县的标准，每年设定扶贫“托底线”，2018年、2019年分别为7 200元和7 600元，解决了平均数掩盖最低数的问题。

2019年，浙江以“最多跑一次改革”为牵引，一举打通扶贫相关部门之间的数据壁垒，实现省内低收入农户20多类财产信息和73家商业银行存款的实时联网核对，同时建立扶贫对象动态调整机制，实现应调尽调，应进尽进。

在精准识别扶贫对象上，浙江实现了从区域整体认定到单人单户精准认定，从主观判断到个人财产信息联网比对，从一次认定管几年到动态调整，从个人信息纸质人工管理到无纸智能管理的转变。

在制度设计上，更加突出人群、村域、区域的协同性、系统性，不断健全从源头认定开始的全过程衔接机制，构建起“三位一体”整体联动的解决相对贫困对象管理体系。

浙江坚持用指标体系、工作体系、政策体系和评价体系，切实推进扶贫工作取得实效。同时，安排财政专项经费，对在考核中表现优异的地区给予奖励。

身处之江大地，基层干部的发展紧迫感令人印象深刻。“每个村都像‘打仗’一样。村‘两委’要团结，要将村民利益放第一。”永嘉县源头村村主任陈小静说。

浙江之所以取得一个又一个攻坚胜利，实现一批又一批低收入农户致富脱贫，归根结底在于深入贯彻习近平总书记关于扶贫工作的重要论述和对浙江工作的重要指示精神，在于遵循实际、无缝衔接的政策制度，在于干部群众对脱贫致富的强烈向往和不甘落后的发展紧迫感，在于将以人民为中心的发展思想作为根本出发点和落脚点。

习近平总书记指出，脱贫摘帽不是终点，而是新生活、新奋斗的起点。“我们将自觉践行习近平总书记对浙江提出的‘干在实处永无止境，走在前列要谋新篇，勇立潮头方显担当’新期望，忠实践行“八八战略”、奋力打造“重要窗口”，以新时代‘三农’工作‘369’行动为路径，持续推动解决相对贫困工作走在前列。”王通林说。

疫情下，水磨村的人和鹅

刊播《农民日报》（2月18日4版）
作者 侯馨远

确切地说，疫情冲击波真正到达四川省广汉市水磨村的时候，是大年初二。这天中午，养鹅苗的老王着急忙慌地送儿子去了机场，回来的路上接到了熟人的一个电话：

“刚出的奶鹅要么？白给，不要钱！”

老王心里一沉，隐隐担心的事还是发生了。

事实上，老王不知道前两天村里干部就在琢磨挨家挨户排查返乡村民的事，紧接着镇里的宣传车也派上了用场，不停地在各村喊着“做好疫情防护，少出门，莫扎堆”，后来村里的路也封了，再后来每家每两天只能有一人出门……突如其来的疫情打乱了乡村的按部就班，犹如一面镜子，放大了生活的方方面面。而生活还要继续，首先需要面对的就是来自现实的压力。

兜头一盆冷水

老王果断地回了这批货，又赶紧拨出几个电话打听情况。一问才知道，也就过了一天，刚破壳的奶鹅行情大跌：从好几块直降到几角钱，像跳崖一样。电话那头，一个愤愤的声音传来：“能卖点钱就不错了，有人已经把鹅苗送人，实在无法处理的就准备挖坑把鹅埋了。”

家里的鹅苗才养到一半，还没脱温；预定的几千只奶鹅这两天陆续要到；6 000只蛋正在孵箱里代加工，10天后破壳。老王脑子里像过电影一样迅速过了一遍目前的状况。

“没事！我才折几万元，折十几万元、几十万元的多得是！”老王脸上僵着的表情闪了一下，马上笑着安慰家里人，心里却半天拿不出个主意。

一切来得太突然。就在昨天，老王的老伴儿曾婶还让儿子开车带自己去了趟百公里外的眉山，姐姐嫁到那里，平时忙得顾不上家里的活计，一年也见不上几面儿，昨天姐俩热热闹闹吃了顿午饭。一路上畅通无阻，也没见着什么人，只是坐电梯时和一个生人打了照面。

可从眉山回来不久，儿子儿媳突然抱着手机说要回北京。因为听说武汉已经封城好几天了，其他地方也有可能封，再不走恐怕就回不去了，小两口决定取消回媳妇山西娘家的行程，直接返京。

改签、退票、重新订票……从初一半夜折腾到第二天中午，终于在飞机起飞前的3个小时买好了票。第二天，两人匆匆扒拉几口饭，把行李塞回拉杆箱，就往成都机场赶。

好好的年才刚刚开始，就这样忙乱地结束了。儿子走了，生意折了，看着老伴儿和满屋子的小鹅，曾婶有点懵。

“也想过今年就别弄了，安心过个年，也赔不了钱。但最后还是把温室装满了，想给儿子挣个来回路费。”曾婶有点懊恼，不过提起2019年，倒是颇有几分自豪，“有的年轻人都没我们挣得多！我和孩子他爸，还是有点厉害哦！”

2019年行情好，生意特别忙。一年到头，温室里的鹅苗就没断过档。早上5点睁眼，晚上8点合眼，中间十几个小时，老王和曾婶几乎是连轴转，半夜还要爬起来添水、加炭，吃饭总是“糊弄”一下就好。

其实，老王和曾婶都是年过半百的人了，早就过了扛体力活的年纪，还这么“硬扛”，最大的动力就是孩子——儿子在北京工作，表面上光鲜有出息，实则经济压力不小，老两口想帮孩子分担些。老王以前是茶楼和麻将馆的常客，也忙得戒了喝茶、打牌的瘾，成了地道的“劳模”。

离过年还有10多天时，曾婶就忙着给孩子收拾床铺，发天气预报，准备电热毯、厚睡衣，这情境仿佛还在昨天。

“呀，我们半月前还装了两箱蛋！”

水磨村处在广汉和什邡的交界地带，像成都平原上的大部分村子一样，这里交通发达、土地肥沃、信息通畅，村民们的生活很早就“城市化”了。从老王家出发，开车10分钟到什邡市区，十几分钟到广汉市区。逛街、买菜、喝茶、打牌、聊生意，相当便捷。

年前几天，新冠肺炎的消息在网上发酵升温，村里人很快也知道了疫情的事，只是觉得和自己没啥关系：“没那么严重！农村人少地儿大，病毒哪里传得过来！”

腊月二十八，老王家照常进了3 000多只早就订好、刚刚破壳的奶鹅。毛茸茸的小脑袋头挤头，叽叽喳喳地叫着，装了满满两间温室。

其实卸货的时候，老王心里就有点打鼓。

货到的前一天，他开车到绵阳机场接孩子，一路上，儿子儿媳都在谈论新冠肺炎的事，具体聊了啥，老王没往心里去。结果当天吃完晚饭，一家人坐在客厅看电视，儿媳一条一条念着新浪微博热搜，直念到“河南全面禁止市场销售活禽”，老王有点坐不住了。曾婶一直忙着嗑瓜子的手悬在了半空：“呀，我们半月前，还（往孵箱里）装了两箱蛋！”

不过，有点紧张的气氛很快缓和了：“我们这儿不会有事！2003年闹SARS，还不是照样养！”老王笑着摆摆手。

年的味道一点没淡。镇子和村子热闹如常，菜市场里人头攒动，茶馆饭店生意红火，大街小巷挤满了采购年货的人，找个停车位都困难。有人还给老王送来一整只刚宰的鸡。老王把鸡拎到后院，三下两下就取出内脏，剖好了。

趁着家里的鹅还没装满，有点闲余时间，曾婶的生活重心也从温室转到了灶台，变着花样儿给家人做好吃的。晚上睡觉前上好闹铃，半夜一两点再从被窝里爬出来，蹑手蹑脚地到后院温室里给小鹅添水、加炭。冬夜冰冷，把温室炉子里的火候调到正好，干完活，擦擦额头上细密的汗珠，一出温室，却忍不住要打个激灵。

大红灯笼绕着围墙转了半圈，夜空中时不时炸开烟花，孩子们兴奋地嬉笑打闹，狗和鞭炮似乎在比谁叫得更响，红色的炮仗屑在地上铺了一层又一层……新衣、春晚、团年饭，庚子年的春节就这样在这个成都平原的小村庄里开始了。

疫情的消息却在网上炒得越来越凶，公布的确诊人数不断增加。因为孩子回来，“90后劝60后戴口罩”“给爸妈念微博热搜‘恐怖片’”这类话题也一个不落地在老王家客厅里“上演”。以至于每天吃饭的时候，老王边喝着散称的白酒边说：“这酒好啊，抗病毒！”

曾婶从柜子里翻出了儿子两个月前网购的口罩，本来是准备干活儿时遮灰用的。整整3大盒，100多个，几乎没咋用。曾婶说：“口罩太小了，戴过一个，上下都漏气，还老往下掉。”

把口罩拆开一看，没啥问题；再一细问，原来是戴口罩的方法没整对：曾婶之前只戴过最简单的棉布口罩。上回也像戴棉布口罩那样，把挂绳往耳朵上一套了事，中间折叠的地方没打开，口罩没盖住鼻子、兜住下巴；也没留意口罩上沿还有细铁丝，要顺着鼻子形状捏好、贴紧。

老王照着儿子的现场教学，把口罩戴好。晃晃脑袋，挺牢固，不大不小刚刚好。

“把鹅送了，也比白白扔掉活埋了强。”

不到两天的时间，禽苗行情骤降，猝不及防，几乎没人不亏得惨。

老王说做禽苗生意就是这样，起起落落，今天折大几千甚至上万元，过几天说不定就能赚回来，像坐过山车一样。不过老王早就习惯了这样的状态，也靠着一股机灵劲儿和多年在市场打拼的经验，成功避开过不少坑。

但这次不一样。往常市场再波动，也不至于几乎亏没了本钱。行情下坠的速度和程度，让所有人都没想到。又赶上春节前后是做生意的“黄金期”，本来大家都铆足了劲儿，指着抓住“旺季”的机会赚些钱，所以家里能动的钱几乎都砸了进去。

开“抱房”做孵蛋生意的人亏得最惨。谁家装了多少鹅，孵了多少蛋，都是圈子里人们常聊的话题。老王不用问也知道，1个孵箱大几千颗蛋，装十几箱都不算太多，每颗蛋5元左右，这回不折个十几万元、几十万元甚至上百万元的本，怕是打不住。

本钱能滚到几十万元、上百万元，听起来有点“豪气”，可即使是这些人，也并非“大富大贵”的土豪老板，而只是勤勤恳恳“挣生活”的普通农户。

往回数30年，村里几乎家家靠种地为生。这些年，村民赚钱的门路广了，陆陆续续有人把地租给别人，搞养殖、跑运输、开餐馆、做汽修、打短工……大家的腰包越来越鼓，生活越来越好，村里几乎没有生计还很成问题的“困难户”，谁不想过更好的生活呢。有些人生意做得大些，可家里的钱大部分都压在生意里，盖房、子女上学、结婚、养老、大病，也是要考虑的事，更何况看着别人家盖了新房、买了新车，总免不了心里痒痒，也添置些家当，没人觉得好日子来得轻松。更别提保不齐碰上天灾人祸，本钱折个大半，还得各处找人借些本钱，从头再来。

2019年，“996”成了网络热词，愈演愈烈的加班文化、越来越快的生活节奏，压迫着人们的神经，引起网上热议。然而，对许多村民，尤其是做生意的人来说，“996”算是很惬意的生活，并“无福享受”：天不亮就起床，忙十几个小时后赶紧睡觉，半夜还惦记着温室的炭够不够烧，小鹅有没有水喝，白天黑夜不断档，没有双休、节假日，有活儿就不能停歇，这样的生活状态，早在互联网还没像现在这么普及前，就已是众多村民的生活常态。这么些年，倒也没见“5817”（早上5点起床，中间忙活，晚上8点睡觉，凌晨1点忙活，全年无休）式的生活被送上“热搜”，当然，村民没工夫，也不关心这个。

西南地区最大的禽苗交易专业市场就在广汉，离老王家只有15分钟车程，承担着德阳市乃至西南地区鸡、鸭、鹅苗的大宗交易。数据显示，2019年，市场上禽苗交易量为4 000余万羽，其中四川省内交易1 600余万羽，省外交易2 400余万羽；平时来市场做交易的育雏户等约500多户，相关从业人员2 000多人。

老王就是这2 000多人之一，是市场上的老熟人了。多年的生意直觉告诉他，现在最好“静观其变”：一边继续养着家里温室还没脱温的小鹅，孵着孵箱里的蛋；一边退掉还没接的货，尽可能减少损失。再往后怎么办，看看行情再说。

天天守着温室里的鹅苗，担心孵箱里的蛋，曾婶满心都是“舍不得”：宁可折些蜂窝煤、饲料钱、水电费、加工费，也不舍得把养到一半的鹅就这么装袋子里埋了，把孵到一半的蛋拿冷水淋了。“万一过两天行情好点，能挣回一点加工费呢？就算行情还是不好，多等两天，找到愿意要的人把鹅送了，也比白白扔掉或者活埋了强。”

“怕死就不要来嘛，好好在屋头待着。”

正月初三，按照往年惯例，是禽苗交易市场开市的日子。老王一早跑去市场上打听消息。

第一眼看见的就是围了一圈的警戒线，然后是紧锁的大门，昔日熙熙攘攘的市场空荡荡的。和老王一样跑来打听行情的人站在马路牙子上，三三两两的。有人不停地吸烟，吸到一半又扔在地上，用脚狠狠地碾碎了。

时不时会有市场管理员来维持一下秩序，扯着嗓子喊：“走开走开！不准在这儿围着！散了散了！”

虽说这场生意风波因疫情而起，但大家的关注点并不怎么在疫情上——相比网上的消息，手头的货出不去才是眼下最心焦的事。

人们慢慢走着，间或停下来听一耳朵。

“你屋头还有好多（鹅）？卖出去没有？好多钱一只？”

“这回整凶了，你最多折10万块钱，我起码折20万元！”

“帮我问一下嘛，我那儿还有的嘛，鹅儿好得很！”……

市场上的大家彼此相熟，几乎没有戴口罩的，也不知是谁喊了一嗓子：“怕死就不要来嘛，好好在屋头待着。来了就不要怕死，戴啥子口罩！”引来一阵沉沉的哄笑。

那两天，老王见到的唯一戴口罩的人，是镇里畜牧兽医站的工作人员，不过没打照面，只是隔着窗户递了材料和防疫票：非常时期，办公室往常敞开的门上了锁，只留一条窗户缝儿办公。

行情还是低迷。外地人不敢来买，本地又销不完，即使幸运地找到买家，鹅苗也只能以极低价便宜处理。往年这时，都是别人追着老王问，有没有脱温的鹅苗出手；这回换老王翻着手机通讯录，挨个儿打电话找销路了。

“年前你卖给我的鹅，还在手上压着出不去呢！”之前的买家跟老王抱怨。

电话打得很艰难，可老王不死心。一直到初五，靠着几分运气和多年积累的人脉，老王好说歹说，连卖带送，总算把家里两间温室的3 000多只鹅都处理了，2万多元本钱收回三成。一些要运到成都，一些要运到绵竹，都是周围市县。谁知还没松口气，就又听人说，一些路已经因为防控疫情被封了，不让车随便过。怕有变数，老王赶忙开上家里的货车，紧赶慢赶一直送货到大半夜，好在路上还算顺利。

朋友圈和微信群里，一直传着禽苗被一筐筐倒进化粪池或被埋进土坑的照片、视频。终于能喘口气、歇歇脚的老王庆幸自己运气还不差。他说村里做蔬菜批发生意的，这几天总是拉着一车菜开走，又拉着一车菜开回来；周围一样做禽苗生意的人，因为找不到买家，这户十几只，那户几十只，把成千上万只鹅都免费散给村里人了。

加入线上交易群后不久，老王退群了

广汉的疫情防控力度越来越强。菜市场关停、麻将馆歇业，街上行人越来越少，村口的路也封了，外来人员不能进村。新闻上说有的村刚开始把路给挖了，后来发现村民有件急事儿出不去车，就给填上了。村民三班倒，24小时在村口守着，远远地看见来车就招手，盘问情况。几乎所有人都意识到了事情的严重性。

水磨村的人还听说在不远的地方，有村子发现了病例，心里“腾”地一下紧张起来，几乎家家都闭门不出。“请春酒”、办婚礼和过寿的都取消了，宣传车天天在村里巡逻，播着高音喇叭。除了值勤的人在村里转悠，就是种地的人在田里忙活。

老王还是三天两头跑一趟市场，每次出门，曾婶都会盯着他把口罩戴好。

一时半会儿开不了市，禽苗市场管理方建了个微信交易群，还在京东上建了“线上交易信息平台”，力图弥补闭市滞销带来的损失。可老王还是觉得，和市场外碰到的人聊上十几分钟，探探口风、行情，最直接、管用。微信群他也加过，但他觉得闹哄哄的，也没什么实际用处，很快就退群了。

对老王来说，坐在市场的人群里才踏实，得到的消息和资源也最及时、有用、可靠。

禽苗市场颇具四川特色。平常日子，一进大门，人声鼎沸，几乎所有人都靠在竹椅上喝茶、聊天，让人以为错进了生意兴隆的露天茶社。做生意的人聚成一堆，你一句，我一句，聊天闲扯，互通有无。喝上半小时茶，行情自然就聊出来了。

正月十三，老王家1个月前装好的蛋孵出了6 000多只鹅苗。原本估摸着

赶上春节行情好，每只鹅至少能卖8元；最后，老王又打了一天电话，把鹅以几角钱1只的价格卖到了成都。

“也算没浪费。只要有人要，就解决问题了。”原本想着能赚几万元，最后反而折了几万元，但至少手头的鹅总算处理完了，曾婶还是觉得宽慰了些。

忙归忙，这几天老王也没忘了往家人微信群里发200元红包：每周六晚上，一家四口雷打不动抢红包，图个乐子。这个小小的“仪式”，老王已经坚持了1年多。

3天前的一批鹅，他决定“赌”一回

正月十六，老王赶了市回来，告诉曾婶行情更不好了，没什么人买鹅，几角钱也不好出手。

“幸好是前天卖的鹅苗，要是今天，怕是一分钱也卖不出了。”曾婶长舒一口气。

当天，从广汉进什邡的主干道开始交通管制，不让广汉人进什邡地界。

行情走低，加上交通管制，老王家隔壁的才哥在同一天里碰了“两鼻子灰”。3天前，他决定“赌”一回，硬忍着没出手一批鹅。结果行情不见涨，反而跌了，这下再也忍不住了，想着不管能卖多少钱，都要赶紧脱手。谁知好不容易联系上了买家，虽然按照国家政策，路是通的，但因为自己是广汉人，鹅送不过去。

才哥没有放弃，开车跑了两三趟，可都被堵在了主干道上进什邡的交界口。眼见天快黑了，他决定再“赌”一回，绕小道试试。好在自己是土生土长的本地人，路都熟，弯弯绕绕，甚至拐到了泥巴路上，可算把鹅送到了目的地。

担心行情不稳，接着亏钱，老王和曾婶的生意基本停了。家庭养禽苗的规模不大，再加上春节前早早备了很多饲料，节后又没开张，饲料倒是不太缺，但很少有人再贸然做鹅苗生意。

每天在家看电视，时间倒也好打发。除了没有活干，曾婶觉得生活和平时没啥不同——本来被家里的鹅拴着，她一年到头也很少出门，见不着几个人。近些年，村里种地的人少了，但每家都各自忙着一摊事，以前农闲时树下“扎堆堆”聊天的情景越来越少见，平时只有村里的麻将馆还热闹些。

不知从什么时候开始，过年时孩子的压岁钱也不怎么给了，给来给去，大家都嫌麻烦，都不给反倒省事。生活里的人情往来越来越淡，生意上也大多是“萍水之交”。这么多年，老王在市场上也有关系近的朋友和自己的“小圈子”，但真遇到什么困难，还是得自求多福，想办法自个儿解决。行业的组织化程度还很低，靠这行吃饭的人，不管生意做大做小，是家里自己养还是注册了公司，每个人说到底，还是孤军奋战、单打独斗，行业有波动，能得到的外部支持非常有限，抗风险能力可想而知。

最近几天，有些开“抱房”的人趁着蛋价便宜，又开始往孵箱里装蛋了，离老王家不远的华哥就装了小10万元的蛋，据说，这是他所剩不多的本钱。数量不敢特别多，“赌”的是1个月后市场能回暖，行情能好转，抓着机会挽回些损失。老王和曾婶也闲不住了，盘算着帮别人养养鹅苗，挣点加工费，不用担太多风险。

很多时候，信心也说不清是从哪儿来的。向前看、往好处想、行动起来，似乎已经成了很多干这行的人的习惯——老王说，做禽苗生意就像炒股，赔赔赚赚，都很正常。没有人能保证次次“押宝”成功。所以每个人只能凭着感觉独自去“赌”，不停地“赌”，努力让生意不断档，才能不让汗水全白流。

这几天，村里给每户都发了通行证，每两天准许1个人出门。

生活总得继续。过了正月十五，一些地方陆陆续续复工了，而病毒的影子依然没有散去。1 000多公里以外的武汉正在艰难地清零，来自全国各地的支援不断接力，大卡车司机拉着食物奔向湖北，有人想办法到处筹集医疗物资，还有人在帮卖不出菜的农民寻找出路……

村里人也时不时地关注疫情消息，有时候会觉得疫情离村子挺远的，毕竟广汉离武汉有2 000多里地呢，可有时候又觉得挺近的，坐火车也不过几个小时，疫情还是挺吓人的。疫情就像影子一样环绕着村庄，一会儿远，一会儿近。

后来我问老王，在这么艰难的时候为啥还发红包？他想了想说：“比起在一线的医务人员，我们眼前的困难算不得啥。那是在拼命，跟他们比，我们容易多了，所以更不能泄气不是？”

青稞酬壮志　高原铸丰碑

——追记原西藏自治区农牧科学院院长尼玛扎西

刊播《农民日报》（11月4日6版）

作者 李朝民　李鹏

青稞熟了，他却走了。

他一米六几的个头，清瘦干练，脸庞黝黑，常戴一顶鸭舌帽，声音富有磁性，温文尔雅，让人如沐春风。

他创立西藏第一个青稞分子生物学遗传育种实验室，每年下乡100多天，行程2万多公里，协同上百位科学家并肩奋斗。

他谋划、建设了西藏唯一的区外科学试验基地——青稞育种加代与扩繁（元谋）基地，将青稞育种年限从12～15年缩短至7～8年。

他通过新品种培育，累计推广青稞良种818万亩，实现青稞增产19.06万吨，增加秸秆草产量22.87万吨，社会经济效益达27.37亿元，惠及上百万农牧民。

他牵头组织了4次农牧科技领域的国际学术会议，一点点地让我国青稞基础研究进入国际视野。

他忠于党、忠于人民，立志把论文写在大地上，把成果留在农户家。

他像一粒青稞种子，无怨无悔地扎根在世界屋脊的土壤中。2020年9月5日，在西藏阿里日土县调研途中，车祸夺走了他55岁的生命。

他就是共产党员、被西藏农牧科技界誉为“中国青稞之父”“青稞王子”“青稞领域的袁隆平”的原西藏自治区农牧科学院院长尼玛扎西。

报国之志融入奋斗

“是党的政策让我从一个放羊娃一步步成长为西藏农业界的第一位藏族博士。西藏需要我，我应该回国！”尼玛扎西说。

故事还得从1966年说起。当年4月25日，尼玛扎西出生在西藏扎囊县扎唐镇杂玉村一个农牧民家庭，兄妹5人，他排行老三。

小时候，尼玛扎西同其他小伙伴一样，都要帮家里干农活，他做起了放羊娃。每次放羊，他都把羊群赶得很远，因为山的那一边有所学校，未入学的他可以蹲在教室外听老师讲课，没纸没笔，他就用树枝在地上写字。

母亲得知此事后，就对尼玛扎西说：“既然这么爱学习，你就去上学吧。”就这样，9岁的尼玛扎西正式踏入了梦寐以求的校门。

次仁贡觉是尼玛扎西的小学同学，他说了一段鲜为人知的往事：学校离家10多公里，往返学校需要很长时间，很多同学都没坚持下来，而尼玛扎西却风雨无阻。当时他是班里的尖子生，连跳两级后，以优异的成绩考上扎囊中学。

读了两年初中，1981年，尼玛扎西再次跳级，考上西藏民族学院预科班。1983年，17岁的他金榜题名，顺利考入西北农学院，专修农学。

这个抉择源于尼玛扎西幼年时的一个心愿。

杂玉村地少、贫瘠且缺水。“青稞秆矮，穗粒也瘪，有时只能喂牲口，亩产只有75公斤。”尼玛扎西曾说，因为青稞收成不好，家人只能制作陶器，用毛驴驮着到相邻的琼结县换粮食，以解决口粮问题。

“我从小就盼望青稞能长得好、产量高，好让父亲和哥哥不用再为口粮四处奔波。”尼玛扎西心里疑惑，“家乡为何无法种好青稞？”

这最初的疑问指引着尼玛扎西走上青稞科研之路。

在大学期间，尼玛扎西的勤奋是出了名的。即便生病住院，他依然保持原有的作息时间，克服病痛，刻苦学习英语。他说：“改革开放了，要想和世界接轨，英语是少不了的，多学会一种语言，总会有用处的。”

机遇来了。1985年，尼玛扎西被分配到西藏自治区农业科学研究所。当年，他被选送到中国农业科学院研究生院进修1年；1991年，到北京师范大学学习；1992年，获得前往加拿大进修深造1年的机会。

在加拿大学习期间，尼玛扎西仍是佼佼者。导师通知他留下来攻读硕士研究生，尼玛扎西格外欣喜。正在这时，单位来信要求他学成回国。

尼玛扎西没有犹豫，毅然放弃了进一步深造的机会，决定完成进修任务后立即回国。尼玛扎西的决定令导师惊讶，但导师还是理解了他的报国之志。

回国后，尼玛扎西全身心投入科研工作，把在国外学到的知识都融入工作中。之后他嫌自己学识不够，科研能力不强，1995年，又考取了中国科学院的硕士研究生；同年6月，加入中国共产党；1999年，获得自然地理学博士学位。

2000年，博士毕业的尼玛扎西受国际山地综合发展中心之邀，前往尼泊尔加德满都开展研究工作。

2年后的一天，尼玛扎西再次面临抉择。在国际山地综合发展中心，已经取得不俗成绩的尼玛扎西，突然接到时任西藏农牧科学院党委书记洛桑旦达的电话："尼玛，现在西藏缺乏高端农业科技人才，我特别希望你回来，你能不能考虑一下……"

当时，西藏的科研基础条件比不上国外，而且工资收入只有国外的1/10。然而，尼玛扎西却回答得很干脆："书记，我愿意回去。等我把手头的科研项目处理完，马上回国！"

2002年冬天，尼玛扎西回到了西藏农牧科学院。

这些年，时常有人问起尼玛扎西："你后不后悔回国？"但他总是微笑着摇摇头："单位需要我，祖国需要我，我从不后悔自己的决定！"

尼玛扎西的大学同学欧珠说："尼玛扎西总说，自己是土生土长的农民，本来一分钱学费也拿不出，结果碰上这么好的时代，能够在学校免费学习，将来我们一定要怀着感恩的心回报国家。他做到了，是我们学习的榜样。"

潜心育种端牢饭碗

1952年，中国人民解放军第十八军的战士们在拉萨河畔开垦出一片农业试验田，播下了包括青稞在内的各类高原作物种子，标志着西藏农业掀开崭新的一页。

青稞是西藏种植较为普遍的农作物，是西藏农牧民的主要粮食来源之一，但长期以来，青稞产量一直不高，乡亲们的口粮都成了问题。

“饿肚子的滋味不好受。”尼玛扎西暗下决心，要为乡亲们培育出优质、高产的青稞新品种。从1985年开始，他把大部分精力投入到青稞育种研究上，组织实施了春青稞优良品种选育和冬青稞优良品种选育项目研究。

青稞育种是一项非常枯燥乏味的工作，需要耐得住寂寞。尼玛扎西与田野为伴，与青稞为友，矢志不渝。

主攻青稞茎秆弹性与抗倒伏品种选育的那几年，尼玛扎西和他带领的科研团队长年累月奋战在试验田，对成千上万的育种资源和后代材料进行详细观察、鉴定，记录哪个品系在什么生育期长势优异以及其他值得关注的重点。

“今年一看有希望，明年一种又不行，在希望和惋惜的交织中度过一年又一年。育种工作在于扎实的付出，同时又有偶然性，这也正是科研的魅力所在。”尼玛扎西说。

2006年是关键的一年。在日喀则市白朗县青稞试验田，尼玛扎西发现了理想中的青稞品系：“籽粒、颜色、株高都非常好，我对它‘一见钟情’。”

后来，尼玛扎西以这株青稞苗为基础，反复进行各种试验，最终发展成为一个成熟的、具有突破性的青稞新品种“藏青2000”。

“藏青2000”具有产量高、产草多、籽粒白等优点，2013年，通过自治区级品种审定，当年就推广种植逾10万亩，平均亩产增加26公斤。

尼玛扎西的家乡杂玉村，也因这一新品种而受益。村干部介绍，过去杂玉是个“缺粮村”，现在村里发生了巨变，家家粮满仓，不仅不缺粮，还能增收致富。

尼玛扎西深知，新培育的品种在种植几年后，一般会出现不同程度的品种退化现象，这就倒逼科学家不断培育新的良种进行更换。

而今，在西藏农牧科学院农业研究所3号试验田里，尼玛扎西培育的青稞新品系“13–5171–7”，金黄璀璨，秆高、穗大、抗倒伏，适应机械化收获。

在尼玛扎西眼里，“13–5171–7”犹如自己的孩子。他预测，它的产量潜力为每亩400公斤左右。不出意外，未来几年，“13–5171–7”将替换“藏青2000”，成为西藏青稞的第4代主栽品种，在全区及周边藏区大面积推广应用。

实践反复告诉我们，种业是农业的“芯片”，精准研发和品种创新是农业竞争的核心所在。关键核心技术是要不来、买不来、讨不来的。只有把关键核心技术掌握在自己手中，才能从根本上保障粮食安全、端牢中国饭碗。

“今后要选育好品种，需在基因层面进行深度研究，挖掘优良功能基因。”尼玛扎西说，每个基因控制每个性状，技术上必须先定位，这是现代粮食育种的方向。

基于此，尼玛扎西将目光锁定在青稞基因组学研究，牵头启动了西藏青稞全基因组测序、西藏青稞起源与进化以及青稞高原适应性研究。

2012年，尼玛扎西带领团队从1 500多个地方品种中，筛选出最古老的青稞品种“拉萨勾芒”，以此为重点，开展西藏青稞全基因组测序与重测序。

令人惊喜的是，2015年，尼玛扎西团队绘制出全球首个青稞全基因组精细图谱；2018年，明确了青稞起源于东方大麦，并通过巴基斯坦北部—印度—尼泊尔传入西藏东南部，确定了青稞的原产地和进化路径；2020年，首次明确了青稞耐低氧、抗寒和抗旱等360个高原综合适应性的特异基因。

专家认为，这些研究成果不仅推动西藏农业科技创新进入国内领先行列，其中，高原适应性生物学机制研究更是达到了国际领先水平，让世界上更多人认识了青稞。尼玛扎西像一块巨型磁铁，吸引着世界各地越来越多的科技英才。

人才集聚后，尼玛扎西干了一件大事：申报国家重点实验室。经过多方协调努力，2016年12月，西藏第一个国家重点实验室——省部共建青稞和牦牛种质资源与遗传改良国家重点实验室获批，尼玛扎西担任实验室主任。

“在尼玛院长的指导下，我的主攻方向是冬青稞，要在西藏大范围、区域性实现一年两季，一季青稞、一季饲草。这对西藏农牧民来说，现实意义巨大。经过多年研究，目前已在海拔4 100米开展试验。在不久的将来，我将实现尼玛院长的愿望。”尼玛扎西的学生、西藏农牧科学院副研究员达瓦顿珠说。

“尼玛扎西了不起！”西藏农牧科学院研究员禹代林说，从事青稞育种35年，尼玛扎西带领团队先后培育出适合青藏高原不同生态地区的青稞新品种16个，研制出12项西藏农作物标准化栽培技术，为西藏农牧业转型升级、农牧民增收致富作出了重要贡献，更让我国增加了青稞育种创新领域的国际话语权。

由于业绩突出，尼玛扎西获得何梁何利基金区域科技创新奖、“三区三州”事业单位脱贫攻坚专项奖励记大功个人、全国出国留学回国人员成就奖，被授予“全国农业杰出人才”称号。

以尼玛扎西的专业学识和对西藏农业的贡献，参评院士是众望所归。2020年初，按照有关部门要求，院里帮尼玛扎西准备好了材料，可他婉拒了：“在青稞育种方面，我还有很多事要做，申报院士的事先搁一搁吧，今后有的是机会。”

“在我看来，个人的荣誉、金钱、权力都比不上西藏各族人民的幸福，我要把自己的梦继续做下去，不断选育出农牧民说好的青稞优良品种，带领团队创造新的育种奇迹，造福西藏各族人民。”尼玛扎西道出了朴实的心里话。

青稞富民彪炳史册

“农牧民是我们科技工作者的老师，谁要是说农牧民接受新事物的能力差、农牧民不喜欢新技术，我就要骂这人愚蠢！”尼玛扎西不止一次说过，“农业科技工作者的贡献大小，不是看发表了多少论文，而是看有多少成果造福百姓。”

此话并非空穴来风，而是缘于“藏青2000”的推广。

2013年4月初，尼玛扎西来到日喀则市白朗县巴扎乡金嘎村，见到村党支部书记普琼的第一句话就是：“书记啊，我给你提供一个新的青稞品种，你有没有信心把它种好呀？”对此，普琼心里犯起了嘀咕。

“这个新品种产量高，种好了每亩可增产25公斤以上；抗病虫能力强，使用农药少；抗倒伏，籽粒较白，做成糌粑或面条，品相很好。”尼玛扎西解释说。

思虑再三，普琼决定试种。作为推广“藏青2000”的重点村，当年5月初，在尼玛扎西的精心指导下，金嘎村试种了50亩。

“望果节”后收割时，村民发现“藏青2000”完全具备尼玛扎西所说的优良品质，从中尝到了增收的甜头，增强了生产的劲头。

2014年，“藏青2000”在金嘎村的种植面积增至500亩。2015年，“藏青2000”在巴扎乡推广。现在，“藏青2000”平均亩产390公斤左右，大幅增加了农牧民收入。

“在尼玛院长的帮助下，这几年，全村累计销售‘藏青2000’良种57万公斤，带来现金收入345万元。我们村的5户贫困户通过种植‘藏青2000’实现脱贫致富。”普琼说，“全村百姓的生活，因为青稞种植而发生了变化，几乎家家买车、买农机、住新房，就连村里妇女戴的饰品也明显多了起来。”

“2019年8月，院长带我去自治区农牧科学院试验田看了青稞新品系‘13–5171–7’，他说‘13–5171–7’具有显著优势，让我们试种50亩看看。就这样，2019年，全村试种了50亩，很成功，2020年又试种了500亩。”普琼说。

2020年8月11日，为了切实掌握新品系的收成情况，尼玛扎西带领团队成员，前往日喀则市白朗县、江孜县“13–5171–7”原良种种子扩繁点现场测产，在金嘎村特别叮嘱技术人员：“粮食收获时，一定要做好标记，切记收好良种。”

“尼玛院长的话我铭记在心。现在我的测产数据出来了，每亩实际产量857斤。‘13–5171–7’粮草双高，且饲草品质好。我很想向尼玛院长报告这些好消息，但再也见不到他了。”巴扎乡科技人员索珍哽咽着说。

金嘎村只是个缩影。在推广“藏青2000”的那些年，凡是种植“藏青2000”的地方，尼玛扎西都亲自到田间地头进行技术指导，从未缺席。他常对团队的人说：“咱们有了好品种，也得有好技术，更要把好技术挨家挨户传给农牧民。”

“他把农牧民当作自己的亲人，只要有时间，就扑在农田里给大伙儿讲技术；他把青稞富民事业当作自己的毕生追求，任劳任怨。”禹代林说。

事实证明，尼玛扎西所有的付出都是值得的。西藏自治区科技厅厅长赤列旺杰表示，自2013年在全区示范推广“藏青2000”以来，累计种植面积330多万亩，综合估算，农牧民增收7亿多元，有效促进了西藏粮食产量突破100万吨、青稞产量突破80万吨，成为西藏农牧业科技发展史上一座新的里程碑。

脱贫攻坚战打响以后，尼玛扎西肩上的担子更重了：既要研究青稞增产的问题，又要研究青稞助农脱贫增收的问题。要想二者兼顾，就得延长产业链。

然而现实情况是，西藏农产品加工业起步晚、底子薄。长期以来，青稞加工转化率仅为10%左右，存在产业链条短、市场竞争力弱等短板。

怎么办？经过多次到重点产区、龙头企业调研后，尼玛扎西牵头成立了农产品开发与食品科学研究所，建立国内首个青稞加工技术创新平台，研发青稞酒等特色产品，研究提高青稞出酒率和保质期等关键技术，促进青稞产业链提质增效。

在推介青稞方面，尼玛扎西可谓与时俱进。在2020年6月13日的消费扶贫直播活动中，西藏德琴阳光庄园请尼玛扎西直播带货，当天销售青稞产品260万元。该庄园负责人刘学婷回忆说："当时尼玛院长非常高兴，他还告诉我，宣传青稞，只要能助农增收，别说讲两三个小时，就是讲三天三夜都行。"

众人拾柴火焰高。目前，西藏农牧科研机构已研制出100余种青稞深加工产品，全区青稞生产加工企业达30余家，青稞产业链延长，大大造福了高原农牧民。

精彩不止于此。2020年8月30日一早，尼玛扎西带队前往阿里无人区，开启西藏新一轮农业种质资源普查。次日，尼玛扎西一行人途经岗巴县吉汝村时，远处刻着"祖国万岁"标语的山坡下，满目金黄的青稞吸引了他的目光。4 600米，这几乎是西藏全区种植青稞海拔最高的地方。尼玛扎西当即拍下照片，并编辑一条信息发给助理刘秀群："将来在'祖国万岁'的下面写上'西藏极高海拔边境地区农业综合试验站'，为守护好神圣国土提供强有力的科技支撑。"

……

斯人已逝，风范长存。在西藏农牧民的心里，他们的尼玛院长没有走！那一粒粒植入中国"芯"的青稞良种，那一片片郁郁葱葱的青稞地，那一张张农牧民丰收的喜悦笑脸，都满浸着尼玛扎西的智慧和汗水，谁说不是一座座无言的丰碑！

给鱼搬家云端卖

刊播 中央电视台（7月13日）

作者 刘栋栋　张帆　王惠会　文鹏鹤　李后林　陈姝志

节目导视：

【同期】**福建省宁德市三都镇红甘鱼养殖场场主　高贵**

弟兄们，准备装鱼了。

【正文】

他叫高贵，他养的鱼有一条“金腰带”。

【同期】**福建省宁德市三都镇红甘鱼养殖场场主　高贵**

这是红甘鱼，它中间有个金黄色的条纹，好像金腰带一样，这条鱼在我心目中很金贵。

【正文】

他给鱼搬家，把很少有人能做成的事，做得风生水起。

【同期】**福建省宁德市三都镇红甘鱼养殖场场主　高贵**

卸鱼了，鱼坐滑道，像坐滑滑梯一样滑下去。

【正文】

新冠肺炎疫情来袭，销售困难重重，他千方百计打通新的渠道。

【同期】**酒店员工**

来得早不如来得巧。

【同期】**消费者1**

好吃。

【同期】**消费者2**

像哈密瓜的味道。

【同期】**消费者3**

很鲜甜。

【正文】

看福建的养鱼行家高贵，如何先人一步，在危机之中赢得转机。

海归硕士种水稻

刊播 中央电视台（10月22日）
作者 牛兴福　郭泓毅

节目导视：

【正文】

她是一位海归硕士。

【同期】**湖南省源容开生态农业综合发展有限公司总经理　肖源**

我是2019年才从俄罗斯圣彼得堡大学毕业，回到农村的。

【正文】

但她却执拗地返回农村，种起了水稻。

【同期】**湖南省源容开生态农业综合发展有限公司总经理　肖源**

这就是我们今年种的田。这儿一块，然后下面也有一块，加起来有1 000多亩。

【正文】

海归硕士变身新农民，这背后到底隐藏着什么样的故事呢？《三农群英汇》即将为你讲述。

禁捕十年：日子向左还是向右

刊播 聚焦三农NTV微信公众号（8月24日）

作者 李媛媛　常瑞民

节目导视：

全长6 300多公里的长江是我国的第一条大河，有14个省份的23万渔民以在长江里打鱼为生，他们的年龄大部分在50岁以上，长江禁捕10年，这也意味着，他们有可能成为长江边的最后一代渔民，那么，这些从小就在长江边长大的渔民，未来怎样生活，又将如何面对这份与长江难以割舍的情感呢？

马铃薯收获的日子

刊播 中央电视台（10月26日）

作者 李铁柱　徐志兵

节目导视：

【正文】

从贫困户到致富带头人，她在逆势前行。

【同期】**定西瑞源农产品农民专业合作社负责人　张巧花**

我得努力，我得给孩子带来安全感。

【正文】

从贩运马铃薯，到种植，再到品质升级，她在寻求改变。

【同期】**定西瑞源农产品农民专业合作社负责人　张巧花**

卖上更多的钱，让他们过上更好的日子。

【正文】

《三农群英汇》，记录张巧花巧手种出幸福花的奋斗故事。

麦小登卖蒜记

刊播 中央电视台（8月31日）

作者 李欣　马永刚

节目导视：

【同期】**河南省滑县大寨乡村民　王晓楠**

我叫麦小登，做了一些短视频。

【同期】**河南省滑县大寨乡村民　王晓楠**

来吃瓜吧！

【同期】**河南省滑县大寨乡村民　王晓楠**

我有一件非常神秘的事要去做。

【同期】**河南省滑县牛屯镇尹庄村党支部书记　尹红玉**

1 600亩耕地，1 000亩种大蒜。

【同期】**河南省滑县大寨乡村民　王晓楠**

连学费都卖不上 。

【同期】**河南省滑县大寨乡村民　王晓楠**

真的太难了，没来没有想过，就这么突然地去带货。

【同期】**河南省滑县大寨乡村民　王晓楠**

这是我作为短视频创作者，要去传递的一种责任。

向上之路·大路向上

刊播 腾讯视频（11月12日）
作者 刘栋栋　杜欣　邱国林　杨葳

钢梯、路、网的变化给悬崖村创造了与外界接轨的条件，也输入了新观念，创造了脱贫致富奔小康的基础条件。本集纪录片记录了悬崖村村民各自发力，让村子脱贫奔小康的过程。

周功斌："蚂蚁探路"再造魅力新故乡

刊播 中央电视台（1月6日）

作者 向清敏　张利椿

节目导视：

【正文】

这是一个受助与感恩的故事。

【同期】**94岁的邻居老爷爷**

我也给了他100元钱。

【同期】**浙江省遂昌县返乡创业青年　周功斌**

我一直跟着我的内心走！

【正文】

遭遇误解，历经生死。

【同期】**浙江省遂昌县返乡创业青年　周功斌**

生还概率是十万分之一。

【正文】

初心不改，执着前行。

【同期】**浙江省遂昌县返乡创业青年　周功斌**

有些事情你觉得很难，那是因为你没有去做！

【正文】

《遍地英雄》，为您讲述周功斌组建"蚂蚁探路"团队，再造魅力新故乡的故事。

航天技术与农业育种相遇，能碰撞出什么样的火花？

刊播 农科专家在线微信公众号（12月4日）

作者 高吉

小农最近迷上了“嫦娥五号”系列新闻，“嫦娥五号月球挖土”“我国在月球首次实现国旗独立展示”“嫦娥五号将进行人类首次月轨无人交会对接”等，各种精彩画面令小农热血沸腾。

自从看了小说《2001：太空漫游》和同名电影，小农就对太空充满了好奇。在无边无垠的浩瀚星海中，究竟有没有其他文明存在？太阳系中的上千亿颗恒星都有些什么秘密呢？

2020“三农”新闻作品选

综　　述

REVIEW ARTICLES

超2 000万台套农机投入春季农业生产

科技助春耕　农家添帮手

刊播《人民日报》（3月30日1版）

作者 王浩

田畴染新绿，春耕正当时。

2 000亩地怎么种？“靠新农机！”河南滑县万古镇杜庄村种粮大户杜焕永底气十足。

麦苗正拔节，这些天，植保无人机、北斗导航仪、激光平地仪，一套套新型农机奔跑在田间，整地松土、施肥喷药，2 000亩地几天就搞定了。杜焕永说：“耕种收全程机械化，不仅能侍弄好自家的地，还能服务周边3万多亩小麦。”

在春耕生产的关键时节，习近平总书记对全国春季农业生产工作作出重要指示强调，要在严格落实分区分级差异化疫情防控措施的同时，全力组织春耕生产，确保不误农时，保障夏粮丰收。

从中原粮仓到东北黑土地，再到江南鱼米之乡，防疫情不误春耕，各类农机纵横驰骋，带动新技术落地，助力农业产业升级，一幅幅“科技春耕图”在广袤田野铺展开来。

农机“加速跑”
“智慧”种地提效率

“你瞧，天上飞的、地上跑的，都成了咱种地的好帮手。”在广东开平市水口镇敉书村，种粮大户陈小云站在田头啧啧称赞：“春耕农机成主角，短短几天，400多亩地就种完了。”为最大程度减小疫情影响，2020年，村里的合作组织、种植大户联合作业，旋耕机平田，无人机喷药，直播机撒种，育苗、插秧二合一，省力又高效。

春种、春管关键时节，农机大显身手。从农业农村部最新调度情况看，全国各地投入春季农业生产的农机具总量预计超过2 000万台套。

新型装备助力，“互联网+春耕”成趋势。

“几台机器开动，一天能干上百亩地的活。”山东青岛鸿运农机专业合作社理事长高洪云说，2020年春耕用上智能拖拉机，误差小于2.5厘米，每10亩地能多种半亩地。“智慧种地真省心，不少农民成了我的老客户。”

农业农村部预计，2020年，投入春季农业生产的植保无人机超过3万台套，北斗定位自动驾驶拖拉机及配套精准作业农机具超过2万台套。

新农具热起来，“指尖种地”带动科学种田。

“庄稼苗壮不壮？看手机就知道。”在湖北省枝江市，农户登录智慧农业平台App，遥感图定期更新，长势情况用不同颜色标注，足不出户也不会误农时。

“动动鼠标，我就卖掉了1万多斤蔬菜。”广东广州市从化区吕田镇桂峰村的蔬菜滞销，村益农信息社的陈志强在线上找销路，卖掉全村四成多的蔬菜。

各地各部门全力推进农机化，保障春耕生产。

农机有人修——各级农业农村部门组织培训机手240万人次、检修机具780万台次。

“刹车正常，水油已经加满。”在黑龙江北大荒农垦集团勤得利农场，一排排“大铁牛”锃光瓦亮，农机手李国庆正挨个检查：“我参加了网上培训，遇到疑难杂症，还能在线求助。”

补贴更给力——各地开通农机购置补贴管理系统，上线运行补贴申领手机App，让农民少跑路，及时置办农机。截至3月15日，全国已实施中央财政补贴资金2.9亿元，扶持5万农户购置机具近7.2万台套，整体进度快于2019年。

“在手机上填资料，几分钟就办好了，真省心。”江西吉安市曲濑镇种粮大户曾善清，在线申报一台自走式旋耕机，少花2万多元。

农机转运畅——目前农机企业基本实现复工复产，农机具转运被纳入应急运输绿色通道政策范围，可不停车、不检查、不收费，优先通行。

新技术助升级
减肥减药增活力

在春耕生产一线，农业装备助力，新技术加快落地，农业由“有没有”向“好不好”转变。

机械化给力，农业生产“绿”起来。

不收秸秆，也能种玉米？吉林省梨树县八里庙村种粮大户卢伟有“新武器”：免耕播种机开过，碎秆、开沟、播种、施肥、覆土“一条龙”作业；秸秆覆盖还田，黑土地盖上“被子”，水土保住了，地力上来了，化肥减施了，每公顷还能增收1 500元。

一套套免耕播种机，让疲惫的黑土地“喘口气”。2020年，东北地区保护性耕作面积将超过4 000万亩。据估算，实施保护性耕作5年后，表层20厘米土壤有机质含量增加10%。

政策助推绿色农机。农业农村部提出，对残膜回收利用、畜禽粪污资源化利用等绿色高效机械装备和技术加强示范推广，推动农业资源循环高效利用。

农机更专业，特色产业旺起来。

在山东曲阜市小雪街道西鲁贤村，旋耕机开进大棚里，5亩地半天就平整好了。“以前羡慕大田里跑农机，现在咱也用上了。”金丰公社社长孔庆立说，葡萄苗已经备好了，就等着栽了。

“没有运输机，哪能种这么多金柚。”广东梅州市梅县区梅盛水果专业合作社理事长杨守胜坦言：“人工采摘，一天挑着60多斤柚子，上山下坡十几趟。有了山地运输机，每台每次能运600多公斤。”老杨的果园已发展到300多亩。

围绕制约产业发展的“卡脖子”环节，相关部门攻克技术难关，一批为特色水果蔬菜、设施农业、畜牧水产量身定制的专业化农机装备涌现，为特色产业发展提供了农业机械化支撑。

农机更“智慧”，肥药用量减下来。

“果树缺什么，我们补什么，从大水漫到‘打点滴’，水肥减少1/3。”陕西白水县果业大户李小勇说着，点开手机页面，配肥机轰轰作响，“营养餐”通过管道滴到根部。

农机一小步，农业一大步。农机装“大脑”，推动农业生产迈向智能化、集约化、现代化。农业农村部农业机械化管理司司长张兴旺说，农业生产由要素投入驱动转型为科技创新驱动，农机让工业文明和农耕文明在深度交融中迸发独特魅力。要在关键设备和技术上下功夫，向高质高效转型升级，为农业质量变革、效率变革、动力变革贡献力量。

“互联网+农业”深度融合

“保姆式”服务更贴心

农机更新换代，农民跟得上趟吗?

2020年春耕一线，从事农机服务的“田保姆”越来越多，把小农户纳入现代农业的轨道中。

服务主体涌现，“贴心人”多了。

“无人机飞2个小时，相当于40多人干1天，不用担心扎堆下地。”马达轰鸣，飞机从农田低空掠过，水雾弥漫。山东郯城县归昌乡陈庄村农大家庭农场负责人陈龙介绍：我们成立10个无人机植保组，为周边农户小麦“一喷三防”3 000多亩。

农机合作社成了生力军。农业农村部预计，2020年，全国有超过6万个农机服务组织投入春季农业生产，积极发展托管、半托管等服务模式，种田省力、省心又省钱。

服务方式创新，“不见面”服务受欢迎。

“你有新订单了”。接单、定位，河北省沙河市金福临农机服务专业合作社农机手张庆波立即赶往目的地，很快就完成200多亩旋耕，“种地也能像网约车那样方便。”合作社远程在线派单，实时监控作业情况，确保农机服务质量，已完成农机服务作业面积1 800多亩。

微信下单、网约农机……“云”春耕成新潮。农业农村部推出“农机直通车”等全国农机化信息服务平台，在线对接需求，有序引导农机作业服务。

服务产品丰富，农民能“点菜”，也能“包席”。

“190亩地全托管，合作社提供从整地、购种、播种到收获的全程服务。”黑龙江兰西县种粮大户郑旭涛当上了“甩手掌柜”。兰西县已经达成50万亩耕地托管服务意向，预计将减少近10万人次的农业生产人员流动。

在不少地方，农民可自主选择耕种收、加贮销等服务项目，春耕“服务套餐”精准满足农民需求。农业农村部引导各地为农户提供农资统购、培训咨询、农机维修、农产品销售对接等多元服务，2020年，生产托管服务计划完成面积15亿亩次。

“互联网+农业”向深度融合。农业农村部大力实施农民手机应用技能培训，已累计培训农民逾3 000万人次。

农业农村部科技教育司司长廖西元表示，接下来，要继续强化春季农业生产技术指导服务，加快产业关键核心技术集成配套，加大先进适用技术示范推广，加快高素质农民培训，不误农时、抢回农时，为夏粮丰收提供有力科技支撑。

这五年，粮食安全更稳固

刊播《人民日报》(10月12日1版)
作者 高云才 吴齐强 郁静娴 王浩 祝大伟 刘峰 毕京津

要把保障粮食安全放在突出位置，健全粮食安全制度体系，加快转变农业发展方式，在探索现代农业发展道路上创造更多经验。

“谁知盘中餐，粒粒皆辛苦。”尽管我国粮食生产连年丰收，对粮食安全还是始终要有危机意识，今年全球新冠肺炎疫情所带来的影响更是给我们敲响了警钟。

对我们这样一个有着14亿人口的大国来说，农业基础地位任何时候都不能忽视和削弱，手中有粮、心中不慌在任何时候都是真理。这次新冠肺炎疫情如此严重，但我国社会始终保持稳定，粮食和重要农副产品稳定供给功不可没。

十几亿人口要吃饭，这是我国最大的国情。良种在促进粮食增产方面具有十分关键的作用。要下决心把我国种业搞上去，抓紧培育具有自主知识产权的优良品种，从源头上保障国家粮食安全。

——习近平

“我十分关心粮食生产和安全。今年夏粮丰收大局已定，秋粮要争取有好的收成。”

2020年7月22日，习近平总书记来到地处松辽平原腹地的吉林省梨树县考察，这也是总书记此次吉林之行的第一站。在国家百万亩绿色食品原料（玉米）标准化生产基地核心示范区地块，总书记再次强调粮食安全的重要意义。

从东北黑土地到中原大地，再到江南鱼米之乡，粮食安全始终是习近平总书记心中牵挂的大事。“十几亿人口要吃饭，这是我国最大的国情”“要坚决扛稳粮食安全责任”“确保国家粮食安全，把中国人的饭碗牢牢端在自己手中”……总书记反复强调。

强农惠农政策密集出台，农业供给侧结构性改革深入推进，全国粮食生产连续5年稳定在1.3万亿斤以上，人均粮食占有量472公斤，远高于人均400公斤的国际粮食安全标准线。我们牢牢端稳了饭碗，为应对各种风险和挑战赢得了战略主动。

“让农民用最好的技术种出最好的粮食”

金风送爽，三江平原稻浪滚滚，一望无际。

“看这稻子的长势，准保又是一个丰收年！”黑龙江省抚远市玖成水稻种植专业合作社理事长袁胜海笑容满面。

袁胜海清晰地记得，2016年5月24日，习近平总书记来到合作社考察，仔细了解水稻产量效益。总书记指出：“粮食安全是国家安全的重要基础，要创新粮食生产经营模式，优化生产技术措施，落实各项扶持政策，保护农民种粮积极性，着力提高粮食生产效益。”“农民专业合作社是带动农户增加收入、发展现代农业的有效组织形式，要总结推广先进经验，把合作社进一步办好。”

殷殷嘱托化成丰收动力。这几年，袁胜海和社员们坚持绿色种养，经营规模达3.4万亩，种出了“鸭稻米”“泥鳅稻”，打响“玖成香米”“乌苏里新城大米”品牌，合作社的绿色大米畅销北京、上海等地。

保障国家粮食安全，关键靠科技。

2020年7月22日，习近平总书记在吉林省梨树县考察时指出：“农业现代化，关键是农业科技现代化。要加强农业与科技融合，加强农业科技创新，科研人员要把论文写在大地上，让农民用最好的技术种出最好的粮食。”

田野里联合收割机阵阵轰鸣，梨树县卢伟农机农民专业合作社成员们正忙着收获高粱。

“总书记的话给我们增添了信心和力量！用好农机、农技，多打粮、打好粮！”合作社理事长卢伟说，合作社现有54台（套）农机，覆盖耕、种、收各环节：深松整地、测土配方施肥、玉米宽窄行交替休闲种植……借助合作社规模经营的优势，一项项农业技术凸显集成效应，配套机械化装备一应俱全。过去3年，合作社平均亩产超过千斤。

“跟着合作社种粮，收入有谱儿！”60岁的曲立文是合作社的一名社员，实打实的效益让176户农民加入合作社，土地流转面积达1.7万多亩，入社农户每垧地年纯收入超过1万元。

中国粮，要用中国种。在海南省三亚市，国家南繁生物育种专区基地满目青翠。这里是我国的种业“硅谷”、种子供给的常备库。新中国成立以来育成的7 000多个农作物新品种中，超过70%与南繁相关。

2018年4月12日，习近平总书记在国家南繁科研育种基地考察时指出：“良种在促进粮食增产方面具有十分关键的作用。要下决心把我国种业搞上去，抓紧培育具有自主知识产权的优良品种，从源头上保障国家粮食安全。”

“总书记的话，让我们育种工作者备受鼓舞！我们一定会加倍努力，培育出更加高产优质并适合大面积推广的品种。”武汉大学生命科学学院教授、水稻育种专家朱仁山说。

近20个春节，朱仁山都是在南繁度过的，他推广的红莲型杂交水稻不仅惠及国内，还出口至菲律宾、越南、印度尼西亚等东南亚国家。

5年来，我国大力实施“藏粮于技”，农业科技进步贡献率达59.2%。在广袤的田野，天上飞的北斗、地上跑的大拖拉机，都成了种粮“神器”，全国农作物耕种收综合机械化率跨上70%的台阶，小麦、水稻、玉米三大主粮基本实现全程机械化。粮食作物良种覆盖率保持在96%以上，在农业增产中的贡献率超过45%，粮食安全更有底气。

“突出抓好耕地保护和地力提升”

耕地，是粮食生产的命根子。

2019年9月，习近平总书记在河南考察时强调，“突出抓好耕地保护和地力提升，加快推进高标准农田建设”。

“总书记对高标准农田的重视和关心，让咱种田人的心头暖暖的！”河南省尉氏县张市镇沈家村村民沈永平说。

2014年5月9日，总书记来到尉氏县张市镇高标准粮田综合开发示范区考察时的情形，沈永平历历在目。“就是在俺村的这块地里，总书记说，我们都是种庄稼出身的，小麦长势这么好，我和你们一样欣慰。用老乡的话说，今年的馍能吃上了。”

这几年，村里打井、修路、开挖沟渠，粮食种植条件越来越好。“现在种地不再看天吃饭，浇地按遥控器，打药用无人机，‘旱疙瘩’变成了致富田！”沈永平说。

尉氏县农业农村局高标准农田建设股股长刘纪锋介绍，2016年以来，尉氏县统筹项目资金，总投资8.74亿元，建设高标准农田72.8万亩，项目区新增粮食产能2 760万公斤。

据农业农村部评估，高标准农田项目区耕地质量一般提升1～2个等级，粮食产能平均提高10%～20%，亩均粮食产量提高100公斤。近年来，我国每年推进8 000万亩高标准农田建设，确保2020年完成8亿亩建设任务，力争2022年达到10亿亩，保障高标准农田的粮食产能在1万亿斤以上。

东北是我国重要的粮食生产优势区和最大的商品粮生产基地。这里有珍贵稀有的黑土地。

“总书记在吉林考察时强调，要认真总结和推广梨树模式，采取有效措施切实把黑土地这个‘耕地中的大熊猫’保护好、利用好，使之永远造福人民。”中国农业大学土地科学与技术学院教授李保国，扎根梨树县从事科研工作10多年，他说，过去由于高强度利用与不合理的耕作方式，梨树县的黑土厚度在数十年里减少了近20厘米，黑土地保护刻不容缓！

“只要秸秆覆盖到地表，就能够逐步提高耕层土壤有机质含量。”李保国说，“秸秆覆盖，让过去板结的土壤变松软了，苞米根子都能扎下1米来深。”

几年秸秆还田下来，梨树县郭家店镇青堆子村农民韩凤香发现，与传统种植相比，保护性耕作增产幅度在10%左右，一垧地还少施200斤化肥。目前，吉林省黑土地保护性耕作技术已推广1 850万亩，未来5年将增加到4 000万亩，占吉林省适宜区域耕地面积近70%。

黑土地保护在行动。2015年，国家实施“东北黑土地保护利用试点”项目，按照最新行动计划，到2025年，东北黑土地保护性耕作实施面积将达到1.4亿亩。

一项项“藏粮于地”措施落户田间，严守18亿亩耕地红线，全面落实15.46亿亩以上永久基本农田特殊保护制度，轮作休耕，减肥减药，让粮食安全基础更牢靠。

“不让种粮农民在经济上吃亏”

保障粮食安全，离不开亿万农民的参与。

2016年4月25日，习近平总书记在安徽省凤阳县小岗村主持召开农村改革座谈会时强调，“在政策上，要考虑如何提高粮食生产效益、增加农民种粮收入，实现农民生产粮食和增加收入齐头并进，不让种粮农民在经济上吃亏，不让种粮大县在财政上吃亏。”

稻谷托市收购，农机购置补贴……这些年，一系列强农惠农政策持续完善，小岗村种粮大户程夕兵感到劲头越来越足。2020年，他流转了590亩地，其中400亩种上了水稻，订单早就落实了。

“土地确权颁证、经营流转，保障了村民的种粮收益，提升了新型农业经营主体的种粮积极性。”小岗村第一书记李锦柱介绍，目前全村1.5万亩耕地中，有六成以上参与了流转，村民从“户户包田”变成了“人人持股”。

2020年6月9日，习近平总书记在宁夏回族自治区贺兰县稻渔空间乡村生态观光园考察时指出：“发展现代特色农业和文化旅游业，必须贯彻以人民为中心的发展思想，突出农民主体地位，把保障农民利益放在第一位。要探索建立更加有效、更加长效的利益联结机制，确保乡亲们持续获益。”

“有土地流转费、劳务费，年底还能分红，收入高了，心里踏实。”贺兰县常信乡四十里店村村民陈红军说，他家25亩土地入股稻渔空间乡村生态观光园，每亩每年保底分红800元，年底再分红50元，2019年，光土地流转收入就超过了2万元。

“总书记的话坚定了我发展现代农业的信心！我一定要带农民干、带农民学，让乡亲们分享更多收益。”稻渔空间乡村生态观光园负责人赵建文介绍，园区不断提升科技水平，构建“公司+合作社+基地+农户”的利益链条。目前，“稻渔空间”带动485户农户增收致富，开办农民田间学校，培训农民3 860人次。

贺兰县委书记赵波说，县里延伸产业链，拓展增收链，完善利益链，通过“龙头企业+合作社+农户”“基地+标准+品牌”“土地入股+二次分红”等多种模式，让农民持续稳定增收。

近年来，全国各地不断创新经营体系，家庭农场数量近60万家，农民合作社达217.3万家，从事农业生产托管的社会化服务组织数量达37万个，300万家各类新型经营主体与农户利益相连，为粮食生产提供了坚实的组织保障。

丰收中国，希望田野的最美画卷

刊播《人民日报》（10月4日1版）

作者 王浩　常钦　郁静娴

金秋时节，稻谷飘香，从南到北，一幅幅五彩斑斓的丰收画卷铺展开来：

华北平原笼上“青纱帐”。在山东夏津县郑保屯镇生态农业示范田，种粮大户黄勤勇信心满满：“玉米棒穗多，籽粒抱得紧，又是一个丰收年！”

黑土地铺上“金地毯”。在吉林省和龙市龙城镇清湖村，金黄的稻穗随风摇曳，村民常利臣面露喜悦：“瞧，1株稻穗足有160粒，今年高产稳稳的！”

“越是面对风险挑战，越要稳住农业，越要确保粮食和重要副食品安全。”“今年夏粮丰收大局已定，秋粮要争取有好的收成。”习近平总书记高度重视粮食安全，多次作出重要指示，为夺取2020年粮食和农业丰收指明了方向。

亿万农民辛勤耕耘，换来沉甸甸的收获：2020年夏粮总产再创新高，秋粮丰收已成定局。何止粮食？你看，新疆的葡萄翠绿，湖北的莲藕白壮，陕西的苹果脆甜，内蒙古的羊只肥美……“庆丰收　迎小康”，大江南北，丰收号子唱起来，民俗秧歌舞起来，农家美食摆起来。这是五谷丰登的欢歌，这是欣欣向荣的胜景，这是亿万农民迈向全面小康的铿锵脚步！

品丰收味道——

辛勤的汗水，香甜的果实，抗疫抗灾闯难关，2020年的丰收尤为来之不易

丰收的味道是什么？

“甜甜的，香糯的！”种粮大户葛德君在田间搓下几粒玉米放在嘴里，一边咀嚼一边说。

“皖北粮仓”绿浪翻滚，丰收的镜头定格在安徽亳州市大杨镇聂桥村，葛德君底气十足地说：“瞧，今年的玉米籽粒饱满，亩产上1 100斤，稳稳的。”

“220亩地，一季麦子一季玉米，今年下大力气啦，真是粒粒皆辛苦啊！”葛德君坦言，春耕受疫情影响，缺人工、缺农资，难题不断。关键时刻，政策“组合拳”让他吃下定心丸：开辟绿色通道，化肥送到地头，农机开进田间，算夏收账，每亩小麦增产100斤。

秋种同样不轻松。“刚点上玉米，雨就下个不停。”葛德君说，让他感到幸运的是，2019年高标准农田项目建设，沟渠相连，旱能灌、涝能排，再加上农业部门及时组织，大家伙一起抢种、补种，最终有大水，无大灾。

“大账算下来，小麦加玉米，亩产超过了1吨，咱也为‘饭碗’做贡献了，累点也值！”葛德君感慨。

走进“中原粮仓”，广袤的田野遍地金黄。

丰收的味道是什么？

“咸咸涩涩的，苦尽甘来啊！”河南柘城县袁庄村种粮大户张百深最有体会的是汗水的味道。

“今年种粮过了好几关。”张百深说：“年初，担心疫情耽误农时；到小麦拔节时，又遇上‘倒春寒’；后来，又碰上病虫害。但是，好政策接连不断，一拨拨农技专家进田，农机服务、统防统治，让咱闯过了一道道难关。”

算丰收账，张百深格外高兴：大灾没减产，260亩地能打50多万斤粮！

镜头向南，在四川丹棱县仁美镇雄义村兴农家庭农场，清水绕田，鱼戏田间。

“闻稻花香，品生态鱼，一亩地有两份收入，你说丰收的味道美不美！”农场负责人黎可学说，年初，农场提早备好种子和鱼苗，农业部门提供技术指导，帮助对接商超，黎可学尝到了稻鱼共生的甜头。

回望田野，一幕幕场景历历在目。抗击新冠肺炎疫情、抗击严重洪涝、虫口夺粮，2020年的丰收尤其来之不易。

丰收背后，是一项项强农政策的有力支撑，投入加力，补贴给力，超过

2 200万台套农机具战春耕，各级财政安排小麦病虫防控资金超16亿元；丰收背后，是亿万农民的辛勤汗水，320万农机手带动一家一户，迎朝霞、顶烈日，奔波田间，拼搏出累累硕果。

这个金秋，让我们礼赞丰收，礼赞农民！

看丰收成色——

直播成“新农活”，绿色是主旋律，从卖得出到卖得好，丰收年也是增收年

说一千，道一万，农民增收最关键。2020年是决胜全面小康、决战脱贫攻坚收官之年，丰收的意义不同寻常。

果园里橙香扑面，直播间里“红心”满屏，一根网线，让脐橙从枝头直连餐桌。

“来了2 000单，马上发货！”湖北省枝江市桔缘柑橘专业合作社理事长周代年忙活着，说起直播带货的战果，非常得意：“电商真厉害！一天超过3万单，能卖出5万公斤脐橙，销售额累计超过6 000万元。”

回想几个月前，周代年不敢想，“脐橙上市遇上疫情，几十万斤果子压在仓库里，真是愁啊！”

电商助力湖北、消费扶贫、金秋消费季……一系列精准帮扶活动，为柑橘找到销路，周代年的眉头舒展了：“直播成了‘新农活’，流量成了‘新农资’，咱跟不上潮流不行了。”

直播打开销路，更打开了思路。枝江市推出一项项举措化危为机，政策及时跟进，对接平台、组织培训，让电商从“一时火”变成“一直火”。周代年坦言，合作的社网上销量超过90%，“增产又增收，879户社员的口袋更鼓了！”

不仅仅是农产品电商，绿色农业、休闲农业等新产业、新业态快速成长，不断激发乡村发展新动能。

擦亮农业“绿色”底色，土地生“金”。

“没错，大米18元1斤！”跳上车，顾不上洗手，四川顺和通米业有限公司负责人郑光跃在物流单上签好名，笑容舒展。

郑光跃的底气来自绿色大米，“我们这里光照充足、土壤富硒；鸭子吃虫，不用农药，全程有机种植。”大米“穿”包装、起名字，经过质量检测，走进大超市，公司发展有机水稻面积500亩，2020年总产量可达20万公斤。

绿色成了农业生产主旋律，全国累计认证绿色、有机和地理标志农产品4.6万个。

紧密利益联结，越来越多的农民融入现代产业链。

采摘、包装、过磅、装车，江西万安县高陂镇泗源村的宋建冬笑着说，“加入合作社，产量和收入有了保障，今年采摘2万斤，收入6万多元！”

万安县橘树漫山，村民家在林中住，人在果园忙，过去果子没少摘，可价格上不去。村里成立绿丰果业开发专业合作社，改种优质品种，推广绿色种植，带着果农一起闯市场。合作社理事长邓兰云说，“合作社发展井冈蜜柚、南丰橘3 000多亩，每年可为贫困户销售果品30多万斤。”

丰收年也是增收年。“伴随农业供给侧结构性改革深入推进，从卖得出到卖得好，农民收入连上新台阶，农业的后劲更强了。”清华大学中国农村研究院副院长张红宇说。

小康不小康，关键看老乡。掂掂丰收的成色，上半年，农村居民人均可支配收入8 069元，增速较一季度提高2.8个百分点。田野里，一个个产业拔节生长，鼓起了农民的“钱袋子”，脱贫质量更高了，小康成色更足了。

农民收获的不只是甜蜜蜜的果实，更是满满的幸福感、获得感、安全感！

掂丰收分量——

“藏粮于地，藏粮于技”，粮食产能站稳1.3万亿斤台阶，牢牢端稳自己的饭碗

粮食丰收靠什么？

“一靠耕地，二靠科技。”河南滑县万古镇杜庄村杜焕永种粮底气十足，流转2 000多亩，托管5 000多亩，这位当地有名的“田保姆”，说起粮食头头是道：“今年春旱，小麦没受啥影响。高标准农田项目区沟渠连通，机井、出水口就在田头，浇地刷卡，一点也不费事。”

杜焕永感叹，如今种地已告别“靠天吃饭”，植保无人机、四驱型机动喷药车、北斗激光平地仪，这些年，合作社购置了不少“神器”，从种到收，机械化“一条龙”，“效率高了，成本降了，就拿喷药说，飞机1天能作业300多亩，顶几十个人工，花销能省一半以上。”

在滑县，大力实施“藏粮于地、藏粮于技”，累计建成高标准农田134.5万亩，1 000多条水渠、3万多眼机井，保障耕地用水，138名农技人员进村入户，2020年，滑县小麦产量100万吨左右，玉米种植面积达128.5万亩。

各地持续重农抓粮，坚持农业农村优先发展，农业基础更牢了，“身板”更壮了。

“藏粮于地”，“饭碗田”有劲了。近年来，我国每年推进8 000万亩高标准农田建设，到2022年，全国将建成高标准农田10亿亩，保障粮食产能在1万亿斤以上。

“靠着高标准农田，我家160亩水稻扛过了洪涝灾害。”江西新干县大洋洲镇新市村种粮大户李炳如说，“稻田能及时排出水，避免水稻淹泡，不仅提升了抗灾能力，平均亩产还增加了50斤。”

“藏粮于技”，农民用上“金扁担”。在四川南充市顺庆区李家镇崇仙境村，一场陆空联合作业正在开展，收割机奔驰而过，把一株株水稻“吃”进肚里，无人机紧跟其后，油菜籽均匀撒入。“水稻归仓，油菜下地，村里这300亩地全走订单。”崇仙境村党支部书记李桂林介绍。

不仅仅在顺庆，一项项新技术落地，为丰收提供强有力支撑。目前，全国农业科技进步贡献率近60%，农作物耕种收综合机械化率超过70%，良种覆盖率保持在96%以上。

大国粮仓根基稳固。我国粮食产量已经连续5年稳定在1.3万亿斤以上，人均粮食占有量超过470公斤，高出国际粮食安全标准线。我们把饭碗牢牢地端在了自己手中，守住“三农”这个战略后院，为应对各种风险挑战赢得主动权。

只要我们始终坚持农业农村优先发展总方针，凝心聚力推进乡村振兴，定能迎来农业农村现代化的一个又一个丰收！

保供给、促增收，各地春季渔业生产加紧复工复产

“水上春耕”丰富居民菜篮子

刊播《人民日报》（4月3日18版）

作者 郁静娴

“过了惊蛰节，是鱼都咬铁。”这几天，广东珠海市白蕉镇新沙村养殖户冼华福更忙了，每天定时为鱼塘增氧、投喂饲料，“再有10多天，10万多尾海鲈鱼就上市啦！”

开片、去皮、包装……海南翔泰渔业股份有限公司的加工车间复工了，数百名“全副武装”的工人动作麻利，正忙着加工鲜鱼片。

水产养殖是“菜篮子”产品的重要组成部分，年总产量超过5 000万吨。眼下，全国“水上春耕”由南到北渐次展开，各地纷纷出实招，有序恢复春季渔业生产，加快推进企业和养殖户复工复产，确保水产品有效供给，促进农民稳定增收。

复工复产按下“加速键”，线上线下解卖难

“现在是苗种繁育关键期，要抓紧投喂饲料，虾苗存活率才高。”湖南省南县小龙虾协会负责人陈明亮，在一家家水产养殖合作社间奔忙着，“像庄稼一样，水产养殖也季节性强，时间误不起，技术指导要跟上。”

“收鱼喽！”3月28日清晨，在天津泽瀚水产养殖专业合作社的鱼塘内，工人正在拉网收鱼，合作社负责人张为东说：“复工1个月了，商家越来越多，生意越来越好。”

支持复工复产，政策给力。国家发展改革委、农业农村部联合出台措施，解决水产品积压等问题。各地因地制宜，针对性化解疫情影响。海南出台应

急补贴方案，对采购和收储压塘水产品给予每吨1 000元补贴；四川对水产养殖户投保进行保费补贴。

“前一天递交复工人数、防疫措施等材料，第二天上午就复工了，效率很高。”海南翔泰渔业股份有限公司负责人钟师说，政府开设绿色通道，还帮企业发布用工需求，想方设法解决用工难。

技术服务跟上。农业农村部利用信息化手段，推广健康养殖模式，提高压塘水产品的存活率。各养殖产区强化疫病监测预警，做好水产品病害防治。

畅通产销瓶颈。2月19日，全国水产品产销对接平台上线，无论是“鱼交易”，还是“苗交易”，广大渔民、渔企都可通过平台免费发布信息。“1天订单3 000公斤，鱼塘终于清空了！”在湖南资兴市兴宁镇，水产养殖合作社理事长李志平组织社员清塘、消毒，又准备新一茬鱼苗生产。

分区、分类施策，过去1个月，各地水产养殖复工复产按下“加速键”。在湖北，重点地区水产苗种运输有序放开；在广西，919家渔业企业复工率达100%；江苏水产品日交易量4 000吨左右……从全国看，各地水产市场已经陆续开市营业，其中，广东、福建、浙江、江西等地的水产市场商家开业率超过50%。

“复工就意味着希望，现在每天出货量达4 000斤，生意一定会再红火起来！”贵州省遵义市深溪镇龙江村水产品批发市场商户袁孟江说。

一田双收、一水两用，绿色生产提品质

稻在水中长，虾在稻下游，前几天，江苏省泗洪县石集乡汤杨村养殖大户臧如军又投放下新一批虾苗，他算起稻丰虾肥的收入账：“不打药、不施肥，水稻每斤能卖上1.5元，小龙虾1斤至少卖20元！”

“养生态虾，种绿色稻，一田双收。”在南县，小龙虾养殖被写成技术标准，发到每家每户。“稻+虾”产生化学反应：算增收账，一个产业带动3.8万户农民，1亩增收3 500元。泗洪县40万亩稻虾，年产小龙虾8万吨，稻虾米24万吨，稻田里“长”出100亿元。再算生态账，虾吃昆虫、粪便还田，一条生态循环链，让农药、化肥减量50%以上，一条条河流干净起来。

稻虾模式是一个缩影。全国推行水产生态健康养殖制度，大力发展优质、特色、绿色、生态的水产品，产业加快向绿色转变。2019年，全国稻渔综合

种养面积达3 500多万亩，产出200多万吨优质水产品和1 700多万吨优质稻米，亩均增收1 000元以上，实现了“一田双收、一水两用、减肥减药”。

放心产品不愁卖。“蟹苗对温度、水质要求很高，好环境才能养出好蟹。”贵州正山农业科技有限公司负责人衷俊雄，看中独山县新同村的天然山泉水，2020年，公司刚引进一批优质蟹苗，打算发展生态养殖。“上市后，1只估计可以卖到30元咧！”

“水草栽下去，关键要及时调水，补充生物肥来促进水草生长。”江西省彭泽县金品螃蟹养殖有限公司螃蟹养殖基地里，负责人梅山向养殖户讲解水草种植的要领。从养殖池杀菌消毒、水草种植到饲料采购、蟹苗投放，技术人员层层把关，确保产出绿色水产品。

以鱼活水，以水养鱼，产业可持续发展意识不断增强。“实施绿色养殖减排技术，既能大大提高池塘养殖效率，又减少了养殖水外排的环保压力。”中国水产科学研究院珠江水产研究所养殖与营养研究室主任谢骏说。

“好山好水，不愁长不出钱袋子！”甘肃徽县山岔村泉水泠泠，徽县剑峰水产品养殖专业合作社刘建平，带着67户村民发展冷水鱼生态养殖和农家餐饮，打造集养鱼、赏鱼、吃鱼为一体的休闲渔业基地，年收入超过100万。

渔业三产融合发展提速。北方平原稻渔“盘锦模式”、南方丘陵稻渔“三江模式”、盐碱水养殖“景泰模式”亮点迭出。在江苏，“盱眙国际龙虾节”已连续举办19届；在广东，每年在梅州、清远、韶关等地举办“禾花鱼节”“稻渔节”等活动，亮品牌、引客流。

深化改革强机制，用好科技产好鱼

2月18日，浙江台州首批渔船复工，沉寂许久的礁山港区重又热闹起来。“渔船可以出海了！”40岁的渔民姚斌连夜准备了出海的行囊，早早来到了礁山港。温岭松门镇农渔办联合当地公安派出所，设立了2个渔船出港检查站，为渔民提供出港前的安全防护服务。已有约7万艘海洋捕捞渔船出海作业，占到往年同期出海作业船数的近九成。

作为渔船渔港综合管理改革试点，浙江台州在全市44个渔港实行县乡两级“港长制”，建起12个渔港管理站，推动综合执法关口前移，并在全省首创“物联网+区块链”渔港综合污染防治管理。依托“渔港通”信息平台，渔民在手机App上随时可以进行进出港报告，掌控各类海况和市场信息。

如何更好地管船、管渔？渔业综合管理不断创新机制，2020年，推动新一轮渔业油价补贴改革，同时，进一步强化渔业科技创新。

四川平昌县的特产江口青鳙肉质坚实、脆嫩鲜美，可是人工繁殖难、鱼苗贵，如何实现规模化养殖？在南风乡望崇村，江口青鳙繁殖专家团队经过1年多攻关，掌握了人工繁殖技术，成功孵化出鱼苗300万尾，降低了鱼苗成本，为江口青鳙规模化养殖、实现量产打下基础。

“好苗产好鱼”，中国科学院院士、水生生物研究所研究员桂建芳表示，水产种质资源是培育水产优良品种的重要物质基础。目前，我国已建有国家级水产种质资源保护区535处，初步建立了种质资源收集、整理、保存和保持等技术体系。

在技术推广方面，2020年，全国将继续加强水产技术推广体系建设和重要技术示范应用，不断加快渔业高质量绿色发展。

为满足人民群众对优质水产品的需求，按照规划，到2022年，全国健康养殖示范面积达65%以上，产地水产品抽检合格率保持在98%以上。

秋粮收获接近八成，丰收已成定局——

金秋季，粮食丰收有底气

刊播《人民日报》（10月27日7版）

作者 郁静娴

粮食事关国运民生，粮食安全是国家安全的重要基础。中央深改委第十五次会议强调，要把保障粮食安全放在突出位置，健全粮食安全制度体系，加快转变农业发展方式，在探索现代农业发展的道路上创造更多经验。

在粮食生产环节，如何利用好现代农业技术，稳步提升粮食产能？在收获流通环节，如何实现颗粒归仓、节粮减损？在粮食消费环节，如何制止餐饮浪费、提高粮食利用效率？只有在全链条增产量、减损失，才能为保障粮食安全筑牢根基。本版推出系列报道，聚焦各地保障粮食安全的有效举措。

——编者

【核心阅读】

夏粮丰收到手，秋粮丰收已成定局。从播种、田管，到收获、销售，各地纷纷“出招”抗灾害、保生产，农技服务下田到户、农机设备高效运转、粮食收购优质优价，确保把中国人的饭碗牢牢端在自己手中。

又到一年金秋季。国家统计局日前公布，全国夏粮产量增长0.9%，早稻增长3.9%，同期合计比2019年增产45亿斤，目前丰收已经到手。

秋粮占我国全年粮食总产量的七成以上，是全年粮食生产的重中之重。

“从全国看，2020年粮食生产形势总体不错，稳中向好的态势没有改变。”农业农村部种植业管理司司长潘文博介绍。当前秋粮收获已近八成，进度总体与2019年同期相当。其中，西南、黄淮海和西北地区收获过八成，进度同比略快；长江中下游地区收获过六成，东北地区收获近八成。金秋时节，粮食丰收底气足。

农技下田，服务到户，增强抗灾能力

前段时间，河南封丘县赵岗镇科丰家庭农场的当家人赵书美每天都在玉米地里忙碌，不时在小本子上写写画画。“去年，按照县里教的玉米双粒播种技术试种，单产增加了100公斤！今年我还按这个法子种，得记下关键时期的数据，把田间管理做精细。”

粮食生产环环紧扣，为了保障秋粮丰收，各地抓紧组织专家和农技人员深入田间地头，及时进行线上线下咨询指导，把抗灾手段和稳产增产技术送到一块块粮田。

江苏泰兴不久前对全市水稻田块开展了第四次病虫害总体防治。“我们加强了病虫测报及会商，打‘总体战’，做到一次用药，防治多种病虫。”泰兴市植物保护植物检疫站站长徐优良说。

8月底至9月上旬，东北地区遭遇3次台风。秋粮生产的大头在东北，气候条件是否会对粮食生产带来不利影响？农业农村部组织专家深入调研论证，及时出台《东北地区倒伏玉米机收技术指引》，指导东北地区科学有序开展倒伏玉米机械化收获作业。

“由于及时采取排水、晾晒、抢收、烘干等措施，台风对全省粮食生产影响有限。”黑龙江省农业科学院生物所研究员闫平分析，发生倒伏时，北部地区95%以上水稻进入完熟期，成熟较晚的南部地区也有80%以上水稻进入完熟期，倒伏影响程度较轻。目前，倒伏的作物已基本收获完成，预计月底前大面积收获可以基本结束。

“目前，全国大部分地区土壤墒情适宜，温光条件正常，有利于秋粮作物产量形成和秋收秋种。”全国农技中心副主任王戈表示，2020年汛情区域相对集中，受灾程度最大的是早稻，但由于种植面积扩大、技术保障增强、抗灾减灾到位，水稻有望灾年实现丰收。

"藏粮于地，藏粮于技"，夯实产能基础

9月下旬，连着几天一大早，江西遂川县雩田镇种粮大户郭海生来到沿溪村的高标准农田中，站在机耕道上操作植保无人机进行病虫害防治。2020年，他在雩田镇流转了2 800亩土地种植双季稻。

"田地质量好，越种越有劲头！"郭海生说。过去，流转来的不少地块零碎、分散，大型机械无法进出，人工成本怎么也降不下来，年景好的时候，1亩地也只能挣一二百元。随着当地高标准农田改造加快，小丘变大丘，农田成了"一掌平"。

郭海生说，有了高标准农田，大型农机进出方便，1亩水稻连收带运，只需300多元，亩均产量比过去高出80～100斤。眼下晚稻已经开镰，"双季稻一田双收，每亩地1年纯收入六七百元没问题！"

近年来，我国每年推进8 000万亩高标准农田建设。2020年，中央财政安排农田建设补助资金867亿元，优先在粮食生产功能区和重要农产品生产保护区建设高标准农田。"集中连片、设施完善的高标准农田，能够为粮食生产提供良好的生产条件和基础。"中国农业科学院农业经济与发展研究所研究员王秀东表示，从各地耕作情况看，高标准农田建成后效果明显。

几场台风过去，看到一株株大豆茎秆挺拔、豆荚饱满，黑龙江海伦市经建农机农民专业合作社的孙安富松了口气，"之前担心会倒伏，好在影响不大。"

一台台现代化农机装备，成了抗灾夺丰收的重要支撑。2020年播种前，合作社使用装有无人驾驶导航系统的联合整地机整地，起垄又直又匀；播种时，用1.1米大垄双行播种机，出苗后根系扎得深，有助于抗倒伏。"估计今年亩均产量在330～350斤，跟去年基本持平。"孙安富说。

目前，全国农作物耕种收综合机械化率超过70%。秋粮收获正忙，各地机收作业有序推进。2020年，安徽秋收秋种投入各类农机具330万台套；山东莱西市推广玉米机械籽粒收获，促进节本增效。

订单收购，优质优价，促进农户增收

随着夏粮上市，小麦、早稻陆续启动政策性托市收购和市场化销售。截至8月底，主产区小麦累计收购4 926万吨、早籼稻累计收购472万吨，其中，

以最低收购价分别收购615万吨、40.5万吨。

优质优价，成为2020年夏粮收购的一大亮点。位于山东沂南县的信和沂雪食品有限公司的面粉生产车间，生产优质面粉的全自动生产流水线正在高速运转。

“今年收上来的小麦品质过硬，每斤收购价比普通小麦高0.1元。”公司总经理李秀玲介绍，企业采用订单合作模式，在大庄、辛集2个乡（镇）建立了1.3万亩高筋小麦种植基地，提供从种到收的全方位服务，带动2 750家农户种植优质专用小麦。

据监测，2020年9月份，主产区小麦均价约每斤1.18元，较2019年同期高3～5分钱；部分优质品种价格在1.27元以上，较普通品种高0.1元左右。近期麦价稳中走高，并逐步趋稳。“这既有利于增加农民收入，也有利于引导种植结构调整，增加绿色优质品种供给，更好地满足消费升级需求。”国家粮食和物资储备局有关负责人表示。

眼下，秋粮生产一线，绿色优质作物正飘香田野。在山东沂南县大庄镇沟崖村鑫隆农场，1 200亩玉米、500亩绿色水稻挺拔壮实，相继进入收获季。

年年种粮，种什么？怎么种？农场总经理王占友介绍，在玉米种植上，他选择的是本土优质品种“登海605”，“不但根系发达、抗倒伏，而且棒大粒深，亩产量能到1 300斤”；水稻采用绿色种植模式，坚持施加有机肥和生态农药，获得了国家绿色产品认证，1斤能比普通大米贵近1倍。

“优质优价，这是市场基本规律，也是农业供给侧结构性改革的体现。”王秀东说。目前，全国已涌现出300多万家新型农业经营主体，在带领小农户增收致富的同时，助推农业高质量发展。

非同寻常，今年春耕为啥不一般？

刊播 新华社（2月27日）
作者 董峻　于文静　高敬

原田春雨后，和风吹草轻。又到一年春耕备耕农忙时节。习近平总书记日前指出，当前，要在严格落实分区分级差异化疫情防控措施的同时，全力组织春耕生产，确保不误农时，保障夏粮丰收。年年进行的春耕“四季歌”，2020年为啥不一般？

意义不一般——越是面对风险挑战，越要稳住农业

春意最浓在田间。眼下，华北的冬小麦已返青；江南的油菜花即将陆续盛开；东北、西北的冻土之下也萌动着春的气息。2020年，新冠肺炎疫情为春耕备耕带来了挑战。

“越是面对风险挑战，越要稳住农业，越要确保粮食和重要副食品安全。”

25日召开的全国春季农业生产工作电视电话会议，传达学习了习近平总书记的重要指示。习近平总书记强调，各级党委要把“三农”工作摆到重中之重的位置，统筹抓好决胜全面建成小康社会、决战脱贫攻坚的重点任务，把农业基础打得更牢，把“三农”领域短板补得更实，为打赢疫情防控阻击战、实现全年经济社会发展目标任务提供有力支撑。

23日，习近平总书记就有序复工复产提出要求时，已对不失时机抓好春季农业生产作出部署，指出要抓紧解决影响春耕备耕的突出问题，组织好农资生产、流通、供应，确保农业生产不误农时。

“2020年是一个特殊的年份，搞好春耕生产，夺取农业丰收，对打赢脱贫

攻坚战、全面建成小康社会意义重大。”中央农村工作领导小组办公室主任、农业农村部部长韩长赋日前表示，要坚持疫情防控和农业生产“两手抓”“两不误”，保障春季农业生产正常有序进行，坚决打好防疫情夺小康之年农业丰收攻坚战，确保农业农村发展重点任务如期完成。

值得关注的是，往年每年3月中下旬，按惯例，会由国务院召开全国春季农业生产工作会议，而2020年的这场会比往年提前了近1个月——这个不一般的会议以电视电话会议形式召开，一直开到了县级单位，提出要统筹抓好农村疫情防控和春季农业生产，迅速恢复农业生产秩序，抓紧解决制约春耕生产的突出问题，稳定春播面积，确保夏粮生产首战告捷。

难题不一般——面对疫情影响，春耕要有新办法

农时等不起人！在华北、江南、华南，农民们已经纷纷下田。即使在冰雪尚未消融的东北、西北，此时也是农资销售和农机整修的农时旺季。受疫情影响，忙于春耕备耕的农民遭遇了新挑战、新问题。

比如，受疫情影响，物流不畅，农资送不到田头。不少农民反映，眼看着农时不等人，却不能赶集采购化肥、农药、种子、地膜等，担心误了农时、影响收成。而另一头的农资生产厂家也犯愁：物流不畅让农资积压如山。山东省滨州市国盛农业科技有限公司负责人赵培国说，半个多月后就是冬小麦用肥高峰，如果肥料运不来，将面临庄稼缺肥、影响产量的风险。

农业农村部农情调度显示，2020年夏粮生产基础较好，冬小麦播种面积为3.32亿亩，目前墒情和苗情有利，但夺取丰收还要过“倒春寒”、病虫害、“干热风”等关口。

一年之计在于春。这句话，最重的分量在田间。冬小麦是夏粮的主体，也是每年我国农民收获的头一茬粮食，而春播粮食面积占全年一半以上。全力抓好春季田管和春耕备耕，关系着后面的粮食生产是不是能如期进行，更关系到14亿中国人的饭碗能不能继续端牢。

面对疫情带来的影响，从中央部委到各地都在采取新的办法，积极有效地解决难题。

措施不一般——抓紧抓实抓细春季农业生产

从中央到地方，一系列非常之举已部署。在抓好疫情防控的基础上，各地、各有关部门在严格落实分区分级差异化疫情防控措施的同时，全力动员组织春耕生产。

兵马未动，粮草先行。种粮人的“粮草”就是农资。国家发展改革委等16部门联合印发通知，要求有力有序有效推动化肥及其原辅料生产企业复工复产，努力增加春耕前化肥产量，保障化肥等农资及原辅料运输畅通。

农业农村部等有关部门通过分类分区精准施策，指导无疫情或者疫情较轻的地方不误农时，抓好抓紧春耕备耕；把化肥、农药等农资纳入国务院联防联控机制生活物资保障范围。交通运输部等部门也明确要求，严禁未经县级及以上地方人民政府批准，擅自设卡拦截、随意断路封路阻断交通的行为，确保春耕生产所需的种子、化肥、农药等农资运输畅通。

为了稳定农民基本收益，给种粮人吃上“定心丸”，日前召开的国务院常务会议已确定，2020年稻谷最低收购价保持稳定，视情可适当提高。鼓励有条件的地区恢复双季稻。财政部日前确定，中央财政将通过农业生产救灾资金，支持水稻、小麦等农作物重大病虫害和草地贪夜蛾防控。

对种植、养殖大户来说，最重要的是能否得到金融支持的“及时雨”。2020年以来，中国农业发展银行已发放种子、化肥、农机装备等农资、农技贷款30亿元，发放高标准农田建设、农村土地流转及规模化经营贷款45亿元。中国农业银行对受疫情影响暂时受困的农资、农产品生产加工流通企业以及农户，严格实施不抽贷、不断贷、不压贷政策，支持其开展春耕备耕生产。

气象人、农技人等助农群体也都在行动——湖北气象部门加强与农业农村部门合作，依托智慧农业气象服务系统，做好面向主要“菜篮子”生产企业的直通式气象服务，力保关键时期蔬菜等农产品产得好、送得出、用得上。

各地农技人员通过网站、App、公众号以及微信群、QQ群开展线上指导服务。在农技推广信息服务平台“中国农技推广”上，37万多名农技推广人员、6 000多名产业技术体系专家、教授在线解答技术难题，提供远程问诊。

一场合力推进春耕生产、稳定经济社会大局的生动画面，正在广阔田野蓬勃展现！

天道酬勤的大地赞歌

——写在第三个中国农民丰收节之际

刊播 新华社（9月22日）
作者 董峻 王飞航 王建 姜刚

22日是“秋分”节气，人们迎来第三个中国农民丰收节。

春种秋收本是四季轮回，而在2020年的时光记忆中，田野里却起了非同寻常的波澜——

新冠肺炎疫情打乱农民的种田节奏，面对耽误不起的农时，上下合力保春耕。

南方洪涝伤及粮食生产，洪水退去后人们抢种补播，确保丰收到手。

国际形势风云变幻，粮食安全牵动人心，中国人的饭碗始终牢牢端在自己手中。

喜看稻菽千重浪，遍地英雄下夕烟。亿万农民以汗水浇灌出丰收硕果，为脱贫攻坚战胜利收官、全面建成小康社会和开启“十四五”新征程奠定了坚实基础。

丰收的“味道”不一般——沉甸甸的果实里，有欢欣、有艰辛、有信心

日头刚冒尖，种粮大户李孝斌就下地侍弄起庄稼。9月下旬，山西运城市万荣县荣河镇，密密层层的玉米快成熟了。

“再有一星期，玉米就能收了！”他的欢喜之情溢于言表。2020年雨水多，玉米长势好，李孝斌估摸着亩产能上1 600斤。

22日，由农业农村部主办的中国农民丰收节主场活动在万荣县举办。

“其实天帮忙只是一方面，好政策托着底，靠科技是关键，人努力最重

要！”他总结道。

这真是一年中最让人骄傲的季节。辛勤耕耘终于迎来大地的丰厚回馈。

曾几何时，春耕时的突发疫情、夏播时的罕见汛情、入秋后的超强台风……考验接踵而至。

“汽车停运了，买不到肥料，雇不到帮手，眼瞅着要误农时，整宿睡不着哇。”回想起开春遭遇新冠肺炎疫情时的情景，山西夏县西谷村农民谷王学连连摇头。当地农业部门及时组织调运农资、农技人员指导采用旱作新技术，加上他春管到位，夏天的小麦收成比往年还强些。

而在安徽桐城，天泰农业种植专业合作社理事长鲍峰悬着的心，这几天才放下来。“6月、7月遭遇多轮强降雨，水稻三天两头被淹，最深处有1米半。”鲍峰连夜找挖掘机清理河道，10多名工人顺着田埂疏通排水，终于解除了涝灾警号。眼下合作社的早稻已收，晚稻看长势，又是个丰收年。

半个月里的台风“三连击”造成庄稼大面积倒伏，也一度让“北大仓”黑龙江的不少农民揪着心。“以前雨水一大，动不动就涝，现在基础设施跟上了，田成方、渠通渠，抗灾管大用了。”富锦市东北水田现代农机专业合作社理事长刘春预计，每亩水稻能比2019年多打二三百斤。

2020年夏粮增产、早稻增产，粮食产量的“大头”秋粮也丰收在望。这是上下同心、努力加实力的结果——

“越是面对风险挑战，越要稳住农业，越要确保粮食和重要副食品安全。”新冠肺炎疫情肆虐之时，习近平总书记在春耕前就作出重要指示，强调要加大粮食生产政策支持力度，保障种粮基本收益，保持粮食播种面积和产量稳定。习近平总书记还多次强调：“中国人的饭碗任何时候都要牢牢地端在自己的手上，饭碗里主要装中国粮。”

在关键农时，中央及时发出《当前春耕生产工作指南》，各地各部门积极落实小麦、稻谷最低收购价政策，统筹实施玉米、大豆生产者补贴政策，指导科学防灾减灾，给农民吃上“定心丸”。

天道酬勤。每一位农人、每一季耕耘、每一次战胜挑战……才有了这不一般的丰收之味！

丰收的“气质”不一般——俯瞰金色大地，中国有底气

2020年年初，全国政协委员陈萌山在湖北农村老家经历了一场抢粮小风波，至今仍然印象深刻。

1月26日，陈萌山突然收到表弟发来的微信，说村里马上要封闭管理，大家都在抢购大米，货架快空了，要不要帮他买几袋？陈萌山迟疑了一下，回复说“先不买”。3天后，他在村里的超市看到货架上米面充足、买者寥寥无几，心里终于踏实了。

新冠肺炎疫情发生以来，农产品供应始终没有出现大的问题，无论是有上千万人的“重灾区”武汉，还是偏僻的乡村，即使采取了史上最严格的封闭管理措施，人们也没担心饿肚子。

再回顾2019年，我国粮食总产66 384万吨，已连续第8年迈过60 000万吨台阶，中国人的饭碗始终牢牢端在自己手中，昭示着形成了一整套中国特色稳定发展粮食生产的经验。

“农业丰收夯实了我们从容应对各种风险挑战的强大基础。”陈萌山深有感触地说，“农业根基稳，发展底气足。”

丰收不仅是吃饱肚子的口粮丰收，更是吃好、吃营养的全面丰收。

从东北黑土到江南水乡，从东海之滨到西北高原，秫熟稻香、牛羊成群、瓜果飘香，泥土中都透着丰收的气息。

从田间地头到烟火气十足的农贸市场，再到百姓家里的一茶一饭，农业丰收既是中国经济巨轮远航的底气，也是百姓安居乐业的底色。

即使是持续牵动人心的猪肉，在稳产保供政策激励和市场拉动下，8月各地猪肉价格已趋稳，进入9月略有下降。重庆市荣昌区兴旺种猪场的负责人郭平，这几个月里每天都忙得连轴转。上门买仔猪的养猪户越来越多，应接不暇的她开启了“夜市模式”，有时“夜市”甚至能和“早市”连到一起。

“非洲猪瘟的稳定防控增强了养殖信心，越来越多养猪场户复养和增养。”农业农村部畜牧兽医局局长杨振海说，“随着生猪生产持续较快恢复，市场供应正逐步改善。”

消费者的餐桌要更丰盛，农民的荷包也要更丰满。农民有更大的收益、农村才能成为希望的田野。这样的故事随处可见——

云南昆明市晋宁区韩家营村的花农韩刚，在新冠肺炎疫情导致鲜切花消费和出口急剧萎缩时，及时改种成熟期更长的多肉植物，终于撑过艰难时刻。随着市场回暖，他重新种起绣球花，还在鲜花基地直播卖花，效果不错。“未来会继续提升绣球花的品质，为更多人装点生活。”

“近3年，村里建起高标准农田，青稞产量提高了，卖给加工厂的青稞一年比一年多。”西藏日喀则市桑珠孜区甲措雄乡聪堆村的普珍一边把晒干的青稞装进麻袋一边说，“用上新品种，播种和收割又是农机作业，每亩地省了45元成本，这也是增收。”

“今年收成比去年好。”山东德州市武城县西李古寺村的年轻人大多在外打工，种地缺劳动力。在村支书马守良的带动下，全村村民通过土地入股成为合作社股东，发展起适宜机械化种植、效益更好的谷子产业。眼下谷穗饱满密实，预计亩均增产七八十斤、增收60元左右。

……

年丰远近笑语乐。一幅幅农业丰收、农民增收的图景，折射出农业高质量发展带来的新气质！

丰收的“韵律”不一般——奏响乡村振兴的时代主旋律

这几天，黑龙江克山县齐心村脱贫户杨守业和老乡一起，给当地一家合作社采收马铃薯。他家的10多亩地流转给合作社，每年每亩地有650元收入。杨守业在合作社打打零工，一年能挣五六千元。

“平时用工，有劳动能力的贫困户优先。”合作社负责人杨国志说，“老乡们脱贫后，这规矩也不变。”

习近平总书记5月在山西考察时，对大同市西坪镇坊城新村的村民们说：“一定会越过越好！更好的日子还在后头呢！”这话激励着亿万农民。为了把日子过得更好，人们的脚步没有停歇。

在内蒙古巴彦淖尔市五原县联星村，村民种的番茄吸引来国内最大连锁餐饮集团之一的西贝餐饮公司。采购商把收购点设在地头，敞开收购，单价比其他收购商高了一半左右。村民乐开了花，公司采购负责人武宝林也喜上眉梢。

为给西贝名菜“柿子烧牛肉”找到“味道纯正”的番茄，武宝林尝了全国几十个种植基地的番茄，认为联星村的“丰收128”番茄味道最好。这个品种各地常见，为啥他偏偏看上了这里的？

“常规品种能种出老味道，秘诀就是用了北京一家公司研发的新型肥料。这是专门针对番茄生长需求设计的配方肥。”村委会主任庄培军说。

联星村番茄热销引发了很多人的思考。联星村正在打造“天赋河套”农产品区域公用品牌，把自然资源“天赋”和现代科技有效结合，正是今后努力的方向。

在南国水乡，秋风也吹来新的希望。湖南岳阳市湘阴县的鹤龙湖，成片莲藕进入采收季。挖藕、洗藕、打包、装车“一条龙”作业，白胖胖、脆生生的莲藕很快就一车接一车运往外地。

从深圳返乡创业的年轻人谭灿，2020年在这里打造起莲藕种植基地。“鹤龙湖水质好，加上采用新品种和科学种植，莲藕又大又脆。”尝到甜头的谭灿已打算2021年把外地朋友引来办莲藕加工厂，让乡亲们在家门口就能挣到更多钱。

回首既往，一个个贫困户靠自己的双手摘掉了“穷帽子”、改变了命运；一个个新农人应用新技术、新模式，推动农业走上高质量发展新路。

展望未来，农业向着绿色可持续发展迈进，乡村成为越来越美丽的田园风光。在习近平新时代中国特色社会主义思想指引下，亿万农民群众必将在推进乡村振兴战略的时代大潮中过上更好的日子！

走过四季：乘风破浪的“三农”面孔

刊播 新华社（12月25日）

作者 董峻 黄垚

2020年在历史上注定是非同寻常的一年。从春到秋，从南到北，疫情、洪涝、台风、病虫害……一场场灾害轮番袭来，人们一度担心，粮食够不够吃？菜价会不会涨？收入能不能增？

走过四季，乘风破浪。岁末回首，你会看到，那田野里一张张饱经风雨的农人面孔，映出了粮食“十七连丰”、主要农产品稳定供应的喜悦。

中央经济工作会议强调，要全面推进乡村振兴，抓好农业生产，推进农村改革和乡村建设。乡村振兴的道路上，亿万农民朋友正在奔向更好的日子！

面孔1：“大葱哥”驰援武汉前后

2020年春节，武汉疫情牵动全国人民的心。河南省嵩县闫庄镇竹园沟村党支部书记朱德林总觉得该做点什么。村里盛产大葱，种植面积上百亩。他动了给武汉人民送大葱的念头。

春节期间，联系不到生产刨葱机械的厂家。附近村民得知要给武汉送葱，300多位村民自发去拔葱。

朱德林回忆说，3天时间，村民在冰天雪地里拔了80亩地的10万斤葱。

怎么运到武汉？这又成了难题。不断有爱心人士帮忙，终于把大葱运到武汉。

朱德林由此有了“大葱哥”的绰号。

四川、山东、湖南……各地农民纷纷自发给武汉送去一车车蔬菜、水果、肉类等农产品。

最近，朱德林的事业也有了起色。原本主要在本地卖葱的他，开始把闫庄大葱卖到外地。

上个月，他在洛阳推销大葱时被人认出，不到3小时，一车大葱就被抢光了。各地朋友通过电话、网络抢购大葱。“卖得可快了”，他特别开心。

2021年，朱德林希望带动更多农户种葱、打造品牌，把村里的大葱产业做大做强。

面孔2：种地碰上“有生之年”

夏天，黑龙江连遭3次台风，辛宏军家的100多亩玉米成片“趴”在了地里。

家住兰西县兰西镇林盛村的辛宏军种了大半辈子地，没料到2020年种的玉米碰到了最严重的倒伏。

“有生之年没遇到过。台风一过，苞米（玉米）被刮倒了，地里头全是水。”

他本以为2020年玉米将大幅减产，“1亩地能打个三四百斤就不错了”。

没想到，当地派来技术人员指导，他也积极补救，最后产量跟往年相比没减多少。由于粮价提高，每亩地还比往年多卖了100多块钱。

2020年，村里引进了辣白菜加工企业，满负荷生产可加工5 000亩白菜。辛宏军打算2021年种50亩白菜，进行轮作，提高收入。

对于2021年，他希望“年头比今年好”，能有大型收割机帮忙收玉米，这样“种多少地都不犯愁了”。

面孔3：种粮大户也要“乘风破浪”

和辛宏军一样，湖南省平江县的种粮大户唐发根也没想到，2020年种水稻会这么难。

2020年年初，新冠肺炎疫情一度导致种子、肥料难买，地难下，他一度以为2020年可能赶不及种水稻了。等到情况缓解，他赶紧买了5台抛秧机，用最快的速度插完了2 800多亩早稻。

几个月后，待稻谷迎来收割时，当地又碰上了几十年难遇的持续阴雨天。

“连下了20来天雨。”唐发根说，“即使把稻谷抢收上来，没有太阳也没法晒干，乡亲们急得团团转。”

他的5台烘干机派上了用场，接下来的20多天里，他没日没夜地帮大家烘干稻谷。一些乡亲吃饭、睡觉都在他家。唐发根估算，他陆续帮村民们烘干了超过2 000吨稻谷。

年底算下来，他的水稻产量居然超过了2 500吨。

2020年，全国粮食总产量达13 390亿斤，连续6年保持在1.3万亿斤以上。突破重重困难，全国农民最终迎来“十七连丰”。

面孔4：坎坷“后浪”养鸡带来命运转折

养了4年鸡的丁转成，2020年终于成功了。

在河南省嵩县城关镇王庄村的家里，这个29岁的小伙子这几天正忙着收鸡蛋。他行动不便，但每个步骤都十分熟练。

由于患有先天性脊柱裂，丁转成从小被弃养，辗转多个家庭，最后被当地农民丁金栓收养，父子二人相依为命多年。丁金栓给他取名“转成”，意思是“转到这儿就算成了”。

“第一年，我买了2 000只鸡苗，由于缺乏经验，3个月后，最大的还不足1斤。”丁转成说，“去年由于圈舍夜里冷，上千只鸡苗几乎全部冻死。”2020年的5 000只鸡，是他养得最好的一次。

4年时间，摸索对了路，丁转成一家顺利脱贫。

到2020年年底，经过8年持续努力，在全国现行标准下，农村贫困人口全部脱贫。

丁转成2021年的愿望是继续努力养鸡、多挣钱，带父亲去北京看看天安门。

面孔5：“草莓研究员”立志打破国外垄断

云南省农业科学院花卉研究所研究员阮继伟2020年最开心的事，是团队的4个草莓品种获得了农业农村部植物新品种权证书。

新品种草莓能够在夏秋季开花结果，拉长草莓上市时间。

这是国内第一批具有自主知识产权的“日中性”草莓新品种，将打破该品种长期被国外垄断的局面。

在云南省富民县的国家高原云果产业园里，阮继伟每天都要查看草莓开花和挂果情况。8年来，阮继伟团队针对“日中性”草莓品种开展引种评价、繁育和绿色栽培研究，累计推广绿色高效栽培技术达3万余亩。

在不久前召开的中央经济工作会议上，种子和耕地问题得到高度重视。会议强调要开展种源“卡脖子”技术攻关，立志打一场种业翻身仗。

阮继伟斗志满满。

面孔6：“60后”新农人，“卖最土的货，带更多的人”

2020年上半年，餐饮业遭受重创，同时也困住了餐桌上的一种“味道”——花椒。在重庆市江津区画眉湾家庭农场，7 000棵花椒树的果实一度销售无门。

“再难都挺过去了。”农场负责人、52岁的“60后”新农人周鸿说，通过“电商平台+网络直播”，农场形成了线上线下销售“双通道”。

5年来，周鸿通过微信朋友圈、直播带货等方式销售农副产品，卖出鸡蛋超过1 000万颗，覆盖全国30多个省份。

“卖那么多货，全部自己养、自己种，肯定是不现实的，所以我就让整个村的人帮着养、帮着种。”周鸿说，已经有100多户农户加入了农场。

新的一年，周鸿希望能带动更多村民增收致富。他要“卖最土的货，带更多的人”。

目前，越来越多的“新农人”为乡村带去了先进生产技术和经验，发展新业态，带动一个个传统村落走向现代化种植，走向乡村振兴。

全面推进乡村振兴，中央这样谋划

——中央农村工作会议传递五大新信号

刊播 新华社（12月29日）
作者 董峻 于文静 高敬 胡璐 侯雪静

中央农村工作会议于12月28—29日在北京举行。习近平总书记在会上发表重要讲话时强调，坚持把解决好“三农”问题作为全党工作重中之重，举全党全社会之力推动乡村振兴，促进农业高质高效、乡村宜居宜业、农民富裕富足。

我国即将开启全面建设社会主义现代化国家新征程。在这一历史节点，习近平总书记的重要讲话传递出哪些新信号？2021年乃至“十四五”时期，“三农”工作的重要抓手是什么？

民族要复兴，乡村必振兴

习近平总书记强调，从中华民族伟大复兴战略全局看，民族要复兴，乡村必振兴。

北京大学中国农业政策研究中心主任黄季焜说，做好“三农”工作对稳住农业基本盘、守好“三农”基础意义重大。农业在任何时候都是经济社会发展的基石，具有“压舱石”作用，对稳定低收入人群的生计有重要作用。

2020年，全国粮食生产实现“十七连丰”，特别是在新冠肺炎疫情的影响下，我国农业农村的稳定发展为应对风险挑战起到了重要作用。专家认为，今后我国在构建新发展格局的新征程上，农村的发展空间巨大、大有可为。

中国人民大学农业与农村发展学院院长唐忠说，与发达国家相比，我国农村人口占比依然较高，城乡二元结构依然突出，还有不少农民收入在“平均数”以下，收入有待进一步增加。在新发展阶段中，要解决好城乡公共服务均等化等问题，才能在2035年基本实现社会主义现代化。

“翻开世界各国现代化历史，正反两方面的经验教训都告诉我们，能否处理好农村这一头，在一定程度上决定着我们现代化的成败。”农业农村部农村经济研究中心改革试验研究室副主任刘俊杰表示，长期以来，城市这条“腿”长、农村这条“腿”短的问题突出，如果不能让乡村同步实现现代化，就没有整个国家的现代化，民族复兴也无从谈起。

全面建设社会主义现代化国家，实现中华民族伟大复兴，最艰巨、最繁重的任务依然在农村，最广泛、最深厚的基础依然在农村。习近平总书记在会上指出，要加强党对“三农”工作的全面领导。各级党委要扛起政治责任，落实农业农村优先发展的方针，以更大力度推动乡村振兴。

“三农”工作重心发生历史性转移

习近平总书记指出，脱贫攻坚取得胜利后，要全面推进乡村振兴，这是“三农”工作重心的历史性转移。

重心转移是不是意味着脱贫攻坚工作结束了？习近平总书记强调，要坚决守住脱贫攻坚成果，做好巩固拓展脱贫攻坚成果同乡村振兴有效衔接，工作不留空档，政策不留空白。

“巩固拓展脱贫攻坚成果的重要手段是推进乡村振兴，反之，推进好乡村振兴也将促进脱贫成果的巩固和拓展。”中国人民大学中国扶贫研究院院长汪三贵说，脱贫攻坚积累了很多宝贵的经验，可以借鉴并应用于推进乡村振兴。

党中央决定，脱贫攻坚目标任务完成后，对摆脱贫困的县，从脱贫之日起设立5年过渡期。过渡期内要保持主要帮扶政策总体稳定。对现有帮扶政策逐项分类优化调整，合理把握、调整节奏、力度、时限，逐步实现由集中资源支持脱贫攻坚向全面推进乡村振兴平稳过渡。

“防止返贫动态监测和帮扶机制在乡村振兴阶段还要继续完善，且监测精准到户到人，目的是及时采取有针对性的帮扶措施，预防返贫情况发生。”汪三贵说。

脱贫攻坚期间，有960万农村贫困人口通过易地扶贫搬迁“拔穷根”。北京师范大学中国扶贫研究院院长张琦说，确保搬迁群众稳得住、逐步能致富，实现这一目标的重要手段是就业，可通过优化、规范脱贫攻坚阶段的公益岗位，升级改造扶贫车间，以高质量发展提供更多更高质量的就业岗位。

牢牢把住粮食安全主动权

习近平总书记指出，要牢牢把住粮食安全主动权，粮食生产年年要抓紧。

在连续6年全国粮食产量稳定在1.3万亿斤以上高水平的当下，习近平总书记为什么还要如此谆谆告诫？

一些专家认为，我国水稻、小麦自给率达100%，但耕地长期高强度、超负荷利用，导致耕地退化加剧。随着城镇化、工业化快速推进，优质耕地资源更加紧缺。

黄季焜说，农产品既要保数量，也要保多样、保质量，今后要鼓励优质稻米、小麦种植，同时解决饲料粮需求和进口不断增加的问题。耕地是粮食生产的“命根子”，既要做好高标准农田建设，也不能忽视中低产田改造，充分发挥土地的潜力和抗风险能力。

“现在所说的粮食安全实际是食物安全——随着人们生活水平提升，对于肉蛋奶等需求增加，对饲料粮的需求也将持续增加。”唐忠表示，要确保粮食安全优先序，把“以我为主、立足国内、确保产能、适度进口、科技支撑”的粮食安全战略落到实处。

专家还表示，保障粮食安全要加大扶持力度，解决好农民种粮和地方政府抓粮的积极性问题，健全专业化社会化服务体系。要深入实施重要农产品保障战略，持续深化农业供给侧结构性改革。

以“钉钉子精神”加强农村生态文明建设

全面实施乡村振兴战略，要做的事千头万绪。习近平总书记强调，必须加强顶层设计，以更有力的举措、汇聚更强大的力量来推进。其中，以“钉钉子精神”推进农业面源污染防治等农村生态文明建设，是习近平总书记提出的一个具体要求。

国务院发展研究中心资源与环境政策研究所副所长常纪文说，近年来，城市生态文明建设取得长足发展，城市工业污染和生活污染治理成效很大，但与之相比，农村生态文明建设还有一些差距，农村基础设施建设滞后，工作基础薄弱，农民的环保意识仍不到位。同时，农业面源污染，包括畜禽养殖、农药化肥污染等，亟须下大气力治理。

“我们要全面建设生态文明，不克服短板，生态文明建设的成绩就不稳定。”常纪文说，农村生态文明建设已成为国家生态文明建设的短板之一，必须大力加强。农村生态环境整治后，也将提升国家的整体生态环境容量。

一些专家提醒，在乡村生态文明建设中要科学合理、因地制宜地推进。一些人口居住相对集中的地方可以搞污水集中处理，而一些人口相对分散的地方就要结合具体情况，采取既符合国家标准和要求，又体现地方特色和优势的举措，建设生态美、百姓富的美丽乡村。

实施乡村建设行动

习近平总书记强调，要实施乡村建设行动，继续把公共基础设施建设的重点放在农村，在推进城乡基本公共服务均等化上持续发力，注重加强普惠性、兜底性、基础性民生建设。

对此，国务院发展研究中心农村经济研究部副部长程郁认为，继续把公共基础设施建设的重点放在农村，要解决好水、电、路、气、网、热等对边远村组的供应保障，切实保障农村生活质量的提高，加快交通、水利、仓储、物流、网络等基础设施的改造升级，有效支撑农村现代产业的发展。

“乡村建设是一项事关全局且投入巨大的工程，如果没有科学规划的引领，最终损害的还是农民利益。”刘俊杰说，在实际工作中，要坚持先规划后建设、无规划不建设，保持规划的严肃性和权威性；确保规划的前瞻性、合理性和统筹性，科学规划空间布局，合理确定乡村规模，注重完善乡村社区功能。

黄季焜表示，实施乡村建设行动，各地乡村情况不同，不能“一刀切”，要缺什么补什么，尤其要注意倾听地方意见。符合农民意愿的工程项目，农民会爱护，也愿意投入。

非凡2020丨经济“压舱石” 社会“稳定器”

刊播 中央人民广播电台（12月28日）
作者 朱敏 乔仁慧 王利

【导语】

“重农固本，是安民之基。”以习近平同志为核心的党中央高度重视“三农”问题。党的十九大报告中首次提出“坚持农业农村优先发展”的重大战略要求。2020年，我国广大农民和基层干部不误农时抓生产，克服疫情和汛情带来的不利影响，坚持抗灾夺丰收，为经济社会大局稳定提供了有力支撑。在2020年的中国农民丰收节前夕，习近平总书记指出，在2020年相对严峻的形势下，克服困难取得丰收十分不易。中国之声中国经济年终特别报道《非凡2020》，今天（28日）播出《经济“压舱石” 社会“稳定器”》。

【压混：玉米脱粒声】

黑龙江省绥化市绥胜镇正白四村，早上天还没亮，收粮企业的脱粒机就已经开始工作。2020年，村民项洪春家种的玉米大丰收，又赶上了好行情。

【项洪春】现在看产量，这5垧多的地打出60多吨还差不多，能够到24 000多斤，这么一算，价位还是比较高的，比去年强多了。

丰收的欢歌不仅唱响在肥沃的黑土地上，2020年，黄淮海地区也是一片繁忙景象。

【压混：收割声】

水稻收割时节，安徽省淮南市凤台县岳张集镇种粮大户徐怀彪驾驶收割机在田间地头来回穿梭，饱满的稻穗从收割机中倾泻而下，铺出一片金黄的地毯。

【徐怀彪】雨情不好，我们就实时抓紧时间进行田间管理、施药，所以我们今年产量大丰收。与去年相比，亩产大概增收1～200斤，我们有1 400亩地，至少增加20万斤（粮食）。

丰收依然是2020年粮食的关键词。国家统计局日前发布的数据显示，2020年，全国粮食总产量为13 390亿斤，比2019年增加113亿斤，粮食生产再获丰收。

粮食产量创新高的好成绩不是从而天降的，而是经历了“过五关斩六将”。农业农村部种植业管理司副司长刘莉华感叹，2020年对农业来说并非一个好年景，获得丰收实属不易。

【刘莉华】2020年对农业来说，确实是一个多灾之年，我们先后经历了多个关口，大家一路走来都深有感受。春耕备耕的时候过了“新冠疫情关”，南方水稻“双抢”时过了“洪涝关”，在东北秋收之前又过了“台风关”，还过了草地贪夜蛾等“病虫关”，多发、频发的灾害使粮食生产面临着多重挑战。2020年获得丰收实属不易，这是多方力量共同发力的结果。

在全球面临粮食安全危机的背景下，无论是疫情高峰期还是取得阶段性胜利之后，我国粮食和主要农产品市场供应充足，价格总体平稳，老百姓碗里没有缺粮少肉。供给稳则人心稳。这离不开党中央对“三农”一贯的高度重视，离不开一系列惠农政策的支持，离不开各地的坚决高效落实，更离不开广大农民群众的辛勤耕耘。

【谢华安】三丘田算术平均数亩产是911.7公斤。

【压混：欢呼声、掌声】

初秋，中国科学院院士谢华安宣布，湖南省衡阳市衡南县第三代杂交水稻新组合试验示范基地的晚稻平均亩产为911.7公斤。听到这一结果，科研团队的领衔人物袁隆平笑得合不拢嘴。

【袁隆平】达到880公斤我就很满意了，现在超过了900公斤，我非常满意了（笑声），这是大家共同努力的结果。首先在湖南实现，我们下一步要把品种、经验在湖南省、全国推广开来，为国家的粮食增产作出新的贡献。

2020年7月，习近平总书记在吉林考察时指出，农业现代化，关键是农业科技现代化。种业作为农业的“芯片”，是农业科技中的基础性核心产业，关乎中国人的饭碗能否端在自己手中。在近日召开的中央经济工作会议上，“解决好种子和耕地问题”成为2021年中国经济八大重点任务之一。中央经济工作会议强调，要开展种源“卡脖子”技术攻关，立志打一场种业翻身仗。农业农村部副部长张桃林表示，农业农村部已有部署。

【张桃林】保持水稻、小麦等优势品种的竞争力，缩小玉米、大豆、生猪、奶牛等品种与国际先进水平的差距，加快少数依赖型的品种选育和国产化的替代，力争到2025年，以企业为主体，基础工业研究为支撑，产学研用融合的国家种业创新体系基本建立。培育一批具有自主知识产权的重大品种，攻克一批具有突破性的关键核心技术，重点作物和畜禽育种创新能力接近或达到国际一流水平。

2020年，各行各业困难重重，而第一产业表现平稳，成为国民经济运行的突出亮点，出色地发挥了经济“压舱石”、社会“稳定器”的作用。尽管2021年全球形势仍面临诸多不确定性，但中国社会科学院农村发展研究所研究员李国祥认为，在政策、科技、供给侧结构性改革等多方发力下，相信2021年农业依旧稳稳的。

【李国祥】2021年会在总结的基础上，更好地通过政策、科技、改革来促进农业稳定发展。相信我国农业2021年还是能够克服种种困难，继续为我们的经济社会发展发挥重要的“压舱石”“稳定器”作用。

在习近平新时代中国特色社会主义思想指引下

端牢14亿中国人的饭碗

刊播 中央电视台（12月27日）

作者 宋建春 王凯博 陈博 朱姝 郑忠营 薛建启 熊伟 郝毅杰

【导语】

习近平总书记强调，对我们这样一个有着14亿人口的大国来说，农业的基础地位任何时候都不能被忽视和削弱，“手中有粮，心中不慌”在任何时候都是真理。

2020年是新中国历史上极不平凡的一年。面对风险挑战，全国上下众志成城，防控疫情保春耕，不误农时抓生产，坚持抗灾夺丰收，为保持经济社会大局稳定提供了有力支撑。

【正文】

2020年，面对新冠肺炎疫情和不利天气影响，中国粮食产量创历史最高水平，达到13 390亿斤，连续6年稳定在13 000亿斤以上。

【同期】**联合国粮农组织驻华代表处助理代表　张忠军**

2020年，新冠肺炎疫情为世界粮食市场带来不稳定因素，而中国由于完善的粮食安全保障机制，在2020年这种特殊的年份，使粮食还能够增产，这是对世界粮食安全巨大的贡献。

【正文】

2020年的丰收来之不易，突如其来的新冠肺炎疫情、长江流域严重洪涝灾害、东北地区连续台风侵袭给粮食和农业生产带来挑战。

十几亿人口要吃饭，这是我国最大的国情。

2月25日，在疫情形势依然严峻复杂、防控正处在最吃劲的关键阶段，全国春季农业生产会提前1个月召开，习近平总书记做出重要指示，越是面对风险挑战，越要稳住农业，越要确保粮食和重要副食品安全。

一手抓防控，一手保丰收。国务院联防联控机制将化肥、农药纳入生活物资保障范围，列入复产复工重点名单，点对点保供，打通春耕春管农资堵点。

国家小麦、水稻、玉米产业技术体系的285个专家团队，51万名基层农技人员，在线解答、发布视频，及时破解技术难题。

中央投入45亿元，支持29个省份4 500万亩土地开展生产托管服务，化解小农户春耕缺人手、缺农机等燃眉之急。

主产区也扛稳粮食安全重任。

一系列超常规举措环环相扣，粮食生产首战告捷。

夏粮产量增长0.9%，达2 856亿斤，创历史新高。

2020年7月，长江流域遭受1998年以来最严重洪涝灾害。广大农民、党员干部、志愿者不分昼夜抢收早稻。

保丰收，首要是保面积。2020年的关键之举是增加早稻。农业农村部会同财政部统筹整合农业项目资金40多亿元，给予强力支持。早稻面积达7 126万亩，增长6.8%。

尽管早稻单产有所下降，但由于面积大幅增加，应收尽收，产量增长3.9%，达546亿斤。

7月下旬，东北主产区进入秋粮生产关键时期，习近平总书记来到吉林松辽平原，考察粮食生产，了解农业科技研发利用、黑土地保护情况。他指出，“我十分关心粮食生产和安全。2020年夏粮丰收大局已定，秋粮要争取有好的收成。”

9月下旬，东北主产区正值秋粮最后成熟期，连续遭受台风侵袭。受益于国家持续不断改善农田水利设施，以及新品种配套适用技术，灾害影响总体较小，秋粮再获丰收。

保障粮食安全，关键在于落实“藏粮于地、藏粮于技”战略。

2020年，全国新建高标准农田8 000万亩以上；农田有效灌溉面积达10.3亿亩左右；东北黑土地保护性耕作行动启动，首批试点面积达4 606万亩。

2020年，农业科技进步贡献率突破60%，其中，良种对粮食增产贡献率最大，占45%；小麦、水稻、玉米生产基本实现全程机械化。

【同期】**同济大学特聘教授　程国强**

保障粮食安全，关键在于持续提升粮食的综合生产能力和供给保障能力，确保需要时产得出、供得上，调控时调得动、稳得住，为应对复杂多变的国内外环境和各类严峻风险挑战，奠定更加坚实的基础。

【正文】

夯实生产基础，提升综合产能。在这样一个疫情与灾害叠加的多灾之年，我国实现了全年粮食播种面积增加1 056万亩、单产增加0.9公斤、产量增加113亿斤的好成绩，中国人的饭碗牢牢端在自己手中。

在习近平新时代中国特色社会主义思想指引下

中国乡村走向振兴

刊播 中央电视台（12月28日）

作者 宋建春　王凯博　陈博　朱姝　郑忠营　薛建启　熊伟　郝毅杰

【导语】

习近平总书记指出，要抓住实施乡村振兴战略的重大机遇，坚持农业农村优先发展。2020年以来，从中央到地方，全国上下集中资源、强化保障、精准施策，加快补上“三农”领域短板，乡村振兴取得积极进展，为经济社会发展大局发挥了重要的“压舱石”作用。

【正文】

临近2020年年底，乡村振兴战略第一仗——农村人居环境整治三年行动圆满收官：东部和中西部城市近郊农村改厕基本完成；90%以上行政村建有生活垃圾收运处置体系；近30%农户生活污水得到有效管控。

美丽乡村，直接提升了农民的获得感和幸福感。

【同期】**山东烟台莱州市西朱家村村民　朱振荣**

你看，俺村现在的环境卫生多好，保洁员每天都能及时地清扫，垃圾也每天都能拉走，俺现在出来溜达溜达都觉得心情好。

【正文】

2020年的疫情，没有阻挡“三农”领域补短板的步伐，农村基础设施建设迈向更高质量。2月，习近平总书记作出重要指示强调，要把农业基础打得更牢，把“三农”领域短板补得更实，为打赢疫情防控阻击战、实现全年经济社会发展目标任务提供有力支撑。

中央财政安排104亿元，加强农村厕所粪污无害化处理，加快推进农村人居环境整治，增强农民卫生健康意识，有效阻断了疫情在农村地区的传播。

农村饮水安全巩固提升工程，在全面解决现行标准贫困人口饮水安全问题的同时，让八成以上农村人口喝上了自来水。

中央投入50亿元，实施农产品仓储保鲜冷链物流设施建设，1.4万个新改建设施大大缓解了农产品卖难，减少了流通损耗。

【同期】**北京大学中国农业政策研究中心主任　黄季焜**

在2020年这样的困难情况下，我们国家仍然在农业基础设施上持续地投入。这非常重要。为2021年全面推进乡村振兴战略和农业农村现代化奠定了良好的基础。

【正文】

2020年以来，受疫情影响，近3 000万农民工被迫留乡或再次返乡。按照习近平总书记提出的“引导返乡农民工就近就业”的要求，中央和地方加快发展乡村产业，鼓励农民创业创新，拓展农民就业空间和增收渠道。

中央财政安排50亿元，支持建设50个优势特色产业集群；累计投入90亿元，建设811个农业产业强镇；引导建设1 600多个农产品加工园；支持建成近1 100个双创示范园。

有力的产业振兴举措，促进了农民就业增收。截至12月中旬，返乡留乡农民工近八成实现就地就近就业。

【同期】**中国农业大学国家乡村振兴研究院副院长　林万龙**

我们农民的人均可支配收入，一季度受疫情影响，增长－4.7%，受上半年推出的各种措施的影响，缩至－1%，从现在的数据来看前三季度，实际增长1.6%，比我们GDP的增速高了0.9个百分点，比我们城镇的人均可支配收入增速高了1.9个百分点。

【正文】

在乡村振兴战略引领下，乡村产业正在跳出传统农业，产业链纵向延伸，衍生出一大批二、三产业：农业与文化、康养产业等重组，形成“农业+”态势，由此催生体验农业、智慧农业等新业态、新模式。

在四川朝天，乡村旅游结合生态康养，使传统农家乐提档升级。

在江苏南京的农业高新技术产业示范区，新鲜果蔬就地加工，农产品不出产地，进入中央厨房卖到全国。

吉林永吉的一家合作社，就水稻生产推出会员定制，身价翻了一番。

【同期】**吉林市宇丰米业农民专业合作社客户经理　王春风**

客户可以自己选择种植的地块、种植的品种，我们会派专人去管理，我们通过私人订制这种模式，不仅使客户越来越多了，也让好米卖出了好价格。

【正文】

2020年，我国初步构建起实施乡村振兴战略的“四梁八柱”，农村经济总体经受住考验，保持平稳运行，稳中向好。

脱贫攻坚战取得令全世界刮目相看的重大胜利，现行标准下农村贫困人口全部脱贫，贫困县全部摘帽。

农民收入继续保持增长势头，有望再创历史新高。

农村改革稳步推进，以20个县作为试点，为第二轮土地承包到期后再延长30年探索经验。

在中央政策的扶持下，一度跌入低谷的生猪产能，目前已恢复至正常年份的九成。

长江水域渔船渔民退捕任务基本完成，将开启10年禁渔，生态保护力度前所未有。

2021年，伴随着乡村振兴战略的全面实施，中国乡村将开启走向农业农村现代化的新征程。

【同期】**农业农村部发展规划司副司长　严东权**

2021年，我们将按照全面推进乡村振兴的要求，坚持农业现代化和农村现代化一体设计、一并推进，大力实施乡村建设行动，同时巩固拓展脱贫攻坚成果同乡村振兴有效衔接，加快农业农村现代化步伐。

“十三五”成就巡礼

中国人的饭碗牢牢端在自己手上

刊播 中央电视台（11月8日）

作者 宋建春　刘成　石爽爽　张军

【导语】

我国是个人口众多的大国，解决好吃饭问题始终是治国理政的头等大事。“十三五”期间，以习近平同志为核心的党中央，高度重视粮食生产和安全，我国粮食产量持续稳定在1.3万亿斤以上，产能再上一个新台阶。

【正文】

初冬时节，主产区秋粮收购迎来高峰。在粮食产量第一大省黑龙江，不少粮食收储企业门前，送粮车辆一大早就排起了长龙。

【同期】**黑龙江省富锦市锦山镇世一村农民　柏长城**

今年玉米一垧地产量为10吨左右，今年产量高，大丰收。

【正文】

柏长城告诉记者，2020年的丰收来之不易。春耕时节赶上了新冠疫情，由于生产服务及时到位，确保了他家的春播面积。秋粮成熟关键期又遭遇3次台风，但旱能浇、涝能排的高标准农田、粮食新品种以及配套技术，确保了他家的粮食丰收。

而在国家层面，“十三五”期间，为了保障粮食安全，中央持续推进“藏粮于地、藏粮于技”战略。

在“藏粮于地”方面，中央财政加大农业基础设施建设投入，2016—2020年9月，第一产业固定资产投资累计达8.64万亿元，是“十二五”的

1.66倍。建成8亿亩旱涝保收、高产稳产的高标准农田；划定10.88亿亩粮食生产功能区和重要农产品生产保护区。

在“藏粮于技”方面，农业科技进步贡献率突破60%，三大主粮生产基本实现全程机械化，国家良种生产保障能力显著提升，实现中国粮主要用中国种。

由于粮食生产基础不断被夯实，2020年虽然面临疫情以及自然灾害等不利因素，我国粮食生产依然获得丰收。

【同期】**农业农村部种植业管理司副司长　刘莉华**

预计全年粮食产量有望创历史新高，连续6年稳定在13 000亿斤以上。

【正文】

不仅吃得饱，更要吃得好。“十三五”期间，一场以市场为导向的农业供给侧结构性改革不断深化。粮食品种在调优：市场紧缺的优质专用小麦面积达35.8%，优质早稻增加到46.2%，大豆面积连续5年增加。同时，粮食品质也在调绿：化肥农药使用量实现负增长；中央轮作休耕试点面积累计超过1亿亩；每年选择300多个县深入推进绿色高产高效创建。

在江苏射阳万亩水稻示范基地，施有机肥、生物防虫、数字化监控的绿色高效生产，让水稻还长在地里，就已被订购一空。

【同期】**江苏射阳县农业技术推广研究员　顾明龙**

生产的稻谷比普通的稻谷多卖1毛多钱1斤，通过品质的提高，每亩效益可以增加120元左右。

【同期】**国务院发展研究中心农村经济研究部部长　叶兴庆**

在总量增长的同时，粮食的品质结构也在优化，很好地满足了城乡居民对粮食的需求，为稳定物价、稳定经济预期发挥了“压舱石”的作用。

"十三五"成就巡礼

我国农村基础设施建设加快提档升级

刊播 中央电视台（9月30日）

作者 宋建春　王凯博　陈博　刘成　杜雷鸣　杨利军

【导语】

"十三五"期间，我国持续加大对农业农村的投入力度，加快补齐农村基础设施短板，推动农村基础设施提档升级，广大农村正在成为亿万农民安居乐业的家园。

【正文】

在地处秦巴山区腹地的四川广元朝天区，一条新开通的"四好农村路"直达吉庆村的田间地头，曾经因为道路不畅而无法将蔬菜直接运到山外的村民们，这回在家门口就可以把蔬菜搬上城里来的大货车，仅蔬菜一项，村民人均可增收3 000多元。

【同期】**四川省广元市朝天区吉庆村村民　蔡万平**

以前我们这儿是泥巴路，卖菜比较困难，现在好了，都是柏油路，我们卖菜比较方便，出行也更方便了。

【正文】

目前，吉庆村已实现100%的村通硬化路。"四好农村路"如同一根根金丝银线，一头连着田间地头，一头连着大市场，盘活了山区资源，富了一方百姓。

"十三五"期间，为了加快补齐农业农村短板，国家财政支持的基础设施建设重点放在农村，推动农村基础设施建设提档升级。

“四好农村路”深入推进：2019年年底，具备条件的乡（镇）和建制村实现通硬化路，村村实现通邮。97%的乡（镇）有了快递网点。

农村电网改造升级：2019年年底，农村基本实现稳定可靠的供电服务全覆盖。

宽带网络加快覆盖：到2020年9月，98%以上的农村已通光纤和4G。

作为“十三五”期间农村基础设施建设的一大亮点，我国贫困地区基础设施快马加鞭，迎头赶上。

在武陵山集中连片特困地区的贵州思南白沙井村，村民喝上了自来水，不再挖窖蓄水。

【同期】**贵州省思南县白沙井村村民　王琴**

我们以前用水窖存水，用水相当困难，靠天用水。现在好了，随开随有，又干净卫生。

【同期】**水利部农村水利水电司供水处处长　胡孟**

“十三五”期间，中央安排296.06亿元工程建设和39.6亿元维修养护资金，对贫困地区农村饮水安全工程予以倾斜支持，特别是贫困地区所在的22个中西部省份，中央投资占比90%以上。

【正文】

到2020年6月底，现行标准下贫困人口的饮水安全问题得到全面解决，八成以上的农村人口喝上了自来水。

同样作为贫困人口脱贫的基本要求和核心指标，到2020年6月底，全国所有建档立卡贫困户均已实现住房安全有保障。

“十三五”期间，农村人居环境整治稳步推进：到2020年8月底，农村卫生厕所普及率超过65%；生活垃圾收运处置体系覆盖90%以上行政村。

“十三五”期间，作为实现粮食安全的重要保障，农业基础设施也不断被夯实：预计到2020年年底，全国将建成8亿亩旱涝保收、稳产高产的高标准农田。

【同期】**中国社会科学院研究员　李国祥**

“十三五”期间，中央持续加大对“三农”的投入，农村基础设施快速改善，特别是贫困地区，农村基础设施改善更加显著，反映了我们党全面建成小康社会、补齐农村短板的决心。

知识创新，让农业做出新花样

刊播《光明日报》（9月27日5版）

作者 李慧 陈晨 姚亚奇 訾谦

9月22日，中国农民丰收节活动在全国各地举行。在这个属于全国农民的节日里，2020年度“全国十佳农民”名单揭晓。这些长期扎根农村，应用新知识，推广新技术，助力乡村振兴的新时代的新农民们，让人们看到了农业发展的新变化、新气象和新生机，他们用自己的勤劳和智慧为农业高质量发展插上了腾飞的翅膀。

农业是一个有着悠久历史的古老产业，走过千年历程，现在的新型职业农民如何用新技术、新知识把老产业做出新花样？如何推动传统产业进一步走出发展新路子？让我们走近4位“全国十佳农民”称号获得者，听他们讲述自己的故事。

知识，让“看得见的农业”更有竞争力

1993年出生的姑娘，大学专业是商务英语，曾在宁波、上海的外企工作，蔡雪身上这几个标签，很难让人将她和现在的职业联系到一起。可眼前这个朝气十足的姑娘一身农家装扮，一张嘴就是“有机大米”“现代农业”，无不“暴露”出她如今的身份——农民，确切地说，是职业农民；具体地说，是吉林省舒兰市农丰水稻专业合作社理事长。

蔡雪的家乡在吉林省舒兰市溪河镇舒兰站村，地处长白山余脉向松嫩平原过渡的地带，是黑土地“黄金水稻带”，盛产有名的舒兰贡米。“最近这些年，国家的强农惠农政策力度不断加强，我挺看好农业前景的。再加上我父

亲种了一辈子地，他打算种植绿色有机大米，但有些力不从心，就希望我回来接力。”说起回到家乡当农民的选择，蔡雪笑着告诉记者。虽然年轻、没经验，但有文化、学习能力强，这是蔡雪的优势，也是父亲希望她接力的原因。

话虽如此，2014年，刚回乡的蔡雪还是有点“懵”。为了推广绿色有机水稻种植，经过再三思考，蔡雪和父亲决定“抱团取暖”，他们发动50户乡亲，成立了农丰水稻专业合作社，明确了“统一采购原材料、统一管理、统一收购、统一加工、统一销售”的科学规范化管理思路。蔡雪深知，想要把农业有机米这一产业做大做强，必须有专业的理论知识和实践技能。2014年，听说省里有新型职业农民培育工程的青年农场主培训班，她马上报了名。“上课认真学、专心记、用心领悟，不懂就问。”蔡雪回忆道，培训期间，她被推荐随同吉林省农委赴日本考察“一村一品”产业模式。“那次经历让我大开眼界。”从此，只要一有机会，蔡雪就会参加对自己有用的学习培训。2018年，她还作为吉林省唯一的学员，代表中国青年职业农民去比利时、葡萄牙、波兰等国家参加学习和交流活动，对当地农业进行了农场基础运营、农业政策支持、农业科学研究、农产品市场营销等方面的深入调研。

见识越来越广，知识积累越来越丰富，蔡雪对水稻的规模化经营和品牌打造有了更多思考和认知。“要想生产出优质大米，得天独厚的地理位置、优良的品种、科学的田间管理和种植方式，这3个要素必不可少。”意识到这一点的蔡雪说服合作社农户试种193个品种的水稻，观察每个品种在抗病虫害、产量、口感等方面的表现，并从中挑选出合适的良种进行大面积种植。

“扩大种植面积的同时，还要加强田间管理，严格按照有机水稻的种植方式，建立可追溯系统，保障产品质量，而不是一味追求产量。”在理论学习和田间实践的相互交融中，蔡雪做有机米产业的思路愈发清晰，“智慧农业+农事体验+休闲观光”的发展模式成为她的选择。

“智慧体现在哪？”面对记者的疑问，蔡雪答以“看得见的农业”。“我们在田间安装了摄像头采集信息，利用互联网形成大米产供销一体化的网络平台。消费者只要扫描下载大米产品包装上的网络终端，就能看到稻米种植和生产的实时影像，还能看到相关环节的追溯数据。”在蔡雪看来，“看得见的农业”提升了消费者的信赖度，让有机稻米更有市场竞争力。

“这些智能应用在农事体验上也有体现。我们合作社还有‘私人定制一亩田’服务，客户定制稻田后，下载相关App，就能通过手机随时查看田间地头的情况。客户可以带家人朋友一起到田间进行劳作体验，收成全归客户。合作社还可以根据客户对发货时间和包装等的不同要求，分别发货。”蔡雪说。

经过多年的努力和发展，农丰水稻专业合作社的“三莲”牌有机大米已由过去的单一品种发展成有机稻花香、生态长粒香、珍珠米、杂粮等系列产品；现代农业休闲园里虾蟹成群、稻蟹共生、鸟飞鱼跃、碧水蓝天的自然生态景观，不仅全面提升了稻米品质和综合效益，也吸引不少游客前来观光；水稻基地可带动146人就业，每年带动农民增收150多万元。

在刚刚过去的中国农民丰收节上，蔡雪被评为“全国十佳农民”。“是荣誉也是责任，努力发挥更大价值，不负期许。”在微信朋友圈里，蔡雪写下这样的获奖感言。

用科技打造“世界上最甜的甜瓜”

已经入秋，室外气温已有凉意，在山东滨州惠民县鑫诚现代农业科技示范园，温暖适宜的温室大棚内，菠菜、茼蒿、西红柿等农作物依然长势喜人，绿意盎然。

“我们的温室已经全部实现了智能化、自动化，温度、光照、水、肥等都可以通过物联网进行管理。”山东鑫诚现代农业科技有限责任公司总经理赵文鑫介绍说，“以前1个温室就需要十几个员工作业，现在只需要大约5个人做一些简单的疏果、剪枝等工作，其他工作都能通过智能设备自动完成。通过物联网、大数据结合的管理模式，1个人就能同时管理好几个大棚。”

人工大面积种植、大水漫灌、人力施肥……赵文鑫见惯了曾经“面朝黄土背朝天”的传统农业种植方式。从传统人力从事农业种植，到科技化、智能化程度越来越高的现代化农业种植，这样的思路转变，源于一次国外考察。

“国外的农场规模大，在种植管理、食品安全等方面都实现了标准化、规范化。”赵文鑫回忆起2011年到荷兰考察时见到的现代化农场。从那时起，回家乡建设现代化农场的想法，就在他心里扎下了根。

考察回来后，对照国外标准，在惠民县鑫诚现代农业科技示范园，1个标准化的智能温室、100多个保温大棚逐渐建立起来。硬件设施已经齐全，种植什么农作物品种，成了一个必须解决的问题。

“刚开始准备发展水果种植，但我们不知道什么品种好，如果没有选到好的品种，那么水果的品质、产量等各方面都会受到影响。”赵文鑫说，“农业其实是专业性很强的产业，如果没有科技支撑，就难以持续下去。”

2017年开始，在中国工程院院士束怀瑞的指导下，赵文鑫从更优质的苹果品种种植入手，陆续选择了十几个水果品种进行种植，还引进了一些南方水果，开始尝试“南果北种”。赵文鑫坚守生产与科研一线，向科技要效益，向科技要动力，大力招才引智，与全国十几所农业院校及科研院所开展密切合作，与3个院士团队开展合作，并设立了束怀瑞院士工作站。自牵头成立滨州市果蔬工程技术研究中心、滨州市接骨木产业农业科技创新团队以来，山东鑫诚现代农业科技有限责任公司已申请专利8项，研发了18项高新技术。

“我们团队培育、种植的甜瓜，由于研发并采用了独特的种植技术，糖度达到23.4%，打破了世界纪录，被世界纪录认证机构认证为‘世界上最甜的甜瓜’。”赵文鑫高兴地说，现在“世界上最甜的甜瓜”成了公司推出的“明星”产品，销售供不应求。

这一品种的培育成功正得益于公司长期以来的研发投入。由于产量高、品质好，这款甜瓜的价格比普通产品高出几倍，可以说，是科技提升了农作物的附加值。

在中国农民丰收节上刚获得“全国十佳农民”称号的赵文鑫，已经为更进一步的发展做好了打算：“现在我们在努力推动一、二、三产业的融合发展，农业的初级产品附加值较低，可以从粗加工或深加工中要收益。农产品可以通过粗加工做成净菜，通过深加工做成加热即食的半成品，农产品加工之后附加值又会增加很多。”

用新理念做强做优五常大米

提起五常大米，如今几乎无人不知。然而20年前，五常大米却“养在深闺人未识”。

在五常大米的品牌发展历程中，有一位农民功不可没。他就是2020年“全国十佳农民”获奖人——黑龙江省五常市杜家王家屯现代农业农机专业合作社理事长、五常市乔府大院农业股份有限公司董事长乔文志。

“创业之初，我揣着2万元到北京销售五常大米，当时的五常大米销路不错，但杂质多，没品牌。”乔文志回忆，为加工出最好的大米，他跑遍全国，引进山东日照、杭州萧山、湖南郴州等地的设备，集成创新出一套国内最先进的稻米加工生产线。

然而，仅仅做大米加工，很难从源头上保证稻米的“真”和“好”。乔文志深刻认识到，要做好的农产品，就要从全产业链上着眼进行谋划，用新理念把各环节串珠成链。

“我们从源头抓起，从培育良种、建设基地开始，实现标准化种植，进行有机食品认证和绿色食品认证，按照认证的标准统一生产、种植和管理。”乔文志说。我们还引入溯源体系，实现一品一码，即使远在万里之遥，人们坐在家中，也能清楚地看到水稻生长的全过程。

“坚持全产业链发展理念，越做产业链条越长，难度越大，责任也越大。”乔文志说。

育种，是做出好大米的源头，也让产业发展有着更深厚的科技内涵。2010年，乔文志引领企业成立黑龙江乔府大院种业科技有限责任公司，聘请“稻花香2号”研发人之一、国务院政府特殊津贴获得者项文秀为总经理，与中国科学院合作，投入开发和改良稻种，成功完成了“稻花香2号”的提纯复壮和“中科”系列新型优质水稻品种的培育，为东北水稻品质提升打开新的窗口。

“今年面对台风侵袭，我们的新品种的抗倒伏性得到了验证，品种的改良为丰收奠定了更牢固的根基。”乔文志说。

有了好种子，还要建设标准化种植基地。这就需要大规模流转农民的土地。乔文志带领农民成立了五常市杜家王家屯现代农业农机专业合作社，把附近2个乡（镇）8个村的5万亩土地集中到一起，实行连片种植。

20余年来，乔府大院以带动耕者增收为己任，采用流转、入社、领办农民持股公司等形式，建立了40万亩水稻种植基地，每年以高出市场价的价格收购村民的优质稻谷，带动周边11个乡（镇）35个村8 000多户农民增收近亿元。通过产业工人转型模式，拉动1 000多人就业。

有了产业的根基，乔文志又在谋划更长远的发展宏图——把品牌做强做优。近两年来，乔文志和企业不断进行产品升级及品牌化打造，用品牌的力量扩大稻米的价值。“我就是一个农民，一辈子就想干好一件事，就想把五常大米种好、卖好。”乔文志说。为此，他每天工作都不少于10个小时，每年都亲自下田插秧、除草、收割。

“如今，农业已经有了现代化发展雏形，农民也成为职业农民和产业工人。在发展的路上，我将用知识和科技为五常大米的品牌化发展插上翅膀。”展望未来，乔文志信心满满。

一架无人机，1分钟喷药20亩地

在澧水之滨的湖南澧县，独具特色的“锦绣千村”吸引着往来游人的目光，“锦绣千村”景象的背后，是一位普通农村妇女将自己半生的积淀挥洒在田野，带领越来越多农民脱贫致富的故事，她就是“三农”创富的领跑者——2020年“全国十佳农民”龚佑琼。

龚佑琼出生于常德市澧县盐井镇的一个贫苦农民家庭，1993年开始自主创业，经营农资。由于农资市场竞争加剧，农村劳动力缺失，2011年5月，龚佑琼又牵头领办湖南锦绣千村农业专业合作社，确立了以开展农业生产社会化服务为主业，提供购、耕、种、管、收的全程服务，开启了一条农业生产性服务业的坎坷与希望之路。

“我从小在农村长大，对农民和土地怀有特殊的情感，一直想利用自己多年积累的农业知识，带领更多的乡亲脱贫致富。”龚佑琼告诉记者，长久以来，我国农业缺少标准化、流程化和精细化的生产管理，农民没有按需生产，只是盲目生产、跟风生产、所以很难生产出统一、高标准的农产品。

为了提升农产品的附加值，使农产品更好地转化为农业商品，龚佑琼在农产品生产、加工、储存流程的技术创新上都下足了力气。为了提升农产品的品质，锦绣千村合作社自2019年以来，对烘干生产线、仓储库除湿设备、精品大米生产设备进行了新建和改造升级，使烘干能力从日烘干135吨提高到1 000吨，除湿设备解决了粮食储存发生霉变、损耗的难题，新上的国内最先进的精品大米生产线确保了粮食品质。

此外，锦绣千村合作社不断提高农机装备科技含量，自行组建50人规模的合作社飞防大队、购置30架最先进的无人植保机、建设1处4S维修保养中心和2座远程飞行数据基站，使服务效能得到有效延伸。

“利用无人机替代人工或传统机械实施喷药作业，大大提高了劳动效率，1架无人机1分钟就可以完成20亩地的喷药，效率比人工提高了10倍。”龚佑琼说，无人植保机投入使用后，合作社的服务面积由以前的年30万亩提高到50万亩，服务涵盖的农作物由单一的水稻扩大到油菜、柑橘、葡萄，农药用量减少20%以上，显著减少了农业面源污染。

与此同时，无人植保机的使用也让当地农民收获了更多实惠。“只要提前在我们的智慧管理系统下单，提供防治面积、病虫周期、病虫特点等信息，飞防人员在线上接单后就按期配药、按时喷药、定时完成，农户不用操心。”龚佑琼说。

2020年年初，突如其来的新冠肺炎疫情让全国上下大量农业生产按下“暂停键”，但锦绣千村合作社的“智慧管理系统”和“千村商城”电商平台却让农户的损失降到最低。2020年春耕前，合作社通过线上下单、线下零接触配送的方式，将储备的400吨种子、1 000吨农药、10 000余吨肥料配送给农户，确保完成春耕备耕。

“现代农业是未来发展的新趋势，而且我们要想做成全国一流的优秀合作社，就更不能停滞不前、‘穿新鞋走老路’。”龚佑琼说，只有通过不断引入新技术，延伸合作社的产业链、价值链，才能拉动上下游农业产业发展，造福更多农民。

主要农产品供给总体充足

刊播《经济日报》(4月23日1版)
作者 乔金亮

疫情防控期间，强化粮食和“菜篮子”产品稳产保供，春季农业生产有序推进。

当前粮食库存充足，生猪、家禽、蔬菜生产形势好转，农产品市场总体稳定。

农产品消费弹性不大，对国际贸易依赖有限，外部环境对我国影响有限。

越是面对挑战，越要稳住农业。令人欣慰的是，面对新冠肺炎疫情影响，农业依然交上了一份不错的答卷：一季度农业（种植业）增加值同比增长3.5%；夏粮长势良好，春播意向面积稳中有增；农产品市场稳定，粮食价格同比上涨0.6%，猪肉价格结束环比上涨，连续8周回落。农业农村经济的良好表现再次证明，农业是国民经济的基本盘，“三农”是社会发展的“压舱石”。

农业农村部部长韩长赋在近日举行的二十国集团农业部长特别会议上表示，疫情防控期间，我们强化粮食和“菜篮子”产品稳产保供，大中城市做到了米面、肉蛋、果菜、鱼类等供应充足；同时有序推动复工复产，保证春季农业生产正常进行，中国农业经受住了这场考验。中国政府将继续实施强农惠农富农政策，全力夺取2020年粮食和农业丰收。

2020年以来，受疫情影响，部分地区的农产品产销衔接受阻。数据显示，近期，农业企业复工复产比例加大，农产品流通基本恢复正常，价格以稳中有跌为主。业内认为，从当前走势看，粮食库存充足，生猪产能持续恢复，家禽生产形势好转，蔬菜上市量增加，农产品市场保持总体稳定。

粮食方面，储备充足，口粮完全自给。从库存看，小麦与稻谷库存够全国人民吃一年。从夏粮看，目前西南地区小麦已灌浆成熟，江淮、黄淮地区小麦正孕穗抽穗，长势好于2019年。从春播看，2020年，春播粮食面积意向增加。

再看肉类。猪肉供需偏紧态势有所缓解，价格已连续8周回落。自2019年10月份以来，能繁母猪存栏已连续6个月增长。此外，家禽、水产品生产形势明显好转。

蔬菜方面，“菜篮子”充实有三大支撑。一是种植面积增加。各地积极扩大蔬菜生产。二是天气条件有利。近期温度总体偏高，利于蔬菜生长。三是运销堵点基本打通。全国公路运输基本恢复畅通，商超等恢复营业。

“三农”向好，全局主动。农业农村是厚植发展韧性和保持回旋空间的“战略后院”。正是农业的亮眼表现，抗疫保供才有了坚实的物质支撑。正是农业的良好态势，为全局经济夯实了底气。正是乡村经济的巨大包容性，使得农民工在城乡间有序流动，为复工复产和返乡就业提供人力支撑。

农业农村部市场预警专家委员会日前发布报告预计，2020年，粮食等重要农产品能够实现稳产保供。清华大学中国农村研究院副院长张红宇认为，观察下阶段中国农业的发展，有两大背景不可忽视，一是农业与国民经济各产业的关联，二是农业与各国农业的关联。由于基本农产品消费弹性不大，加之粮食对国际贸易依赖有限，外部环境对我国农产品总量平衡影响程度有限。

确保粮食供给是个世界性难题，从非洲蝗灾危害到国际粮价波动，无不警示我们，未来应继续夯实粮食安全基础，持续推进农业科技进步，进一步调动粮农种地积极性，健全农业全环节供应链，有效应对重大自然灾害和突发事件的考验。

下半年经济工作怎么干⑩

农业：聚焦保供给 加快补短板

刊播《经济日报》（8月21日2版）

作者 乔金亮

7月30日召开的中共中央政治局会议提出，要全力巩固农业基础地位。2020年以来，中央多次强调要确保粮食和重要农产品供给，保供给已成为下半年农业工作的关键词。

“近期，我们突出抓好早稻抢收和中晚稻抢插，持续推进生猪生产恢复，努力保障‘菜篮子’产品稳产保供，农业农村经济运行总体良好。”农业农村部总经济师、发展规划司司长魏百刚说，下一步，要进一步围绕保障粮食安全、稳定生猪供给等重点领域，采取有力有效措施和超常规举措，加快“三农”补短板，为决战决胜脱贫攻坚、如期全面建成小康社会提供有力支撑。

“要抓紧抓实粮食生产，善始善终抓好秋粮田间管理，确保应收尽收、丰产丰收。”农业农村部种植业管理司司长潘文博表示，2020年在遭遇新冠肺炎疫情的情况下，夏粮再获丰收，产量达到2 856亿斤，创历史新高，比2019年增加24.2亿斤；早稻种植面积比2019年增加470万亩，扭转了连续7年下滑的态势。全年粮食生产的大头在秋粮，占70%以上。2020年，秋粮播种面积稳定在12.8亿亩，目前长势良好，再夺丰收有基础，但还要过洪涝灾害、夏伏旱、“寒露风”、早霜、病虫害等多个关口。

2020年，我国南方地区的严重洪涝灾害给农业生产造成一定损失，农业灾情重于常年。潘文博说，当前，全国防汛已进入关键期，要坚持防汛抗旱两手抓，加强监测预警，强化技术指导，重点防范洪涝、台风、夏伏旱、早霜等灾害。指导洪涝灾区因地制宜改种、补种短生育期作物，努力把灾害损失降到最低。当前影响秋粮生产的主要是“三大迁飞害虫”，草地贪夜蛾对玉米威胁较大，稻飞虱和稻纵卷叶螟对水稻影响较大。要发挥好草地贪夜蛾防控4条阻击带的作用，重点落实黄河防控阻截布防任务，努力确保黄淮海和东北地区玉米安全。

“汛情期间，相比普通田块，镇里的高标准农田退水快、受灾损失小。2020年，镇里全力推行高标准农田建设全覆盖，全镇9个村有1.8万亩农田纳入建设，建成后，有利于发挥大型机械作业效率，‘望天田’变成了‘稳产田’。”江西省南昌市安义县长埠镇党委书记詹敏说，下半年还要加大高标准农田建设力度。

2020年以来，农田建设取得积极进展。中央财政转移支付和中央预算内投资两个渠道已全部下达2020年农田建设补助资金867亿元，比2019年增加7.8亿元。截至6月底，全国建成高标准农田面积4 338.5万亩，占年度8 000万亩任务量的54.2%。农业农村部农田建设管理司司长郭永田说，将督促各地对标年度农田建设任务，加快建设进度，加强工程质量管理，确保如期完成年度建设硬任务，持续改善农业生产条件，为保障粮食安全夯实基础。

生猪稳产保供是下半年农业补短板的另一项重点任务。8月17日，农业农村部发布的最新数据显示，7月份我国生猪存栏首次实现同比增长。农业农村部畜牧兽医局局长杨振海表示，这是自2018年4月份以来生猪存栏首次实现同比增长，也是继6月份能繁母猪存栏同比增长后，生猪产能恢复的又一个重要拐点。生猪存栏同比增长，预示着5个月后生猪出栏量也将实现同比增长，将从根本上扭转市场供应偏紧的局面。

杨振海说，为确保2020年年底前全国生猪产能基本恢复到接近常年水平的目标，要严防严控非洲猪瘟疫情，开展好生猪违规调运专项整治百日行动，继续落实好金融、用地、环保等扶持政策。同时，要统筹推进畜禽粪污资源化利用和畜牧业高质量发展，加快构建种养结合、农牧循环的发展机制，提高畜牧业全产业链现代化水平。

端稳“中国碗”一刻不能放松！

刊播 人民网（07月27日）

作者 孟哲　朱虹　李进媛　方圆　杨雪楠　袁成亮　石国庆　马俊华　郭婷婷　宋翠

“我十分关心粮食生产和安全。”近日，习近平总书记在吉林考察的第一站，就来到田间地头，察看玉米长势，了解粮食生产情况，并强调要把保障粮食安全放在突出位置，毫不放松抓好粮食生产。

“洪范八政，食为政首”。粮食事关国计民生，粮食安全更是国家安全的重要基础。习近平总书记高度重视粮食问题，党的十八大以来，他在多个场合反复强调：“中国人的饭碗任何时候都要牢牢端在自己手上。我们的饭碗应该主要装中国粮。

2020年，我国夏粮总产量为14 281万吨，创历史新高，中国的饭碗端得更稳、更牢了。这一成绩，在新冠肺炎疫情给全球经济社会发展造成严重影响，给各国农业生产带来多重困难的背景下，显得尤为可贵。

夏粮产量创新高，不仅反映了我国“藏粮于地”“藏粮于技”战略的有效性，更为全年粮食丰收注入信心。

良田：筑牢中国粮食安全的基础

手中有粮，心中不慌。从过去“吃不饱”到现在“吃得好、选择多”，中国用占世界9%的耕地养活了世界近20%的人口，实现了谷物基本自给，口粮绝对安全。

奇迹如何实现？必须守好18亿亩这个“土地红线”，更要多方努力让耕地变良田。

一到夏天，小龙虾就成为餐桌上必不可少的美食之一，这也是湖北潜江市熊口镇吴家垸村村民吴西路最忙碌的一段日子，他承包的30亩稻田中的小龙虾到了上市阶段。

吴家垸村将土地按“虾稻共作”模式统一平整，水稻耕、种、收用农机，水稻和虾的技术、销路都有了保障。从过去单一稻田种植到现在“虾稻共作”，村民收入大大增加。

农田的利用率提高了，农田生态也更好了。潜江市农业发展中心总工程师陶忠虎表示，“虾稻共作”模式可以减少化肥施用量70%以上，减少农药使用量80%以上。

黑龙江北大荒建三江国家农业科技园区位于七星农场。“七星农场通过推广秸秆还田、有机肥替代化肥、保护性耕作等技术，使土壤有机质含量稳步提升，保护黑土地不退化。”园区主任李晓辉说，2020年，园区申报了黑龙江省土壤肥料检测重点实验室，实现了稻谷品质分析、肥料、土壤微量元素检测，使土壤保护能力得到进一步提升。

从2016年开始，吉林榆树市加大“米豆轮作”的推广，种植面积达10万亩，既可有效减少化肥农药的施用，也可达到土地用养结合的目的。

效果是明显的。榆树市农业技术推广服务中心副主任何亚荣表示，项目区实施“米豆轮作”后，地力等级提高了0.5个等级，土壤有机质提升了3%，耕层厚度达到30厘米。

在辽宁本溪市，废弃坑塘变良田的改造项目也取得了积极成效。桓仁满族自治县北甸子村曾经有一座废弃的养殖坑塘，2018年，本溪市对该养殖坑塘进行水田改造。

仅1年时间，废弃的坑塘就变成了良田。2019年，稻田地水稻产量达60万公斤，比以往养鱼的收入增加了3倍。

“藏粮于地”在数量，也在质量。坚守耕地“红线”、高标准农田建设是保障粮食安全的重要举措，只有抓得紧而又紧、守得牢而又牢，才能把粮仓装满，把饭碗端牢。

良种：我国实现“中国粮”主要用“中国种”

农业发展，良种先行。

“2020年，四川小麦单产较2019年提高15%以上，每亩增产30～40公斤。同时籽粒饱满，品相好，几乎没有病籽粒，价格较高，实现了丰产丰收。这要得益于超级品种‘川麦104’的推广。”国家小麦技术产业体系西南麦子栽培岗位专家、四川省农业科学院作物研究所副所长汤永禄说道。

据悉，2020年，四川省“川麦104”推广面积近200万亩，有力保障了丰年增产、灾年不减产的目标实现。

“七分种，三分管。”河南农业大学教授、农业农村部小麦专家指导组顾问郭天财表示，有好种子才会有好粮。郭天财介绍，新品种“中麦578”高产示范方实打验收报告出炉，平均亩产841.5公斤，冬小麦单产再创新高。

“今年灾害多，产量能与去年基本持平就很满意了，没想到亩产量足足高出200多斤，保守估计收入比去年增加40万元以上。”种了1 800亩“中麦578”，河南修武县聚龙粮食专业合作社负责人王具才谈话间掩不住丰收的喜悦。

这只是我国近年来农业种质资源保护与利用工作成效的一个缩影。党的十八大以来，我国创制了系列新种质，培育、推广了一大批突破性新品种，推动农作物品种完成新一轮更新换代。

目前，我国在水稻、小麦、大豆、油菜等大宗作物用种上已经实现了自主选育，玉米自主品种的面积占比也由85%恢复增长到90%以上，为“中国粮”主要用“中国种”提供了重要支撑。

良法：科技赋农　中国粮仓安全有底气

农业现代化，关键是科技现代化。数据显示，2019年，我国农业科技进步贡献率达到59.2%。“藏粮于技”，让中华粮仓越来越稳固，确保任何时候都能产得出、供得上。

黑龙江大兴安岭地区呼玛县三卡乡，瑞和种植专业合作社门前的广场上空空荡荡的。“真不巧，我们的农机都开上山，干活去了，要是都回来，这广场就停满啦！”瑞和种植专业合作社负责人董伟笑呵呵地说。

“大农机无人驾驶，喷药用无人机。2020年春播期间，我们采用无人驾驶的大型播种机，只用几天工夫就完成了春播，所有种子都播在丰产期。”董伟说，现在瑞和种植专业合作社共有土地面积9.8万亩，现代化大型农业机械百余台。

在七星农业技术推广中心的“无人农场”水稻试验田里，技术人员只需一部手机，通过卫星定位无人机，就可完成喷药作业。

“现在种水稻都是机械化耕作，干活比过去轻松了。”58岁的张景会在北大荒农垦集团有限公司七星农场里有一片352亩的水稻田，依靠机械化耕作，2020年，他的水稻产量预计可达200吨。

高效的机械化耕作正在改变更多地区的耕作模式。吉林榆树市天雨机械种植专业合作社理事长丛百元笑着说，“今年我们买了2台12垄大型免耕播种机了，这2台播种机同时在田里作业，1天能播种100公顷土地，能顶100人左右。”

在湖北沙洋县毛李镇三坪村，村民肖家新开着拖拉机，正准备下一季的耕种。肖家新购置了3台插秧机、3台拖拉机，以前需要1个半月干的活，现在半个月就可以完成。种完自家的地，他就开着拖拉机走村串户挣外快。在沙洋县，像肖家新这样能轻松、高效种田的60多岁老农，随处可见。

“安装了自动驾驶辅助系统的收割机，今年首次在济南麦收中运用，实现了高精准定位、自动路径规划和无人驾驶行走。”山东济南市长清区农机局副局长周军介绍说，无人驾驶小麦收割机的神奇之处在于借助了北斗卫星导航，加入传感器和控制器，能实现收割规范、准确，减少“跑、冒、滴、漏”，确保颗粒归仓。

在采访中，记者深刻感受到，科学技术是推动农业生产降本提质的关键，更是推动群众由“吃得饱”转变为“吃得好”的关键一环。而在各地的实践中，不断提高粮食生产的“含金量”，提高农业质量、效益和竞争力也已经成为共识。中国粮仓的家底，正因科技赋能而更加丰厚、更有底气。

良策：创新体制机制　为农业发展增添活力

结合了乡村旅游的田园综合体，正成为各地生态致富的有效途径。记者在四川泸州市纳溪区上马镇黄桷坝村看到，一座座独具特色的民居、一栋栋别致的小洋楼挺立在黄龙湖畔。

“没想到我准备拆除的破旧房屋，却是企业老板眼里的‘香馍馍’。现在我不仅保留了老家的产业，每年还能收入租金6 000元。”黄桷坝村16组村民胡勇两兄弟说，民宿项目的启动，不仅把村里荒废的老房子利用了起来，还为村民们提供了就业岗位，为当地乡村振兴注入了新动力。

“真是做梦也没想到，我能过上现在的好日子！”辽宁鞍山市岫岩满族自治县洋河镇关家堡村村民韩庆贵掩饰不住激动。

2019年，韩庆贵还是建档立卡的贫困户，当地政府帮忙垫付了大棚租金和苗款后，他开始种植草莓。经过实践探索，韩庆贵不仅当年就还清了租金和草莓苗款，还有2万多元的盈余。如今，韩庆贵的草莓种植越干越红火。

在黑龙江嫩江市前进镇，贫困户带地加入维民生态农业综合种植专业合作社，每亩至少可获600元收益。

是否会出现亏空？合作社理事长管延沪说：“这是给农民的承诺，是必须兑现的。合作社还有农机具出租、饲料加工等其他项目，如果真出现亏空，可以从其他产业中拿出利润来贴补。总之，一定要让农民‘旱涝保收’。如果当年收益高于600元，我们会给农户再分红。”

眼下，夏粮喜获丰收，但战疫情、抗汛情的压力还在。“重农固本是安民之基、治国之要”，粮食生产、粮食安全，仍然一刻也不能放松。

筑牢“三农”发展基础，坚定发挥农业基本盘、“压舱石”的重要作用，确保我们的饭碗在任何时候都牢牢端在自己手中，饭碗里主要装“中国粮”的共识，正在无数次的挑战应对中，进一步凝心聚力，化为各地接续奋斗的生动实践。

玉米链，“链”出粮食安全新境界

刊播《农民日报》(10月28日1版)

作者 李庆海　程鸿飞　李朝民　刘伟林

秋风来送爽，硕果满山岗。金秋的黑龙江，沃野千里，一片金黄。

黑龙江省，连续9年粮食产量位居全国第一。粮食产量占全国的1/9，粮食调出量占全国的1/3，为全国每人每年提供100斤原粮。

中华大粮仓，玉米挑大梁。2019年，黑龙江粮食总产1 500.6亿斤，其中玉米产量788亿斤，占比52.5%。专家预计，2020年，黑龙江粮食将实现“十七连丰”，玉米亩产比2019年增加3%～5%。

2020年是决胜全面小康、决战脱贫攻坚之年。突如其来的新冠肺炎疫情，给经济社会带来较大冲击。面对特殊形势，黑龙江如何当好粮食安全的“压舱石”？玉米生产能否稳得住？

深秋时节，记者辗转黑龙江绥化、齐齐哈尔等地，用镜头和笔端记录玉米产业链发展的脉动。满脸带笑的农户无不感慨：“又是一个丰收年！”

吃干榨净，老玉米华丽转身为“黄金链”

绥化市地处北纬45°黄金玉米带，大面积种植玉米的历史悠久。20世纪90年代初，绥化市玉米产量达70亿斤，是人们重要的口粮。

随着工业化、现代化进程的加快，玉米的功能发生了历史性的变化，由原来的主要口粮、饲料转化为工业原料。

为何玉米能变成一种工业原料？中国工程院院士岳国君表示，玉米不仅仅是食品，食品、化工、能源、医药等都离不开它。玉米做什么都可以，吃穿用、衣食住行都离不开它。比如刷牙用的牙膏，有70%多是用生物醇、玉米做的。”岳国君说，“在中国，被食用的玉米只占7%。”

剩下93%的玉米，用于何处？

“未来5年，绥化玉米精深加工比率将达到80%以上，增值能力达8倍以上；副产品加工向药用、化工、能源等经济领域延伸。”绥化市委书记曲敏说，绥化的玉米加工能力经历了从10万吨到近1 000万吨的沧桑巨变，世界玉米产业链的高处有了绥化的影子。

百舸争流，奋楫者先。肇东市市长隋旭鹏告诉记者，肇东以中国国际农产品加工产业园为载体，培育、形成了“上有原料基地保障、中有龙头企业支撑、下有配套产业延伸”的玉米精深加工产业链，将玉米“吃干榨净”。

在肇东，多条玉米产业链已初具规模。从玉米淀粉生产到肌酐、核苷酸等产品的生产链条，年转化玉米1.6亿斤，销售收入8亿元；从玉米生产到饲料的生产链条，蒸汽压片玉米淀粉的利用率达99%，节省玉米10%以上；从玉米生产到秸秆综合利用、畜禽养殖、屠宰加工的生产链条，年消化玉米18.2亿斤、秸秆8亿斤。

绥化是一个缩影。2019年，黑龙江拥有规模较大的玉米加工企业52家，其中有13家年营业收入超过10亿元，年加工玉米300多亿斤，老玉米华丽转身为“黄金链”。

产业理念，链长制端稳粮食安全“金饭碗”

用历史长镜头去观察，更能凸显玉米的分量。

20世纪90年代之后，玉米为解决中国人的温饱问题作出了重要贡献。2019年，我国玉米产量为5 220亿斤，占全球总产量的23%。黑龙江作为全国最大的商品粮基地，玉米是最重要的支撑，占据粮食的半壁江山。

进入新时代，黑龙江如何端稳粮食安全“金饭碗”？

黑龙江省农业农村厅相关负责人表示，按照党中央、国务院决策部署，黑龙江省委、省政府在落实好粮食安全省长责任制的基础上，以产业理念为引领，推动实施产业链链长制，省里先期确定玉米等7条重点产业链，由7位分管省领导担任链长。

玉米产业链链长制明确了链长的主要职责：组织调查研究、制定产业发展规划、协调解决难点问题、开展精准招商引资，推动玉米产业做大做强。

推动实施产业链链长制，其动因是产业发展已到了新阶段，传统的野蛮生长需要系统思维、协同推进。根本目的是提升产业链条的“韧性”，提高产业抗御风险的能力，增强特色产业发展的核心竞争力。

为推动玉米产业链建设，绥化市围绕市场和技术核心要素，研究产业链条中的“断点”和“关键点”，绘制了黑龙江省第一张玉米产业链图谱，引进了一批行业顶尖龙头企业，全力打造亚洲最大新兴玉米精深加工中心。据测算，未来5年，绥化玉米生物发酵产业将做到千亿级。

镜头切换到齐齐哈尔，玉米种植面积大、产量高、品质好，产量占全市粮食产量的65%。农情调度数据显示，2020年，齐齐哈尔种植玉米1 632.8万亩。

“近年来，齐齐哈尔以链长制为抓手，重点打造以龙江阜丰、黑龙江鸿展等为龙头的玉米加工产业链，带动农民增收致富奔小康。目前，全市玉米产业正向集约化方向稳步前进。”齐齐哈尔市农业农村局局长孙国臣说。

讷河市委副书记东宇辉介绍，2019年，讷河市共加工玉米原料40多亿斤，主要产品为特优级食用酒精、药用酒精等，其中，鸿展公司实现产值44亿元，纳税1亿元，提供就近就业岗位近千个。

企业效益好，推动作物种得更好，已成为黑土地上的一种“良性循环”。

为了适应玉米精深加工业对原料的需求，黑龙江多管齐下，优化调整玉米种植结构，专用型玉米占比越来越大，其蛋白含量、含油率远高于普通玉米。

“我们和企业签好订单后，便按照企业要求进行种植，重点种植高淀粉、高蛋白、高油的加工专用型玉米。”绥化市北林区鸿源谷农业种植专业合作社理事长王运文说，“签了订单，销路不愁，收入有保障。”

清华大学中国农村研究院副院长张红宇表示，玉米的用途广、产业链长、产量高，调动了农民的种粮积极性，对提升粮食总量、确保粮食安全发挥了积极作用。同时，也为粮价回归合理价位奠定了坚实基础。

提质增效，玉米成农民增收“金豆子”

行走在玉米种植一线，每天都会遇到不同的新型经营主体。丰富土地流转、股份合作等经营模式，可让玉米产业提质增效有更多的依托。

记者来到讷河市二克浅镇前卫村伟华农作物种植专业合作社理事长王伟华家的玉米地，满目金黄，丰收在望。

王伟华流转土地1.5万亩，种植玉米1万亩、大豆0.5万亩。

“估计今年能赚多少钱？”记者问。

“现在国家政策好，规模种植收益很可观。保守估计，1万多亩地，加上轮作补贴，赚400万元没问题！”王伟华说，“种粮，你得跟着党的政策走，老老实实把地种好，才能多打粮、打好粮、多挣钱。”

种玉米挣钱的不仅仅是王伟华。2018年3月，潘艳辉创办了讷河市讷谟尔农业股份专业合作社，在同义镇5个村流转土地5万亩，其中玉米4.75万亩，采用农垦系统的标准化种植，1.1米大垄双行密植栽培技术，实施秋整地、秋起垄，亩产量可提高百斤以上。

合作社还对生产经营风险进行有效防控。讷河市讷谟尔农业股份专业合作社投资436万元，开展了“期货＋保险”的“收入险”“大灾险”“政策险”业务，保证入社成员旱涝保收。

“发展玉米产业不能只立足于有什么，而是要看市场缺什么。现在国内居民消费需求正由‘吃得饱’向‘吃得好’转变。”一位专家如是说。

很显然，消费市场对玉米种植提出了新要求。推动玉米供给侧结构性改革迫在眉睫。怎么改？鲜食玉米产业蹚出了一条促农增收的新路子。

近年来，黑龙江省克山县以市场为导向，引导新型经营主体跨区种植鲜食玉米，南北跨度达700多公里，构成了由南向北的梯次种植基地，很多基地建立了农产品质量追溯系统、农业环境监控系统，以此确保鲜食玉米质量可追溯，确保农民致富增收。

无独有偶。绥化市围绕产业链和终端市场需求，大幅度调增鲜食玉米，面积由20万亩增至100万亩。目前，绥化市较大型的鲜食玉米加工企业已达51家，加工能力达14亿穗。“绥化鲜食玉米”地理标志获国家批准，荣获2018“全国绿色农业十大最具影响力地标品牌”称号。

五谷丰，笑声扬；粮满仓，国兴旺。行走在黑龙江，记者不由感慨：玉米链，正在“链”出粮食安全新高度。

百年之变入通途

——写在加快建设农业农村现代化新征程开启之际

刊播《农民日报》(12月28日1版)

作者 施维　李竟涵

总有一些年轮，注定被历史深深镌刻；总有一些时刻，标记着未来的方向。

2020年，千年“小康”，一朝梦圆，中华民族伟大复兴史上耸立起一座新的里程碑；2021年，“第二个百年”将从这里启航，我们将迈上全面建设社会主义现代化国家的新征程。

看似寻常最奇崛，成如容易却艰辛。从全面小康到全面现代化，每一步都是全新的探索，每一步都并非轻而易举，每一步都书写着我们党带领亿万农民突破、变革的智慧和勇毅。“没有农业农村现代化，就没有整个国家现代化”，这是历史的选择，更是时代的重托。在古老的农耕大地上，在中华民族生生不息的田野上，乡村全面振兴、加快建设农业农村现代化的新篇章即将开启，大国百年现代化之变终于渐入胜境、迈向通途。

缘变

世界大势，唯变不变。

180年前，古老的东方大国被西方列强的坚船利炮轰开了大门，由此开始，无数仁人志士前赴后继，孜孜以求，只为寻找一条适合中国的现代化路径，救亡图存，实现复兴。然而，无论是洋务运动还是变法维新，无论是立宪改良还是推翻帝制，无论是科学救国还是实业救国，都以徘徊、挫折、失败而告终。

中国的现代化，究竟路在何方？

直到中国共产党诞生，在这个成立之初就以“为中华民族谋复兴”为使命的政党的带领下，变革的方向和路径才得以清晰。从此，在革命、建设、改革开放和新时代，从“四个现代化”纲领到“三步走”战略构想，从“两个一百年”奋斗目标到“五位一体”总体布局，中国共产党在各个历史时期都牢牢掌握了变革的主动权，坚定地走上了一条中国特色社会主义现代化道路。

重农强农，是这条现代化之路最鲜明的底色。在这条适时而变、因变求进的现代化之路上，“三农”是追赶者、参与者，更是重要的推动者、引领者。在历史上的每一个重要时期，在改革发展的每一个关键时刻，中国农民都以不拘一格的改革智慧和敢为人先的改革勇气，在古老的乡土大地上不断创造出新的辉煌。

求新求变，农业农村现代化方有今天的进境。党的十八大以来，从土地“三权”分置到农业供给侧结构性改革；从“重中之重”战略施行到全面推进乡村振兴……以习近平同志为核心的党中央观大局、应大势，紧贴时代的脉搏，紧扣历史的频振，带领人民在各种困难磨砺中毅然前行、义无反顾。

求新求变，我们才有“乱云飞渡仍从容”的气度。面对风云变幻的国际局势、疫情冲击下的经济大势，中国现代化的步伐始终没有被打乱，经济长期向好的基本面始终没有被改变。2020年，中国挺住了、稳住了、更强大了。岁末年底，嫦娥把月壤带回来了，粮食站稳了1.3万亿斤，贫困县全部摘帽，中国成为全球唯一实现正增长的主要经济体。“风景这边独好”，“三农”功不可没。

小康不小康，关键看老乡；迈步现代化，更要强“三农”。2014年，习近平总书记强调，没有农业现代化，没有农村繁荣富强，没有农民安居乐业，国家现代化是不完整、不全面、不牢固的。2018年，更进一步指出，我们应该通过振兴乡村，开启城乡融合发展和现代化建设新局面。这是历史的黄钟大吕，这是对奋进者的谆谆嘱托，这是我们加快建设农业农村现代化的根本遵循。

贫困的乡土不是现代化，不富裕的农村也承载不起全面现代化。在全面现代化征程即将开启之际，我们更应为加快农业农村现代化擂响进军的战鼓。

识变

船到中流浪更急，人到半山路更陡。从全面小康到全面现代化，是到了一个“愈进愈难、愈进愈险而又不进则退、非进不可”的时候！如何准确识变，全面把握世界百年未有之大变局和中华民族伟大复兴战略全局，处理好工农城乡关系，被摆上了更加重要的位置。

既须“度势”，在变局中明晰农业农村现代化的发展环境之新；还应“审时”，在新发展阶段中判断农业农村现代化之变。

准确识变，要找准变局中的“三农”坐标系。从历史坐标看，即将开启的“十四五”是中国全面现代化的起步期，也是全面推进乡村振兴战略、加快农业农村现代化的关键跨越期；从世界坐标看，百年未有之大变局加速演进，国际秩序大调整、全球化遭遇逆风、大国博弈复杂多变，在各类风险和变局中，“三农”“压舱石”作用更加凸显、更须有为；从中国未来发展坐标看，我们将进入新发展阶段，贯彻新发展理念，构建新发展格局，农业农村现代化是基础和潜力所在，更是亟待补齐的短板和短腿。

准确识变，应看到变局中的“三农”新机遇。历史的发展往往是各种矛盾相互交织、相互作用的综合结果，百年未有之变局必然伴生着百年未有之机遇。新发展阶段，“三农”是重点；新发展格局，“三农”是主力。“三农”发展迎来了史无前例的“钻石期”。一方面，综合国力再上新台阶，更有能力支持农业农村现代化，党的十九届五中全会专门提出实施乡村建设行动，未来政策和投入上的倾斜，将会给乡村基础设施建设和公共服务带来历史性的改善和提升。另一方面，大数据、物联网、5G通讯等一批新技术的推广和应用，将进一步赋能传统农业农村。在新发展阶段，农村丰厚的资源、广大的市场、广阔的投资空间，必将为构建新发展格局发挥举足轻重的作用。

准确识变，须认清变局中的“三农”新挑战。近年来，农业农村现代化取得历史性成就，但政策和资源变量的边际效益在递减，而新发展阶段对农业农村又提出了更高的要求，两者叠加，我们将面临更多“顾多头、都要抓”的任务和难处。如何兼顾保障粮食安全与促进农民增收？如何衔接现代农业规模化趋势与小农户占大多数的现实？怎样处理发展和保护、公平和效率的关系？在变局当中，妥善处理好这些挑战和问题，农业农村现代化才能蹄疾步稳、奋起直追。

应变

江河的魅力在于奔涌，四季的生机在于交替。变化，本就是万物存在的根本方式，也是历史演进的主要形式。

回顾过往，不难发现，谁掌握了“变”的法门，谁就掌握了历史的主动权。展望未来，在迈向加快建设农业农村现代化的新征程上，只有继续发扬科学应变的精神，才能冲破更多的险阻与难关，才能“在危机中育新机、于变局中开新局”。

科学应变，就要全面把握应变的本质。“明者因时而变，知者随事而制。”面对时代的风起云涌，既要定力在我，又要适时调整和完善。以变应变、因变制宜是本事。但变不是目的。危中寻机、以变求进是水平。这就要求我们既要抢抓时机、随机应变，以最快的速度面对变化、适应变化、驾驭变化，还要做到沉着应变、处变不惊，有目标、有节奏、有选择地变，谋定而后动；既要聚焦当前、统筹谋划，深入推进重要领域和关键环节的改革，加强系统集成，放大综合效应，也要抓住根本、妥善驭变，透过现象看本质，从一些规律性的问题入手，循理治弊、对症下药。

科学应变，必须充分做好应变的准备。在不确定中寻找确定，关键就是要办好自己的事情。2020年，我们之所以能够从容应对多重挑战，交上一份优异答卷，就是因为我们多年来始终坚持重农抓粮，夯实了“压舱石”，始终坚持维护农村和谐稳定，筑牢了大后方。未来，面对更加复杂的形势和更加艰巨的任务，需要更多的未雨绸缪和防患于未然。把困难想得再多一些，把抗压系数提得再高一些，把预案做得更详尽一些，遇事有“备案”、遇险有“备胎”，才能“任凭风浪起，稳坐钓鱼台”。

科学应变，必须牢牢掌握应变的方法。历史的车轮滚滚向前，但有一条车辙始终清晰可见，那就是人民至上。这是我们的初心和使命，也是我们实现科学应变最根本的方法论。必须把重视顶层设计和尊重农民意愿结合起来，做到问计于农、问需于农、问效于农。始终把有利于提升农民群众获得感、幸福感、安全感的改革放在突出位置，始终以老百姓满意与否作为衡量工作最根本的标准。既要加强顶层设计，通盘考虑，高位推进，又要为基层探索创新留出足够的空间，放手让基层干部、广大农民群众去试、去闯，在更高层次、更广场域驾驭农村改革发展，在变动不居中始终赢得战略主动。

求变

“预支五百年新意，到了千年又觉陈”。纵观当今世界，各种新技术、新产品、新材料层出不穷，各类新挑战、新任务、新变革接踵而来，时代的风云际会之中，机遇转瞬即逝，疥癣能成大患。变局之下，已经不只是谁拒绝变革谁就会落后于时代的问题，更是谁变革慢了，就会被历史淘汰的铮铮现实。

变，是大势所趋，是时代的命题，也是现实的课题。我们不惧改变、科学应变，更要拥抱改变、谋求创变。

主动求变，自当有勇于求变的精神。面对新形势、新任务、新要求，与其在时代背后追赶，何不努力做时代的弄潮儿，以更大的勇气和自信去引领变革、推进创新。历史行进到今天，我们面对的是波谲云诡的国际环境，需要应对的是错综复杂的综合问题，没有点迎难而上、开顶风船的魄力是不行的，不跳出舒适区，不打破路径依赖的束缚，是难以奏效的。越是有困难，越要勇于创新，越是有风险，越要敢于面对，要拿出一副“就算是绝壁上也要凿出一条路”的气魄和胆略来。

主动求变，还要有善于求变的智慧。凡人没有七十二变，主观能动性的发挥必须建立在尊重科学、把握规律、符合实际的基础上。要进一步加强对世情、国情、农情的研究，加强对“三农”领域一些规律性、趋势性问题的研判，加强对农村基层实际情况的调研，做到科学决策、稳中求变；要坚持用新发展理念引领“三农”工作，着眼于构建新发展格局，朝向农业农村现代化这个总目标，系统谋划“三农”改革发展；要紧紧围绕全局战略部署和“三农”工作的痛点、堵点，破解更多“卡脖子”难题，推动更多体制机制变革，抢占更多科技创造高地，不断增强发展和竞争的主动权。

主动求变，更要有鼓励求变的环境。中华民族的血液中自古流淌着创新求变的因子。必须把创新摆在“三农”工作的重要位置，从理论、制度、科技、文化、业态等各方面不断加大改革、推进创新。既要鼓励创新、追求创新，也要包容探索、允许试错，让创新求变的活力在更大的领域、更深的层面迸发，让创新贯穿“三农”工作的全过程、各方面，让“唯改革者进，唯创新者强，唯改革创新者胜”成为时代最鲜明的昭示。

准确识变、科学应变、主动求变，必须正确处理好变与不变的辩证关系。在任何时代，因循守旧、故步自封都是没有出路的，但也不能一味求异、盲目改变，尤其在一些事关根本、原则、战略的问题上，必须要有“任尔东西南北风”的定力。无论怎么变，粮食安全的底线不能破，农民的利益不能损，农村基本经营制度的根不能动。就像浩瀚奔涌的江河，无论怎样蜿蜒迤逦、随势而变，都始终不改向前的势头，始终朝着大海的方向。

百年之变入通途。我们即将迈上更加波澜壮阔、激荡人心的新征程，即将踏上加快建设农业农村现代化的通达之途。“功崇惟志，业广惟勤”，我们要始终坚持以习近平新时代中国特色社会主义思想为引领，努力奋斗、矢志向前，与时俱进、开拓创新，不断擘画农业农村现代化的瑰丽画卷，不断书写“三农”强、美、富的乡村振兴宏伟篇章，为百年梦想贡献更多“三农”力量。

“复工令”下看“三农”

刊播《农村工作通讯》（4月）

作者 雷刘功

最近，中央强调在慎终如始、毫不放松抓好新冠肺炎疫情防控的同时，要把复工复产提上重要日程。

“复工令”频频发出。除了令出中南海，各部委的视频会议、紧急通知紧锣密鼓，各地方的落实举措、复工政策密集出台。

当前，疫情正笼罩全球，中国在此时吹响了复工复产的“集结号”，按下了复工复产的“加速键”！

一

复工复产成为恢复正常生产生活秩序的关键词，也成为媒体竞相报道的高频词。“三农”领域的复工复产，在“复工令”下更显特殊。

让我们按下“倒退键”，看看疫情最严重的时候，农业是如何发挥重要支撑作用的。

武汉“封城”，中央强调最多的就是保证武汉人民有饭吃，有新鲜蔬菜吃。武汉大约有908万人，按照人体营养需求，每人每天应该吃300～500克谷类食物，400～500克蔬菜，100～200克水果，125～200克鱼、禽、肉、蛋等动物性食物，100克奶类及奶制品和50克豆类及豆制品，再加上25克油脂。按照这样的数量计算，全部加起来，不考虑种类，每人每天大概需要1 100～1 575克食物。那908万人每天需要多少食物呢？乘法很简单，换算也不麻烦，得出的数字是9 988～14 528吨。也就是说，武汉人1天至少需要消耗将近1万吨食物，才能维持正常生活。

这看似是食物的重量，实则是农业的分量！

一批批驰援武汉的食物，解决的是吃饭问题，彰显的是“重中之重”！

悠悠万事，吃饭为大。古人云，民以食为天。老百姓常说，人是铁，饭是钢，一顿不吃饿得慌。车可以一天不开，饭不能一天不吃。

湖北保卫战、武汉保卫战，打的是疫情防控战，更是“菜篮子”保供战！武汉人不仅一天三顿不断档，还能吃上新鲜的活鱼。“菜篮子”保供给、保民生，成为抗“疫”的第二战场。

这次疫情阻击战，让我们更加理解，什么叫“手中有粮，心中不慌”；让我们更加坚定，抓农业农村工作，首先要抓好粮食生产；让我们更加清醒，“只要粮食不出问题，中国的事情就稳得住”。

我们不敢想象，在疫情防控最吃劲的关键阶段，吃饭断档后会是什么样子。正是因为有了粮食的连年丰收，有了连续5年站稳1.3万亿斤台阶的实力，我们才有了打赢疫情防控总体战、阻击战的底气和硬气！因为，饭碗牢牢端在我们手里，而且装的是我们自己生产的粮食。

“农，天下之大业也。”党的十九大报告指出，农业农村农民问题是关系国计民生的根本性问题，必须始终把解决好“三农”问题作为全党工作的重中之重。习近平总书记强调，任何时候都不能忽视和放松“三农”工作。

在中央疫情防控的决策部署中，“三农”往往是重要内容之一。习近平总书记多次作出重要指示批示，强调做好“三农”工作，特别是稳产保供的重要性。李克强总理多次安排部署，要求确保疫情防控物资和生活必需品等稳定供应。

2月3—21日，3次中央政治局常委会，反复强调要确保蔬菜、肉蛋奶、粮食等居民生活必需品的供应。

2月23日，在统筹推进新冠肺炎疫情防控和经济社会发展工作部署会议上，习近平总书记要求不失时机抓好春季农业生产。

3月4日，中共中央政治局常委会强调，要做好农民工等重点群体就业工作。要抓好春季农业生产，做好农产品保供稳价工作。要加大对贫困地区、贫困人口的帮扶，在复工复产中优先吸纳贫困地区劳动力务工就业，确保完成决战脱贫攻坚任务。

3月6日，习近平总书记在决战决胜脱贫攻坚座谈会上，更是对优先支持贫困劳动力务工就业、“点对点”帮助贫困劳动力尽快有序返岗、支持扶贫产业恢复生产、做好春耕备耕农资供应等工作作出了全面部署。

3月10日，习近平总书记在考察武汉时，一方面强调要保障米面粮油、肉禽蛋奶等生活必需品的供应，一方面要求强化“六稳”举措，统筹抓好春耕生产、农民就业增收等工作，坚决抓好脱贫攻坚各项任务。

在疫情防控中，“菜篮子”“米袋子”“稳产保供”被多次提及、反复强调；在复工复产中，“贫困劳动力”“农民工”“返岗就业”“春耕备耕”成为贯穿中央决策部署始终的关键词、高频词。

农业农村部门闻令而动，把保障“菜篮子”产品供应作为政治任务，作为当前“三农”工作的大事、要事，作为应对疫情工作的重要内容，出台了一系列政策举措，并迅速组织实施，确保“菜篮子”产品产得出、运得走、供得上，有力地支撑了疫情防控大局，为防疫情、保供给、提信心奠定了坚实的物质基础。

务农重本，国之大纲。习近平总书记强调，“越是面对风险挑战，越要稳住农业，越要确保粮食和重要副食品安全”。

在这次疫情的大考中，农业经受住了考验。这场没有硝烟的战争，再次表明，农业这个“基本盘”必须要稳住，农业这块“压舱石”必须要夯实！必须始终坚持强农惠农富农政策不减弱、推进农村全面小康不松劲，在认识的高度、重视的程度、投入的力度上保持好势头。

二

习近平总书记强调，经济社会是一个动态循环系统，不能长时间停摆。尤其是农业，更不能误了农时！

2020年是全面建成小康社会目标实现之年，是全面打赢脱贫攻坚战收官之年。“三农”工作处在这样一个特殊的时间节点上，如何克服新冠肺炎疫情带来的影响，恢复原有的农业农村经济发展秩序和节奏，加快“三农”领域的复工复产，意义不同寻常。这关系到为疫情防控提供有力物质保障，关系到民生保障和社会稳定，关系到实现全年经济社会发展目标任务，关系到全面建成小康社会和完成“十三五”规划。农业生产平稳发展，能够为打赢疫情防控阻击战、实现2020年经济社会发展目标任务提供有力支撑。

“力争全国经济社会发展早日全面步入正常轨道，为实现决胜全面建成小康社会、决战脱贫攻坚目标任务创造条件。”中央对此运筹帷幄，指挥若定。

我们看到，党的十八大以来，脱贫攻坚方面最大规模的会议召开。2020年，脱贫攻坚要全面收官，原本就有不少硬仗要打，现在还要努力克服疫情的影响，必须再加把劲，狠抓攻坚工作落实。“到2020年现行标准下的农村贫困人口全部脱贫，是党中央向全国人民作出的郑重承诺，必须如期实现，没有任何退路和弹性。”这是攻坚战的再动员、再部署，要求全党、全国、全社会，以更大决心、更强力度推进脱贫攻坚，确保取得最后胜利。

我们看到，总书记要求把农业基础打得更牢，把“三农”领域短板补得更实。农业还是“四化同步”的短腿，农村还是全面建成小康社会的短板。全面建成小康社会，最突出的短板在“三农”。农村基础设施不足、公共服务落后，是农民群众反映最强烈的民生问题，也是统筹城乡发展不平衡、农村发展不充分最直观的体现。2020年的中央一号文件提出了农村基础设施和公共服务8个方面的短板，需要一件一件地解决好。

我们看到，中央应对新冠肺炎疫情工作领导小组印发《当前春耕生产工作指南》。此事非同一般、极端重要。重要就重要在这是疫情之下的春耕，是小康之年的春耕，其特殊意义不言而喻。重要就重要在这是统筹推进新冠肺炎疫情防控和经济社会发展工作部署会议上的重要议题，是国务院常务会议上的重大部署，需要超常规推动和落实。小康之年如何开好局、起好步，疫情之下，如何不失时机抓好春季农业生产，这个“指南”，给出了方向。

我们看到，2020年有许多“三农”领域必须完成的硬任务。“十三五”规划纲要和全国农业现代化规划，都对农业农村发展提出了若干项量化指标任务，也都要在2020年完成，且要按期高质量交账。

比如2020年城乡居民收入要比2010年翻一番。这是党的十八大明确的全面建成小康社会定量指标。保持农民持续较快增收的势头不减弱、趋势不逆转，疫情影响之下，需要付出更艰辛的努力。

比如粮食产量要稳定在1.3万亿斤以上。保证14亿中国人每天到点开饭，必须要稳住农业、稳住粮食。

比如生猪产能基本恢复到接近正常年份水平。“猪粮安天下”。这是一项政治任务，要像抓粮食生产一样抓生猪生产，当务之急是推动饲料、屠宰等企业全面复工复产。

比如要建成高标准农田8 000万亩。高标准农田建设是保障国家粮食安全的关键举措，要分区分类推进在建高标准农田项目复工，积极推进新建高标准农田项目开工。

比如畜禽规模养殖场粪污处理设施配套率达到95%，还有产业扶贫、农村人居环境整治、草地贪夜蛾防治、非洲猪瘟和高致病性禽流感防控等多场硬仗要打。哪一项都面临着严峻、复杂的形势和种种困难挑战，必须付出加倍的努力。

农业农村部部长韩长赋在重点工作交流会上，把2020年农业农村工作的特点精辟地概括为四个关键词：收官、攻坚、交汇、统筹。收官，需要我们集中交账；攻坚，需要我们啃下硬骨头；交汇，需要我们思路与打法与时俱进；统筹，需要我们“两手抓”“两不误”。

碰上特殊的时间节点，面对繁重的硬性任务，遭遇这样的突发疫情，唯有强力推进“三农”领域尽快复工复产，打好攻坚战、阵地战、持久战、总体战，努力夺取农业丰收，为决胜全面建成小康社会、决战脱贫攻坚提供有力支撑。

三

3月19日13时20分许，搭载551名湖北荆州务工人员的G4368专列从荆州火车站始发，这是2020年春节后，从湖北始发的第一列务工人员高铁专列。

媒体评论说，这是开往春天的列车。复工复产，不仅仅是疫情较轻的地区，湖北也在疫情防控持续向好的时刻，赶上了这趟专列。随着农民工的不断“复出”，“三农”领域复工复产迎来春光无限。

3月12日，中办、国办组织29个调研工作组，对各地复工复产情况开展调研。其中，抓好春季农业生产、帮扶因疫情致贫返贫农户、保障农民工返岗就业等情况是调研的重要内容。在复工复产的过程中，需要持续关注存在的一些问题，并及时跟进、全力解决。

抓好春季农业生产方面。

这是规模庞大的农事活动。疫情之初，农产品生产、运输、销售等环节受阻，相关产业链、供应链受到冲击，相当一部分农资生产企业尚未复工复产，农资运销难以到村到店；一些地方禁止农民下田、农机上路，农事活动不能正常开展。随着国家推动种子、化肥、农药、饲料等农资企业加快复工复产，建立农资点对点保供运输绿色通道，这些问题已得到大大缓解。当前需重点关注3个方面的问题。

一是农资供应问题。尽管目前农资重点企业的复工率达到88%，农资门店营业率达到90%，农资供应总体上有保障。但4—5月是春耕用肥用药高峰期，需密切关注农民需求和市场动态，特别是因流通不畅造成的农资价格波动问题。

二是“前后一公里”问题。交通运输“大动脉”基本打通，主要是“微循环”不通形成堵点，要在畅通“毛细血管”上拿出务实举措，打通“前后一公里”，实现农资运输“零阻碍”。

三是病虫害防治问题。防灾减灾就是增收。据专家预测，2020年,小麦条锈病等病虫害呈重发趋势，草地贪夜蛾暴发成灾概率大，要推动农药企业复工复产，及早准备好药剂、药械，指导农民适时开展应急防治，大力开展统防统治和联防联控，坚决遏制病虫害扩散蔓延。

推进农民工返岗复工方面。

春暖花开时，城市街头巷尾渐渐有了“烟火气”。这是因为农民工开始陆续返回工作岗位，进入了复工模式。

据交通运输部统计，春节后，已累计发送包车13.8万趟次，运送农民工302万人；根据人力资源和社会保障部数据，目前已有1亿农民工外出务工，占春节前返乡农民工的80%。

农民工，一肩挑两头，是全家收入的支柱，是城市发展的脊梁。他们穿行在城市的每个角落，遍布城市的各行各业，建筑工人、快递小哥、饭店员工、理发店师傅、花店老板。没有他们，城市将运转降速，活力顿失；家庭将失去依靠，收入锐减。

稳定农民工就业被写入2020年的中央一号文件。我国有2.9亿农民工，其中约1.7亿需要离家务工，对于其中的贫困劳动力来说，务工收入是家庭收入大头。2019年全国农村居民人均可支配收入中，农民工的工资性收入占41%。农民工返岗复工，事关稳定就业，事关增加收入，事关如期脱贫。稳定农民工就业意义重大，推动农民工复工刻不容缓。党中央、国务院对此高度关注。

2月2日，中央应对新冠肺炎疫情工作领导小组就要求农民工分批有序到岗。

2月18日，国务院常务会议提出，结合脱贫攻坚和当地建设等，支持农民工就地就近就业。

2月19日，人力资源和社会保障部等5部门印发通知，要求做好农民工返岗复工"点对点"服务保障工作。

2月25日，国务院常务会议提出，要积极扩大农民工等重点群体就业，加大稳岗和就业补助，拓宽就地就近就业渠道。重大工程建设、以工代赈项目优先吸纳贫困劳动力。

3月17日，李克强总理在国务院常务会议上强调，"让更多务工人员尽快返岗，有活干、有钱赚"。

3月20日，国务院出台强化稳就业的22条举措，其中3条是关于解决农民工安全有序转移就业的。

关于农民工返岗就业，需重点关注3个方面。

一是做到精准对接。在疫情形势趋缓后，如何统筹好疫情防控和复工复产，是很大的挑战。服务贵在精准。要坚持分区分级精准复工复产。推行农民工返岗复工"点对点""一站式"服务的好做法、好经验，主要劳务输出地与输入地要做好农民工等重点人群返岗的对接和服务，打通输入地的接纳与手续关，疏通交通运输关，真正让农民工"出家门进车门，下车门进厂门"。

二是聚焦贫困地区。复工复产不能让贫困地区成为被遗忘的角落。在复工复产中优先吸纳贫困地区劳动力务工就业，特别是"三区三州"等深度贫困地区、52个未摘帽贫困县，要让他们"吃小灶"。支持扶贫龙头企业、扶贫车间尽快复工，帮助贫困劳动力有序返岗，积极支持扶贫产业恢复生产，加大对因疫致贫、返贫人口的帮扶，确保完成决战脱贫攻坚任务。

三是鼓励就地就近务工。目前，一方面是企业面临用工难，另一方面是农民工出不去，加上就业信息不对称以及疫情后用工资源可能需要重新匹配等问题，使得农民工就业的结构性矛盾凸显。各地应组织暂时无法外出的农民工投入春耕备耕，从事特色养殖、精深加工、生态旅游等行业。针对当前农业生产规模经营主体用工难、用工贵的问题，组织当地农民和返乡人员就近就地参与农业生产。也可鼓励家庭农场、合作社、龙头企业等新型农业经营主体开展互助合作、互换用工，解决当前用工难的问题。

打通复工复产堵点方面。

随着疫情形势向好，复工复产的“堵点”逐渐被打通，“断点”陆续被补上，越来越多的务工人员返岗就业。但我们也看到一些隐性的堵点。

一个是政策落实的堵点：最近一段时间以来，党中央、国务院就复工复产作出了一系列决策部署，各部门密集出台了一揽子政策举措。比如国务院出台强化稳就业举措22条；农业农村部出台的扩大农村劳动力就业促进农民增收八大举措；推动加工企业复工复产，着重解决水产品压塘卖难问题；联合发展改革委等部门出台特别支持帮扶政策，加快养殖业复工复产；甚至就解决蜜蜂转场和春繁问题也专门下发了一个紧急通知。

政策都有含金量，都是及时雨，关键是基层在落实中要不折不扣地执行，及时取消不合理的限制，真正让好政策转化为复工复产的强动力。

一个是脑子里的堵点：一些地方采取“一刀切”的做法，以疫情防控为由，要么对返工人员一律劝返，要么对企业复工复产犹豫不决，做事束手束脚，迟滞了企业复工复产的进度。

越是在这个时候，越要用全面、辩证、长远的眼光来看待问题。3月23日，中央应对新冠肺炎疫情工作领导小组会议要求，疫情风险等级评估持续为低风险的全国绝大多数省份，要在科学、精准防控的同时，及时取消与正常生产生活秩序不适应的防控措施，强调不得以审批等理由延缓企业复工。从最新发布的数据看，我国大部分省份已转为低风险区域，只要防控措施到位，并保持必要的健康监测和应急处置力量，复工复产是可以同步推进的。

我们既要继续抓好疫情防控，防止疫情反弹，又要做好促进农业发展、稳定农民工就业等工作，坚持问题导向、目标导向、结果导向，采取务实举措，尽快恢复农业农村经济运行正常秩序。

一个是审批中的堵点：在行政审批中，不考虑疫情的因素，按部就班，繁文缛节，人为设置障碍，制造堵点，形成农业企业复工复产的“肠梗阻”。

要充分考虑农业企业的痛点，推动“放管服”改革，简化审批手续、优化办事流程，压缩审批时间、提高审批效率，积极推动行政许可事项，特别是复工复产重点事项网上办、掌上办，实现“不见面”审批，为农业企业复工复产争取时间。

通过提供优质、高效的审批服务，及时协调解决农业企业复工复产审批过程中存在的问题和困难，积极推动农业企业尽快复工复产，把市场主体活力更好地释放出来，不断增强农业农村经济回升的动力。

等闲识得东风面，万紫千红总是春。“三农”领域的复工复产，在“春分”之后的暖阳普照中，必将走出疫情阴霾，迎来美好的明天！

中国特色的乡村善治之路

刊播《农村经营管理》(12月)

作者 李永生 苑体强 徐刚 李春艳 徐明 周嵘 陈娜 付姓 邹承东

【编者按】**乡村治理是实施乡村振兴战略的基石。中办、国办印发《关于加强和改进乡村治理的指导意见》1年多来，各地积极探索乡村治理新模式、新路径，取得了丰硕成果。本刊特组织撰写长篇综述，刊发一批地方典型，供读者参考借鉴。**

湖北省秭归县熊家岭村。为了让脐橙“下山”，十几年来，村民动议修路3次，最终都因无法协调而搁浅。2019年，在短短1个月内，所有问题迎刃而解。路通了，柑橘产业红红火火，大伙都说多亏了“村落夜话”平台。

浙江省桐乡市汇丰村。一张八仙桌、几条板凳，司法所工作人员、老党员、老干部共同“坐堂问案”，动之以情，晓之以理，最终让村民老沈主动关停了经营十几年的榨菜厂，大家再不受污水侵扰，这一切都是“板凳法庭”的功劳。

山东省平度市小灰埠村。又是一个“兑换日”，村民们三五成群，兴高采烈地拿着自家的道德积分去兑换奖品。做好事赢积分，小村庄吹起向善向美文明新风。这样的景象，得益于2020年5月村里“道德银行”的开业。

从白山黑水到天涯海角，从东海之滨到西北高原，砥砺奋进中，在党建的引领下，各地乡村崇德向善、见贤思齐的社会风气加快形成，干部群众同心同向、共建共享的良好氛围日益浓烈，一幅充满活力、和谐有序的乡村善治新图景愈加清晰。

乡村治，百姓安，国家稳。乡村治理是实现国家治理体系和治理能力现代化的重要内容，也是实施乡村振兴战略的基石。习近平总书记在党的十九大报告中指出，“加强农村基层基础工作，健全自治、法治、德治相结合的乡村治理体系”，强调要推进乡村治理能力和治理水平现代化，让农村既充满活力又和谐有序。

2019年6月，中办、国办印发《关于加强和改进乡村治理的指导意见》，对当前和今后一个时期的乡村治理工作作出全面部署。同月，全国加强乡村治理体系建设工作会议在浙江宁波市召开。中共中央政治局委员、中央农村工作领导小组组长胡春华出席会议并讲话，强调要深入贯彻习近平总书记关于“三农”工作的重要论述，按照党中央、国务院决策部署，全面加强和改进乡村治理，夯实乡村振兴根基。

中央农办、农业农村部认真贯彻落实习近平总书记重要讲话和指示批示精神，积极发挥牵头抓总作用，会同相关部门抓好乡村治理各项重点工作，推进乡村治理体系和治理能力现代化取得新成效。

以党建为引领，凝聚奋进动能

农村工作在党和国家事业全局中具有重要战略地位，是全党工作的重中之重。办好农村的事情，实现乡村振兴，关键在党。只有将党管农村工作要求贯穿乡村治理全过程，才能有效整合资源、调动力量，凝聚起乡村振兴强大动能，确保沿着正确方向前进。

一年多来，通过出台党管农村工作重要法规、建立全国加强乡村治理体系建设部际联席会议制度、提高村级组织运转经费保障标准等强有力举措，健全了乡村治理的组织领导机制，夯实了推进乡村治理的组织基础。

——强化顶层设计，把好新时代党管农村工作方向。

党的十八大以来，我们党坚持把解决好“三农”问题作为全党工作的重中之重，强化顶层设计，提出了一系列新理念、新战略、新举措，制定了多项具有突破性的党内法规，重农强农持续响鼓重锤，党管农村工作更加坚强有力。

2019年8月，由中央农办起草并经中央审议印发的《中国共产党农村工作条例》，把党领导农村工作的传统、要求、政策等以党内法规的形式确定下来，提出了党的农村工作必须遵循的重大原则，强调要完善党领导农村工作体制机制，明确了新时代党的农村工作主要任务，并要求各级党委完善保障措施。

中央农办主任、农业农村部部长韩长赋在解读《中国共产党农村工作条例》时指出，“专门制定关于农村工作的党内法规，在我们党的历史上还是首次，充分体现了以习近平同志为核心的党中央对农村工作的高度重视。‘条例’对坚持和加强党对农村工作的全面领导作出了系统规定，是新时代党管农村工作的总依据。”

只有加强和改进党的农村基层组织建设，才能夯实党在农村的执政基础，乡村治理才能“蹄疾步稳”。新修订实施的《中国共产党农村基层组织工作条例》，以习近平新时代中国特色社会主义思想为指导，紧密结合农村实际，总结基层创造的好经验、好做法，对党的农村基层组织工作作出全面规范，是新时代党的农村基层组织建设的基本遵循。中组部把党建引领乡村治理作为市、县、乡党委书记抓基层党建述职评议考核的重要内容，压实了各级党委，特别是县级党委的主体责任。

“凡将立国，制度不可不察也。”两个‘条例’的施行，标志着新时代党管农村工作有了法规遵循，建强农村基层党组织有了根本指引，将推动党的“三农”事业不断开创新局面。

——选优配强“领头雁”，抓实建强农村基层战斗堡垒。

“要坚持加强和改善党对‘三农’工作的领导，落实五级书记抓乡村振兴责任，发挥农村基层党组织战斗堡垒作用”，中央农办副主任、农业农村部副部长韩俊说，“要把农村基层党组织建设摆在重要位置，贯彻落实好《中国共产党农村基层组织工作条例》，抓实建强农村基层党组织，进一步巩固党在农村的群众基础。”

采访组走进河北邯郸市复兴区康庄乡石坡村，看到街巷道路干净整洁，家家户户庭院里绿美洁净。3年前，这个村还是复兴区人居环境评级中最差的“三类村”。转变，源于村支书李蟠的上任。原本在北京做生意的李蟠，2017年回乡任村支书后，带领村民推进庭院绿化和环村林带建设。石坡村美了，引来了投资热，真正走上了康庄大道。复兴区委书记潘利军告诉记者，他们通过狠抓农村党组织书记队伍建设，创新推行组织建设、工作重心、权力监督“三下沉”工作机制，提升了农村基层党组织的组织力，夯实了基层基础，加快了乡村发展。

“给钱给物，还要建个好支部”，一个坚强有力的基层党组织是农村发展的主心骨。各地在改善乡村治理过程中的工作谋划和着力点虽然不同，但抓实建强农村基层党组织有共同特征，就是选优配强村党组织书记这个“领头雁”。

“拿起锄头是农民，放下锄头是干部。”为了改变村党组织书记“两头兼顾”的状态，2019年11月，甘肃省公开选聘一批优秀大学毕业生，专职担任软弱涣散村的党组织书记，为决战脱贫攻坚、实施乡村振兴提供了强有力的组织保证。

河南商丘市创新运用“一封信”工作法，致信软弱涣散村的联村县级干部，要求入村开展整顿工作，推动229个软弱涣散村党组织全部完成整顿；江苏无锡市建立村书记后备力量储备机制，每个村至少储备2名35岁以下后备力量……

——创新基层党建引领机制，架起党群连心桥。

随着工业化、城镇化快速推进，农村经济社会结构和群众思想状况都发生了深刻变化，加强农村基层党建，既要在思想上不动摇、不含糊，也要在实践中找办法、创新路。

河北省邯郸市峰峰矿区是全国乡村治理体系建设试点示范单位，在防控新冠肺炎疫情期间，全区牢牢织密片区、乡（镇）、村、小组、胡同“五级网络”，确保“不漏一户、不漏一人”。区委书记陈珍礼告诉记者，“网格化管理，就是要让党员站出来，发挥先锋模范作用，带动群众一起建设好农村的环境、维护好乡村的秩序，推动乡村振兴更快实现。”

一个党员一面旗。发挥好先锋模范作用，需要让党员找到角色位置，激发动力活力。广东江门市设立党员“红色指数”评估体系，围绕参加组织生活、服务群众等设置评价指标，把“红色指数”值作为党员年度评星定级的重要参考依据；陕西宁陕县挂牌“共产党员户”“党员示范户”，要求党员佩戴党徽，让全县3 389名农村党员在亮身份中获荣辱、存敬畏，积极履职尽责。

近年来，农村集体经济组织、新型农业经营主体和各类社会组织大量涌现，夯实农村基层基础，发挥党员模范作用，必须完善村党组织领导乡村治理的体制机制。山东省广饶县创新开展村级各类组织负责人向村党组织述职工作；贵州省黔西县发动全县364个村党支部领办了724个合作社，组织引导19.81万户群众加入合作社；青海省贵南县在村民小组、农牧民专业合作社、家庭农牧场中设立党支部、党小组，为促进农牧区经济社会发展提供了坚强的组织保证。

建强基层党组织战斗堡垒，发挥基层党员带头作用，就是给乡村治理装上了动力强劲的"火车头"，农民的积极性、主动性、创造性被充分调动起来了，干群向心力不断增强了，犹如攥紧的拳头，心往一处想，劲往一处使，将广大农民对美好生活的向往不断转化为推进乡村振兴的动能，朝着农业强、农村美、农民富的美好愿景阔步前行。

以自治增活力，筑牢民主之基

农民是乡村的主人，也是治理的主体。实现乡村治理有效，最基础、最根本的就是要发挥好农民群众的主体作用。以民主选举、民主协商、民主决策、民主管理、民主监督为重点，不断健全党组织领导的村民自治制度，让村民依法办理自己的事情，实现自我管理、自我教育、自我服务。

怎样让农民更好地管好自己的事情，进一步增强自治的活力和效率，各地紧紧围绕激活主体、创新机制、搭建平台等方面，于变局中开新局，积极作答。

——在激活主体上下功夫，农民的事农民办。

为了发挥农民的主体作用，基层干部群众基于乡村实情，创新自治形式，提升治理水平，迸发无穷活力。

浙江省象山县的"村民说事"制度已经实施11年了，村民从"要我参与""不愿参与"，变成"我要参与""积极参与"，"有事，坐在一起好好说"成了老百姓的口头禅。2019年，象山"村民说事"被中央农办、农业农村部遴选为首批全国乡村治理典型案例。如今，这项带着泥土芬芳的"村民说事"制度，已成为助推乡村振兴的重要手段。

湖南新化县油溪桥村曾经是省级特困村，近年来积极探索村级事务积分考评管理，村里的大小事务都通过“积分制”得以体现，村民的参与度越高，所得积分就越多，还能拿到更多村集体收入分红，“小积分”激发了主体活力，实现了基层治理与村级发展的互促互进，赋予了乡村社会治理新动能。

“乡村治理的核心，就是要突出农民群众的参与”，农业农村部农村合作经济指导司司长张天佐认为，“要尊重农民的主体地位，充分调动和发挥好广大群众的积极性、主动性，组织和引导农民群众广泛参与，让农民自己‘说事、议事、主事’，做到村里的事情村民商量着办，形成民事民议、民事民办、民事民管的治理格局。”

——在操作机制上下功夫，人人都有“发言权”。

落实和完善村民自治，需要机制保障。健全农村基层民主选举、民主决策、民主管理、民主监督机制，提高自治质量，使之成为各地探索的重要内容。

“凡是涉及村民切身利益的事情，都要让村民参与决策”，上海市金山区漕泾镇护塘村党总支书记沈银欢说，这是村里的“程序清单”的基本要求。2017年，漕泾镇创制了村居自治“程序、责任、制度、考核”4张清单，既让村民对村干部行使权力放心，也让村干部有了合理合法行使权力的依据。

作为一个移民搬迁村，宁夏吴忠市红寺堡区柳泉乡沙泉村村民来自同心县、隆德县、彭阳县等地，信任缺失成了办事的“拦路虎”。乡村治理如何取信于民、选好群众“代言人”？红寺堡区创新民主选举机制，综合考虑村组巷道布局、姓氏家族等因素，按照每5～15户推选1名代表的标准，由农户自行推荐，并将代表信息在村组张榜公示。代表选得公开民主、干得公平公正，群众的心自然凝聚在了一起。

——在平台搭建上下功夫，协同治理“动力叠加”。

我国的村民自治可以溯源至1980年，广西河池市宜州区屏南乡合寨村的群众自发选举成立村民委员会，开启了“村民自治”新纪元。斗转星移，时变势迁。在广袤的农村大地上，红白理事会、村落理事会、百姓参政团等，发育于农民群众内部的民间组织，日益成为村民自治的有效载体和有益补充。

“村里落实秸秆禁烧的效果好，乡里自来水改造涉及的占地施工异常顺利，各自然村的协商理事会发挥了不可替代的作用。”安徽铜陵市义安区胥坝乡重新村党支书徐尚文说起村里成立的自然村协商理事会，感触颇多。义安区自2017年年底被列为首批“全国农村社区治理实验区”以来，各乡、镇、村因地制宜建立村企联治理事会、协商议事会等多方共治平台，有效化解了农村社区管理缺位和治理失灵的问题。

在甘肃山丹县，每个村都有“百姓参政团”“百事服务团”，不同形式的群众参政议政方式的出现，让原来的村干部唱“独角戏”，变成了村民“大合唱”，实现了“大事一起干、好坏大家判、事事有人管”。

40年前，村民自治破土而出，带着泥土的芬芳，在中国数十万个村落间扎根、成长。40年来，这项发端于田野的民主制度，为村民共建美好家园提供了保障。进入乡村振兴新时代，基层的创新层出不穷，民主协商的形式越来越丰富，自治的广度与深度不断拓展，乡村治理更加有效且富有活力。

以法治强保障，提升治理效能

“法律是治国之重器，法治是国家治理体系和治理能力的重要依托”。强化乡村治理，需要发挥法治的保障和规范作用，保障乡村安定有序，促进乡村健康发展。着力推进法治乡村建设，教育、引导农村干部群众办事依法、遇事找法、解决问题用法、化解矛盾靠法，加紧补齐工作短板。

2020年3月，中央全面依法治国委员会印发了《关于加强法治乡村建设的意见》，对推进社会主义法治乡村作出全面部署。各部门、各地区深入贯彻中央精神，切实加强农业农村法治建设，不断创新方式普法，推动依法治农、依法兴农、依法护农。

——织密农业农村法治建设一张网。

近年来，我国加快完善农业农村法律法规体系，积极推动农业农村重点领域立法，围绕实施乡村振兴战略，加快土地制度改革、农业绿色发展、乡村建设等领域的制度建设。

土地是农民的命根子，是农民最重要的财产，也是最容易出现纠纷的领域。为适应农村生产力发展新要求，新修订的《中华人民共和国农村土地承包法》《中华人民共和国土地管理法》相继实施，为稳定和完善农村基本经营制度、深入实施乡村振兴战略、保护农民合法权益、维护农村社会稳定提供了法律保障。

目前，我国有涉农法律26部，含有涉农条款的法律79部，涉农行政法规

76部，地方性法规1 300多部，农业农村法律法规体系基本建立，乡村治理总体上实现了有法可依。

各地农村法治建设的探索、创新层出不穷：浙江诸暨“枫桥大妈”“红枫义警”“蓝天救援”等一大批社会组织成为诸暨社会治理的重要力量；安徽省积极构建县、乡、村三级监督网络，建立“小微权力”清单制度，乡村法治体系不断健全，农村社会越来越和谐。

——优化服务，打通乡村法治“最后一公里”。

多年来，农村受传统习俗、文化素质、政府执法资源不够等因素影响，法治难以到达乡村治理的“最后一公里”。近年来，司法部深入推进规范村（居）法律顾问工作，创新机制，将法律服务送到村里，成为破解这一难题的“及时雨”。

宁夏银川市大新镇联合辖区内的大新法庭，着力构建“一站式”解纷机制，创建“无讼社区”。大新法庭的法官每周前往各村（社区）协助化解矛盾纠纷，并列席社区、村委会综合治理会议。同时，与大新镇司法所对接，派驻1名人民调解员驻法庭，开展诉前调解，真正实现了“矛盾纠纷不出村”。

在广东省惠州市农村，一旦发生矛盾纠纷，乡亲们就认村里的“法制副主任”。10年前，惠州市探索推行驻村“法制副主任”，从那时起，500余名法律工作者陆续走进乡村，送法下乡，实现“法制副主任”行政村（社区）全覆盖。广东在全省推而广之，统一定名为“一村一法律顾问”，2019年，被遴选为首批全国乡村治理典型案例。

目前，全国64万多个村、社区基本实现法律顾问全覆盖，共有近20万名律师、基层法律服务工作者参与，成为乡村法治人才队伍的重要组成部分。

——接地气，走好普法宣传教育“特色路”。

要保障法治到达乡村，让农民群众知法、懂法、用法是前提。农业农村部把普法作为推进乡村法治建设的基础性工作来抓，积极组织开展“宪法进农村”“送法下乡”等普法宣传活动；司法部实施农村“法律明白人”培养工程，重点培育了一批以村“两委”班子成员、人民调解员、网格员、村民小组长等为重点的“法治带头人”。各地把农村作为“主攻阵地”，把农民作为主要对象，不断创新形式，吹响了普法宣传教育的“集结号”。

江西省崇仁县创设的一户一位“法律明白人”制度已推广到全省。崇仁县委书记程新飞深有感触：“以前一些农民逢事必闹，十分蛮横。通过开展一户一位‘法律明白人’活动，越来越多的人认识到，讲法比‘讲蛮’好！”

“农村的承包田是可以流转的，但是要根据法律要求，办理相关手续。这样一来，哪怕以后出现纠纷，大家也不会相互扯皮了。”在浙江宁海县岔路镇梅花村举行的乡村法律课堂启动仪式上，杨建员律师为村民上了一堂生动的法治课，并就大家关心的问题一一解答。这是宁海县面向精品村、示范村、创建村精准普法的一个缩影。

随着法治精神入脑入心，人人遵法守法、事事找法用法、干部带头依法的乡村，如雨后春笋般遍布祖国大地。

以德治扬正气，培育文明乡风

法安天下，德润人心。健全现代乡村治理体系，必须以德治滋养法治、涵养自治，让德治贯穿乡村治理全过程。通过进一步加强农村精神文明建设，积极践行社会主义核心价值观，推进农村移风易俗，推动社会风气改观，不断提升农民思想道德水平，培育文明乡风、良好家风、淳朴民风。

围绕德治支撑，成风化人，各地将道德文化传承、农村文化建设、乡风文明建设融入乡村治理实践，增强村民对村庄的认同感和归属感，和谐文明的乡村遍地开花。

——革除陈风陋习，文明新风劲吹乡野。

实施乡村振兴战略，不光要看农民口袋里的票子有多少，更要看农民的精神风貌怎么样。为了有效遏制农村陈规陋习，树文明新风，2019年，中央农办、农业农村部、中组部、中宣部等11部门联合印发《关于进一步推进移风易俗建设文明乡风的指导意见》，移风易俗行动如春风般席卷全国。

“你的钱再多，也要按村里的规矩来，你的钱再少，也要让你体面办了事”，这是记者在河北省邯郸市峰峰矿区临水镇东清流村看到的红白喜事规则。该村修订“村规民约”，出台婚丧嫁娶指导标准，引导群众自觉抵制讲排场、比阔气等不良风气。如今，峰峰矿区157个村都成立了红白理事会，签订了“移风易俗承诺书”，文明之风吹遍大街小巷。

我国许多村庄在悠久历史中积淀下来的风俗习惯、传统道德等，能够规范行为、凝聚力量。如何传承、发扬这些道德财富，赋予其新的时代内涵？中央文明办在推进新时代文明实践中心建设试点工作中，通过在县、乡（镇）、村分别设立新时代文明实践中心（所、站），培育文明乡风。

用积分兑换商品，是安徽金寨县在推进新时代文明实践工作中的一项举措。村民做了好事，就能拿到积分奖励，到村里开设的公益超市——振风超市兑换商品，行为不端者则会登上乡风文明“黑榜”，这一举措在群众中产生了极大的激励效应。

在如今的农村中，婚丧陋习、孝道式微、人情攀比等陈规陋习正在逐渐消失，好事大家传、坏事大家管、歪风大家纠，诚实守信、崇德向善、孝亲敬老的农村社会新风尚正在加速形成。

——聚集新乡贤力量，嘉言懿行垂范乡里。

新乡贤作为乡村中视野开阔、资源丰富的人士，已经成为德治的重要补充，充分发挥其在乡村治理中的“润滑”和“减震”作用，已成为各地的共识。

老店子大院评理堂是重庆市永川区“德治”的代表。吕祥杰是卫星湖街道德高望重的新乡贤，也是石龟寺村老店子大院评理堂堂主。作为家族长辈，吕老退休后主动带头树立良好家风，在家庭团拜会上宣讲、在家族清明会上传播、在村组党员会上动员，用家规、家训传承和美家风，在以德服人、传承家风、治理村落方面发挥了积极作用。

为助力乡村治理，安徽省宿松县高岭乡在乡综治中心成立了新乡贤工作室。通过自上而下寻找新乡贤、自下而上推举新乡贤的方式，在各村推选出了50余位“五老”人员、优秀党员干部、乡村教师等，组成了工作群。2年来，高岭新乡贤参与调处、化解土地、婚姻、邻里关系、工程建设等方面的矛盾纠纷79件，及时将矛盾化解在源头，做到“小事不出村、大事不出乡”。

——深耕文化“软实力”，增强农民幸福感。

为挖掘、再塑传统文化资源，大力推进农村文化建设，中宣部会同农业农村部、文化和旅游部等部门联合印发《推动乡村文化振兴工作方案》，继续开展文化科技卫生“三下乡”活动；农业农村部加强对农业文化遗产的保护，已认定5批118项中国重要农业文化遗产，其中15项被联合国粮农组织认定为全球重要农业文化遗产，数量居世界首位。

实践中，各地通过设立农村公共文化服务专项资金，提高各级政府在农村文化建设中的投入比重，破解农村公共文化服务不足的问题。

在河南省三门峡市湖滨区会兴街道东坡村，村级综合性文化服务中心每天迎来送往一批又一批村民。中心配备了戏台、篮球场、农家书屋、培训室、文化活动室等，是村里“扶贫、扶志、扶智”的重要平台。

耕乃本，读致远。2020年，天津市静海区独流镇的28个村、街实现了农家书屋全覆盖，为广大村民送去了丰富的精神食粮。这项实施了13年的惠民工程，由中央文明办、农业农村部等多个部门联合发起，推动农村全民阅读，成为乡村振兴的精神家园。

2018年“秋分”，中国农民丰收节隆重开幕，激发了亿万农民的荣誉感、幸福感、获得感。这是我国农民第一次拥有自己的节日，汇聚起对山水田园、农民身份的情感寄托和深刻认同。

文明新风的吹拂、乡土文化的浸润、传递道德的传承，为自治和法治激发了农民群众发展的内生动力。

以善治领方向，逐梦美好生活

人民安居乐业、社会安定有序，善治是中华民族的美好追求。乡村治理路径万千条，但目标方向只有一个，就是实现乡村善治。走中国特色社会主义乡村善治之路，核心在于打破自治、法治、德治“单兵作战”的局面，探索既能解决短期内的现实问题，又能兼顾长效、公平的“三治融合”新模式。

善建者善为，善为者善治。全国上下积极谋划、深入探索“三治融合”路径，坚持齐头并进、协调互补，以自治化解矛盾、以法治定纷止争、以德治春风化雨，谱写了中国特色的乡村善治新篇章。

——高位谋划合力推动，“三治融合”加速落地。

中办、国办印发的《关于加强和改进乡村治理的指导意见》明确了17项主要任务、4项保障措施涉及的37个部门分工。各部门、各地区进一步创新理念、政策、机制、手段，不断推进“自治、法治、德治相结合”的乡村善治建设。为加强工作沟通，确保协同推进，经中央批准，还建立了全国加强乡村治理体系建设部际联席会议制度，由中央农办、农业农村部、中宣部、中央政法委等15个部门组成，中央农办为牵头部门。

中央农办、农业农村部从完善治理体制、健全治理体系、提升治理能力、实现治理有效4个方面精选典型案例，供各地学习借鉴；联合中组部、中宣部、民政部、司法部，在全国开展乡村治理体系建设试点示范，为走乡村善治之路探索新路子；开展全国乡村治理示范乡镇、示范村认定，发挥其引领示范和辐射带动作用，推动乡村治理在基层落地生根；推广运用积分制，引导农民群众主动参与公共事务，激活乡村发展内生动力。

中央纪委国家监委机关将惩治基层小微权力腐败作为整治农民群众身边的腐败和作风问题的重点问题，对突出问题开展专项治理。

财政部、中组部加强村级运转经费保障，从2020年起，将村干部基本报酬和村级组织办公经费2项合计由每村每年不低于9万元，提高至每村每年不低于11万元。

司法部、民政部在全国农村开展“民主法治示范村”创建活动，明确了基层开展法治乡村建设的抓手。

民政部、中组部、全国妇联等7部门就规范村规民约出台意见，指导地方制定或修订形成务实、管用的村规民约，不断提升乡村治理能力和治理水平。

一系列符合农情的重大举措的出台，一揽子可学可鉴创新路径的推广，从制度规范、组织保障、典型示范等方面推动了“三治融合”开展有力、落地见效，《关于加强和改进乡村治理的指导意见》提出的2020年总体目标基本实现。

——善治之路越走越宽广，群众生活越来越和谐。

在中央的部署推动下，各地突出党建引领，推动政府、社会组织、群众等治理主体多方共治，努力创建适合本地的“三治融合”模式，并取得了喜人的成效。

浙江省桐乡市在全国率先探索开展的自治、法治、德治“三治融合”基层社会治理模式，被写入了党的十九大报告。如今，桐乡“三治融合”建设持续深化，建立了村规民约（社区公约）、百姓议事会、新乡贤参事会、百事服务团、法律服务团、道德评判团“一约两会三团”，以及“以社区为基础，以社会组织为载体，以专业社工为骨干”的“三社联动”工作机制，初步形成了“大事一起干、好坏大家判、事事有人管”的治理新格局。

构建部门联动机制，全方位推进“三治融合”工作，是浙江省建德市近年摸索出的成功经验。建德市司法局、组织部、宣传部、民政局等部门共同制定、下发实施方案、建设指导标准、考核办法及任务分解，各部门各司其职，将原来的“分散用力”变为“合并施力”，发挥了“1+1 > 2”的整体效果。

村规民约是村民自治的重要民主管理制度，也是乡村实现“三治融合”的有效载体。

村内道路干净宽敞，青瓦白墙井然有序……云南省曲靖市沾益区盘江镇杂木箐村让人眼前一亮。近年来，村里将村容村貌整治、反对铺张浪费、反对宗族势力等多项要求不断融入“村规民约”，村里的环境变美了，聚众赌博、打架斗殴的情况消失了。“村规民约”“约”出了乡村和谐的新民风。

随着“三治融合”在全国的铺展，农民群众的内生动力被激活，成为乡村治理共建共治共享的主体。

——改革的硬骨头啃下了，发展的步子迈得更大了。

乡村治理是一项系统性、协作性很强的工作。农业农村部农村合作经济指导司司长张天佐说，“乡村治理必须坚持问题导向、目标导向，重点围绕乡村治理中的难点、痛点、堵点问题，针对农民群众的操心事、烦心事，研究破解问题的办法。从一些地方成功的实践看，从问题突出的小切口切入，在有效解决这类‘小问题’的同时，农村的很多其他问题往往也会迎刃而解。”

宅基地制度改革因其“点多面广”的复杂性，是农村改革中最难过的一关。然而，江西省鹰潭市余江区的宅基地制度改革却并没有想象中的艰难，这是因为全区1 040个自然村，村村都有“理事会”。有了这1 000多个村民“和事佬”、干群“连心桥”，宅基地制度改革的推进相当顺利。

乡村治理的核心就是要解决群众心头的“急难愁盼”问题，提升群众的获得感、幸福感、安全感。江西省新余市渝水区结合乡村治理体系建设试点工作，大力开展“党建+乡村资产资源清理规范”工作，对集体资产资源发包进行了全面清理规范，共清理出问题合同3 361份，收回资产面积5 000多平方米、资源面积1.4万多亩，集体资产资源发包合同期内总增收超1亿元，年增收超700万元。“通过乡村资产资源清理规范工作，有效摸清了集体家底，壮大了集体实力，解决了群众多年反映的老大难问题，促进了农村社会的公平正义，密切了党群干群关系，打通了基层治理的‘最后一公里’，为乡村振兴打下了坚实基础。”渝水区委书记李虹对记者说。

改革发展与乡村治理同频共振，生动的案例还有很多：贵州省大方县创新推行“乡村治理督导员”机制，将实施乡村治理工程与脱贫攻坚、产业发展等同步谋划；浙江安吉县余村通过“两山议事会”，极大地调动了村民参与美丽乡村建设、集体经济发展的积极性……

近年来，乡村治理的种子结出了累累硕果，党的建设得到加强，自治活力不断释放，法治思想渐入人心，道德风尚逐步形成，党群干群关系更加融洽，共建共治共享的新格局渐趋成型，农民富、农业强、农村美的乡村振兴新时代画卷正徐徐展开。

凡是过往，皆为序章。今天，回看乡村治理绽放的乡风新颜，让人充满期待、欣喜满怀。我们将在习近平新时代中国特色社会主义思想的指引下，继续走好乡村善治之路，筑牢政治安全、社会安定、人民安宁防线，夯实国家治理体系和治理能力现代化根基，向着美好生活奋力奔跑。

“中国黄牛”牛起来

——我国肉牛品种40年保育发展记

刊播《农村工作通讯》（12月）

作者 王琦琪

冬季的寒冷让人们更青睐温补的食物。2020年12月，中国“牛界”的一场盛会——首届“中国牛·优质牛肉品鉴大会”在北京召开。从全国各地赶来赴会的牛肉产品汇聚一堂，它们肉色鲜红、细嫩多汁、风味清香，在展台上一争高下，让现场食客大饱口福。

即将到来的2021年，是中国农历“牛”年。在源远流长的农耕文化中，牛是勤劳和奋进的代名词。千百年的驯化和选择，让我国辽阔的土地上出现了具有鲜明地方特色的几十个优良品种，鲁西牛、晋南牛、秦川牛……在世界上，它们还有一个共同的名字——“中国黄牛”。

由下田耕作转向提供肉品，改革开放后，中国黄牛的使命有了新的变化。然而，面对国外成熟肉牛品种的冲击，黄牛转型发展的艰难可想而知。党中央、国务院历来高度重视种业发展，习近平总书记强调，要下决心把我国种业搞上去，抓紧培育具有自主知识产权的优良品种。40多年来，相关企业、科研单位、政府机构披荆斩棘，朝着市场需求，运用科学方法，积极开展我国黄牛品种保护、选育和利用工作，为保障国家粮食安全、建设现代种业强国不懈努力，让中国黄牛“牛”了起来。

政企携手　抢救中国黄牛多样基因

1979年，我国放宽肉牛屠宰政策，并于2年后实行牛肉自由购销。从前作为役畜的黄牛摇身一变，成为高营养的优质肉类代表，走上人们的餐桌。

据统计，我国牛肉人均年消费从1980年的0.3千克增加到2000年的4千克，再到2019年的5.95千克，已是世界牛肉第二大消费国、第一大进口国，也是需求增长速度最快的国家。为了让黄牛多产肉、快产肉，从20世纪世纪80年代开始，我国大批进口外国牛种，期待快速改良我国本土黄牛的生产性状。

但由于缺乏长远的规划和科学的管理，从国外引种杂交，在一定程度上造成了黄牛的退化。有些宝贵的地方品种已然灭绝或濒临灭绝，如荡脚牛、蒙山牛、舟山牛；一些引种杂交研究陷入“引进—退化—再引进”的怪圈，不仅每年需要花费大量外汇在国外购买牛种，还造成了不可小觑的“杂交污染”。

肉牛品种资源是保障国家重要农产品供给的战略性资源，是“无价之宝”。保护中国黄牛的多样基因刻不容缓。

生长在山东北部的“渤海黑牛”，因遍身黑色而得名，有“抓地虎”的美誉。然而进入21世纪，渤海黑牛数量锐减，2001年，存栏量仅为6万头。杨占岗是山东无棣县车王镇一家肉牛屠宰加工厂的老板。那时他就发现，厂里屠宰的牛全是西门塔尔等国外品种的杂交牛。难道小时候常见的黑牛已经“灭绝”了？

带着这样的疑问，杨占岗去周边农户和其他屠宰场打听情况。得到的结果让他倒吸一口凉气：本地黑牛因为长得慢、产肉少而卖不出去，大部分屠宰场内屠宰的牛全是国外品种。这样下去，渤海黑牛迟早被国外品种“吃”了！

从此，保护渤海黑牛成了杨占岗最重要的事情。挨家挨户打听、东奔西走牵牛，才勉强凑出核心群体，共100多头牛。杨占岗把每头牛的来源都记录清楚，还形成一套完整的“族谱”。在中国农业科学院、山东省农业科学院等单位的帮助下，他们利用活取胚胎和冻精技术，定位了影响渤海黑牛生长的一系列控制基因，按图索骥般探索选育新的品种。

好多个除夕，杨占岗是在基地和牛一起度过。2019年的一天，基地的第一头种公牛去世，杨占岗流泪了。这头种公牛已经11岁了，子孙“一箩筐”，冷库中还保存着不少它的冻精，给未来的选育留下了火种。从图像上看，这头种公牛眼神透亮，像是在凝望远方；鼻子中还套着绳环，那是作为耕牛留下的标志；背部的肌肉高高隆起，是出产高品质牛肉的关键部位。

如今，杨占岗的华兴畜牧公司已经成为国家级渤海黑牛保种场，还是省、市、县相关部门开展研究的“大本营”。不仅保种，杨占岗的公司在十几年的发展中，还逐渐建立起了饲料生产、屠宰加工、销售的全产业链条，目前已经开发出渤海黑牛牛肉干等系列产品。如今，保种场内的渤海黑牛核心种群已经有600多头牛，还带动周边农户养殖了1 000多头牛。华兴畜牧公司“一边育种、一边开发”，肩负起了黄牛地方良种保育的重任。

在地方品种濒危的迫切形势下，国家各级相关部门接连努力，采取积极政策保护中国黄牛。1998年，农业部出台《加强全国畜禽良种繁育体系建设意见》，实施畜禽良种工程项目，建立了第一批肉牛资源保护场；2008年，国家确定第一批国家级畜禽遗传资源基因库、保护区和保种场，其中，肉牛共有15个。2019年，国务院办公厅印发《关于加强农业种质资源保护和利用的意见》，提出坚持“保护优先、高效利用、政府主导、多元参与”的原则，从收集、保护、鉴定、利用等多方面，部署推进中国黄牛遗传资源的保护工作。

实践证明，政府、企业携手，政策支持加全产业链开发，是一条保护地方黄牛的可行之策。在湖北枝江市，相关部门在仙女镇建立夷陵牛保种场，由丰联佳沃公司负责夷陵牛的资源保护和产品开发。如今，“牛郎山牛业小镇”综合体项目正如火如荼地进行着，2019年，7家“牛郎山”农场餐厅、连锁面馆接连开业，产业发展推动夷陵牛的数量增长；河南郏县在2008年建立“郏县红牛”基因库，2018年，又专门成立“红牛产业办公室”，由县委书记任总指挥，举全县之力推动郏县红牛保护开发；甘肃崇信县探索“窑洞养牛”，将废弃的窑洞整理成养牛场，并对农户制定改造窑洞和养牛补助政策，目前已经开发出六大系列、100多种产品，销往国内20多个城市，依托公司和农户，有力地保护了当地的肉牛种质资源。

科技创新　赋予中国黄牛新鲜血液

国外食用牛肉由来已久，品种选育体系也较为完善；而我国将牛肉作为主要食用肉类还不到40年，和国外育种水平存在较大差距。人们逐渐意识到，通过科学的选育，让黄牛“扬长补短”，才能创造更高的经济效益，更好地保护中国黄牛。

不断优化中国黄牛的性状，成了让几代育种人魂牵梦萦的事。为了摆脱种牛依赖国外进口的局面，追赶世界先进育种水平，20世纪70年代，中国良种黄牛委员会成立。围绕“点上保种、面上改良”的八字方针，众多科研单位和攻关团队开展了大量工作。

选育、再选育，这是一条漫长但必须要走的路。

中国农业科学院北京畜牧兽医研究所肉牛育种工作开始于20世纪80年代。如今，牛遗传育种创新团队“掌门人”李俊雅接过陈幼春、许尚忠等老一辈育种家手中的接力棒，开展肉牛选育工作。这一站，他们来到了甘肃，瞄准了“平凉红牛”这个类群。

研究显示，平凉红牛具有生产高品质牛肉的潜力，通过科学选择、培育，完全有可能在较短时间内成为中国特有的优良肉牛品种。中国农业科学院“西部肉牛种质创新基地”就建在平凉市白水镇打虎村。这是全国两大肉牛种质创新基地之一，是平凉红牛新类群选育的平台。

巍巍黄土，沟壑纵横。环境的闭塞在一定程度上让平凉红牛的纯正基因得以保留，但也给育种工作带来挑战。2020年5月，国内新冠肺炎基本清零，李俊雅就带领团队早早开始了牛群的组建工作。

每天天不亮就起床，坐着从县城租来的车，研二学生张亚朋和伙伴们一路找寻红牛。在黄淮海平原长大的张亚朋，从未经历过上塬前的“山路十八弯”。“有的拐角只有45°，而且是一个接着一个。”他用手指画了一个角，“短短3个月，我已经跑遍了平凉的各个县区。今年的第一场雪，就是在10月份的庄浪县见到的”。

好不容易来到村里，忙碌的工作才刚刚开始。为了挑选具有好性状、没有疾病的红牛，张亚朋需要通过外观判断：宽高是否达标，体重是否适合，背部、后驱是否结实。接着，他要抽取牛的血样，回到实验室进行基因分析。生长速度、产肉性能、抗病能力……只有将近100个和生长发育、屠宰性状、肉品质相关的基因全部检测完，才能确定是否具有培育潜力。“中午在农民家吃完烤土豆，再忙一阵就准备返回了。山里天黑得特别快，当地司机也怕走山上的夜路。”张亚朋说。

“建立平凉基地的目的就是采用现代生物技术固化优良基因，力争在10年内培育出新品种。同时，我们建立遗传评估系统、数据收集系统和性能测定站，完善肉牛品种的基础数据库，实现数据共享，推进联合育种。”李俊雅说。除了平凉基地，近3年来，中国农业科学院北京畜牧兽医研究所组织了2次全国种公牛拍卖会，成立肉用西门塔尔牛育种联合会和育种公司，加速了“华西牛”的培育进程，一步一个脚印地为我国肉牛品种改良而努力着。

据悉，像肉牛这样的大型动物的新品种选育周期一般为28～35年，在我国科学家一代一代的奋斗中，这艰辛而漫长的历程已然有了曙光。我国已经审定数个自主培育的肉牛新品种：2007年，河南泌阳县诞生了我国第一个肉牛培育品种——“夏南牛”，它是祁兴磊团队历时21年，以法国夏洛来牛和泌阳本地南阳牛杂交选育而成；辽宁畜牧人对本地黄牛进行杂交，历经40年，育成第一个具有自主知识产权的肉牛品种——“辽育白牛”；经过两代人的接续努力，硕士吕爱辉带领吉林延边畜牧开发集团培育出“延黄牛”……这些新品种大多具有引进品种产肉快、出肉率高的特点，同时又保留了地方品种抗病性强、肉质好的优点，极大地丰富了中国黄牛大家族。

2018年，农业农村部组建种业管理司，全面统筹农作物、畜禽和微生物种业发展，标志着现代种业发展进入新阶段，种业自主创新迈出新步伐。品种创新永不止步。2008年以来，我国实施肉牛遗传改良计划，加快肉牛主导品种的选育进程；2019年，启动了国家畜禽良种联合攻关，聚焦肉牛等5大品种，向核心关键技术和良种选育冲刺，以市场为导向、企业为主体、产学研用相结合的肉牛育种体系正逐步建立。当前，我国已形成地方品种、培育品种、引进品种三方共存的新格局，并在此基础上形成了东北、西北、西南、中原等几大优质肉牛优势生产区，实现了“从无到有”的突破。

市场道路　擦亮中国黄牛优质品牌

当前，牛肉已成为小康人民“菜篮子”里的重要食材。作为消费者的我们，吃牛肉时在想什么？或许是口感、味道、营养，或许是产地、品牌、文化。随着经济社会发展和人们生活水平的提高，越来越多的人追求高品质的消费，随口而出的不仅是电子产品、服装品牌，还有龙井绿茶、赣南脐橙、盐池滩羊、盱眙龙虾等优质的农产品区域品牌。

但说到牛肉，不少人对国外品牌如数家珍，提到国产品牌时却一时语塞。实际情况是，我国有许多品种具备生产高品质牛肉的能力，并且产品在国内市场流通多年。但有厂商发现，只有将自家产品挂上“日本神户和牛”或

“澳洲雪花牛肉”的名头，才能博得更多消费者的眼球。此外，我国现有牛肉的分级标准多是借鉴发达国家，没有很好地体现我国的消费习惯和市场需求，特别是高品质牛肉的分级一直参照日本的标准。品牌不响，成了中国黄牛发展的一大阻碍。

满足人们日益增长的对高品质牛肉的消费需求，把品种资源转化成经济优势，是中国黄牛的新命题。

我国南方肉牛主推品种“云岭牛”，不仅十分适合在我国南方气候环境中生长，而且70%的个体胴体评级能达到日本神户和牛A3标准以上，经济效益潜力巨大。

为了加快云岭牛的生产推广，2013年，云南省草地动物科学研究院和30多家企业自发联合成立了“云南肉牛产业技术创新战略联盟”，研究院负责技术研发，生产种牛、冻精；企业承担扩繁、二级平台建设和技术成果转化，以及牛肉屠宰加工与产品研发销售。经过7年的努力，目前云南省草地动物科学研究院每年可提供特一级公牛300多头，冻精达100万剂，在昆明、楚雄、德宏、普洱等8个州（市）建立起扩繁群和改良点。

目前，云岭牛的市场均价每公斤达120元，顶级的A6级雪花牛肉，每公斤最高可卖到6 800元，与日本神户和牛不分伯仲。“不只要养殖，我们还要做精深加工；不只卖到大城市，我们还要在国际市场上打响品牌，让世界消费者都能吃到中国云岭牛肉。”联盟成员、云南金孔雀绿色牧业有限公司总经理刀光富信心满满。

2016年5月，时任农业部党组副书记、副部长余欣荣到云南省草地动物科学研究院考察云岭牛的养殖利用情况时指出，云岭牛的诞生，填补了我国南方生产高品质牛肉的专门化品种的空白，打破了依赖“日本和牛”的技术壁垒。他强调今后应注重消费者群体定位，加强品牌建设，进一步提高云岭牛的产品竞争力。

中国黄牛必须经得起市场的检验和评判。在市场的呼唤中，在相关部门的指导下，首届“中国牛·优质牛肉品鉴大会”拉开帷幕。本次大会以“兴民族品牌，丰百姓餐桌”为主题，共有来自13个省份22个品种（类群）参赛。来自全国的消费者和专家对生鲜肉和涮制类、煎烤类牛肉进行现场品鉴评分。

农业农村部总畜牧师马有祥表示，本次大会聚焦我国地方牛种资源，挖潜力、明方向、树品牌，是贯彻落实党的十九届五中全会精神，践行新发展理念，推动肉牛种业高质量发展，更好地满足人民日益增长的美好生活需要的生动体现。

最终，晋南牛、渤海黑牛、鲁西牛、郏县红牛、夷陵牛、文山牛、云岭牛、新疆褐牛8个品种被授予“高品质牛肉生产推介品种”荣誉证书，还分别赢得综合评价优胜奖、最具风味奖等多个奖项，平凉红牛获得品质特别奖和最具风味奖。“本次大会提高了消费者对我国高品质牛肉的认知，将促进我国肉牛品种资源的挖掘、利用，加快建立中国黄牛自主品牌，为拉动地方肉牛产业发展提振了信心、指出了方向。”大会主办方国家畜牧科技创新联盟理事长秦玉昌表示。

从吃不上肉到吃上肉，再到吃好肉，中国自主培育的肉牛品种和品牌在人们的呼唤中发展、壮大，让中国牛肉用中国牛种。当前，我国即将开启“十四五”全面建设社会主义现代化国家新征程，畜禽种业的发展也进入了自主创新引领，由数量型向质量型增长转变，从跟跑向并跑、领跑迈进的新阶段。育种人的努力，企业家的付出，消费者的青睐，极大地提振了民族种业的信心，丰富了百姓餐桌，让中国黄牛的故事在世界上高声传扬！

合肥有只老母鸡

刊播《农村工作通讯》(6月)

作者 夏树　杨钰

品牌强，农业才能强；农业强，农民才能富。

许许多多的农业企业，不是不想打造品牌，而是不知道从何下手。在这次新冠肺炎疫情期间，合肥老乡鸡让人眼前一亮，也给全国的农业企业上了生动的一课。

疫情之下，严控人员流动，餐饮业受到致命打击，很多企业度日如年，命悬一线。而老乡鸡董事长却因手撕员工减薪联名信，被新媒体的4亿次的点击量捧为网红，中央主流媒体提出专访要求，银行更是送来10亿元的大额授信。一夜之间，一个以老母鸡汤为主营产品的区域快餐品牌，成为了受人尊重的全国知名品牌。而在非疫情期间，花再多的广告费，恐怕也很难达到这样的效果。

老乡鸡“一夜成名”，并非偶然。2003年，在安徽省政府院墙外的一个巷子里，束从轩开了第一家老母鸡汤快餐店，从那时起，就一直潜心打造品牌。在那年禽流感最严重的时候，束从轩把合肥市长郭万清请到店里喝鸡汤。市长面对着一盆黄灿灿的鸡汤，几十个记者围成一圈，面对着市长和一盆鸡汤，这则新闻轰动一时，从合肥走向全国。这一次，在亿万人民宅在家里的时候，他如法炮制，化“危”为“机”，用3个短视频，把“农民情怀、农民本色、农民追求”，成功地注入品牌。

这是中国农民的智慧！

农民情怀——手撕员工减薪联名信

在疫情最严重的时候，老乡鸡的800多家直营店几乎全部停业，武汉的100多家门店全部关门，2 000多名员工滞留武汉，进出不得。安徽、上海、南京等地门店停业过半，勉强开门的门店基本是以外卖维持营业额。16 328名员工中，有近万人回家待命，保守估计每月损失8 000万元。

人们常常称赞事业心强的人“有情怀”，常年穿着蓝色圆领衫的老乡鸡董事长束从轩，就是一个充满情怀的人。“再难也不会抛弃员工，再苦也不能丢掉养殖户。”束从轩一宿一宿地睡不着觉。

比疫情带来的影响更严重的是人心浮动。束从轩明白，企业不能失去人心，更懂得自己的员工绝大多数都是农家子弟，即使其中有一部分是城里人，也是来自困难家庭。他决定自己拍一个视频，告诉全体员工：“哪怕是卖房子、卖车子，也要千方百计确保你们有饭吃、有班上。”镜头前，束从轩的普通话虽然有点“蹩脚”，但是态度极其真诚，把减薪联名信撕得粉碎。这一举动不仅让自家员工深受感动，更为全国的民营企业树立了榜样！

视频正火的时候，安徽省省长李国英身穿防护服到企业调研，高度称赞老乡鸡的企业精神，特别是农民情怀。

肥西县养殖户吴自斌，给老乡鸡供了十几年的鸡，从来没出过质量问题。老乡鸡的门店越开越多，他养的鸡不愁销路，养殖数量逐年加大，谁也没有想到，2020年的疫情让老乡鸡关了门。束从轩自己就是养殖户出身，他深知农民养的鸡到时间就得出栏，不出栏，多吃饲料不说，还有疫情风险。束从轩在高管会议上说：“给我们供货的养殖户，都是家门口的人，清一色的老农民，企业这几年做大了，也是他们撑起来的，这个时候企业的发展困难，但不能‘甩锅’给养殖户。我们从现在开始，用现金收购养殖户的鸡，价格不变，按原来的合同上的价格支付。”吴自斌听到这个消息，别提有多高兴了，他说：“老乡鸡讲良心，咱也得讲良心，不管什么时候，都要把鸡养好。”困难时候见真情，困难的时候，老乡鸡赢得了人心！

夜深人静的时候，束从轩常会想到自己一路走来有多么不易。1978年年底，他的老家肥西县率先实行包产到户，农民分到土地，干劲十足，出工不出力的现象再无踪迹。当年就实现大丰收，但隔年就出现了卖粮难的问题。为给多余的粮食找个好去处，1982年，刚从部队复员的束从轩，想到了养鸡。他挑着2个装满鸡蛋的竹篮，在合肥的大街小巷流动叫卖。8年后，他成为受合肥市政府表彰的养鸡大户。

“一人富不算富，大家富才是真的富。”表彰会上领导的讲话，刻在了束从轩的脑海里。他回到村里，饭都顾不上吃，挨家挨户动员大家一起养鸡。没有鸡苗，束从轩就先赊给大家，手把手地做示范，鸡养大了，又带着农户一起找销路，帮他们鼓起钱袋子。

但好景不长，随着养殖户增多，市场供过于求，利润不断下降。最不景气时，1只鸡只能挣1块钱，甚至赔本。

“鸡不好卖，我就熬鸡汤给你喝！”一个闪念，成就了一番事业。养鸡帮农民，开店靠农民。第一家鸡汤店的开张需要员工，束从轩就从村里拽了几个年轻人出来，那时谁也不清楚该怎么干，束从轩就亲自上阵，把鸡汤端到客人的面前。

就这样，一个养鸡的农民，带着和老母鸡的缘分，带着对肥西农民的感情，误打误撞闯地入了中国快餐业，谁也没有想到，16年之后，他和他的老乡鸡，会成为中国快餐业的龙头老大。

束从轩的“情怀”一直都在升华，老乡鸡这个品牌也在不断升华。品牌的“品”由三个“口”字组成，口口相传，才能真正成为深入人心的品牌。

农民本色——
200块钱开新闻发布会

在人们期盼疫情的拐点快点到来的时候，束从轩又一次“闪亮登场”。还是那件蓝色上衣，还是那条黑色裤子。继手撕员工联名信之后，束从轩再次出现在镜头前，面对红布话筒，他向世人宣布：老乡鸡布局全国，2020年要向1 000家门店进军，预计再招5 000人。这是怎样的一种豪气！

老乡鸡完全可以在高档的大酒店，开一场豪华的新闻发布会，但他们没有那样做，他们又一次选择了“品牌”的诞生地，在土墙边、土台子上，抱出一只肥硕的老母鸡，他们用最土的方式，展现了一个肥西农民的本色：花小钱，办大事。“我花200块钱开个发布会，效果这样好，你花20万，能达到我这个效果吗？”束从轩的得意写在了脸上。

束从轩也许不知道北宋大文学家陈师道的《后山诗话》，但他一定懂得“要非本色”没有前途，他始终用自己的本色来打造自己的企业，打造企业的品牌。

中国农民的本色，就是勤劳质朴，不加矫饰。从1家门店，到800家门店，束从轩始终是农民形象、农民气质。老乡鸡的员工说：“我们的董事长走在大街上，和一般的农民没有区别。”

有的农民企业家白手起家、踏实苦干，发了财之后，穿名牌、戴名表、开名车。改变不了出身，就想法子改变形象。这当然无可厚非，但是，吃苦耐劳、质朴厚道的本色，是永远不能丢的。

束从轩接受记者采访时说过，从创业开始，这么多年来只休息过13天，还多是出于身体不舒服的原因。早年养鸡的时候，夜里常有黄鼠狼来叼鸡，他就在鸡舍里安个行军床，跟鸡睡在一起，一睡就是7年。“朝夕相处”当中，对鸡的冷热、病痛、渴饿、胖瘦了如指掌。如今掌管着800多家门店，事务繁忙，但他还是经常出现在店面里，每年农历大年三十，他都要去店里洗一整天的碗。

任何事情的变化，都始于量的积累。从第一家快餐店，到第一百家，老母鸡汤在合肥火起来了。是满足衣食无忧的现状，还是做大做强？束从轩选择了后者。他下定决心，走出合肥。

走出合肥，首先遇到的就是品牌的问题。束从轩原来的品牌叫“肥西老母鸡”，出自顺口溜“从肥东到肥西，买了一只老母鸡”。束从轩在合肥开老母鸡汤店，当然沾了一点地名的光，要想走出合肥，这种区域品牌就会受到限制。改名，重新打造新的品牌，风险可想而知。肥西县政府不干了，合肥市民也依依不舍。

2012年4月3日上午，“肥西老母鸡”的牌子被悄悄摘下，到了下午，媒体的电话接二连三地打了进来——为什么换名字？是不是破产了？是不是被卖掉了？

将近晚上7点时，束从轩答应了媒体采访的要求。采访持续到晚上9点，本来束从轩还想留记者们在店里喝鸡汤，但没有一个人留下来，全都跑了，回去抢着写报道了。第二天的《江淮晨报》头版头条：合肥再无老母鸡。这一天，几乎所有的合肥媒体都在报道这件事，大街小巷都在议论这件事。

大家都为束从轩捏了一把汗，但1个月之后，好消息来了：销售额增长20%。

餐饮业竞争激烈，犹如逆水行舟，靠“干”前行，靠“情”感人。无论多忙，职工家里出了天灾人祸，他总是想方设法去慰问、去帮助。实在太忙，抽不开身时，他就安排办公室里的同志：“你们从财务那儿领点钱，去看看，需要公司做什么？”

顾客在店面就餐时突发脑出血，他们不是把顾客送到医院了事，而是天天把鸡汤送到病房。不把自己当外人，要把顾客当亲人。正是老乡鸡的这个定位，让顾客有了真情实感。

2020年大年初三清晨，“封城”之后的武汉一片寂然。从全国各地赶来的医护人员，一批接着一批，放下行李就要投入战斗，伙食问题怎么解决？老乡鸡门店的卷闸门拉开了，厨师走进厨房，架起汤锅，为医护人员免费送餐！熬鸡汤是他们的技术专长，送鸡汤就没有那么简单了，在那种时候，谁愿意冒着风险往医院里跑？老乡鸡湖北分公司的“一把手”是一位退伍军人，这位共产党员站了出来，大吼一声：“大家跟我上！”一位90后护士面对香香的鸡汤，哭了。

“不给抗疫添麻烦，但求医者有热饭。”特殊时期，老乡鸡喊出了这样的口号！

“亲帮亲，邻帮邻，无人来帮愁煞人。”这是中国农民的本色，也是中国农民的美德，老乡鸡在其成长运行过程中，体现得淋漓尽致。

农民追求——
不洗手不给吃饭

还是那件蓝上衣，还是那条黑裤子。束从轩又拍出了新的视频：“不洗手不给吃饭！”他要求对所有门店进行改造，加了高低洗手池，配了洗手液，还有擦手纸。

健康、卫生，是中国农民永远的追求。有人以为农民由于受经济状况和生活条件的限制，不大讲究卫生，这其实是天大的误会。在大别山区，一到春天，漫山遍野开满各种鲜花，但每家每户农民还要在房前屋后栽上几盆映山红，那里的农民对美的追求，远远超过城里人。随便走进一个农民的家里，都窗明几净。

也有人质疑，老乡鸡是不是管得太宽了？“不是！新冠病毒传播，再次凸显勤洗手的重要性。疫情给我们的最大启示，就是干净卫生要做到极致。”束从轩表示，要把干净卫生上升为企业战略。把在员工中实行多年的不洗手不能下厨、不洗手不能端盘子，延伸到不洗手不给吃饭，这是对干净卫生的更高追求。

不打农药的青菜就会有虫子，长在青菜上的虫子，颜色也是青的，这就要求员工一片一片地挑菜叶，挑花眼了还得挑。用的老母鸡必须养足时间，但养的时间长了，鸡的颈部就有淋巴结，老乡鸡要求员工一个一个地摘除。食材加工车间按照医院手术室的卫生标准进行管理。

店面里的厨房，实行透明管理，做菜的调料、熬鸡汤用的矿泉水、员工的每一步操作，顾客都看得清清楚楚。每一个餐具，都要经过5道洗涤工序，就连抹布都分为红黄蓝3种颜色，在不同的位置上“各司其职”。

干净卫生很重要，营养美味必须“照”。招牌菜“老母鸡汤”必须原汁原味、清香不腻，要能喝出“妈妈的味道”。有人问，老乡鸡的鸡汤有没有秘方？束从轩说，秘方就是“两长”——健康养殖的时间足够长，慢火熬制的时间足够长。

炖、蒸、煎、炸、煮，在老乡鸡，还有很多道具有浓郁徽菜特色的菜品，而且月月上新。不是山珍海味，都是家常土菜。束从轩的雄心壮志就是让更多的农产品，通过他的厨房摆上国人的餐桌。他要让更多的困难户，通过自己的劳动，在老乡鸡实现脱贫致富。

更大、更高、更强。12年前，束从轩曾对他的一位媒体朋友说，他要打造中国式的肯德基。12年后，他又对这位朋友说，他要做中国人的家庭厨房。束从轩幼年家境贫寒，读书不多，但他在创业过程中一直坚持学习。他写的中式快餐标准一共有24本，他认为“信息量相当于大学四年的教材”，涉及生产、采购、服务、管理等方方面面，包括服务员的服饰、发式等细节。

为布局全国，2020年3月，在合肥大蜀山脚下的一块土地上，老乡鸡投资5个亿的大数据智能产业基地开工。这个基地将集新产品开发、质量管控和智能信息于一体，为老乡鸡遍布全国，投下一枚新的棋子。

品牌的背后是品质，品质的背后是品行。晨光熹微中，我们似乎看到一只肥硕的老母鸡，迈着坚实的步伐，从村头的老槐树下经过，走向田野，奔向全国。

美丽中国的浙江底色

——浙江省高质量实施乡村振兴战略综述

刊播 《农村工作通讯》（10月增刊）

作者 徐刚　李春艳　周嵘

钱塘江，一路曲折蜿蜒，随物赋形，在潮起潮落间，回响着浙江干在实处、践行“八八战略”的铿锵鼓角，激荡着绿水青山转化为金山银山的磅礴伟力，鸣奏着城乡融合共建美丽乡村的宏伟乐章。

这是一片弄潮搏浪的大地。人与自然和谐共生的崭新理念在这里生根、破土、成熟，在为建设美丽中国提供生动样本的同时，更走出中国，走向世界——“千万工程”获联合国“地球卫士奖”中的“激励与行动奖”，中国智慧和担当在国际舞台上精彩亮相。

这是一片让人叹服的大地。面对新时代如何实施乡村振兴战略的问题，浙江省牢记习近平总书记的嘱托，一张蓝图绘到底，一任接着一任干，定标跃迁，再上改革排头，成为全国唯一一个部省共建乡村振兴示范省，为高质量推进乡村振兴贡献了浙江经验。

这是一片全域秀美的大地。群山叠翠，碧水清荡。秀山丽水中，阡陌交通间，满是城乡融合发展的新气象。民俗村、创客村、电商村、民宿村……2万多颗璀璨明珠，随着美丽公路的延伸，串联成了一幅诗画江南。

深入之江腹地探访，越发清晰地感知浙江乡村振兴的脉络：以“两山”理念为指引，以城乡融合为主线，将美丽乡村建设融入城乡融合发展的背景下深化升级，最终实现乡村美丽宜居、城乡互惠共生。刚刚发布的2019年浙江乡村振兴发展报告，用数据诠释了浙江更高的站位、更宽的视野、更大的担当、更管用的办法，回答了乡村振兴“全国看浙江、浙江怎么办”的时代之问：

农业强起来。全省农林牧渔业增加值2 146.2亿元，增速同比出现积极变化；乡村旅游等新兴产业异彩纷呈，累计创建各类农家乐经营户（点）944家、省级休闲乡村50个、乡村民宿1.8万家，走出了以生态为导向的农业供给侧结构性改革阵痛期。

农民富起来。农民收入连续35年位居全国各省份第一，所有县农民收入均超过全国平均水平；农民人均可支配收入增速连续13年快于城镇居民，城乡居民收入差距连续7年缩小。

农村美起来。创建美丽宜居示范村1 275个，34个村、11个镇列入全国美丽宜居示范村镇，数量位列全国第一。6 920个集体经济薄弱村“摘帽”，村级收入超过10万元，每个村都实现了有5万元以上的经营收入。

城乡融起来。城镇化加速推进，县城、中心镇和中心村加快培育，行政村调减至9 000个左右，农业转移人口落户城镇95万人，常住人口城镇化率达70%。社会保障并轨提标，农村地区“20分钟医疗卫生服务圈”覆盖率达92.7%，率先实现义务教育教师“县管校聘”改革地域、学科和教师全覆盖。

敢闯敢试、敢为天下先的浙江，沿着总书记17年指引的路子加速奔跑，实景描绘着中国乡村振兴的辉煌画卷。

创新理论指引航向

习近平总书记主政浙江期间，总揽全局，高屋建瓴，提出了许多富有前瞻性、引领性的重大论断，作出了一系列意义重大、影响深远的决策部署，为浙江整体提升留下了宝贵的“战略资产”，也为浙江高质量实施乡村振兴战略，努力争当新时代乡村振兴的排头兵奠定了基石。

——“八八战略”谋篇布局，开篇破题。

不谋全局者，不足谋一域。21世纪初，如何让浙江这一快速奔驰的列车进入科学发展新轨道，进入转型升级新阶段，进入改革开放新境界，成为站在总体小康新起点上的浙江人民面对的时代命题。

时任浙江省委书记的习近平同志，在深刻分析、总结浙江经济发展经验的基础上，着眼“如何发挥优势，如何补齐短板”两个关键问题，科学把握发展趋势和特征规律，作出要进一步发挥“八个优势”，推进“八项举措”的重大战略部署。

纲举而目张。“八八战略”犹如一把金钥匙，开启了浙江深化经济转型升级、统筹城乡区域协调发展、优化发展环境和生态环境的通达道路。

——“两山”理念策源，生态与发展互促共进。

孟夏时节的安吉余村，竹林绿海涛涛，绿水逶迤开去，令人沉醉。就是在这里，15年前，习近平同志首次提出了“绿水青山就是金山银山”理念。

“绿水青山就是金山银山”理念，不仅深刻揭示了发展经济与保护环境的辩证关系，为浙江发展换了新“活法”，更为中国未来发展指明了方向和路径。如今，随着“两山”理念的持续深化，浙江在绿水青山中共享自然之美、生命之美、生活之美，走出了一条生产发展、生活富裕、生态良好的可持续发展道路。绿水青山与“金山银山”互促共进，美丽乡村成为浙江一张靓丽的“金名片”。

——“千万工程”造福农民群众，人与自然和谐共生。

2003年，习近平同志在深入调研、准确把握浙江“三农”发展和城乡关系阶段性特征的基础上，适应人民群众新期待，亲自谋划、亲自部署实施“千村示范、万村整治”工程，从此开启全民参与的环境大整治。

17年来，“千万工程”犹如一场美丽乡村建设的接力赛，一张蓝图绘到底，一任接着一任干，实现了从一处美向全域美、一时美向持久美、外在美向内在美、环境美向生活美的转型升级，支撑起浙江乡村的一次又一次迭代升级，为实施乡村振兴、建设美丽中国提供了丰富的经验、启示。

十几年后再回顾，时间已经充分证明：“八八战略”不谋一时、不为一事，而是为浙江发展留下了具有长远性、全局性的擘画；“两山”理念不仅为浙江的新时期发展提供了新思路，更为新时代社会主义生态文明建设奠定了坚实而科学的理论基础，提供了实践发展的根本遵循；

“千万工程”不仅给浙江农村带来了环境革命、生态革命，更带来了农业发展方式革命、农民生活方式革命。

思想是行动的先导。进入实施乡村振兴战略的新时代，已经站在发展高起点上的浙江，立足发展实际，旗帜鲜明地提出：必须遵循乡村振兴规律，始终把美丽乡村建设放到更加突出的位置，把城市与乡村作为一个整体来谋划、来推进、来建设，从城乡融合发展上寻找突破口，积极打造“全域秀美、城乡协同、区域协作、三生融合、镇村联动”的乡村振兴总体格局。

比照党的十九大报告擘画的乡村振兴新坐标，浙江持之以恒贯彻“两山”理念，出台了《全面实施乡村振兴战略高水平推进农业农村现代化行动计划(2018—2022年)》《浙江省乡村振兴战略规划（2018—2022年)》等，从阶段目标到重点任务再到政策供给，立起了浙江推进乡村振兴的“四梁八柱”。

2018年，浙江乡村振兴又有了新举措，与农业农村部签署合作框架协议，共同推动部省共建。浙江坚持5级书记抓振兴，全面实施“五万工程”，即万家新型农业主体提升、万个景区村庄创建、万家文化礼堂引领、万村善治示范、万元农民收入新增，为全国实施乡村振兴战略开好局、起好步提供浙江经验。

顶层设计构筑蓝图，基层创造激发活力，乡村振兴在浙江处处开花结果，数万乡村走上了各具特色的振兴路子——

地处千岛湖区深处的淳安下姜村，过去是“土墙房，半年粮，有女不嫁下姜郎”的穷山窝，现在已成为“农家乐、民宿忙，游人如织来下姜”的山水田园。一片葱茏中，百姓生活更富足，也更舒心。

瑞安市曹村镇，紧紧抓住“瓯越粮仓、东南儒乡”定位，通过天井垟河道综合整治、全域景观化建设，实现了“涝区”向“粮区”、“粮区”向“景区”的美丽蝶变，天井垟这一浙南最大的连片粮食生产功能区焕发出新的生命力。

跟随绿色的铺展，一批颇有情怀的“创客”在义乌市后宅街道李祖村扎下了根。由一幢幢老房子修缮而成的李氏梨膏糖、树皮画馆、京花脸布鞋等风情小馆，与山水草木相映成趣，是城里人“放空”身心的好去处。

人不负青山，青山定不负人。遵循“两山”理念，引领绿色发展，凭着“一锤接着一锤敲”的韧劲和毅力，浙江的青山绿水正源源不断地转化为“金山银山”和“美丽乡愁”，因此，从一省实践变成乡村振兴的中国样本，是如此自然。

美丽擦亮乡村底色

浙江乡村的美，已是人尽皆知。在为人们献上视觉盛宴的同时，也为全国提供了标准和样本。这得益于浙江省持续深化践行“两山”理念，久久为功、扎实推进“千万工程”。站在新时代，谋划新篇章。从“千万工程”到美丽乡村建设，到打造美丽乡村升级版，再到谋划实施新时代美丽乡村，浙江美丽乡村建设之所以成功，有3个与众不同：始终坚持以“两山”理念为指引，始终坚持以城乡融合为主线，始终坚持全面系统推进美丽乡村建设。城和乡并非孤立存在，浙江人思想理念的前瞻性、系统性、可持续性，令“有农有牧，有山有水，宜居宜业，城乡共生”的美丽乡村格局势必形成。

——一处美，更要全域美。

像打造艺术品一样打造乡村，让乡村不仅干净，还富有活力，是新时期浙江建设美丽乡村、推进乡村振兴的美好追求和向往。

村庄洁美是美丽乡村最基本的要求。浙江省把全省农村作为一个大景区、大花园来谋划，全域提升农村人居环境质量，系统推进生态治理和修复，实现乡村整体美、全域美。农村“厕所革命”再升级，浙江跑出“加速度”。浙江率先制定农村厕所建设和服务规范的地方标准，使全省农村厕所建设的管理、服务水平显著提高。目前，标准实施已覆盖浙江省所有涉农县（市、区），全省农村无害化卫生厕所普及率达99.48%。

生活垃圾治理精细化，推动变“废”为宝。浙江率先出台农村生活垃圾分类管理地方标准，又建立起农村生活垃圾分类处理资源化站点，探索垃圾分类智能化管理。浙江省76%的建制村已经开始实施生活垃圾分类处理。

生活污水治理建管并重，留住“清渠活水”。浙江是全国首个全面开展农村生活污水治理的省份。自2003年以来，制定农村生活污水处理设施污染物排放标准，修订农村生活污水处理设施运行维护条例，出台农村生活污水处理设施管理条例。目前，浙江省90%以上的村建成了农村生活污水处理设施。

不久前，浙江再传捷报：2019年全国农村人居环境整治监测报告出炉，浙江以96.39分的成绩名列第一。优异成绩的背后，是一个个乡村美丽转身的动人故事。

搬沙运泥、种植花苗、垒墙砌砖……在三门县沙柳街道曼岙村农户叶显掌的小院里，三门县水务公司的党员干部们正热情参与结对共建“美丽庭院”

活动，当起了农家庭院的“化妆师”。“以前农村人都往城里搬，现在门前屋后都是风景，城里人要花钱到乡下来看风景。”叶显掌骄傲地说。

在建设全域“大花园”理念的统领之下，浙江正全力以赴，创造乡村美丽新高度，不仅拥有10.55万平方公里的“步步皆景、村村若画”，更塑造了6 000多个村“移步换景、争奇斗艳”的多样风情。既继承了江南乡村文化的“魂”，又有新时代田园乡村的“味”。

——有颜值，更要有气质。

“美”是浙江乡村最具有同质性的表现。但是，不是每个村都大搞建设、大搞开发，处理好建设与保护的关系，是浙江一直重视的问题。

浙江明确要求，要在规划上多花点时间和精力，做到谋定而后动。规划编制要既契合实际，又要适当超前，既有科学性，又有可操作性，特别是要因地制宜、因村施策，切忌单一模式、千村一面。既坚持城乡统筹编制规划，确保“城乡一套图、整体一盘棋”，又要最大限度地保留村庄的原始风貌，着力打造具有乡土风情和显著特色的美丽乡村。

根据省级的部署要求，县域乡村建设规划、村庄规划、村庄设计、村居设计4级体系逐步建立健全，多规融合逐渐落实。现在的浙江，村村都有规划图，镇镇都有“规划师”。

为画好美丽乡村建设的“点睛之笔”，多年来，浙江充分挖掘和利用乡村的自然环境、乡土文化、农耕特质、地域特色，把保留原有村居风貌和引入现代元素结合起来，在独一无二的东西上做文章，努力让每一个乡村都散发独特的味道，让“留得住绿水青山，记得住乡愁”变成了现实。

长兴县水口乡生态优美，风景秀丽，然而所辖的8个村因为地理位置不同，资源禀赋有异，并不适合一刀切地搞康养旅游。水口乡人树牢“全乡一盘棋”发展思想，因村、因地施策，3个核心村庄大力发展民宿经济，其他村庄发展旅游配套产业。如今，水口乡的山岕中散落着大大小小的585家乡村民宿，每年来此康养的沪杭老人达200多万。水口乡旅游办主任张宇华感慨道：“从‘乡村旅游’到‘乡村生活’，两字之差，却反映了发展思路的质变。只有围绕特色做文章，才能展现出最大卖点和亮点。”

台州市黄岩区屿头乡沙滩村有不少老建筑，房屋分布保持着家族、血缘关系，具有很高的历史和民俗研究价值。村党支部书记黄官森请来了同济大学的“造型师”，既保留老建筑的旧貌，又新建一批现代化设施，吸引了大批城里人来这里“寻愁”，被誉为“活着的古村”。现在，像水口乡、沙滩村这样的美丽乡村，在浙江数不胜数。“生态村”“民俗村”“花园村”“文化村”……在之江大地如繁花般盛放。

——美在其中，更要美美与共。

每到一个乡村，在醉心其如画般的美景的同时，总要为基础设施、公共服务的完善而赞叹。村内的硬化公路通到家门口、地头边，视线顺着一条条美丽的公路延伸开去，不管想去的地方多么偏僻，都能到达；深夜行路，大片大片的灯海总会在不经意间闯入眼帘，电力配套设施的改造升级，极大提升了现代乡村生活的品质……

在浙江省“大湾区大花园大通道大都市区”建设框架下，按照“让村里人像城里人一样全面享受公共服务和生活便利”的要求，浙江着力为乡村提供优质基础设施和公共服务，真正破除城乡在空间上交流互通的最后障碍。

城市基础设施向农村延伸。把“四好”农村路、万里清水河道、农民饮用水源与农村土地综合整治、农村危旧房和电气化改造等有机结合，统筹推进水、电、路、气、网等基础设施建设，形成城乡全面覆盖、全线贯通的基础设施网络。未来社区建设向乡村延伸，农民生产生活更加便利。

实施城乡基本公共服务均等化。全面取消城乡户籍差异。城乡低保标准同标，高于全国平均水平。率先在全国实现免费义务教育制度和初、高中毕业生接受半年到一年的免费培训，建立覆盖城乡的最低生活保障制度，建立被征地农民基本生活保障制度。农村“30分钟公共服务圈”“20分钟医疗卫生服务圈”基本形成。

这些年，尽管浙江美丽乡村建设引来了无数艳羡的目光，但浙江省上下并没有丝毫松懈，而是再接再厉，乘胜前进。他们冲破美丽乡村只做乡村文章的思维藩篱，按照全省大花园建设部署，统筹推进美丽乡村、美丽城镇建设，打通过去城乡融合发展中小城镇抓得不够这个“中梗阻”，串村成线、连线成片，浙江省的广袤乡村绿不断线、景不断链，美美与共、各美其美格局加速形成。

改革赋能乡村振兴

改革开放40多年来，浙江以“勇立潮头”的精神，与时俱进推进农村改革创新。一个个困难在改革中被攻克，一次次蝶变在改革中被演绎，一个个经验在改革中得到升华。

面对乡村振兴“人、地、钱”等难点重点问题，浙江坚持向改革要动力，向创新要动能。

——解答好“谁来干”的问题。

功以才成，业由才广。奋进中的浙江乡村，对人才的渴求比以往任何时候都更加强烈。政府前期对生态环境、基础设施等的大力投入建设，使得农村的吸引力越来越强、发展机会越来越多，工商资本和人才“上山下乡”的意愿越来越强烈，浙江抓住了全面解决乡村振兴人才问题的难得契机。

2018年，浙江通过的《全面实施乡村振兴战略高水平推进农业农村现代化行动计划（2018—2022年）》，明确从4个方面实施乡村人才振兴，向各路英才、工商资本发出了新时代“上山下乡”、投身乡村振兴的号召，想方设法创造条件，让农村的机会吸引人、农村的环境留住人。

但这还不够，如何用好得天独厚的浙商资源，怎样吸引思想活跃的青年群体，为乡村振兴引来更多的人力资源和智力资源，成了浙江更深层次的思索。

2019年冬天，一项名为“两进两回”的行动在浙江掀起“科技进乡村、资金进乡村、青年回农村、乡贤回农村”热浪。怀揣创业梦想的青年和无私回报家乡的乡贤，为乡村振兴添了冬天里的一把火。

在乐清，大荆镇下山头村的乡贤、创办了“A股美妆第一股”的方玉友，不但全额投资下山头村铁皮石斛种植和深加工项目，还约定不管日后企业追加多少投资，村集体占股比例永远不变。如今，下山头村铁皮石斛园已经升级为田园综合体，集体持有股份的“含金量”水涨船高。

在浦江，一群心怀理想的返乡青年“农创客”，在虞宅乡新光村租下灵岩古庄园，他们带着探索古村复兴之路的梦想和创意，创建了文创项目“廿玖间里”，引得马云亲自来“打卡”。

近日，浙江又印发了《2020年推进乡村人才振兴工作要点》，围绕构建乡村振兴人才评价、培养、使用、激励和服务机制，打出了一系列政策组合拳。“千名引领、万名培育”“农创客”发展工程、高端人才引进、数字化管理……诸多新词透露出浙江对乡村振兴人才的渴求正不断升级。

——解答好“地从哪来”的问题。

乡村振兴，产业兴旺是重点。要发展乡村产业，“用地难”问题是绕不开的瓶颈。多年来，浙江积极做好农村土地制度改革文章，稳妥推进农村承包地和宅基地“三权”分置，激活土地资源要素，保障产业发展的用地需求。

2018年，绍兴全面推进实施“闲置农房激活计划”，建立流转推介交易平台，鼓励、引导乡贤能人盘活利用闲置老民居和闲置宅基地资源，大力发展乡村旅游、健康养生、文化创意等新产业、新业态，有效唤醒农房、山林、田地等沉睡资源，使之成为绍兴乡村振兴的新引擎。

义乌市深化农村宅基地“三权”分置改革，在充分保障农民的基本居住权利的前提下，通过拆除旧房恢复建设用地，节余的村庄建设用地可作为集体经营性建设用地入市，最大限度地促进宅基地价值的增值。

德清县有序推进“农地入市”，同权同价。项目开发方可以“名正言顺”地大规模受让集体经营性建设用地。以前受土地性质所限，无法实施的精品民宿、乡村酒店和小微企业创业园、农产品加工等项目，纷纷在莫干山畔落地生根。

产业发展持续发力，需要农村产业用地政策跟上新节奏。浙江实施了全域土地综合整治，盘活建设用地重点用于返乡入乡创业创新。浙江还出台《关于做好低丘缓坡开发利用推进生态“坡地村镇”建设的若干意见》，集成应用现行多项土地政策，结合实际进行组合创新，不断扫清用地政策障碍。此外，“点状供地”、“飞地抱团”、乡村产业建设“标准地”……在现行的土地法律政策框架下，浙江不断探索村庄建设、田园综合体、特色小镇、乡村旅游等用地的解决之道。

——解答好“钱从哪来”的问题。

推进乡村振兴，需要真金白银的投入，否则就是无米之炊，无计可施。

政府“有形之手”已经先行打出组合拳。浙江提出，将力争省级支持乡村振兴财政投入1 000亿元以上，省乡村振兴绩效奖补资金100亿元，省乡村振兴投资基金100亿元，涉农贷款余额新增1万亿元，农业信贷担保额100亿元，引导工商资本下乡1万亿元，基本形成财政优先保障、金融重点倾斜、社会积极参与的多元投入格局。

乡村作为振兴的对象，只有自己手中有钱，才能集中力量谋划发展大计。在完成消除集体经济薄弱村3年行动的基础上，从2020年开始，浙江全面开展集体经济薄弱村3年巩固提升行动，引导薄弱村增强自我“造血”功能，从山、水、林、田、湖、房、地入手，把资源优势转化为经济优势，不断充实着集体的“钱袋子”。

社会资本是参与乡村振兴的重要力量。为引来并留住这些“金凤凰”，浙江出台了《浙江省乡村振兴绩效提升奖补资金管理办法（试行）》，计划用5年投入100亿元实施乡村振兴绩效提升奖补政策，牵动市场的“无形之手”，帮助美丽乡村养好“引凤梧桐”。2019年年底，龙泉市成功通过了现场答辩考试，成为浙江首批乡村振兴产业发展示范建设单位，“抢”回了4 000万元补助资金，启动了与阿里巴巴等数字平台的合作，着力培养农村电商人才。

深化农村金融体制改革也在同向发力。浙江出台金融服务乡村振兴20条意见，为“农创客”订制“先锋贷”、为农产品设计各类险种、开展农村“两权”抵押贷款试点、完善“政银保担”合作机制……中国农业银行浙江省分行派出金融专家与“农创客”一对一结对，为他们“融资”又“融智”，助力创业项目做大做强。

“人、地、钱”的问题解决了，浙江的乡村犹如插上了腾飞的翅膀，利用绿水青山的环境优势，持续加大“两山”转化力度，走绿色发展之路，将“环境美”转化成了“发展美”。

石矿开采曾是德清县洛舍镇东衡村的支柱产业，石矿被整顿关闭后，村集体收入明显下降。2015年以来，东衡村整理出近600亩废弃矿山土地，打造众创园，联合周边7个经济薄弱村，在众创园建设标准厂房出租，极大地提升了村集体的“造血”功能。县委书记王琴英把这一切视为改革不断深化的结果。

昔日穷困的余姚市梁弄镇横坎头村已改变了容颜，村里锚定“红色旅游”和“绿色发展”两个主色调，实现了快速发展，从负债45万元到村级固定收入260余万元，农民人均可支配收入达27 568元，被评为浙江省“全面小康示范村”、“全国文明村”。

改革为发展增力，数字赋能更上一层楼。近年来，数字经济正以前所未有的力度赋能浙江“三农”。田野上，植保无人机在技术人员的操控下喷洒农药，农民省力又省心；在嵊州，全球首创的全龄人工饲料工厂化数字化养蚕项目成功量产；在松阳，刷一下溯源卡，茶叶种植、加工、销售全程可追溯，破解茶叶安全监管难题；在嘉兴市南湖区，一款App，让每袋垃圾的“身份”都可溯源，积分奖励可换商品。随着数字红利的加速溢出，越来越多的乡村正在改变模样。

从山村到海岛，从田头到山间，浙江人善于将改革的精神，融入农业农村发展的方方面面。尽管城乡融合度已经较高，但浙江认为，为乡村振兴持续创造新空间、新活力和新动能，自己有责任做得更好，更多的改革探索、创新实践仍在路上。

善治共享美好生活

让清风正气充盈每一个乡村，让家教家风滋润每一个家庭，让乡村文脉传承到下一代。这是新时代浙江农民对“美好生活”的新注解。

在浙江乡村采访，让人印象非常深刻的是：这里不仅富庶，而且和美。在浙江看来，生产、生活、生态“三生融合”，是高质量推进乡村振兴的应有之义，而乡村治理则是实现“三生融合”的重要保障。20世纪60年代初，浙江就贡献了乡村治理的“枫桥经验”。在新时代，如何继承和发展“枫桥经验”，让美丽乡村不断走向善治？浙江给出了答案。

——走乡村善治之路，建强基层党组织是关键。

“两山”理念发源地余村通过锻造一个坚强有力的领导班子，带领群众践行“绿水青山就是金山银山”理念，创造了零上访、零诉讼、零事故、零刑案、村“两委”干部零违纪的佳绩，孕育出“余村经验”。

10多年来，浙江牢牢抓住组织振兴这个“牛鼻子”，以“余村经验”为典型引领，高标准落实农村基层党建“浙江二十条”，深化“整乡推进、整县提升”，把建一个战斗力强、组织力强、号召力强的基层党组织，特别是有一个有威信、有思路、有办法的村党组织书记，作为实现乡村善治的最坚实保障。

火车跑得快，全靠车头带。在浦江，石埠头村在58岁的党支书黄惟善的带领下，拆了老村，建起了“淘宝村”，5年间，村集体资产从10万元猛增至2亿，农民年人均收入从5 000元增至3.5万元。为让石埠头村变成安居乐业的家园，村里成立了江南网商调委会，组织了护村队，搞起了“一户一姐”制度，“现在生活不仅富了，日子也越过越美了。”村民黄水清说。

金杯银杯不如老百姓的口碑，不断增强群众的幸福感、获得感，乡村善治才能有坚实的民心基础，才能形成双向循环：村庄环境好了，村民收入增加了，百姓有幸福感；乡村秩序好了，招商引资通畅了，干部也有了成就感。

——走乡村善治之路，农民的事要让农民自己办。

农民是乡村治理的主体。民有所呼，必有所应，正是浙江成功走向乡村善治的“密码”。

如何把“村民想要的”和“村里想做的”结合起来，不断唤醒村民自治意识和村庄主人翁自觉，实现“大事一起干、好坏大家判、事事有人管”，聪明的浙江人凭借他们的智慧和经验，找到了自己的办法。

象山县的“村民说事”制度已经走过了11个年头，“有事，坐在一起好好说”已然成为农村居民的口头禅。围坐在一起，从说事、议事，到办事、评事，倾听村民呼声，全面回应村民期盼，全方位接受村民监督。这项带着泥土芬芳的“村民说事”制度，已成为基层治理现代化改革的典型。

民主议事是“余村经验”的重要一条——每逢大事，村里要先听老干部、乡贤、村民代表的意见。关停矿山，向生态经济转轨，是村民们议出来的；成立物业公司和居家养老中心，为村民更好地提供服务，也是村民们“碰”出来的。眼下，在浙江农村，无论大事小情，“有事，阿拉好好说”已经成为村民的口头禅，村里的事让村民做主，民意“零距离”，干群“面对面”，一起求出了发展的“最大公约数”，画出了和谐的“最大同心圆”。

——走乡村善治之路，共建共治共享是精髓。

党的十九大报告提出“健全自治、法治、德治相结合的乡村治理体系”。在浙江，民主管村、依法治村、以德润村，坚持“三治融合”，共建共治共享，为浙江高质量推进乡村振兴提供了有力支撑。

在桐乡市梧桐街道桃园村，由退休干部、乡贤、村民小组长组成的“道德评判团”通过协商共议，评定“星级家庭”，并定期对各类问题进行点名曝光。这是桐乡“三治融合”生动实践的一个缩影。“三治融合”发源于桐乡高桥街道越丰村。2013年，越丰村率先开展自治、法治、德治的建设试点，成立了第一个村级道德评判团，专门评判村里事情的对错与村民德行的好坏，让村民自己教育自己、规范自己、管理自己。经过试点的不断整合，桐乡已形成了以“一约两会三团”为重点的三治融合创新载体。

法律服务团、道德评判团、乡贤参事会陆续成立，村规民约上墙入户，则是嘉兴市“三治融合”的喜人模式。通过政府购买服务的方式，嘉兴市为全市每个村和社区配备了法律顾问，让群众运用法律解决身边的矛盾和问题。

谈到基层矛盾化解，不得不提浙江的“最多跑一次”改革。近年来，浙江把改革延伸到乡村治理领域，整合多部门的矛盾调解资源，在全省范围内打造一站式的县级社会矛盾纠纷调处中心，老百姓亲切地称之为“信访超市”，真正实现了农民群众化解矛盾纠纷“最多跑一地”。实现乡村善治，除了群众自治和依法治理，推行德治建设也必不可少。

浙江以德为媒，善治乡村。弘扬传统美德成了新时尚，移风易俗深入人心，道德学堂引领家风民风……农民心有所寄，农村气质焕然一新。遍布浙江各个乡村的文化礼堂，成为丰富农民群众精神文化生活的重要阵地。

破解基层治理难题，浙江人认为，在“三治”的基础上，还应注重“智治”。开发涉及乡村社会治理、资源管理、生态环境、公共服务4个领域全省通用的业务应用系统，加快乡村治理数字化平台与“基层治理四平台”、公共信用、地理信息、“雪亮工程”等基础平台对接，为乡村治理能力现代化注入了新动能。

美丽生态生发美丽经济，创造美丽生活。如今，越来越多的城里人来到浙江乡村创业、康养，投身于美丽经济之中，醉心于青山绿水之间；越来越多的乡亲们参与到对村子未来的规划，因为“这里每一块石头都和自己的生命有关”。有人说，在浙江看到的，就是未来中国的模样，甚至是未来世界的模样。

15年前，在浙江余村，“两山”理念如同一颗“种子”，在春天里历史性地萌发。15年后，总书记再次回到这里，为浙江的明天加油鼓劲。肩负总书记“努力成为新时代全面展示中国特色社会主义制度优越性的重要窗口”的厚望，浙江正以不忘初心、勠力向前的毅力，从容应答新时代乡村振兴“大考”。

历史即底气。驻足回望这两个时间节点，美丽中国的浙江底色愈加鲜明靓丽。

碧草青青铺就绿色致富路

——青海省发展草牧业综述

刊播《农产品市场》（9月）

作者 曾诗淇

【编者按】**2015年，中央一号文件提出要加快发展草牧业。农业部在河北等12个省份的37个县（团、场）组织开展了草牧业发展试验试点；2016年，农业部印发关于促进草牧业发展的指导意见。各地在政策引导和市场拉动下，草牧业发展呈现良好势头，草产业和草食畜牧业加快发展，形成了一批可复制、可推广的模式。**

青海地处青藏高原，是全国五大牧区之一，也是我国重要的生态屏障和特色畜牧业生产基地。2015年，草牧业试点工作开展以来，青海把此项工作作为推动畜牧业发展的重要举措，累计投入草牧业发展试点扶持资金2.68亿元。

经过多年发展，青海通过合作社、龙头企业等新型经营主体培育，草原生态补奖、粮改饲、饲草和家畜良种补贴等政策，探索出“种草养畜”“以养带种”“企业+合作社+农牧户”等多种生产经营模式和利益联结机制，促进了牧区生态、生产、生活“三生”融合发展。

青海用实践证明，推动草牧业发展，不仅对草原生态保护有重要意义，通过人工种草带动草食畜牧业提档升级，还能帮助农牧民实现增收致富。

良种是草牧业发展的基础

八月的青海草原，绿意浓浓。在湟源县波航乡上台村的山坡上，成片的田地里种着饲草，空气中弥漫着淡淡的青草香。湟源县农业农村局畜牧室孙占青介绍，田地里混播种植黑麦和豌豆。这种种植方式不仅能提高产量、提升蛋白质含量，而且豌豆抗旱、抗倒伏能力强，可以改善土壤结构、增加土壤养分，第二年不用倒茬。

“混播种植不仅使饲草产量从每亩2吨提高到4吨，而且草的品质比以前好，市场价格也更高。”湟源海珍种植专业合作社负责人张海珍告诉记者，2020年，合作社流转了2 000亩地，进行黑麦和豌豆混播种植。

对良种的渴望，湟源县哈拉库图生态畜牧业养殖专业合作社负责人边寿基也深有感受。“良种就是俺们农牧民的希望。”边寿基表示，经过多年实践，农民逐渐意识到，好的草种能提高产量、提升质量、提高效益。

据了解，为鼓励种养大户及农牧业经营主体开展饲草种植，推动饲草产业产加销一体化发展，湟源县在良种引进、繁育上下功夫，先后引进白燕7号、青海444、青甜1号、青引1号、草原224饲用豌豆、铁研53号青贮玉米等新品种，打破了传统种植品种单一的格局。

“2017年以后，我们通过培训、考察等方式，不断引进新的饲草品种，合作社示范成功后，便在全县大面积推广。”孙占青说。

发展草牧业，除草种外，畜种也同样重要。

“公畜好，好一坡；母畜好，好一窝。”这句在各地广为流传的农谚，形象地描述了良种在畜牧业生产中的重要性和种公畜的突出作用。

育种和饲养是决定畜牧业生产水平高低的关键环节。尽管饲喂的饲草料营养丰富、饲喂合理，但如果畜种环节没有抓好，养殖效益也会大打折扣，从这个意义上说，育种是比饲养更为重要的环节。

“良种以前没人要，现在抢着要。”海北藏族自治州刚察县宁夏村党支部书记才保介绍，随着农牧民思想观念和生产方式的转变，畜牧良种的需求量日益增加。为了保证种公羊的质量，避免因频繁近交造成后代退化，宁夏村将种公羊交给村里的合作社统一管理，由一户专门饲养，并佩戴耳标。

目前，合作社有藏系种公羊280只，交配季节，种公羊以租赁形式交给合作社社员使用，合作社的工作人员还会指导社员进行种羊生产管理，通过这种方式，以较低成本实现了合作社良种全覆盖。

人工种草拓宽致富路

发展牧区经济，实现一、二、三产融合，作为基础产业的草食畜牧业，发展的关键和核心在草。只有从源头上解决草的问题，才能支撑起生产、加工、销售等后续环节。

为保护草原生态环境，实现草畜平衡，从2011年起，国家建立草原生态保护补助奖励机制，以5年为1个周期，2016年起，改为草原生态保护补助奖励政策（以下简称“补奖政策”）。全国畜牧总站草业处处长王加亭表示，补奖政策实施10年来，通过资金直补到户、草原生态保护建设和发展草牧业等多种措施，初步遏制了牧区草原退化的势头，促进了草食畜牧业转型升级，农牧民的收入水平明显提高。

“10年间，国家累计下达青海省补奖资金218亿元，全部通过‘一卡通’的方式100%核发到户。”青海省农业农村厅总畜牧师唐国盛介绍，补奖政策实施后，极大地调动了农牧民种草的积极性，目前，青海省天然草原基本达到草畜平衡。

湟源县位于青海东部农业区与西部牧业区、黄土高原与青藏高原的结合部，是典型的半农半牧区。湟源县农业农村局局长严卓才介绍，当地通过饲草料龙头企业带动，公司与专业合作社签订饲草种植协议，已建立黑麦、燕麦等一年生饲草基地13.31万亩，占耕地总面积的43.53%。2020年，更是通过黑麦和蚕豆、豌豆混播的方式，将青贮饲草蛋白质含量提高到14%以上，青贮饲草销往北京、上海等地，销售价格达每吨560元，远高于其他地区。

青饲草种植加工、饲草供给及牲畜养殖需求对接、市场销售经营……坐落在湟源县的西宁富农草业生物开发有限公司，以“公司+合作社+基地+农户”为发展路径，打造产、供、销一体化的饲草产业。董事长杨继杰介绍，企业以土地流转、订单种植等方式带动湟源县农户600多户，户均增收3 000元以上，实现农户在家门口致富增收。此外，企业以高于市场价10%的保护价优先收购贫困户种植的饲草，2018年，收购饲草2 100吨。

“以前，村里的牛吃的是又硬又没营养的黄草，养了3年都长不大。如今，牛羊饲喂条件好了，不仅吃上了好草，产奶量也增加了，长得又快又肥。”边寿基自豪地说。

据介绍，湟源县日月乡哈城村海拔3 160米，是典型的北方农牧交错区，过去，由于农牧民进城务工，导致很多地沦为“撂荒地”。与此同时，养畜户需要从别的地方购买小麦秸秆饲养家畜，不仅提高了饲养成本，且小麦秸秆的营养含量也比较低。为了把闲置的土地利用起来，2009年，边寿基组织村民成立了湟源哈拉库图生态畜牧业养殖专业合作社，上联企业，下联种植户。

“220户农牧民以土地入股，加入合作社，整合土地4 000余亩。进城务工的农牧户可以将土地‘托管’给合作社，领取分红。”边寿基告诉记者，合作社利用整合的土地种植黑麦、燕麦等牧草，在满足自己养畜之余，每年还可外销200多吨。2019年，合作社实现销售收入170万元，给成员盈余分配19万元，给联点贫困户分红1.074万元，盈余25万元。

哈城村的村民通过种草，扩大了养殖规模，转变了种植模式，改善了生态环境，拓宽了一条致富路。

“牧繁农育”实现高效养殖

种草是为了更好地养畜。记者在调研时发现，青海养畜采取的“牧区繁育、农区育肥”养殖模式，可以实现资源互补，延长产业链。

宁夏村是一个纯牧业村，共93户430人。2008年以前，传统放牧的生产模式使宁夏村草场过载、植被退化，粗放的经营方式也使当地畜牧业生产效益低下，人均收入不足4 000元。

为带领群众走出困境，找到一条有效的致富之路，2008年，在村书记才保的带领下，成立了宁夏生态畜牧业专业合作社，走以合作社为载体的集约化经营道路，提高牧民经济生产组织化和优化重组牧区生产要素的发展水平，从而转变生产经营方式。

才保告诉记者，过去一个“羊单位”为3.5亩草场，成年畜死亡率10%、羔羊死亡率60%，母畜比例40%，生产成本逐年加大。合作社成立后，采取“统一饲养、统一配种、统一防疫、统一轮牧”的管理模式，牧民的思想观念慢慢转变，养殖方式逐渐科学化。目前，一个“羊单位”为5亩草场，牲畜死亡率大大降低，母畜比例在80%以上。

如今，合作社形成了高效的羔羊养殖模式，畜群中仅保留基础母羊和种公羊，基础母羊的比例提高到近90%，羔羊断奶后就开始出栏，大大降低了生产成本，畜牧业实现了从“生产”向“经营”的转变，2019年，合作社社员人均收入达2.17万元。

牧民转变生产方式后，鼓起来的可不仅仅是腰包，刚察县周边的生态环境也有了大改善。

农区养畜以育肥为主。作为西宁市政府定点屠宰企业，位于湟源县的青海三江一力农业集团有限公司（以下简称“三江一力”）肩负西宁市场保供稳价和活畜储备的重任，全年向西宁市场供应鲜肉5 700吨。

“良种、良法、良料才能出好品，我们自称是不买一斤粮、一斤草的公司。”三江一力董事长赵依林告诉记者，目前企业已经实现从种植、养殖、屠宰、加工到终端销售的全产业链发展，产品主要供应西宁市场，占西宁市60%的市场份额。

“除自己养殖外，企业主要与合作社合作。”据介绍，三江一力采用“龙头企业+合作社+农户”的发展模式，建立了农牧业产业化联合体，带动湟源县10家专业合作社进行饲草种植和牛羊养殖的规模化生产，将种植、养殖和牛羊肉加工等环节紧密连接起来，与养殖基地和农牧户形成利益联结。2019年，公司以订单方式收购合作社牛、羊8 600头（只），带动1 504户农户实现户均增收2 996元。

经营主体联合促增收

好的产品也需要好的销路。在草牧业发展中，存在产品加工难、销售难和打造品牌难等问题，经常面临好草、好畜却卖不出好价的困境。

“我们的优质牧草产量越来越大，但增产的同时却难以实现增收。”提到合作社目前遇到的困难，边寿基表示，主要有两方面，一是缺乏足够的晾晒场，以及烘干、揉丝、粉碎等加工储存机械设备，增加的牧草得不到较好保存，一旦腐烂变质，就卖不上好价钱，甚至卖不掉；二是目前合作社的投资能力不足，短期内难以扩大牛羊养殖规模，不能及时消化增产的牧草，实现产值增长。

也有一些企业通过联合销售、利用互联网等方式加强品牌建设，提升产品附加值。

西宁富农草业生物开发有限公司带领33个专业合作社成立了草产业联合

体，联合体以企业为核心，带动合作社和种植大户，企业负责提供技术，每年收购合作社和种植大户的牧草，统一对外销售。

“我们有自产自销的能力，成立联合体后，大家联合走市场，提高了市场话语权，与过去的分散销售相比，这样可以适当提高市场价”。孙占青说。

同样，三江一力也面临着产品优质不优价的问题。赵依林认为，如何打造品牌、提升产品附加值，是解决问题的关键。

“山上种草、山下养殖是最好的解决问题的方式。”赵依林介绍，公司通过成立“产业化联合体”，带动一、二、三产融合发展，打造生态牧场，将养殖和生态牧场结合起来，延伸产业链，提升价值链。

此外，三江一力整合线上和线下资源，构建多元化的营销渠道，扩大市场占有率，打造了“茶马互市”牛羊活畜交易互联网平台。

据介绍，茶马互市是国内首个牛羊活畜交易互联网产业平台，2019年，完成产值4亿元，线上6 000万元。平台致力于构建“服务+交易+供应链金融”3模块完整的茶马互市产业互联网生态圈，将牦牛和藏羊产业相关的牧民、活畜经纪人、养殖合作社、屠宰企业（户）、定点屠宰共享生产线、加工企业、零售商、金融机构等产业链主体连接起来，打造高科技、互联网化和类金融的现代农牧业综合服务平台，创造服务低收费、共享经济商业模式、新型产业生态，从而创造出全新的价值经济，推动传统产业转型升级。

“平台以服务为宗旨，实现线上线下融合。最终要解决产业链痛点的‘六个统一’：统一屠宰、统一品牌、统一追溯、统一检验检疫、统一标准、统一结算。”赵依林说。

农产品稳产保供经大考

刊播《农产品市场》(3月)
作者 毛绪强

2020年2月12日，国务院应对新型冠状病毒感染肺炎疫情联防联控机制发布《关于压实“菜篮子”市长负责制做好农产品稳产保供工作的通知》，要求各地进一步压实“菜篮子”市长负责制，切实抓好农产品稳产保供，坚决打赢疫情防控阻击战。

2月14日，农业农村部随即召开全国压实“菜篮子”市长负责制做好农产品稳产保供工作视频会议，强调要贯彻落实国务院联防联控机制《关于压实“菜篮子”市长负责制做好农产品稳产保供工作的通知》要求，坚持防控疫情和农业农村工作“两手抓”，始终把农产品生产保供作为重大政治任务，全力推进春季农业生产有序开展，紧盯打赢脱贫攻坚战和补上全面小康“三农”领域短板重点任务，确保党中央确定的“三农”重点任务如期完成，为打赢疫情防控阻击战、实现全年经济社会发展目标任务提供有力的基础支撑。

自此，一场疫情期间农产品保供稳价的民生战役正式打响。

疫情防控不误农时，农业生产形势总体向好

气温回暖，农忙到来。

最近，在山东省济南市章丘区，政协委员刘学亮每天老早就揣上健康证，带着他的7人林果管理小分队，在村庄出入口测温后，到邻近的园区基地帮忙修剪果树，每人每天收入150元。而在该区南部山区的垛庄镇七星百泉农业

生态园里，来自淄博市沂源县的农民技工也在严格遵守日测体温、单人食宿、分散作业的规矩下修剪、管理樱桃树。

疫情期间，章丘区委区政府坚持防疫不松、农时不误，抢抓时机、科学组织。目前，80多万亩农田打药施肥、3万亩果树修剪管理、5万亩设施瓜菜的生产、5万亩大棚甜瓜西瓜的栽培管理及引黄灌溉、7万亩高标准农田建设等工作全面展开，为全年农业农村工作的开展打下了良好基础。

山东省临沂市为确保帮助农民搞好棚室调控、科学运筹肥水管理、开展病虫害绿色防治，引导及时恢复生产，组织专家服务团创新形式，充分发挥农广校远程教育的培训优势，通过今日头条，从2月14日起开展网络直播教学活动，就桃、苹果、草莓、茶、设施蔬菜、小麦、生猪养殖等主导产业进行线上技术培训，直至疫情结束。直播课2周两期，采取授课与答疑相结合的形式。目前，开展的桃、苹果、小麦、设施蔬菜等春季管理技术网络直播教学，总观看人数近10万人次，深受广大农民朋友欢迎。

疫情防控期间，临沂市农技专家服务团充分利用微信群、公众号、云上智农、学习强国等平台开展在线技术指导、在线答疑，及时推送农业生产技术信息，种植户发来咨询信息，第一时间组织专家制定对策，切实为农业生产解决实际问题，实现了防疫生产两不误。

与山东省相隔近1 000公里的疫情重灾区湖北省黄冈市黄州区，也于近日着手安排春耕生产，确保重要农产品生产供给稳定。

2月29日下午，在黄州区陶店乡春阳蔬菜专业合作社的钢构大棚里，8名工人正在采摘羊肚菌菇；蔬菜分装车间里，6名员工将上午采摘的小白菜、大包菜分装到120个塑料袋中，准备配送至城区里的各小区；还有2名员工开着专业农机具翻整土地，为播种茄子、辣椒等蔬菜苗作准备。

当下正值春耕备耕的关键时节，湖北省疫情防控指挥部《关于统筹做好农村地区新冠肺炎疫情防控和春季农业生产工作的通知》下发后，黄州区迅速响应，积极引导农民抢抓农时，投入春耕备耕生产。春阳蔬菜专业合作社是黄冈市区连片面积最大、设施化水平最高、品种最全、产量最多的蔬菜生产基地之一，在疫情防控期间，合作社每天组织周边农户下地采摘，满足市民生活需求和市场供应。

目前，该合作社每天安排15～20名工人复工，茄子、辣椒已播种20亩，其他蔬菜陆续播种；每周运送5吨左右新鲜蔬菜到武汉大学食堂。

立春一年端，种地早盘算。当下，正是新冠肺炎疫情防控关键时期，也是春耕生产的重要时期。全国各地农业农村部门将疫情防控和春耕生产有机结合，一手抓疫情防控，一手做好春耕备耕，不误农时，充分做到“两手抓、两不误”。

2月9日下午，在国务院应对新型冠状病毒感染肺炎疫情联防联控机制举行的新闻发布会上，农业农村部种植业司副司长杨礼胜就目前春耕生产形势作了介绍。他表示，从农业农村部调度和各地反应情况看，2020年春耕生产形势总体较好。一方面，入冬以后气温比较高，连续3次大范围降雨，对已经在田的冬季粮油作物、淮海地区的冬小麦和长江地区的冬油菜来说，是及时雨。东麦区长势较好，一、二类苗占23.4%，比2019年提高了2.7个百分点，小麦丰收有基础。另一方面，南方的早稻和北方单季作物区备耕较早，当前的种子、农药、肥料供给充足，南方早稻区的生产资料大部分已经到位，北方单季作物区陆陆续续到位。春耕期间，各类农机具已经检修完成，共2 200多万台套，与2019年相当，备耕情况较好。

3月3日，农业农村部召开部常务会议，研究部署进一步抓好春季农业生产工作。会议强调，各级农业农村部门要深入贯彻落实习近平总书记重要指示精神，不断增强抓好春季农业生产的责任感、紧迫感，坚持疫情防控和农业生产“两手抓、两不误”，抓紧、抓实、抓细春耕生产，压实责任，推动各项政策措施落实落地，全力夺取小康之年粮食和农业丰收。

农业种植，最讲究节气，也最注重时节。在当前疫情防控的关键阶段，防疫抗疫、春耕备耕重任在肩，尤需科学布局、精准施策，既确保疫情防控不松劲，又保证农业生产按时推进，一刻也耽搁不得。只有稳住了农业生产，才能保证粮食播种面积和产量稳定，才能保障丰收、稳住人心、增强信心、汇聚同心。

线下线上持续发力，农产品保供态势趋于平稳

田间地头忙得热火朝天，城市内的农产品供给也得到了充分保障。

李忠跃是北京市新发地农产品批发市场鲜食玉米的“销售大王”，已经在新发地市场干了快20年。按照往年的规律，春节期间，各地农产品批发市场日均交易量一般会大幅下降，处于放假歇业的“半停摆”状态，他可以陪伴家人到大年初五前后。没想到2020年大年初一下午，李忠跃就接到了超市打来的求援电话，希望他能帮忙供货，“量很大。”

“我跟他们说没问题，随时都能开门，有几百吨的货在北京。大年初二起，我们开始为超市正常备货。”从腊月到现在，李忠跃一天也没休息，每天能卖出水果玉米、糯玉米等160～220吨。有超市的采购员告诉他，由于疫情防控严格，前阵子，不少消费者对生鲜果蔬的需求都靠超市满足，这1个月的采购量差不多是往常3个月的采购量。

批发市场的商户开门做生意，市民的“菜篮子”才能拎得稳。北京新发地市场宣传部部长童伟介绍，为了维护市场稳定，新发地市场在从全国种植基地调集货源的同时，免收蔬菜进场交易费用，市场内的党员干部带头守岗停休，2 000多家商户坚守阵地，随时跟进需求调配蔬菜、水果进京，每天的上市量接近1.8万吨。目前，新发地市场95%的商户已经复工。

批发市场是我国农产品流通的主渠道，约70%的“菜篮子”产品通过批发市场流通。

疫情发生初期，个别中小型市场及专业市场因疫情要求暂时关闭，北京新发地、河南商丘、深圳农批等大型农批市场一直营业。当前，随着各地疫情防控逐步好转，农业工作开始进入正轨，暂时关闭的市场已经陆续恢复开业。据中国农产品市场协会调查，截至2月21日，百家大型农产品批发市场大多数恢复正常经营，因当地疫情防控措施原因暂时关停的市场仅5家，主要是茶叶、中药材、活畜和水产等专业市场。纳入农业农村部价格监测系统的200家批发市场中，190余家正常营业、正常上报信息。各省会城市重点大型农产品批发市场正常营业率达95%以上，处于一手抓防控市场疫情、一手抓保供稳价的紧张工作状态，同时积极参与产销对接。一些批发市场为满足疫情防控需要，适当缩短或调整了营业时间。天津市金钟农产品批发市场调整营业时间为18：00至次日8：00，错开全区人员流动的高峰时间段。

记者从中国农产品市场协会了解到，目前，批发市场多数农产品交易处于正常状态，蔬菜交易自2月中旬以来，总体保持量增价跌态势，2月21日，重点监测的28种蔬菜批发均价为每公斤5.76元，比上一日下跌1.0%。广州江南市场春节期间蔬菜品类每天的交易量为4 600吨，较2019年同期仅低1%～4%，春节过后，蔬菜交易量迅速增长，每天平均交易量超过7 500吨，与2019年同期相比，平均增加10%以上。北京市新发地等7家综合批发市场，当前的畜禽产品、蔬菜上市量与常年同期有明显差距，但节后呈逐步增加趋势，蔬菜价格稳中有跌。

线下农批市场经营正常有序，线上各大电商平台也在特殊时期持续发力，为消费者提供优质、安全的农产品。

2月6日，淘宝上线“吃货助农”会场，消费者在淘宝App上搜索“吃货助农”，便能直达页面。淘宝方面表示，在“吃货助农”活动中首批上线的有蒲江红心猕猴桃、临安的春雷笋、丹东草莓等10多款蔬菜、水果，并且都得到了政府的协助，开辟了物流绿色通道，让农产品通过快递的方式直达消费者手中。

淘宝数据显示，上线3天后，“吃货助农”频道销售农产品已超过300千克。淘宝吃货方面还表示，据内部估算，每销售2 000斤农产品，就可以帮助1户农民筹备到开春复耕所需费用。

随后，拼多多也于2月10日正式上线“抗疫农货”专区，帮助贫困地区和部分产区解决特殊时期的农产品滞销问题。据了解，目前，该专区已覆盖全国近400个地区，包括230多个国家级贫困县。商品有脐橙、苹果、草莓等各类水果和主要生鲜食材。

拼多多方面表示，除提供流量支撑外，还设置了5亿元的专项农产品补贴，以及每单2元的快递补贴，以帮助解决疫情期间的农产品产销对接问题。

与此同时，京东发布了“告全国农人书”，宣布开通“全国生鲜产品绿色通道”，提供的支持和扶助达25项，开放并倾斜供应链、物流、运营、推广等资源，以解决滞销生鲜农产品上行问题。

京东方面介绍称，在主站，京东生鲜将为平台商家提供入驻、运营、推广等帮扶政策，如极速审核、流量倾斜；同时，针对湖北商家制定了“商家成长专属服务”，包括疫情期间减免平台使用费、免费代运营等服务。

“雨过终有天晴日”，疫情虽然对经济社会产生一定影响，但经济形势总体向好的态势没有变，只要坚持党的领导，全国上下一条心，这个影响就会降到最低，经济社会才能有序发展。在“三农”领域，更要充分发挥农业“压舱石”作用，万众一心，众志成城，在打赢疫情防控阻击战的同时，将“三农”工作做得更好，圆满地完成全面建成小康社会和脱贫攻坚任务。

追溯，为农产品安全保驾护航

刊播《农村工作通讯》（9月）
作者 崔建玲

【编者按】**您吃的农产品产自哪里，是否安全？如今，消费者只需扫描农产品质量安全追溯码，就可知晓。农产品质量安全追溯，不仅仅是给出农产品相关的基本信息，还是生产主体的一份责任，更是让消费者放心购买的一份保障。建设农产品质量安全追溯体系，是利当前、惠长远、一举多得的重大制度创新。近年来，全国各省农产品质量安全追溯平台积极对接国家农产品质量安全追溯信息管理平台（以下简称“国家追溯平台”），由省内追溯逐步扩大到跨省追溯，推动农产品信息互联共享，向农产品全程可追溯迈出重要一步。**

从省内追溯到跨省追溯，从各地追溯水平不协同到统一推进全国追溯体系建设“一盘棋”，从生产经营主体被动接受到因追溯效益提升而主动追溯……近年来，我国农产品质量安全可追溯体系逐步完善。2017年6月30日正式上线至今，国家追溯平台入驻各类企业主体达9.43万家，比2020年年初增长3万家，可追溯产品种类达981个。追溯已成为提高政府部门监管效能、提升农产品质量安全智慧监管能力的有效途径。

各省积极对接国家追溯平台

党中央、国务院历来高度重视农产品质量安全追溯体系建设。2013年，习近平总书记在中央农村工作会议上强调，“要抓紧建立健全农产品质量和食品安全追溯体系，尽快建立全国统一的农产品和食品安全信息追溯平台，实现农产品生产、收购、储存、运输、销售、消费全链条可追溯，用可追溯制度倒逼和引导生产”。2019年全国两会期间，习近平总书记在河南代表团讲话时提出，“完善农产品原产地可追溯制度和质量标识制度，严厉打击食品安全犯罪，保证让老百姓吃上安全放心的农产品”。同年 9月，中共中央政治局常委、全国政协主席汪洋亲自督办“推进农产品质量安全追溯体系建设”重点提案，要求稳步推进农产品追溯体系建设，重点地区、重点产品、重点领域可先行先试，推动相关部委达成了若干重要共识。同年10月，农业农村部办公厅印发《省级追溯平台与国家追溯平台对接总体实施方案》，加快推进省级追溯平台与国家追溯平台互联互通。

目前，我国农产品质量追溯体系由国家平台和地方平台共同构成。国家追溯平台主要负责采集主体信息、产品批次信息和流向信息(外部追溯)，拥有追溯链条长、跟踪流向、引领地方平台发展的突出优势，省级平台负责采集生产过程信息(内部追溯)，二者有机结合，互为补充，共同促进了我国可追溯体系的发展。

“省级平台无法实现跨部门、跨区域追溯，这个时候就需要一个中央平台与他们对接，让小范围的信息在全国范围内实现共享共认，打破信息孤岛，让所有的追溯信息实现共享。”农业农村部农产品质量安全监管司有关同志表示。“国家追溯平台还有一个重要作用，就是帮助一些经济或技术欠发达地区同步开展可追溯体系建设。”据介绍，我国一些欠发达地区或一些没有省级平台的地方，可直接使用国家追溯平台为其免费提供的追溯服务。

“国家与省级追溯平台对接后，已实现部省平台业务流程统一、数据信息共享。”四川省农业农村厅农产品质量安全中心相关负责人介绍，2019年，四川省已率先在全国完成部省追溯平台对接，有11 620家主体入驻国家平台。“企业登录国家追溯平台后，点击‘我要生产’，即可自动跳转到省级追溯平台，录入产品生产加工信息后，再点击‘我要销售’，即可自动跳转到国家追溯平台，展开产品流通记录。”

目前，国家农产品追溯平台已与四川、西藏、江苏3省份完成全面对接，实现数据共享。另有11个省份已完成接口开发，正在数据调试。其他15省份仍在抓紧开发。预计2020年年底能实现与15个省份的对接。

新冠肺炎疫情紧张时期，国家农产品追溯平台大数据资料发挥了重要作用。监督抽查时，可帮助各级监管机构准确掌握入驻企业主体信息（产品、位置）等；农资打假动员时，可帮助执法机构实时开展电话调查；开展例行检测工作时，可通过国家农产品追溯平台完成任务发布、数据上传等。

可以说，省级平台与国家追溯平台对接，实现信息共享，是现阶段符合我国国情和发展阶段的追溯体系。

近年来，各省不断加大财政支持力度，促进追溯体系建设。2020年，四川省争取到财政资金1 000万元，支持20个县开展农产品质量安全追溯示范县建设，全年计划建设200家追溯示范企业；江苏省财政计划转移支付追溯补助资金3 000万元左右。

由于生产经营主体在实行可追溯的过程中，存在设施设备、人员等成本，各省针对设施设备提供了不同程度的补贴。重庆市每年给予追溯示范企业1万～2万元补贴，给予辖下石柱土家族自治县每个追溯注册企业5 000元补助，给予注册并使用二维码进行实质追溯的企业1万元补贴。

培训也是各地开展农产品质量安全追溯建设的重要方式。“我们原来用的是企业自己的追溯平台，现在想加入省级平台，应该如何加入？”南京溧水爱生中药材种植专业合作社的工作人员问道。江苏农牧科技职业学院农业信息学院院长徐冬寅第一时间予以解答。2020年以来，在当地政府的补贴支持下，江苏农牧科技职业学院组织生产经营主体、监管人员等群体参加追溯培训30场，为追溯工作培养了一批实用人才。

全国各省份均开展可追溯相关培训工作。云南全省16个州（市）通过邀请专家、州（市）间互帮等方式，完成了对129个县（市、区）进行国家追溯平台应用培训的任务。

各显其能，创新追溯办法

“我们要从帮助企业、为企业服务的角度推进追溯，而不只是监管、执法，这样企业才更容易接受追溯。”广州农联科创信息技术有限公司总经理傅学锋在广东省追溯平台的推广应用与培训服务中深有感触。

广东省采取了两种方式鼓励生产经营主体加入追溯队伍。一是由农业农村系统组织企业对接目前流行的直播带货等营销环境，帮助企业扩充销售渠道，在这个过程中，鼓励企业加入追溯系统。二是将追溯与保险相结合，与保险公司对接“溯源险”，既防伪，确保溯源产品信息和产品本身对应，又可作为传统食品安全责任险。

“大部分产品，每个包装仅需0.1元，即可享受最高500万保额的食品安全责任险。”针对中小企业推出的溯源险，既能为企业提供抗风险服务，又能让企业经过简单的培训，即可利用追溯标签开展电商业务，“因此，溯源险可以减少企业对加入追溯体系的担忧，同时提升企业在销售产品时出证的积极性。”傅学锋表示。

海南省引入第三方服务组织，为农业企业提供追溯信息采集、录入等服务，方便中小企业使用追溯平台，降低企业管理成本。

“从8月3日开始，海南省开展追溯‘半年攻坚战’，省农业农村厅带队第三方服务组织和技术员深入各个市县，一个镇一个镇、一个企业一个企业地推广追溯。”海南省农业农村厅质量处谭超良告诉记者。

“8—10月，采取百分比的方式排名，每个月通报排名，促进各地积极开展追溯。”谭超良表示，“为鼓励各地开展追溯，我们实行追溯‘五挂钩’，比国家规定的‘四挂钩’还多1个，将追溯与农业品牌发展资金申报挂钩。”

四川省部分县（市、区）通过与生产经营主体签订追溯管理协议，明确追溯任务、制定考核管理办法，充分运用考核结果，“以奖代补、先建后补”，激发生产经营主体进行追溯管理的积极性。

追溯效益逐渐显现

杭州良渚麟海蔬果专业合作社每天生产4万多斤蔬菜，运往长三角的各大商超，为了让消费者吃得放心，专门安排7人负责追溯工作。“仓库有2人主要负责农资、用药、进出档案记录等工作，4人分别划区进行农事记录，还有1人负责上市前的检测和将信息输入电脑，这一套追溯体系，1年的成本约为60万元。”浙江杭州良渚麟海蔬果专业合作社社长何林海告诉记者。

尽管追溯给合作社带来了一定程度的成本上升，但何林海对追溯的态度非常坚定，“我们对追溯绝不动摇。”何林海表示，实施溯源后，虽然成本上升了，但产品复购率和附加值提升了，种植面积和销量有了大增长。

浙江世纪联华超市是合作社最大的采购商，采购量从2013年的每天5 000斤增长到现在的20 000多斤。超市采购经理何建明表示："从合作社采购的每一批蔬菜都有可追溯码，我们很放心。"

日销量从2万斤左右到4万多斤，年销售额从1 000多万元到3 700万元，2020年有望超过3 800万元，种植面积从700多亩到现在的1 450多亩……杭州良渚麟海蔬果专业合作社用鲜活的数字体现了入驻农产品质量安全追溯平台后发生的变化。

不得不说，追溯促进了农产品产销对接。与此同时，多个省份充分借助区域性博览会、推介会等展销活动，提高公众对农产品追溯的认知度，推进追溯产品产销对接。

广东梅州市强惠农业发展有限公司联合南方日报社、梅州电视台，举办梅江白宫苦瓜直播活动，所有产品带码销售，直播观看人次达58万，销售带证苦瓜产品3 070吨。

在全国，可追溯产品优质、优价的特点已经显现。甘肃省企业和农民专业合作社在全面实施质量追溯制度后，从产品采摘、分级、包装、冷藏等各个环节入手，确保产品质量，在市场上树立了优质安全农产品的良好形象。"可追溯产品的市场竞争力明显增强，形成了质量与效益共赢的良好发展局面。"甘肃省农业农村厅相关负责人表示，临泽县祁连红枣业开发有限公司的可追溯产品销售价格平均上浮15%，目前来看，虽然产品价格上调，销量却并未下降。临泽县佳鑫蔬菜种植农民专业合作社原来销售蔬菜按吨算价，现在按斤论价，每亩效益提高了1 000元。

可追溯农产品的品牌响了。广东省惠州市博罗县吴波畜牧水产有限公司利用电子合格证（吊牌）或追溯码，实现每一条鱼带证（码）入市，放苗时间、投喂时间、投喂量、用药情况、饲养捕捞时间等生产管理过程可全程追溯记录，实现了"吃得放心、吃出健康"，不断满足消费者需求，走出了自己的品牌之路。

目前，我国农产品质量安全追溯工作正在全国如火如荼地开展，2020—2021年，我国将完成所有省级追溯平台与国家追溯平台的对接。尽管未来还面临消费环境不成熟、消费者认识不足和企业积极性不高等问题，但在政府部门的强力推动和可追溯效益充分显现下，会有越来越多的企业主体主动加入可追溯队伍。农业农村部农产品质量安全监管司有关同志表示：“下一步，我们将与商务部门、市场监管总局对接，把农产品产地信息追溯延伸到流通环节，真正实现农产品的全程可追溯。”

让黑土地焕发“青春”

——东北黑土地保护性耕作行动计划现场推进会侧记

刊播《农村工作通讯》(10月)

作者 杨钰

“捏把黑土冒油花，插根筷子也发芽。”人们曾这样夸赞东北的黑土地，更坚信富饶的黑土地是“天地的和谐，永恒的美丽”。然而，受多年来的不合理耕作等因素的影响，黑土地“病”了，美丽不再了。所幸，现已找到了保护黑土地的一剂良药——以秸秆还田、免耕少耕为主的保护性耕作。

2020年3月，国家出台《东北黑土地保护性耕作行动计划（2020—2025)》，意味着保护性耕作将在东北黑土区全面推广。万事开头难，头年的保护性耕作行动计划进展如何？时隔半载，东北黑土地保护性耕作行动计划现场推进会于9月23—24日上午在吉林省四平市举行，辽宁省、吉林省、黑龙江省和内蒙古自治区的代表们齐聚一堂。在这里，记者看到了保护性耕作技术装备的发展、保护性技术推广应用的不易以及4省份的探索实践。

机具是保护性耕作的“灵魂”

“保护性耕作最关键的就是‘覆盖’和‘免耕’。”这是吉林省农业机械化管理中心研究员郑铁志多年从事保护性耕作研究的体会。

如何实现田地秸秆覆盖免耕？农业农村部副部长张桃林认为，专用农业机械，特别是免耕播种机，是实施保护性耕作的关键物质基础。

在保护性耕作机具作业现场，五颜六色的机具“站”成一排待命。突然，“轰隆隆”一声响，所有人的目光都投向了前方的玉米地。只见蓝天白云下，几辆收割机正在威风凛凛地向前作业，金灿灿的玉米棒子翻滚着跳进了机身的“肚子”里，收割机驶过的田地已被粉碎的玉米秸秆铺平。

“你方唱罢我登场”，免耕施肥播种机也大显身手，在覆满秸秆的玉米地里作业，所过之处都被均匀地播上了种子。据介绍，在全量秸秆覆盖的情况下，免耕播种机1次入地就可完成深施肥、切断秸秆、清理种床秸秆与杂草、种床整形、精量播种等一系列工序。

“保护性耕作机具中最重要的就是免耕播种机。”中国农业大学国家保护性耕作研究院院长李洪文说。谈及免耕播种机的发展历史，李洪文介绍，在20世纪90年代之前，我国就已经开展保护性耕作相关研究了。1992年，中国农业大学开始研制、开发免耕播种机，并在山西尧都等地示范应用。李洪文就是在那时跟随导师去了尧都，开启了保护性耕作研究的生涯。2002年起，国家开始在北方地区大范围试验示范，更多的企业参与到机具研发中，免耕播种机具不断更新换代。

经过多年科研攻关和技术改进，我国保护性耕作机具装备基本过关。2020年，4省份共投入4.1万台免耕播种机，开展玉米春播作业，为行动计划的顺利实施提供了坚实的装备保障。机具的智能化、信息化、国产化水平稳步提升，康达、德邦大为等一批免耕播种机企业迅速成长，气吸排种、精量播种、漏播报警等技术得到广泛应用，圆盘刀等关键部件的国产化进程加快，机具不够用、不好用、不耐用，已不再是制约保护性耕作技术推广应用的瓶颈问题。

“要狠抓机具保障。”张桃林在现场推进会上强调，构建完善的保护性耕作技术装备体系，任务依然艰巨。要坚持问题导向、需求导向，采取有力措施，增加先进、适用的保护性耕作机具的有效供给。

多些“懒汉”，多些收获

“这里从2007年就开始进行保护性耕作了。”在吉林省梨树县梨树模式研发基地，当地工作人员介绍。这里的黑土抓起来成团、踩上去松软。抬眼望去，一排排玉米秆在阳光中、微风里轻轻摇曳，黄灿灿的一片，让人感受到丰收的喜悦。

“十年磨一剑，砺得梅花香”。梨树县对保护性耕作模式矢志不渝的探索，形成了玉米秸秆全覆盖免耕栽培的“梨树模式”。目前，梨树县保护性耕作面积达200万亩。成绩的背后，是推广的不易。

解决了保护性耕作技术装备的问题后，还需要解决观念转变的问题。黑土地保护与利用科技创新联盟副秘书长苗全告诉记者，刚开始在梨树推广保护性耕作时，大家习惯了传统的“精耕细作”，不相信被秸秆覆盖的地能种出苗。甚至有小两口在种植意愿上出现分歧，吵着闹离婚，直到看到地里苗齐长势好，风波这才平息。李洪文对此也深有感受，他说，每到一个新的地方推广，印象最深的就是老百姓站在田间地头质疑的场景，直到现在，仍然有老百姓认为保护性耕作不整地、不灭茬、不打垄，是“懒汉种地”，种不出好地。

实际上，保护性耕作虽然“颜值”不高，但却很有“实力”。一是给秸秆找了个好去处，让秸秆“化作春泥更护花”。二是蓄水保墒，苗齐苗壮。秸秆覆盖地表，有效减少了土壤水分蒸发，增加了雨水渗透，提高了土壤的蓄水能力。辽宁省昌图县盛泰农机专业合作社理事长盛铁雍说，正是因为实施了保护性耕作，保水效果明显，在2018年大旱之年，他们的玉米亩产仍达1 500斤以上，较传统地块多300斤以上。三是培肥地力，增加土壤有机质，蚯蚓大量增多。四是节本增效。梨树县卢伟农机农业专业合作社理事长卢伟给大家算了一笔账：从1垧地的作业成本来看，包括起垄镇压、播种施肥、中耕培垄、清理秸秆在内的传统种植方式需要2 000元，而保护性耕作减少了作业次数，比传统种植模式节省1 000～1 400元，这还没算上节省肥料费用和粮食增产收入。

值得一提的是，保护性耕作抗灾稳产技术的优势在2020年得到充分显现。7月，辽西北、内蒙古东四盟等地区持续干旱，一些地块因干旱减产30%以上，甚至绝收，而规范实施保护性耕作的地块，玉米抗旱期延长了10～15天。9月，黑龙江、吉林的台风强降雨，使得一些传统耕作地块种植的玉米大面积倒伏，而保护性耕作地块由于玉米根系扎得更深，土壤较为紧实，抗倒伏效果明显。可以说，2020年，保护性耕作实施地块成功抵御了春寒、夏旱、台风等不利天气因素影响，产量受影响程度较小，实现了粮食保产稳产。

为了普及保护性耕作，加快转变老百姓的传统观念，2020年春节期间，内蒙古自治区扎赉特旗利用微信群等新媒体开展线上技术培训，采用蒙汉双语解读政策，介绍技术模式和工艺流程，听众达1 000多人次。截至2020年8月底，内蒙古自治区通过组织开展视频讲座、现场演示会和举办培训班，共培训技术人员、农牧民和农机手12 000多人次。辽宁省、吉林省和黑龙江省也各显其能，在宣传培训、示范引领、技术指导方面下足了功夫。

“年考”已过，“奋战”仍在进行时

“内蒙古自治区全区共完成保护性耕作面积758.93万亩，是目标任务的108.4%。”

“辽宁省完成保护性耕作面积808万亩，完成了800万亩目标。”

“吉林省实施保护性耕作1 852万亩，超出国家任务552万亩。”

“黑龙江省实施保护性耕作1 330万亩，圆满完成了国家下达的1 200万亩目标任务。”

推进会现场，东部4省份均交出了超额完成的年度答卷。沉甸甸的答卷中凝聚着各级政府的心血。

站位高度决定推进力度，重视程度决定实施进度。4省份高位推进，火力全开，各自制定了2020—2025年行动方案和2020年度实施方案，成立了由省（自治区）政府分管领导同志“挂帅”的推进行动领导小组，辽宁、吉林2省还自我加压，将行动计划纳入了政府绩效考核督导事项。这一切，为保护性耕作答卷的完成提供了强有力的组织领导保障。

组织领导作保障，资金补助也不缺席。在当前我国统筹疫情防控和经济社会发展的关键时期，在“要坚持政府过紧日子，大力压减一般性支出”的财政支出原则下，中央财政仍然“给力”，2020年，安排了16亿元支持完成4 000万亩年度任务，吉林省财政还单独安排了2亿元。农户、农机手等能领到实实在在的作业补贴。

此外，在技术指导服务、作业监测质量、实施效果监测等方面，4省份也绝不含糊，攻坚克难，不断向前推进。

在24日上午召开的座谈交流会上，4省份的参会代表们不仅交流取得的成绩，还探讨了推进过程中存在的问题及困难之处：宣传推广力度不够、推广人才缺乏、实施质量需要提高……这些是难处，也是动力，激励着保护性耕作向更高层次推进。

实施保护性耕作保护东北黑土地，是一场攻坚战，更是一场持久战，需要持之以恒、长期坚持，需要抓紧抓实、久久为功。对于之后的工作，张桃林在推进会上提出了5点要求：要狠抓组织推动，要狠抓观念转变，要狠抓实施质量，要狠抓机具保障，要狠抓政策协同。针对实施质量问题，张桃林强调，要坚持“多覆盖、少动土”的核心要求，一方面，做到标准明确，能少动土就少动土，能多覆盖就多覆盖。至少要坚持春季播种后秸秆覆盖率达30%、动土量不高于50%的底线。对于秸秆全量覆盖的地块，要减少动土比例，尽量避免旋耕；对于秸秆部分覆盖的地块，要尽量做到零动土。另一方面，坚持因地制宜。风沙干旱区实施效果最好，农民接受程度最高，要坚持和推广秸秆全量还田免耕播种的技术模式，使之成为当地群众的行动自觉。玉米高产区由于秸秆量大，为营造好种床环境，播种前可对秸秆进行必要的处理，但不能动土过宽、过深。冷凉区域、黏重土区，要首先立足于点上示范，着力打造样板地块，形成成熟、可推广的模式后，再逐步扩大面积。

2020年7月22日，习近平总书记在吉林梨树考察时强调，一定要采取有效措施，保护好黑土地这一“耕地中的大熊猫”。相信在各级政府和干部群众的共同努力下，保护性耕作必将成为东北适宜地区的主流耕作制度，黑土会越来越“黑”，环境会越来越好，老百姓的生活会越来越幸福。

系列报道

A SERIES OF REPORTS

2020“三农”新闻作品选

粮食公开课

刊播 中央人民广播电台（8月）
监制 高岩
策划 任捷
审稿 樊新征
记者 朱敏
播音 王泽华　纪俨玲

【导语】

“民以食为天，食以粮为先”，粮食安全事关国计民生。习近平总书记指出，尽管我国粮食生产连年丰收，对粮食安全还是始终要有危机意识。中国之声特别策划《粮食公开课》，普及中国粮食知识，阐述粮食供需格局，唤起粮食安全危机意识，呼吁遏制“舌尖上的浪费”。

第一课　粮食连年丰收的背后

【压混：敲黑板声】

知识点来了：洪范八政，食为政首。百姓的吃饭问题是治国理政的头等大事。改革开放后，通过农村改革，我国粮食产量快速增长，中国人摆脱了吃不饱饭的困境。党的十八大以来，我国粮食产量稳步增长，截至2019年，已经连续5年粮食生产稳定在1.3万亿斤，也就是6.5亿吨以上。2020年夏粮产量达2 856亿斤，创历史新高，比2019年增长0.9%。总体而言，粮食生产连年丰收，人民群众衣食无虞。下面，有请中国社会科学院农村发展研究所研究员李国祥为大家解答疑问。

【压混：隔断声】

提问：作为世界最大、人口最多的发展中国家，中国用仅占世界7%

的耕地，养活了全球20%的人口，创造了举世瞩目的奇迹。但是近30年，我国耕地不断减少。1996年，我国的耕地面积是19.51亿亩，2006年降至18.27亿亩，减少了1.24亿亩，此后多年，一直在18亿亩红线的位置徘徊。我国人均耕地面积仅为1.38亩，不到世界平均水平的40%，为什么粮食还能连年增产？

【李国祥】耕地面积由于建设占用，一直在减少，但耕地18亿亩红线是守得住的。根据统计数据，我国的耕地面积目前在20亿亩以上。当然，实现连续增产，更为重要的因素还是科技。我们主要通过绿色发展，在品质提高的前提条件下，提高了单产水平。听众可能会注意到，科学家提出的粮食产量跟现在统计的粮食产量差异非常大。比如稻谷，现在科研的产量可以达到1亩地1吨，也就是2 000斤以上，但实际上统计的稻谷产量只有1 000多斤。农民在实际收获中，会普遍感觉到产量远远高于我们统计的产量。就是说，我国的粮食产量（统计）是保守的，不是虚夸的。

随着城镇化进程加快，大量适龄劳动力离开乡村，进城务工。虽然说当前我国的农村人口总数约有5.6亿，但其中大部分人已不种地了。现在不少地方出现“空心村”，留在村里的大都是老年人，80后、90后基本不从事农业生产。那么农村里还有哪些人在种地呢？他们能种好吗？

【李国祥】确实，大批农村的青壮劳动力转移到了城市，农村里主要是留守老人。世界上也是这样。现在的粮食生产跟过去完全不一样，过去是面朝黄土背朝天，现在则主要靠机械化技术。我到农村调查，在农田里看到拖拉机在收割，而农民在外地打工，通过电话指挥，根本不需要到现场，就可以完成收割、销售的各个环节。农业现代化有效减少了劳动力大量转移给粮食生产带来的不利影响。当然，我们也看到，蔬菜、水果种植确实还需要劳动力，农民养猪、牛、羊还比较辛苦，机械化程度不是很高。接下来，我们要通过提高畜牧业等的机械化水平，让老百姓不仅“米袋子”有保障，而且“菜篮子”“果盘子”都能有保障。

根据国家统计局发布的数据，2019年，全国粮食总产量超过6.6亿吨，创历史新高。不久前，又宣布2020年夏粮产量创新高，连续17年丰收！我国的粮食总量能达到什么高度？有如此规模的总产量，我们还用担心粮食吗？

【李国祥】粮食少了绝对不行，粮食多了也不好，吃不完就浪费了。我国的粮食产量，我个人认为可以达到7亿吨、8亿吨。从我国的粮食口径来看，8亿吨粮食就够了。我们的粮食现在面临的主要矛盾不是产量问题，而是供求结构性矛盾的问题。老百姓生活水平提高之后，肉、蔬菜、水果吃得越来越多，主食相比过去，吃得越来越少。我们要特别警惕什么？第一，在调整生产结构的时候，我们必须局部、分区域、有计划、有步骤地调整，不能直接进行全国性的调整，否则会出现周期性的大幅度波动；第二，靠天吃饭的问题没有得到根本性的解决，要加强高标准农田建设，提高抵御自然灾害的能力；第三，现在粮食生产虽然不主要靠劳动力，但是经营者种地还是要有比较效益。我们要让种粮的农民在经济上不吃亏，必须要探索出一条道路。

第二课　粮食供需的“紧箍咒”

【压混：敲黑板声】

知识点来了：根据联合国粮农组织的定义，粮食安全即确保所有人在任何时候，既能买得到，又能买得起所需要的基本食品。所以说，要确保粮食安全，既要有足够的粮食生产能力，又需要居民有经济能力和相关的政策支持，能买到足够的粮食，同时还需要一个高效的粮食交易、运输和供应体系，架起从田间到餐桌的桥梁。这3点，中国都做得不错。但要注意的是，我国粮食消费量的增长速度仍快于产量的提高速度，粮食生产和消费将长期处于“紧平衡”状态。接下来，有请国务院发展研究中心副研究员米健解答大家的疑问。

【压混：隔断声】

提问：根据农业农村部发布的数据，2010年以来，我国人均粮食占有量持续高于世界平均水平，2019年超过470公斤，远远高于人均400公斤的国际粮食安全标准线。既然远远高于国际粮食安全标准线，为什么说中国的粮食生产和消费长期仍将长期处于“紧平衡”状态？该怎么理解“紧平衡”呢？

【米健】从中长期来看，中国粮食安全处于“紧平衡”状态的主要原因是人均粮食需求量持续增加，这源于两点：一是中国的人均收入会持续增加，这会使人均口粮消费略有下降，但肉蛋奶对应的饲料用粮和工业转化用粮将明显增加，这导致总的人均粮食消费量持续增长。二是城镇化还会持续较长时间，城乡人口结构转型使粮食需求进一步增加。目前，中国城镇化率接近60%，如果只算户籍人口，则约为44%，而发达经济体基本为80%，中国的城镇化还要持续20年或者更长时间。城镇人口人均粮食消费高于农村人口，主要原因是肉蛋奶对应的饲料用粮消费更高，城镇居民在外就餐更多。人口结构转型对粮食安全提出了更高的要求。

疫情初期，很多国家掀起了抢粮的风潮，国内有些居民也在囤粮。即便如此，我国市场上也没有出现断粮、缺肉的情况。我们都有切身体会，食物供应还是稳稳的。是什么样的强大体系在支撑中国粮食的供应？

【米健】目前，中国粮食的供应体系已经市场化。从2014年开始，我国取消了对大豆、玉米等的政策性收购，现在基本上由市场收购。从2016年开始，小麦和水稻的政策性收购比例略有下降，也就是说，加强了市场化收储。所以目前完成粮食收购，以及供应链各个环节的是各类企业。中国市场化的粮食收购体系已经实现多元化了，不存在某个地方或者某些企业垄断市场的情况。中国的粮食物流可能是全球最好的粮食物流之一，可以把粮食主产区生产的粮食较快地配送到大城市等需求比较集中的地方。还有一个就是中国的农产品电子交易市场还是比较完善的，郑州的粮食交易所和大连的交易所，对小麦、水稻、玉米、大豆的定价和引导预期还是不错的。

如今，我们动动手指，食物就能送到家，似乎不用担心粮食供应链环节会出什么问题。不过，虽然我国粮食生产连年丰收，也还是要警惕生产成本上升、自然灾害等因素可能带来的风险。在生产量有保障的前提下，我们还用担心粮食价格有大幅波动吗？

【米健】从粮食交易和流通来看，中国的粮食生产继续向主产区集中，跨区域、长距离的粮食交易和运输不断增加，粮食价格受各种复杂因素影响而大幅波动的风险依然存在。如江苏、浙江和广东的大、中城市较多，人口密集，粮食需求量很大，而长江流域的四川、湖南、湖北、安徽等地虽然也生产很多粮食，但还不够，还需要从东北和华北调入。如果受自然灾害影响，长江流域粮食减产，就需要调入更多粮食，粮食价格就会波动。粮食价格异常波动等因素会严重影响农业生产的积极性。为了帮助农业生产者控制风险，中国应该加快完善土地流转、农业保险、农业技术推广、农村金融等方面的法律法规和制度体系。

第三课　储备粮的底盘有多稳

【压混：敲黑板声】

知识点来了："手有余粮，心中不慌"。粮食作为一种战略资源，世界各国都会储备。储备粮就像空气，平时虽感受不到，但每时每刻都不能少。我国粮食库存主要分为政府储备、政策性库存和企业商品库存。其中，政府储备分为中央储备粮和地方储备粮，中央储备粮的作用是守住粮食安全底线、应对较大的自然灾害、稳定国内外的粮食安全预期，是国家粮食安全的"压舱石"；地方储备粮主要用于本地市场，作用是稳定本地粮价、保持有效供应，是中国居民粮食安全的第一道防线。近年来，我国粮食库存充裕，稻谷、小麦的库存量可满足1年以上的市场消费需求。在这样的背景下，我们为什么还要提倡节约粮食？接下来，有请中国农业科学院农业经济与发展研究所副研究员孙致陆为大家解答疑问。

【压混：隔断声】

提问：从古代大名鼎鼎的常平仓，到新中国成立之初的"甲字粮"，再到现在的中储粮。我国自古以来就有储备粮制度。但现在，我们在生活中似乎很少看到储备粮的身影，什么时候会动用储备粮？它是如何发挥"压舱石""调节器"作用的？

【孙致陆】确实，作为普通的公众，在日常生活当中不会直接看到储备粮被调动的情形，因为它主要是政府层面的行政调令，但它在我们的日常生活当中发挥的作用是非常大的。储备粮具有市场供求的"调节器"、救灾应急的"蓄水池"和战略安全的"保护伞"3个方面的重要作用。粮食在很大程度上受到天气状况、政策等因素的影响，有时候会出现年际的波动，这就需要通过储备粮这种形式来对市场上粮食的供需进行调控。此外，我国自然灾害发生的频率较高，发生自然灾害时，储备粮就会发挥很重要的作用。储备粮始终是一种非常特殊的储备物资。1998年的长江流域大洪水、汶川大地震都动用了中央储备粮。新冠疫情发生以来，中央储备粮都没有被动用。

看来，储备粮不仅是平抑粮价、备战荒年的后手，还是全国人民关键时期的救命粮。然而，我们看到，2020年有不少农民惜售粮食，夏粮收购遇到阻碍。国家粮食和物资储备局8月12号发布主产区夏粮收购进度，截至8月5号，主产区小麦累计收购4 285.7万吨，同比减少938.3万吨。2020年的粮食收购能完成目标吗？如果收购量减少，对储备粮总量的影响有多大？

【孙致陆】虽然目前的收购进度有些慢，但实际上，我们国家有粮食丰收的基础。后期，如果相应的收购条件更好，相关的政策在执行的时候顺畅的话，我想，全年的收购进度还是有保证的。收购速度较慢这个情况，实际上在咱们国家最近几年的夏粮收购过程中也不同程度地出现过。2018年收购进度减缓，主要是因为当年江淮地区小麦赤霉病发生得非常严重，导致那一年小麦的质量不是特别好，所以入库量没有那么高。只要今年下半年我们国家不发生特别严重的自然灾害，全年的粮食收购计划应该还是有保证的。

2019年《中国的粮食安全》白皮书指出，政府粮食储备数量充足，质量良好，储存安全。在大中城市和价格易波动地区，建立了10～15天的应急成品粮储备。应急储备、加工和配送体系基本形成。粮食储备这么多，储存条件这么好，为什么还要杜绝浪费、警钟长鸣？

【孙致陆】我们国家人多地少这个矛盾实际上是非常突出的。虽然这么多年一直保持稳产增产，但面临的资源和环境压力越来越大，今后保持稳产增产的势头的难度也越来越大。粮食产量多了，种类丰富了，意味着我们可以更好地消费，但消费不等同于浪费。粮食再丰产丰收，我们也不能浪费一株、一穗。保障粮食安全，我们除了要抓紧生产环节，还要注重节约粮食，把节约粮食放在与生产同等重要的位置上。实际上，节粮减损是比提高粮食产量更为有效的保障粮食安全的措施。

第四课 全球粮食危机警钟响起

【压混：敲黑板声】

知识点来了：粮食是人类生存之本。然而，在科技发达、贸易全球化的今天，世界上依然有很多人饱受饥饿的困扰。联合国粮农组织统计显示，世界76.33亿人口中，至少还有8.2亿人面临饥饿，相当于世界上每9人中就有1人挨饿。2020年更为特殊，由于新冠肺炎疫情、国际关系、自然灾害等不稳定因素增加，世界粮食供应变数丛生。近日，联合国再次发布报告称，2020年共有25个国家面临严重饥饿风险，世界遭遇至少50年来最严重的粮食危机。全球粮食危机会对我国粮食安全产生什么影响？下面，有请同济大学国家发展研究中心主任程国强为大家答疑解惑。

【压混：隔断声】

提问：我们知道，全球粮食危机，并不是简单地由粮食减产造成的。其实，从全球范围来看，小麦和稻米年产量相差不大，年均增长速度维持在2.3%。还有数据显示，1961年以来，全球粮食产量年增长率达2.2%，小麦、稻米、玉米和大豆4种粮食年产量相加，一直维持在30亿吨左右。总体而言，当前全球粮食供求基本平衡。既然供求基本平衡，2020年，联合国为何频频发出粮食危机的预警？

【程国强】从全球粮食供需的格局来看，现在说全球粮食生产大幅度减产，可能为时过早，粮食总量从全球总体上来看是平衡的。我觉得联合国对今年粮食供需的预警，更多的是出于对疫情、蝗虫灾害导致的市场不稳定的预期。从历史的教训来看，疫情、金融危机等易导致投机资本对全球粮食进行炒作，导致国际粮价上涨。在供给不短缺的背景下，粮价上涨，导致部分发展中国家没有足够的购买能力，出现了粮食安全问题。我觉得全球粮食危机更多体现在这个方面，而不是事实上的粮食短缺导致的粮食不够吃。

我们也看到，在这样的背景下，一些粮食出口国出于自身安全考虑，限制了出口量。我国大米、小麦和玉米三大口粮基本自给自足，不依赖进口，饭碗牢牢端在自己手里。然而，当前全球疫情仍然在蔓延，长期下去，国际农产品进出口格局将会发生什么变化？对我国会有什么影响？

【程国强】如果一些国家，特别是农产品出口国，疫情得不到有效控制，就会不可避免地对物流、国际贸易造成冲击，甚至出现中断现象。这要求我们从现在开始，一定要加强对全球农产品供应链的建设，进一步优化农产品的进口来源地、全球布局等，避免过度的集中、方式的单一。在肉蛋奶的消费不断增加的背景下，我们的一些非主粮产品需要统筹利用国内、国外两个市场、两种资源。过去，我们以进口为主，而且来源相对集中，一旦国际格局发生变化，或者是受突发事件的影响，极易对我们的单一进口造成冲击，因此，今后要实施多元化的战略。另外，要进一步深化各个方面的国际协调，包括国际贸易、国际投资以及疫情防控等，以形成一些共识，避免国际贸易中断。

“城门失火，殃及池鱼”。同处地球村，我们不愿看到任何人挨饿。危机的警钟已响起，在保障自身粮食安全的前提下，从国家到个人，我们能为世界粮食安全做些什么？

【程国强】中国作为全球最大的人口大国，是受全球粮食安全影响最大的国家，我们能够守住粮食安全的底线，确保14亿人口的吃饭问题，本身就是对世界粮食安全最大的贡献。从这点来看，我们一定要坚持口粮绝对安全基本方针不动摇，只要我们14亿人口的粮食安全解决好了，就能给世界粮食安全带来稳定的预期。对于中国来讲，可以在力所能及的范围内与一些发展中国家一起应对困难。通过农业科技合作等，协助、支持发展中国家，增强粮食生产能力；跟国际组织一道建立全球性的应急机制，防止投机资本炒作国际粮食市场。作为个人，珍惜每一粒粮食应是我们的基本准则，不管是在哪个时期。抓粮食节约，杜绝浪费，在这个很重要的节点，是守住粮食安全的重要举措。

第五课　触目惊心的粮食浪费

【压混：敲黑板声】

知识点来了：在温饱已经不是问题的今天，如果请每个人扪心自问：我有没有浪费过粮食？相信很多人的答案是肯定的。也许你会认为，自己浪费一点不算什么。那么，我们来看一组数据：中国科学院地理科学与资源研究所的实地调研报告显示：我国餐饮业人均食物浪费量为每人每餐93克，浪费率为11.7%，1年仅餐桌食物浪费量就在1 700万～1 800万吨，相当于3 000万～5 000万人全年的食物量。如果把全国每年浪费的食物总量折合为粮食，可达约1 000亿斤，约为3.5亿人1年的食物量。数据可谓触目惊心！该如何堵住粮食浪费的缺口？有请中国农业大学食品科学与营养工程学院教授罗云波为我们支着。

【压混：隔断声】

提问：我们中国人从小就接受“谁知盘中餐，粒粒皆辛苦”的教育，珍惜粮食，这一本应融入中华民族血液的优良传统，如今却随着粮食产量的上升而逐渐被遗忘了。我国粮食浪费的“重灾区”在哪里？是什么导致这些浪费的发生？

【罗云波】我们国家的粮食浪费主要发生在餐桌上。这跟我们的传统文化有关系。中国的传统就是热情好客、讲面子。大家聚餐时，如果餐桌上的东西都被吃光了，主人会觉得很没面子，会想是不是大家不够（吃）？然后就一定要再点几个菜摆着，等客人走了之后扔掉都没关系。聚餐结束后，主人觉得把剩菜打包回去没面子，显得很小气——剩的东西拿回去干什么？因此，粮食浪费触目惊心。尽管我们的粮食产量在增长，但是也不能这样“造”。人类是命运共同体，粮食是全球面临的重大挑战之一。一个14亿人口的大国，如果能够每人节约一口，你想一想，这会是多大的资源、多大的力量？

其实，近年来，我国粮食浪费问题严重，早已引起社会广泛关注。党的十八大后，中央就提出了“光盘行动”，倡导厉行节约，反对铺张浪费。近段时间，全国各地餐饮企业推出“半份菜”、“N-1”点餐模式、“分餐制”等新“食尚”，您怎么看待这样的新“食尚”？节约的氛围该怎样营造并持续下去？

【罗云波】还是要改变观念。实际上，在粮食短缺的时候，毛主席就说贪污和浪费是极大的犯罪，把浪费跟贪污相提并论。现在我们（粮食）够了，有人就想显摆，要杜绝这种现象。我们要提倡吃完是一种时尚，点多少吃多少是一种时髦。把吃一半扔一半看成是一种可耻的行为。另外，我们在分餐方式上也可以做一些改变。国外不是实行分餐制吗？当然，完全的分餐制，我们中国人觉得没有氛围。中华传统饮食本身也是一种文化，我觉得可以中西结合，比如固定的配菜可以分成一份一份的，一些菜品则可以大家分享，分享一部分，分食一部分，这样可以在客观上杜绝一些浪费。

节约粮食，在我国，不仅仅是道德层面上的呼吁，还准备立法了。8月13号，全国人大常委会法工委决定成立工作专班，抓紧研究提出制止餐饮浪费行为立法的工作方案，将强化管理粮食生产、收购、储存、运输、加工、消费等各个环节，有效减少损失浪费，特别是在餐饮消费环节，积极倡导合理、健康的餐饮文化，建立制止餐饮浪费行为的长效机制。这样的法规将如何落实到我们的日常生活中？

【罗云波】浪费贯穿从农田到餐桌的全过程，但是最主要的还是餐饮。从法律来说，应该把浪费粮食作为一种会被处罚的、一种不好的行为，在大的框架上确定下来。在实施细则方面，要进行充分调研，主客双方都有必须承担的责任和义务。而餐馆方面，必须提供不同的分量，比如大份、小份、中份，如果不能提供，消费者就可以告你。对消费者来说，如果一桌饭有1/3没吃完，邻桌可以举报，餐馆也可以举报，让相应的部门来处罚你，就跟违反交通规则一样，给你开个罚单。另外，还要有一个评估体系，如果我们实施了制止餐饮浪费的机制，餐饮业节约了多少、我们从中得到的红利是多少，每年都应公布出来。对国人来说，这会是一个倡导节约、蔚然成风的非常好的形式。

访谈解读

EXPLANATIONS OF INTERVIEWS

健全乡村治理　维护农村稳定

刊播《人民日报》（2月17日11版）
解读人 何予平　李冠佑　刘洋　申相磊
采访人 顾仲阳

乡村治理是国家治理的基石。确保农村社会和谐稳定，是全面建成小康社会的重要保障。习近平总书记指出，要夯实乡村治理这个根基。

2020年的中央一号文件对加强农村基层治理全面部署，就是要加快推进乡村治理体系和治理能力现代化，更好地维护农村社会和谐稳定。

让农村基层党组织全面进步、全面过硬

“村看村、户看户、农民看支部”。农村基层党组织是党在农村全部工作和战斗力的基础，必须把农村基层党组织建成坚强的战斗堡垒。

如何提升基层党组织战斗力？一号文件提出，要认真落实《中国共产党农村基层组织工作条例》，组织群众发展乡村产业，增强集体经济实力，带领群众共同致富；动员群众参与乡村治理，增强主人翁意识，维护农村和谐稳定；教育引导群众革除陈规陋习，弘扬公序良俗，培育文明乡风；密切联系群众，提高服务群众能力，把群众紧密团结在党的周围，筑牢党在农村的执政基础。要着力加强一系列制度建设，全面落实村党组织书记县级党委备案管理制度，建立村“两委”成员县级联审常态化机制；建立健全村务监督机制，全面落实“四议两公开”；加强村级组织运转经费保障，健全激励村干部干事创业机制。

针对有的农村基层党组织领导作用被弱化、虚化等现象，一号文件提出，要持续整顿软弱涣散村党组织，发挥党组织在农村各种组织中的领导作用，

选优配强乡镇领导班子，特别是乡镇党委书记，推动农村基层党组织全面进步、全面过硬。

县乡村联动，更多资源下沉，提高乡村治理效能

好政策关键在落实。为提高乡村治理效能，一号文件提出，要健全乡村治理工作体系，明确了县乡村三级各自的职能定位和工作重点。

县级是“一线指挥部”，不论是贯彻落实“三农”工作任务，还是化解农村各类矛盾问题，县级都是最关键的环节。要加强统筹谋划，落实领导责任，强化大抓基层的工作导向，增强群众工作本领。一号文件提出，要建立县级领导干部和县直部门主要负责人包村制度。

乡镇是为农服务中心，是面向农村、服务农民的区域中心。一号文件提出，要充实乡镇在农村人居环境整治、宅基地管理、集体资产管理、民生保障、社会服务等方面的工作力量，为农民提供基本的公共服务和比较完备的生产生活服务，使乡镇成为带动乡村发展的龙头。

行政村是基本治理单元，是村民自治的主要载体。一号文件提出，要强化自我管理、自我服务、自我教育、自我监督，健全基层民主制度，完善村规民约，推进村民自治制度化、规范化、程序化。

通过县乡村联动，推动更多资源下沉到乡镇和村，全面提高乡村治理效能。

深入推进平安乡村建设，确保农村社会和谐稳定

农村社会稳，国家大局就能稳。当前我国经济社会运行总体平稳，但国内外风险挑战明显增多，迫切需要稳住“三农”这块“压舱石”，为做好全局工作赢得主动权。

如何最大限度地减少农村不和谐、不稳定的因素？必须着眼根本，持续整治侵害农民利益的行为，及时妥善处理农民群众合理诉求，妥善化解基层矛盾纠纷。一号文件强调，要畅通农民利益诉求表达渠道，维护好农民群众的合法权益。推行领导干部，特别是市县领导干部定期下基层接访制度，积极化解信访积案；组织开展“一村一法律顾问”等形式多样的法律服务；坚持和发展新时代“枫桥经验”，做到小事不出村、大事不出乡、矛盾不上交。

为更好地维护农村社会和谐稳定，一号文件提出，要深入推进平安乡村建设。当前，扫黑除恶专项斗争持续向纵深推进，下一步，要聚焦重点，严

厉打击非法侵占农村集体资产、扶贫惠农资金和侵犯农村妇女儿童人身权利等违法犯罪行为。要推进反腐败斗争和基层“拍蝇”，建立防范和整治“村霸”长效机制，提高农村居民的安全感。针对农村各类安全隐患仍然不少、一些农村地区假冒伪劣食品泛滥等现象，要全面排查整治农村各类安全隐患，推行网格化管理和服务，开展农村假冒伪劣食品治理行动，全面防范和化解农村不稳定因素。

抓好“三农”领域重点工作　确保如期实现全面小康

——中央农办主任、农业农村部部长韩长赋解读2020年中央一号文件

刊播 新华社（2月5日）

作者 董峻　侯雪静

新华社5日受权发布《中共中央、国务院关于抓好“三农”领域重点工作确保如期实现全面小康的意见》。这是2020年中央一号文件，也是21世纪以来指导“三农”工作的第17个中央一号文件。中央农村工作领导小组办公室主任、农业农村部部长韩长赋当天就文件精神进行了全面解读。

全面建成小康之年，锁定两大重点任务

韩长赋说，2020年中央一号文件的工作重点是对标对表全面建成小康社会目标，集中力量完成打赢脱贫攻坚战和补上全面小康“三农”领域突出短板这两大重点任务。

“2020年是全面建成小康社会目标实现之年，是全面打赢脱贫攻坚战收官之年。完成这两大目标任务，脱贫攻坚还有一些最后的堡垒必须攻克，全面小康‘三农’领域还有一些突出的短板必须补上。”韩长赋说。

目前还有近300万农村贫困人口没有脱贫，还剩下50多个贫困县尚未摘帽。收官之年，如何攻克脱贫攻坚战最后的堡垒？韩长赋介绍了4项主要工作：

完成好剩余脱贫任务——重点是在普遍实现“两不愁”基础上全面解决“三保障”和饮水安全问题。

巩固脱贫成果，防止返贫——对已脱贫人口开展全面排查，将返贫人口和新发生贫困人口及时纳入帮扶。

做好考核验收和宣传工作——严格执行贫困退出标准和程序，坚决杜绝

数字脱贫、虚假脱贫。

研究接续推进减贫工作——将解决相对贫困问题纳入实施乡村振兴战略统筹安排。

韩长赋同时表示，农村基础设施不足、公共服务落后是农民群众反映最强烈的民生问题，也是城乡发展不平衡、农村发展不充分最直观的体现。对此，文件提出要补上农村公共基础设施、供水保障、人居环境整治、教育、医疗卫生服务、社会保障、公共文化服务以及生态环境治理8方面短板。

他强调，文件提出的补短板任务重点针对全面建成小康社会目标，而不是完成现代化的短板，因此，必须坚持从农村实际出发，尽力而为、量力而行。

经济下行压力加大，多渠道促进农民增收

据韩长赋介绍，到2020年，城乡居民收入要比2010年翻一番，这是党的十八大确定的全面建成小康社会定量指标。要保持农民持续较快增收的势头不减弱、趋势不逆转，这样才能持续缩小城乡收入差距，让农民群众在小康之年有更多获得感、幸福感、安全感。

韩长赋指出，在当前宏观经济下行压力加大的背景下，农民增收形势不容乐观，必须主动作为，多渠道促进农民持续增收。

一是发展富民乡村产业。支持各地立足资源优势，打造各具特色的农业全产业链，推动农村一、二、三产业融合发展。加快建设各类产业园区基地，重点培育家庭农场、农民合作社等新型农业经营主体，通过订单农业、入股分红、托管服务等方式，将小农户融入农业产业链。继续调整优化农业结构，打造地方知名农产品品牌，增加优质绿色农产品供给，提升农民生产经营效益。

二是稳定农民工就业。重点是加强职业技能培训，积极开发城镇就业岗位，加大农民工稳岗支持力度。要加大对拖欠农民工工资的整治力度，以政府投资项目和工程建设领域为重点，开展排查整顿，确保农民工工资按时、足额发放。深入实施农村创新创业带头人培育行动。

三是稳定农民转移性收入。保持好强农惠农富农政策的连续性、稳定性，确保农民转移性收入不减少。

粮安天下，稳产保供释放鲜明信号

韩长赋说，文件强调粮食生产要“稳”字当头，稳政策、稳面积、稳产

量，释放了鲜明的政策信号——

强化粮食安全省长责任制考核，要求各省份2020年粮食播种面积和产量保持基本稳定；进一步完善农业补贴政策，让农民种粮不吃亏；加大产粮大县奖励力度，支持产粮大县高标准农田建设新增耕地指标跨省域调剂使用；抓好草地贪夜蛾等重大病虫害防控，推广统防统治、代耕代种、土地托管服务模式。

韩长赋说，我国粮食产量连续5年稳定在1.3万亿斤以上，粮食供给总量是充裕的。但粮食生产能力基础并不稳固，供求吃紧就会影响社会稳定和整个大局。因此，经济形势越复杂，就越要稳住农业、稳住粮食。

加快恢复生猪生产是又一项工作重点。文件提出，要采取综合性措施，确保2020年年底前，生猪产能基本恢复到接近正常年份水平。这些措施包括：落实“省负总责”、压实“菜篮子”市长负责制、强化县级抓落实责任；严格落实扶持生猪生产的各项政策举措，纠正随意扩大限养、禁养区和搞“无猪市”“无猪县”的问题；严格执行非洲猪瘟疫情报告制度和防控措施，加强动物防疫体系建设；推动生猪标准化规模养殖，引导生猪屠宰加工向养殖集中区转移；加强市场监测和调控，打击扰乱市场行为等。

“必须把生猪稳产保供作为重大政治任务，像抓粮食生产一样抓生猪生产。”他强调。

真金白银补短板，“人地钱”要素保障继续强化

韩长赋说，补短板离不开真金白银的政策支持和要素保障。2020年中央一号文件在强化人才、土地、资金等方面政策的含金量很高。

人才保障方面，提出抓紧出台推进乡村人才振兴的意见，有组织地动员城市科研人员、工程师、规划师、建筑师、教师、医生下乡服务，城市中小学教师、医生晋升高级职称前，原则上要有1年以上农村基层工作服务经历。

用地保障方面，提出完善乡村产业发展用地政策体系，将农业种植养殖配建的各类辅助设施用地纳入农用地管理，合理确定辅助设施用地规模上限，明确农业设施用地可以使用耕地；明确新编县乡级国土空间规划应安排不少于10%的建设用地指标，省级制定土地利用年度计划时，应安排至少5%新增建设用地指标保障乡村重点产业和项目用地；提出农村集体建设用地可以通过入股、租用等方式直接用于发展乡村产业。

投入保障方面，提出加大中央和地方财政“三农”投入力度，中央预算内投资继续向农业农村倾斜，要求抓紧出台调整完善土地出让收入使用范围进一步提高农业农村投入比例的意见，明确符合条件的家庭农场等新型农业经营主体可按规定享受现行小微企业相关贷款税收减免政策等。

韩长赋还介绍说，2019年以来，受宏观经济形势和产业自身因素影响，农业投资出现一定幅度下滑。文件对有效扩大农业农村投资作出一系列部署，如：加快推进高标准农田建设、抓紧启动和开工一批重大水利工程和配套设施建设、部署启动农产品仓储保鲜冷链物流设施建设工程。同时，引导和鼓励工商资本下乡，切实保护好企业家合法权益。

如何破解有机肥“叫好不叫座”困局？

——农业农村部有关负责人回应有机肥推广难问题

刊播 新华社（10月31日）
作者 于文静

近日，有媒体报道一些农业大省有机肥推广取得成效，但也存在“叫好不叫座”现象。有机肥在全国使用情况如何？推广面临哪些困难？今后如何解决？记者日前采访了农业农村部种植业管理司负责人。

2019年，有机肥施用超5.5亿亩次

近年来，各地加快推广有机肥，促进农业绿色发展。有记者近日在一些地方了解到，施用有机肥的农户还不多，特别是在大田作物方面，农民对有机肥的接受程度较低，认为比较贵、见效慢，更习惯用化肥。

有机肥是重要的农业投入品，我国自古就有积造使用的传统。21世纪60年代“绿色革命”以来，化肥成为主要农业投入品。针对化肥不合理使用引发的问题，2017年以来，中央一号文件连续对化肥减量增效、有机肥替代化肥作出部署。

农业农村部种植业管理司负责人表示，近年来，我国畜牧业持续稳定发展，规模化养殖场粪便量大且集中，成为农村环境治理的一大难题。支持农民利用畜禽粪便积造有机肥，推动资源下地，是实现“污染源”向“资源”转化的有力抓手。同时，可以改良土壤、培肥地力，提升农产品品质。

2017年，农业农村部启动农业绿色发展五大行动，将果、菜、茶有机肥替代化肥试点作为一项重要内容。3年来，以畜禽粪污资源消纳处理任务重的地区为重点，选择了一批新型农业经营主体，强化政府购买服务，对有机肥

积造施用予以补助，初步构建了有机肥替代化肥的制度框架。

据农业农村部统计，2019年，全国有机肥施用面积超过5.5亿亩次，比2017年增加5 000万亩次。据对26个省份的不完全统计，目前在建及已建商品有机肥生产企业3 522家，年生产商品有机肥9 377.4万吨。在有机肥替代化肥的带动下，2019年，农用化肥施用量达5 403.6万吨（折纯），比2015年减少619万吨，连续4年负增长。

推广仍面临4个难题

这位负责人介绍说，尽管有机肥推广取得一定成效，但一些地方仍存在“叫好不叫座”现象，主要有以下原因：

——生产成本偏高。据中国科学院地理科学与资源研究所调查，生产1个单位的纯养分，有机肥需要的油、气资源是化肥的2倍，需要的电量是化肥的17倍。据中国农业大学调查，目前，我国80%的有机肥生产企业是实际产能不足5万吨的中、小企业，采用先进的槽式发酵工艺和反应器发酵工艺的不足三成。此外，不经商品化生产直接还田的有机肥，面临着田间积造设施欠缺、技术不到位、堆肥成本高、质量不稳定等问题。

——运输成本高。目前，25吨畜禽粪便可生产15吨商品有机肥，提供的氮养分大致与1吨尿素相当，运输成本远高于化肥。因此，农业农村部一直鼓励就地就近使用有机肥。

——施用不便。有机肥虽然经过积造处理，但“脏、臭”的特性难以完全去除。由于缺乏大型专用机械，施用基本靠人工，在农业比较效益偏低的情况下，农民施用积极性不高。

对于沼液等有机肥料，国外通常是在田间建设积造贮存池，配套施用管网，处理后直接还田。我国尚未建立液体肥料的施用体系，沼液还田难度大。

——社会化服务不足。有机肥商业化利用机制还未建立。有机肥还田专业化服务组织培育不足，数量少、规模小，技术水平低、盈利能力弱。目前，相关补贴仍处于试点阶段，补贴力度和受益范围比较有限。

多措并举破解困局

这位负责人表示，下一步，农业农村部将以有机肥料标准制修订为突破口，完善肥料登记制度，把好原料关，扩大有机肥替代化肥行动。同时，加强技术指导服务，强化质量监督，加快构建长效机制。

据了解，农业农村部将修订完善《肥料登记管理办法》，加强对商品有机肥、生物有机肥、有机水溶肥、有机无机复混肥等含有机成分的商品化肥料产品的管理。对于非商品化的直接堆沤还田的有机肥，制定不同区域、不同作物施用技术规范。

同时，强化政府购买服务和有机肥积造施用补助，以种植业大县和畜牧养殖大县等为重点，优先在果、菜、茶优势产区、粮食生产功能区和重要农产品生产保护区、高标准农田项目区，集成推广成熟的生产运营和技术模式。

农业农村部将探索“政府引导+社会化运作”的机制。扶持、壮大一批生产性服务组织，开展全过程、托管式服务和专业化服务。定期组织肥料质量监督抽查，建立有机肥从原料到产品的追溯大数据监测机制，跟踪调查对土壤质量、生态环境和农产品安全的影响，确保耕地和农产品质量安全。

新征程全面推进乡村振兴

——中央农办主任、农业农村部部长唐仁健谈学习贯彻中央农村工作会议精神

刊播 新华社（12月31日）
作者 于文静　谢希瑶

近日闭幕的中央农村工作会议，围绕巩固和拓展脱贫攻坚成果，全面推进乡村振兴，加快农业农村现代化，做好2021年及“十四五”时期“三农”工作做出系统部署。日前，中央农办主任、农业农村部部长唐仁健就如何贯彻落实中央决策部署，接受了记者采访。

“三农”问题：全党工作重中之重

民族要复兴，乡村必振兴。习近平总书记在会上发表重要讲话时强调，坚持把解决好“三农”问题作为全党工作重中之重，举全党全社会之力推动乡村振兴，促进农业高质高效、乡村宜居宜业、农民富裕富足。

唐仁健表示，这是在全面建成小康社会取得决定性成就、开启全面建设社会主义现代化国家新征程的重要历史交汇点，召开的一次重要会议。全国农业农村系统担负着全面推进乡村振兴、加快农业农村现代化的重大政治责任，要不断加深政治性、政策性是“三农”工作根本属性的认识：

——从践行党的宗旨看，人民对美好生活的向往，就是我们的奋斗目标。吃饭是最基本的需求。美好生活，首先必须保障老百姓每天开门的“七件事”，否则就是一句空谈。

——从实现党的使命看，“三农”还是全面现代化的短板，只有优先发展农业农村，才能保证“三农”在全面建设社会主义现代化国家新征程中不掉队。

——从巩固党的执政基础看，粮安天下，农稳社稷。我国是人口大国，解决好吃饭问题始终是治国理政的头等大事。

——从健全党的“三农”政策看，保障农民物质利益和民主权利，是我们党一贯的农村工作准则。2004年以来，连续17个中央一号文件，深受农民群众拥护。任何时候都不能忽视农业、忘记农民、淡漠农村，必须始终坚持强农惠农富农政策不减弱，必须保持“三农”大政方针的连续性、稳定性，守信践诺、取信于民。

2020年：“压舱石”作用稳固

2020年是极不平凡的一年，新冠肺炎疫情给我国经济社会发展带来了诸多挑战。在中央农村工作会议上，习近平总书记指出，从世界百年未有之大变局看，稳住农业基本盘、守好“三农”基础是应变局、开新局的“压舱石”。

唐仁健表示，各级农业农村部门认真贯彻落实决策部署，农业农村工作克服疫情冲击和严重自然灾害影响，圆满完成各项任务，为决胜全面小康、决战脱贫攻坚提供了基础支撑。

其中，全国再夺粮食和农业丰收。各级农业农村部门积极应对疫情冲击，打通堵点，扭转早稻面积连续下滑势头，全年粮食产量达到13 390亿斤。

生猪生产加快恢复。能繁母猪和生猪存栏恢复到2017年的91%，超过预期目标11个百分点。牛、羊生产稳定，禽肉、禽蛋、牛奶产量明显增加。

长江10年禁渔全面实施。长江流域重点水域渔船渔民退捕任务全面完成，累计退捕渔船11万艘、渔民22.8万人，退捕渔民社会保障实现应保尽保，转产就业比例接近99%。

产业扶贫助力脱贫攻坚圆满收官。全国帮扶1 900多万返乡留乡农民工就地就近就业，建成扶贫产业基地30多万个，发展合作社72万家，产业扶贫政策覆盖98%的贫困户。

唐仁健说，2020年，农业高质量发展稳步推进，乡村振兴重点任务梯次展开。国家现代农业产业园和农业产业强镇建设加快，高素质农民培育不断推进，农村人居环境整治3年行动任务如期完成，农村承包地确权登记颁证工作基本完成，启动实施新一轮宅基地制度改革试点。农业农村发展保持好势头，为“十三五”画上圆满句号。

“十四五”：保供固安全，振兴畅循环

新开局，新气象。习近平总书记指出，全面实施乡村振兴战略的深度、广度、难度都不亚于脱贫攻坚，必须加强顶层设计，以更有力的举措、汇聚更强大的力量来推进。

唐仁健表示，“十四五”是开启全面建设社会主义现代化国家新征程的第一个5年，也是全面推进乡村振兴、加快农业农村现代化的关键5年。农业农村部门要着力“保供固安全，振兴畅循环”，重点把握好6个关键词——保供、衔接、禁渔、建设、要害、改革。

其中，保供既要保数量，也要保多样、保质量。粮食年产量要实现稳中有增，确保稳定在1.3万亿斤以上。生猪保供的重点是储备产能，确保猪肉产能稳定在5 500万吨左右。大力发展绿色、有机、地理标志农产品生产，推动品种培优、品质提升、品牌打造和标准化生产。

巩固拓展脱贫攻坚成果同乡村振兴有效衔接，要保持过渡期内主要帮扶政策总体稳定，推动脱贫攻坚政策平稳转型支持乡村振兴，加快健全乡村振兴工作体系。

唐仁健表示，“十四五”时期，还要坚持不懈抓好长江10年禁渔；实施乡村建设行动，把规划编制好，把硬件和软件建设好；解决种子和耕地两个要害问题；深化新一轮农村改革，激发农业农村发展动力活力。

聚焦关键：为新开局提供有力支撑

2021年是实施“十四五”规划的第一年，做好农业农村工作的关键何在？

唐仁健将其概括为聚焦两个确保，两个要害，两个开好局、起好步——确保粮食产量保持在1.3万亿斤以上，确保不出现规模性返贫；解决种子和耕地两个要害问题；全面推进乡村振兴和加快农业农村现代化开好局、起好步。

粮食生产方面，确保每个省份播种面积只增不减。农业农村部2021年将继续向各地下达粮食面积、产量指标，推动适当提高稻谷最低收购价，完善玉米、大豆生产者补贴政策，加快推动国家粮食安全产业带建设。

种子是农业的“芯片”。要制定、实施打好种业翻身仗行动计划。启动重点种源关键核心技术攻关和农业生物育种重大科技项目，实施新一轮畜禽水

产遗传改良计划和现代种业提升工程，建好农作物和海洋渔业两大国家种质资源库，加快推进国家畜禽种质资源库建设。推进科企深度融合，支持种业龙头企业建立健全商业化育种体系。

为保护耕地，2021年和2022年，我国每年建设1亿亩高标准农田、统筹发展高效节水灌溉1 500万亩。我国还将实施国家黑土地保护工程，建设200个集中连片退化耕地治理示范区，开展保护性耕作6 000万亩。

唐仁健表示，农业农村部还将重点提升乡村产业链供应链现代化水平，稳定生猪生产恢复势头，强化农业关键核心技术装备创新，推进农业产地环境治理和农产品质量安全，启动实施农村人居环境整治提升5年行动和乡村建设行动，推进农村重点领域改革和农业对外开放，为全面建设社会主义现代化国家开好局、起好步提供有力支撑。

猪肉回到20元以下？正确理解啥是“便宜猪肉”

刊播 农视网微信公众号（12月22日）
作者 崔竞旖

2020年，比房价更让大家关注的是猪肉价格，涨涨跌跌，消息不断。咱这心脏也随着这猪肉价格上上下下，咱就想问问，这猪肉还能回到20元以下的水平吗？中国三农发布记者黄莉，对话农业农村部畜牧兽医局二级巡视员辛国昌，解答你的“小问号”。

2020“三农”新闻作品选

评论观点

COMMENTS
AND VIEWS

奋力抓好“三农”工作　确保如期实现全面小康

刊播《人民日报》（2月6日4版）
作者 朱隽

新春伊始，中共中央、国务院公开发布《关于抓好“三农”领域重点工作确保如期实现全面小康的意见》。这是21世纪以来，党中央连续发出的第十七个“一号文件”。2020年的“一号文件”对标对表全面建成小康社会目标，强调坚决打赢脱贫攻坚战，加快补上全面小康“三农”领域突出短板，对做好2020年的“三农”工作，确保脱贫攻坚战圆满收官，确保农村同步全面建成小康社会具有十分重要的指导意义。

“三农”向好，全局主动。2019年，面对国内外风险挑战明显上升的复杂局面，在以习近平同志为核心的党中央坚强领导下，年度脱贫任务全面完成，农业发展总体实现稳中有进，农村民生进一步改善，农村改革持续深化，乡村治理水平不断提高。“三农”发展持续向好的形势，稳住了经济社会大局，为全面建成小康社会奠定了坚实基础。

2020年是全面建成小康社会目标实现之年，是全面打赢脱贫攻坚战收官之年。脱贫攻坚质量怎么样、小康成色如何，很大程度上要看2020年“三农”工作成效。要深刻认识做好2020年“三农”工作的特殊重要性，明确目标任务，拿出过硬举措，狠抓工作落实，毫不松懈，持续加力，坚决夺取第一个百年奋斗目标的全面胜利。

打赢脱贫攻坚战是全面建成小康社会的重中之重。脱贫攻坚已经取得决定性成就，绝大多数贫困人口已经脱贫，现在到了攻城拔寨、全面收官的阶段，要一鼓作气、乘势而上，集中力量攻克最后的贫困堡垒。要巩固脱贫攻坚成果，防止返贫，严格把好贫困县退出关。保持脱贫攻坚政策总体稳定，坚持贫困县摘帽不摘责任、不摘政策、不摘帮扶、不摘监管，确保脱贫成果经得起历史和实践检验。

全面建成小康社会，最突出的短板在“三农”。要瞄准农民群众最直接、最迫切的期盼，加大农村基础设施建设力度，提高农村供水保障水平，扎实搞好农村人居环境整治，提高农村教育质量，加强农村基层医疗卫生服务，加强农村社会保障，改善乡村公共文化服务，治理农村生态环境突出问题。当前，要针对新型冠状病毒感染的肺炎疫情应对暴露出来的短板和不足，着力强化农村公共卫生体系建设和环境排查整治，健全农村应急管理体系，加快改善乡村治理体系和治理能力。

保供增收是全面建成小康社会的基础和前提。对于一个有着14亿人口的大国来说，保障重要农产品有效供给，始终是“三农”工作的头等大事。粮食生产坚持“稳”字当头，着力稳政策、稳面积、稳产量。加快恢复生猪生产，坚持补栏增养和疫病防控相结合，推进产业转型升级和高质量发展，做到保供稳价。农民小康不小康，关键看收入。要着力发展富民乡村产业，把产业增值收益和就业创业机会尽量留在农村、留给农民。稳定农民工就业，鼓励各类人才返乡下乡创业创新，多渠道促进农民持续增收。

做好“三农”工作，关键在党。要加强党对“三农”工作的全面领导，坚持农业农村优先发展，强化五级书记抓乡村振兴责任，发挥好农村基层党组织的战斗堡垒作用。加大“三农”投入力度，完善乡村产业发展用地政策，强化人才和科技支撑。抓好农村重点改革任务，坚持土地承包关系稳定并长久不变，全面推开农村集体产权制度改革试点。加强农村基层治理，推动社会治理和服务重心向基层下移，积极调处、化解乡村矛盾纠纷，维护农村社会和谐稳定。坚持从农村实际出发，因地制宜，尊重农民意愿，尽力而为、量力而行，把当务之急的事一件一件解决好。

2020年“三农”工作的目标任务已定，让我们坚持以习近平新时代中国特色社会主义思想为指导，锐意进取，埋头苦干，为决胜全面建成小康社会作出应有的贡献！

产业扎根深　脱贫有质量

刊播《人民日报》（8月21日18版）

作者 顾仲阳

解决好产销问题，建立起稳定发展模式，让贫困地区干部群众挑起产业发展的大梁，扶贫产业才能扎根，贫困群众也才能端稳“金饭碗”。

发展产业是实现脱贫的根本之策。不久前，跟一个“老扶贫”聊起产业扶贫，他感慨：做了二三十年产业扶贫项目，其中，能不断发展壮大的产业有个共同点，那就是贫困群众广泛参与，建立起了稳定的产销组织体系，让产业真正在乡村扎下了根。

各地产业扶贫百舸争流，为脱贫攻坚注入了强大的内生动力。从生态农业到林特产业，从特色种养到乡村旅游，全国92%的贫困户参与到产业发展当中，绝大多数贫困村的产业发展有了一定基础，部分走上了良性发展的轨道。然而，发展扶贫产业，难在持续稳定。眼下，有人担心，一些贫困村的产业由驻村干部主导，他们撤走后，产业能否可持续发展?

的确，有必要把扶贫产业可持续发展问题提上日程，让产业尽快在贫困地区扎下根、枝繁叶茂、开花结果。

让扶贫产业扎根，关键在人。在产业起步阶段，驻村干部主导推动，有其必要性，但帮扶不是包办，关键要培育“造血”功能。在这方面，云南省勐腊县河边村的扶贫产业发展模式值得借鉴。2015年，中国农业大学扶贫团队在河边村主导发展休闲、教育产业，起步之初，他们就在村里成立青年发展工作队，带着村里的年轻人全程参与。2019年年初，又引导成立西双版纳雨林瑶家种植专业合作社，对骨干人员进行系统培训和“陪伴式工作”，手把手“传帮带”，使河边村出现一批致富带头人，他们挑起了扶贫产业的大梁，带动村民实现收入倍增，2019年，户均收入达5万元。

让扶贫产业扎根，解决好产销问题至关重要。产品卖得好、农户能增收，是检验产业扶贫成效的“试金石”。随着消费升级，广大人民群众对农产品的消费越来越重视安全、品质和特色。在供给侧，要瞄准市场需求，结合地方实际，调整产业结构，打好特色牌，要严把质量安全关，组织好生产。在销售上也要多下功夫，尤其要用好直播带货等电商销售模式，下力气培养懂电商、会开店的“新农人”，通过培训，让更多的群众掌握电商销售这项新“农技”，让更多的扶贫产品“飞”出大山，对接大市场。

让扶贫产业扎根，建立稳定的发展模式是保障。通过“公司+合作社+农户”等发展模式，建立完善利益联结机制，将农户嵌入现代产业链供应链，是扶贫产业带动贫困群众稳定增收的一条好路子。甘肃省庆阳市引进龙头企业中盛农牧公司，形成了从饲草种植、精饲料加工、鸡羊养殖、精深加工、冷链物流、终端销售到网络交易的全产业链，每个环节都带动贫困户参与、赢利分红，全市近5年脱贫人口中，这家公司产业链带动的人数接近一半。

总之，扶贫产业要实现可持续发展，就要尽早谋划，让它在贫困地区的土壤里深深地扎下根、茁壮成长，让更多的乡亲们端稳“金饭碗”。

采取有效措施把黑土地保护好利用好

刊播《人民日报》（7月29日5版）
作者 常钦

夯实国家粮食安全基础，必须在实行最严格的耕地保护制度的同时，加强耕地质量建设，构建综合治理技术体系。

耕地保护不仅要以保障粮食产能为首要任务，确保“吃得饱”，还要为提供高品质的农产品奠定良好的资源环境基础，实现“吃得好、吃得健康”。

近日，习近平总书记在吉林考察时强调，“采取有效措施切实把黑土地这个‘耕地中的大熊猫’保护好、利用好，使之永远造福人民”。这一关于黑土地保护的重要指示再次表明，粮食安全这根弦任何时候都不能松，保障粮食安全必须守好基本田。

万物土中生，有土斯有粮。东北地区以珍贵稀有的黑土地资源而闻名，是我国重要的粮食生产优势区、最大的商品粮生产基地。以吉林松辽平原为例，当地就有“黄金玉米带”“大豆之乡”的美誉。回顾历史，20世纪50年代末开发北大荒时，面对广袤而肥沃的黑土地，人们发出了“捏把黑土冒油花，插根筷子能发芽”的赞叹。如今，东北黑土地上产出的粮食总产量和商品粮分别占全国的1/4和1/3，足见黑土地作为粮食生产战略资源的重要价值。同时也要看到，几十年来的高产稳产，不可避免地会使黑土地肥力出现一定透支，出现土壤有机质下降等问题。

还应看到，人多地少的国情，使我国农业生产一直处于高投入、高产出状态，耕地长期高强度、超负荷利用。保障粮食安全，关键是要保障粮食生产能力，确保需要的时候能够产得出、供得上。因此，要加强农田建设和耕地保护，加强耕地土壤改良、地力培肥和治理修复，全面提升耕地质量，让耕地在保障国家粮食安全方面更好地发挥基础支撑作用。党的十八大以来，从中央到地方，以“藏粮于地、藏粮于技”战略为抓手，积极开展耕地质量建设与保护工作，努力实现农业绿色可持续发展。守好用好“饭碗田”，筑牢粮食安全底线，才能为应对各种风险和挑战赢得主动。

以前拼面积、比产量，现在拼绿色、比质量，粮食生产正在进入高质量发展的新阶段。如今，在东北农村，很多农家院子里都停放着免耕播种机。随着农民土地保护意识增强，“保护性耕作”正在黑土地上悄然兴起。例如，利用现代耕作技术让农作物秸秆覆盖还田，能够有效减轻土壤风蚀水蚀、增加土壤肥力和保墒抗旱能力，提高农业生态和经济效益。数据显示，全秸秆覆盖免耕5年后，土壤有机质能增加20%左右。耕地质量的变化是渐进性的，肥力流失小问题难发现、大问题难治理，恢复起来需要一个较长时间的过程。夯实国家粮食安全基础，必须在实行最严格的耕地保护制度的同时，加强耕地质量建设，构建综合治理技术体系，通过系统治理、综合施策，采取工程、农艺、生物等措施，让各类型耕地永葆肥力。

民为国基，谷为民命。眼下，夏粮已实现“十七连丰”，作为全年粮食产量“大头”的秋粮正处于田间管理关键期。耕地保护不仅要以保障粮食产能为首要任务，确保“吃得饱”，还要为提供高品质的农产品奠定良好的资源环境基础，实现“吃得好、吃得健康”。像重视保护大熊猫一样重视保护黑土地，增加绿色优质产品供给，推动大国粮仓向绿色粮仓、绿色厨房转型升级，“中国饭碗”一定能更好地满足人民美好生活的需要，为经济高质量发展提供更有力的支撑。

合村并居，绝不能强制“农民上楼”

刊播《经济日报》(6月5日3版)

作者 乔金亮

合村并居是牵涉农民基本生产生活的大事，是农民利益的深刻调整，涉及地方政府与农民利益分配、农村集体与农户利益分配等一系列复杂问题。在这个过程中，要顺应农村产业发展、劳动力转移以及自然资源禀赋等条件，提高农民对关系其切身利益重大事项决策的民主参与度，使合村并居成为自然而然、水到渠成的选择。

日前，某省自然资源部门提出，将编制全省村庄布局专项规划，制定全省合村并居规划指导，稳妥推进合村并居。此前，已有一些地方花费大量财力推动合村并居，引发社会关注。笔者认为，合村并居、村庄撤并，要遵循乡村发展规律，尊重农民自身意愿，科学规划、顺势而为、稳妥推进，不得强制农民搬迁和集中上楼。

所谓合村并居，就是拆除农民住房、合并原有村庄，建立新型农村社区，让农民集中住进楼房。在城镇化形势下，合村并居有其合理性。有些地方村落过散、过小，村级组织运转成本高，各项公共服务的到达成本高，不利于村庄长远发展。随着大量农村青壮年进城，空心村比例在提高，有的农村居民点用地范围大，房屋空置率高，存在土地浪费情况。整体来看，无论是城镇化进程还是农村经济发展，都需要盘活农村闲置土地，合村并居是其中的一种手段。

必须看到，合村并居是牵涉农民基本生产生活的大事，是农民利益的深刻调整，涉及地方政府与农民利益分配、农村集体与农户利益分配等一系列复杂问题。在实际操作中，个别地方一哄而上，重点不是在城乡基本公共服务的均等化上，而是在土地资本化上下功夫，瞄着巨大的土地增值收益。一些地方由于监督不力，未充分尊重农民意愿，致使农民利益受损。一些地方丢掉的不仅是古村落，连现代农村风光也失去了。

分析起来，很多地方之所以推动合村并居，原因是农民"上楼"后，节约出的宅基地复垦为耕地，按照耕地占补平衡的要求，可以换取城市建设用地指标，这是土地财政的来源之一。从农民的角度来看，一些农民之所以不愿意，原因大概有以下几种：有的是不愿放弃祖辈一直居住的宅基地；有的是对退出宅基地折价的金额不满意；有的是担心住上楼房后，生活成本提高不少；有的是觉得种地不方便，得骑着摩托去种田，农机和粮食也无处存放。

可见，实现村庄合并、集中居住本身并不难，难的是真正解决好农民的生活保障，不能因为上楼居住而使其生活水平下降、就业受到影响；难的是让农民群众明白这种变化的意义，并拥有充分的自主选择权，使得调整更加科学合理、平稳有序，真正做到"合村又合心"；难的是要做好配套的产业支撑和公共服务，走产业集聚和人口集聚结合的新型城镇化道路。

现实中，尊重农民意愿并非一句空话。要顺应农村产业发展、劳动力转移以及自然资源禀赋等条件，提高农民对关系其切身利益重大事项决策的民主参与度，使合村并居成为自然而然、水到渠成的选择。正是基于此，中共中央、国务院印发的《乡村振兴战略规划（2018—2022年）》明确提出，农村居民点迁建和村庄撤并，必须尊重农民意愿并经村民代表大会同意，不得强制农民搬迁和集中上楼。

当前，尤其要防止种地农民"被上楼"。合村并居要因地制宜，不是每个地方都适合，也不是每个地方都能搞。毕竟，在相当多的传统农区，农村的主要产业仍然是农业。要科学把握乡村的差异性和发展分化特征，对哪些村保留、哪些村整治、哪些村缩减、哪些村做大，都要经过科学论证，做到分类指导、因村制宜、精准施策。必须防止违背农民意愿，把城市建设的做法照搬到农村，大搞合村并居、撤村并居、集中"上楼"。否则，不仅会使村民共同生产、共同生活、共同组织的基础逐渐丧失，也违背了推进乡村振兴和新型城镇化的要义。

整治乱占耕地建房　夯实粮食生产根基

刊播 人民网（7月9日）
作者 孟哲

7月3日，中共中央政治局常委、国务院副总理韩正在出席农村乱占耕地建房问题整治工作电视电话会议时强调，耕地保护是涉及国家安全的大事，14亿人的饭碗要牢牢端在自己手上，首先要确保粮食生产能力这个根基。

“仓廪实，天下安”。饭碗能不能牢牢端在中国人自己的手上，关键就在于耕地保护。目前，中国耕地的基本情况是“一多三少”，即总量多，人均耕地少、优质耕地少、后备资源少。在现有耕地中，目前能够稳定利用的只有18亿多亩。要保证粮食安全，就必须守住这18亿亩“饭碗田”。2020年，在抗击新冠肺炎疫情期间，充足的“菜篮子”“米袋子”供应为打赢疫情阻击战提供了坚实的物质基础，更让我们意识到保护好耕地的重要性。

从整治“大棚房”到整治违建别墅，再到整治农村乱占耕地建房，充分体现了以习近平同志为核心的党中央对耕地保护问题的高度重视。

由此，也就不难理解本次会议的要义。而更进一步，整治农村乱占耕地建房问题还能夯实乡村振兴的基础，一方面，在改善农村人居环境的同时促进乡风文明、提升乡村治理能力；另一方面，也可为“产业兴旺”留足发展空间。

在农村乱占耕地建房问题的整治措施上，本次会议强调，要对增量问题采取“零容忍”的态度，及时发现、及时整治、及时处理。同时，会议也强调要从实际出发，分步整治、分类处置存量问题。

这意味着，正确处理好耕地保护与保障发展的关系，既要保障好农民合理的建房需求，又要重点整治强占、多占、非法出售、恶意占地等行为。不仅要做好宣传发动，加强思想工作预热，更要完善相关法规和监管体制，把耕地保护与生态修复、农村人居环境改善、乡村振兴编制结合起来，提高违法成本。

总之，确保农地农用、耕地安全，是关系到每个人“吃饭”的大事。只有守好沃土良田，中国人才有底气端牢自己的饭碗，也只有每个人都绷紧保护耕地这根弦，才能给子孙后代留下可持续发展的根基。

四评“深刻领会习近平总书记吉林考察关于粮食问题重要讲话精神”

刊播《农民日报》（7月27—30日1版）

作者 何兰生　江娜　冯克　白锋哲　施维　李竞涵

粮食安全大于天

——一论深刻领会习近平总书记吉林考察关于粮食问题重要讲话精神

“我十分关心粮食生产和安全。”7月22—24日，习近平总书记在吉林考察时强调，要把保障粮食安全放在突出位置，毫不放松抓好粮食生产。习近平总书记高度重视粮食安全问题，十八大以来，曾在不同场合用“治国理政的头等大事”“国家安全的重要基础”“一个永恒的课题”等鲜明论断来强调粮食安全的极端重要性。这些指示高屋建瓴、意义深远，为我们当前和今后一个时期做好粮食生产工作指明了方向、厘清了思路。我们要认真学习、深刻领会、全面落实总书记指示精神，坚决扛稳粮食安全这个重任，全力夺取小康之年粮食和农业丰收。

粮食安全不是一个新课题，这些年来，我们始终把粮食安全当作首要工作来抓，粮食总产连续5年保持在1.3万亿斤以上，稻谷和小麦两大口粮自给率达到100%，并且探索出行之有效的重农抓粮机制，走出一条中国特色的粮食安全之路。但是，这些亮眼的成绩并不意味着我们的粮食问题已经过关了、被彻底解决了，决不能因此滋生自满情绪、产生麻痹心理。粮食安全这根弦始终要牢牢绷紧，特别是在2020年多种因素交织叠加的情况下，更要把保障粮食安全放在突出位置。

我国是一个大国，人口数量大，经济体量大。大有大的优势，大也有大的难处。大，就意味着很多事只能靠自己，粮食出了问题，谁也救不了我们，到国际市场上买，都没有这么多库存卖给我们；大，就意味着有些错误是不能犯的，一旦犯了，船大难掉头，带来的后果可能是颠覆性的。因此，越是大国，越要强调底线思维、风险意识。

如果说粮食安全的重要性已经毋庸置疑，再怎么强调也不为过，那么对2020年来说，确保粮食安全又有特殊的紧迫性。

2020年最大的特殊性就是，一场突如其来的新冠肺炎疫情以谁都不曾预料到的方式开启了2020年。奋战在抗击疫情最前线的当然是广大医护工作者，但同时也要看到，农产品的充足供应是打赢疫情阻击战最坚实的基础和支撑。在武汉这样一个超大城市里，上千万人口居家隔离，最大的问题是什么？是食品供应链有没有保障；而在有2 000多万人口的北京，担负着七成蔬菜供应量的超大型市场“新发地”发生疫情突然关闭，最大的挑战是什么？是居民“菜篮子”的菜会不会断档的问题。试想一下，万一当时食品供应出了问题，会产生怎样的后果？往轻里说，是人心惶惶，影响众志成城抗击疫情的信心和决心；往重里说，影响社会和谐稳定也不是不可能的，历史上、国际上因为粮食短缺造成的社会动荡历历在目，“殷鉴不远，在夏后之世”。所以，我们还能说粮食安全只是一个经济问题吗？

2020年的特殊性还在于当前复杂的国际局势。习近平总书记指出，当今世界正经历百年未有之大变局，我国发展的内部条件和外部环境正在发生深刻复杂变化。这一判断正是我们当前工作的重要依据和出发点。疫情席卷全球，给世界各国都带来巨大冲击，也给国际秩序带来一系列深远影响。以农产品贸易为例，疫情发生之初，多个粮食生产大国宣布限制粮食出口、加大本国粮食储备，尽管一些国家随后又解除了限制，但是带给我们的触动和思考是深远的。在大灾大疫面前，生存利益大于天，对任何国家来说，粮食都是极端重要的生存利益，是比天还大的利益！所以说，如果粮食不掌握在自己手上，就相当于本国的命脉被别人掐住，特别是在当前大国博弈进一步加剧的情况下，如果粮食安全不保，则战略主动权堪忧。因此，“中国人要把饭碗端在自己手里”这句话，比平常年份更具现实意义。

2020年的特殊性还在于，2020年是脱贫攻坚决战决胜之年、全面建成小康社会收官之年、“两个一百年”奋斗目标交汇之年。在这样特殊的年份里，人们对美好生活、对自身的获得感都寄予了更大的期许，而承上启下的节点也要求我们为下一步工作打下坚实的基础。然而进入六七月份，南方部分地区又遭遇了范围广、强度大、雨量大的强降雨，在多省引发严重的洪涝灾害，给当前粮食生产，特别是南方早稻生产带来挑战。尽管到目前为止，粮食损失还在可控范围内，但是每年“七下八上”的防汛季还没有结束，根据气象专家预测，未来不排除发生区域性较大洪水的可能，因此决不能掉以轻心，要把防汛、抗灾、救灾、减灾作为当前农业生产的首要任务，尽最大努力，千方百计降低洪涝灾害给粮食生产带来的影响。

习近平总书记曾说过，在我们这样一个人口大国，粮食多了是问题，少了也是问题，但这是两种不同性质的问题。多了是库存压力，是财政压力；少了是社会压力，是整个大局的压力。对粮食问题，要从战略上看，看得深一点、远一点。今天回过头再看，这一论述更值得我们铭记和深思。

“洪范八政，食为政首。”2020年夏粮丰收大局已定，秋粮生产还正在吃劲的时候。我们要深刻认识做好2020年粮食生产工作的极端重要性，对标对表总书记重要讲话精神，采取务实有效举措和超常规措施，努力确保粮食产量保持在1.3万亿斤以上，为继续扎实做好“六稳”工作、全面落实“六保”任务增强信心，为决胜全面建成小康社会、决战脱贫攻坚提供有力支撑。

地得其任则功成

——二论深刻领会习近平总书记吉林考察关于粮食问题重要讲话精神

“一定要采取有效措施，保护好黑土地这一‘耕地中的大熊猫’。”7月22日，习近平总书记在吉林考察的首站、地处松辽平原腹地黑土区的梨树县，再次强调要保护好这方珍贵的黑土。“粮食生产根本在耕地。如果耕地都非农化了，我们赖以吃饭的家底就没有了”“耕地红线一定要守住。没有一点点讨价还价的余地”“在耕地占补平衡上玩虚的是很危险的，总有一天会出事”……党的十八大以来，习近平总书记不止一次把耕地喻为文物、国宝，比作大熊猫、命根子，每每谈及耕地的重要性，总是千叮咛万嘱咐。这些精辟论断，既是对世界粮食安全规律的深切把握，更是对我国现实国情、农情的深刻洞察，为我们做好耕地保护工作、守牢粮食安全家底提供了基本遵循和行动指南，必须始终坚定不移、不打折扣地贯彻落实。

耕地之重，重在根基。“有土斯有粮”，作为重要的农业资源和生产要素，耕地是一个国家最宝贵的战略资源。缺油了，家用汽车可以单双号限行或者大不了停驶；没粮了，难道让十几亿人单双号吃饭甚至饿着搞生产？把耕地这一赖以吃饭的家底保护好、利用好，是所有数字前面的那个“1”，没有了这个“1”，一切有关发展的问题都成了毫无意义的“0”。2020年，全球遭受新冠肺炎疫情冲击，导致世界粮食安全出现波动，也印证了我国出台一系列耕地保护政策的战略眼光。

耕地之重，源于珍稀。作为世界第一人口大国，我国最基本的国情就是，无论分子多大，都架不住14亿这个天量分母去除。陆地国土面积位列世界第三的骄傲，掩盖不了人均占有量不到世界平均水平1/3的现实，户均耕地规模更是仅相当于欧盟的1/40、美国的1/400。总量多、人均占有量少、优质耕地少、耕地后备资源少，土地资源这“一多三少”的特点，就是我们大国农情的一个重要基本面。

耕地之重，发乎急迫。在自然条件下，200～400年才能形成1厘米厚的黑土层。而在梨树这个地方，自清代末年开垦以来，黑土层厚度每年都会减少3毫米左右，有机质含量更是下降了一半多。黑土地濒危风险，正是我国耕地保护紧迫性的一面镜子、一座警钟。一方面，由于城市扩张、生态退耕等，部分地区耕地面积减少，从数量上增加了耕地保护的压力；另一方面，由于过度开发、超负荷运转等，部分地区耕地地力孱弱，从质量上叠加了耕地保护的严峻形势。

正是出于对耕地之重的科学认知和正确判断，党的十八大以来，我国始终坚持最严格的耕地保护制度，政策投入力度加大，高标准农田建设加快，耕地质量提升明显，为粮食连年丰产稳产夯实了基础。然而，当前我国人多地少的基本国情没变，耕地质量整体偏低的局面依然，而未来相当长时期内，我国粮食等农产品消费快速增长的趋势仍将持续，这都要求我们必须毫不动摇、坚决实施好“藏粮于地”战略，绝不允许中国饭碗有些微闪失。

像保护大熊猫一样保护耕地，严守红线是基础。这条耕地保护的红线，是我们经济社会发展的生命线，要拿出守长江大堤的精神意志去严防死守，绝不允许任何人以任何理由、任何形式突破红线。红线包括数量，也包括耕地质量和用途管制。要严把质量关，占补平衡绝不允许拿劣地、坡地、生地滥竽充数，玩账面上、数字上的平衡，掏地力上、质量上的亏空。还要严守用途关，切实遏制耕地“非农化”乱象，防止过度“非粮化”，特别是“非食物化”。

像保护大熊猫一样保护耕地，用养结合是关键。让超负荷运转的耕地歇歇脚、透透气、休养生息，既符合道法自然的传统文化，也契合用养结合的农业科学。然而，面对粮食安全的巨大压力，既要给耕地减压、培肥地力，也要防止片面保护、削弱产能，必须要把握好耕地用养的时度效和辩证法。既要通过优化农业生产布局，推广资源节约型、环境友好型、生态保育型技术，以高标准农田建设扶弱培强；又要摸索“梨树模式”等保护性耕作、轮作休耕的办法来养地提力，让农田常用常新、常用常壮，稳步提高产能指标。

像保护大熊猫一样保护耕地，机制改革是动力。如果没有一根能四两拨千斤的杠杆，财政投入的效力就无法得到充分发挥，更不可持续；如果没有一纸稳定未来预期的约定，经营主体既不可能主动投入养地，更难保证不会焚林而猎。耕地保护，绝不只是一个农业生产环节的完善提升，更是一项耕作制度层面的整体变革。一方面，要创设、推广类似农田建设专项债的金融渠道，吸引社会资本真金白银地多元化参与；另一方面，要充分运用高科技、信息化手段提升耕地保护的执法能力，以激励和约束并行的机制创新激活耕地保护的持久动力。

“安国之道，道任地始，地得其任则功成，地不得其任则劳而无功。”我们要深刻学习领会习近平总书记对于耕地保护念兹在兹的一系列重要讲话精神，牢固树立耕地作为国家粮食安全根本保障和农业现代化根基命脉的战略理念，创新实践数量、质量、生态“三位一体”的耕地保护路径方略，为确保国家粮食安全、筑牢中华民族伟大复兴的大厦捧上一片丰润的沃土。

粮安要靠“金翅膀”

——三论深刻领会习近平总书记吉林考察关于粮食问题重要讲话精神

近日，习近平总书记在吉林考察，在第一站调研头等大事“粮食生产”时再次强调：“农业现代化，关键是农业科技现代化。要加强农业与科技融合，加强农业科技创新，科研人员要把论文写在大地上，让农民用最好的技术种出最好的粮食。”党的十八大以来，习近平总书记多次强调，“要给农业插上科技的翅膀”“农业出路在现代化，农业现代化关键在科技进步”。这些论述充分表明总书记对农业科技一以贯之的高度重视，对发挥好科技创新在粮食生产乃至农业现代化建设中的关键作用寄予厚望。我们要自觉站在党和国家全局的高度，认真贯彻落实总书记指示精神，比以往任何时候都要重视和依靠农业科技进步，走内涵式发展道路，为确保粮食安全、维护经济发展和社会大局稳定提供有力科技支撑。

回眸农业脱胎换骨的历程，科技功不可没。说到我国农业翻天覆地的巨变，人们普遍的感受是：曾经是浸入骨髓的“饿”、如影随形的“缺”，现在的农产品是琳琅满目的“多”；过去农民是起五更、打黄昏，“面朝黄土背朝天”，如今被耕、种、收“一条龙”机械化解放出来，省力多了。再看一组数据：2019年，粮食生产实现历史性的“十六连丰”，粮食总产连续5年站稳1.3万亿斤台阶，比新中国成立之初增加4.8倍；良种覆盖率达96%，品种对农业增产的贡献率超过43%；农作物耕种收综合机械化率超过70%，农业科技贡献率近60%。地还是那片地，人还是那些人，数量不增还降，农产品产量却为何能有如此巨大的提升？靠的是什么？靠的是农业科技。正是作为第一生产力的科技，支撑起了粮食及农产品总量的节节攀升。

注目当下农业高质量发展，科技责无旁贷。如果说，多年来，粮食生产更多瞄准产量发力，那么推进农业供给侧结构性改革，则更加强调粮食有效供给和农业高质量发展。怎样解决农业供需结构失衡、资源环境约束、综合效益不高、竞争力不强的问题？如何改变粮食生产过度依赖资源消耗，走出绿色生态可持续的路子？答案还是农业科技。科技从来没有像今天这样深刻影响着粮食安全，从来没有像今天这样深刻影响着国家前途命运和人民生活福祉。而今，科技进步对粮食增长的贡献率正在逐年增加，成为推动高质量发展的最关键因素。

展望农业现代化之路，科技任重道远。一方面，新一轮科技革命正在孕育兴起，新技术替代旧技术、智能型技术替代劳动密集型技术、科技广泛交叉深度融合趋势明显。物联网、云计算、人工智能等数字技术赋能农业，使得不少地方的粮食生产“科技感”十足。今春，新冠肺炎疫情肆虐之时，许多科技手段在春耕生产中大显身手；另一方面，许多前沿技术还只限于局部点状应用，而且我国农业科技水平与发达国家相比，还有不小差距。如何不断提高农业现代化水平，坚定走好中国特色的粮食安全之路？仍然要靠农业科技硬实力。土地等物质资源是有限的，而科技是无限的。要让农业插上科技的“金翅膀”，让农民挑上现代化的“金扁担”，就必须“藏粮于技”，加快农业科技创新，向科技要活力、要潜力、要出路、要效益。

插上科技“金翅膀”，贵在自主创新。当今世界，科技越来越成为推动粮食生产和农业发展的主要力量，成为战胜困难的有力武器。牵住了农业科技创新这个“牛鼻子”，下好了农业科技创新这步“先手棋”，粮食安全就能占领先机、掌握主动、赢得优势。实践反复告诉我们，关键核心技术是要不来、买不来、讨不来的。如果不抢占科技制高点，在未来的农业发展中必将受制于人。只有把提高自主创新能力摆在农业科技工作的突出位置，只有把先进农业技术牢牢掌握在自己手中，才能从根本上保障国家粮食安全，最终实现农业现代化。

插上科技“金翅膀”，重在转化应用。“穷理以致其知，反躬以践其实。”好技术如果只是被锁在实验室里束之高阁，除了让人叹息一声，别无意义。要加强科技成果转化，就必须促进产学研深度融合，改变科研生产“两张皮”，注重成果转化权益分配、收益分享，让农业专家的成果体现在广阔土地上，让农民应用好技术，种出好粮食，让好技术变成现实生产力。与此同时，要注重技术推广应用，把实用技术和贴心服务送到田间地头，进一步加强农业科技社会化服务体系建设，有效破解科技服务供给不足、供需对接不畅等问题。

插上科技“金翅膀”，根在人才培育。创新的制高点在科技，科技创新的希望在人才。要加强科技人才队伍建设，强化要素投入和政策配套，真正把广大科研人员的积极性和创造性激发出来。要建立更为灵活的人才管理机制，打通人才流动、使用、发挥作用中的体制机制障碍。要加快构建优良人才生态，为农业科技人才攀登科技高峰搭建阶梯、创造舞台，营造尊重人才的浓厚氛围。总之，人才如种子，不管是农业科技人才，还是农技推广人员，抑或是高素质农民，都要着力培育，为农业科技创新厚植智慧力量。

强农兴农，科技先行。从2021年开始，我国将进入“十四五”时期，贯彻落实好总书记关于加强农业科技的指示精神，把科技贯穿于农业生产全过程，用一个又一个丰收为国家粮食安全和经济社会发展夯实基座，金光灿灿的农业现代化征程必将行稳致远、铿锵有力。

新型主体挑大梁

——四论深刻领会习近平总书记吉林考察关于粮食问题重要讲话精神

“在奔向农业现代化的过程中，合作社是市场条件下农民自愿的组织形式，也是高效率、高效益的组织形式。”习近平总书记在吉林考察粮食生产时强调，要积极扶持家庭农场、农民合作社等新型农业经营主体，鼓励各地因地制宜探索不同的专业合作社模式。党的十八大以来，总书记在多个重要场合都特别强调了培育新型农业经营主体的重要性，并指出“要把加快培育新型农业经营主体作为一项重大战略任务”。一个“重大”，一个“加快”，一个“战略”，既充分体现了新型经营主体培育这一命题的紧迫性和重要性，更是习近平总书记从一般经济规律和我国现实农情出发，对于未来解决“谁来种地”这一历史命题的深刻把握和重要部署，为确保粮食安全、走中国特色农业现代化道路指明了路径。我们要深刻领会其中的内涵和深意，更好地贯彻落实。

言“重大”，这是确保我国粮食安全的重要保障。粮食生产根本在耕地、出路在科技，而关键则在主体，在人。没有人，没有劳动力，粮食安全谈不上，现代农业谈不上，一切都谈不上。肥沃的土地如果没人愿意种，先进的技术如若没人掌握得了，那就是捧着金饭碗受穷、守着热灶台挨饿。反过来，人的主观能动性发挥出来了，才能更主动地开展地力维护和土地利用，更好地运用和推广新技术，为“藏粮于地、藏粮于技”开辟新路径。说到底，人是决定一切发展的根本力量。中国人的饭碗要想端得好、端得牢，必须让农民种粮有积极性、主动性、创造性。

说“加快”，这是破解“未来谁来种地”的迫切需要。虽然过去我们用历史性的粮食“十六连丰”证明了中国人有能力养活自己，但是在工业化、城镇化加速推进的大背景下，农村劳动力日趋短缺已经是一个愈加严峻的现实。

种粮的比较效益偏低，留在农村务农的人员年龄偏大，“70后不愿种地，80后不会种地，90后不提种地”，农业劳动力老龄化、兼业化日趋严重，“未来谁来种地”的疑虑和讨论不绝于耳。因此，如何解决好人的问题，加快培育形成一支高素质农业生产经营者队伍，已成为影响我国农业产业安全的关键所在。

谈“战略”，这是走中国特色农业现代化道路的根本支撑。新型农业经营主体不仅是现代农业的发展主体、主要农产品的供给主体，同时还是社会化服务主体，是实现小农户和现代农业有机衔接的重要力量。在我国小农户仍占有较大比重并将长期存在的情况下，培育新型经营主体可谓一“体”双关、关己及人。2020年春节前后突发的新冠肺炎疫情对各地春耕生产造成了极大的影响，后来的事实证明，凡是新型农业经营主体和服务主体发育良好且充分发挥作用的地方，疫情对农业生产的影响就较小。“大手拉小手，大家一起走”，才能走出一条有中国特色的农业现代化道路。

今时今日，曾让世界为之沸议的“谁来养活中国人”之问，已逐渐在历史的故纸堆里淡去。但在新形势下，如何解决“谁来种地”的问题，依然是我们必须要解决的关键问题。当前，必须着重做好“富”“辅”“扶”这3篇文章，更好地推动新型农业经营主体的发展，确保粮食安全。

要立足于“富”，让农民种粮有劲头。“谁来种地”的问题，其实最关键的还是“谁来种粮”的问题。与其他经济作物相比，种粮的比较效益较低。必须要实现农民增收和粮食增产同步发展，不能让种粮的主体在经济上吃亏。一方面，要加大对专业从事粮食生产的合作社、家庭农场等的扶持力度，加大对粮食主产区基础设施的投入力度，积极引导新型农业经营主体参与粮食生产功能区的集群集聚发展；另一方面，要用市场化的手段，不断提升种粮的生产效率与市场竞争能力，通过打造区域优势粮食品牌，延伸粮食产业链条，加快种粮生产的产业化步骤，实现优粮优品优价。

要着眼于“辅”，让农民种粮有办法。眼下，科学技术日新月异，互联网发展不断迭代，“手机成了新农具，直播成为新农活，网红成为新农人”，新型经营主体要实现“多打粮、打好粮”，必须不断提升种粮技能、经营水平、文化素养。这就要求政府和社会有关方面必须做好相关的辅助、辅导工作。

要立足于现有的农业农村人力资源，有针对性地做好农民培训和职业教育，“强筋骨”、“壮体魄”、提能力；同时，要引进各类职业经理人，鼓励农民工、大中专毕业生、退伍军人、科技人员等返乡下乡创办领办新型农业经营主体，“引凤来”、扩队伍、增后劲。

要兼顾“扶”，让农民种粮有底气。农业，特别是粮食生产，是典型的正外部性产业，离不开政府的扶持，这样农民种粮才有底气。底气来源于“干事有钱”，要将新型农业经营主体纳入财政优先支持范畴，并鼓励各金融机构结合职能定位和业务范围，提供资金支持；底气来源于“后路有保”，要鼓励地方建立针对新型经营主体的特色优势农产品保险制度，探索从覆盖直接物化成本，到逐步实现覆盖完全成本；底气还来源于“干活有帮”，大力促进各类社会化服务组织的发展，把小农户引入现代农业发展轨道，更广泛地调动亿万农民的粮食生产积极性。

保障国家粮食安全是一个永恒的课题，答好这个课题，不是一朝一夕之功，绝非一池一地之力。我们要深刻领会习近平总书记关于粮食安全问题的一系列重要论述，始终把粮食安全这个“大于天”的工作扛在肩上、抓在手上、放在心上，保护好耕地这个“命根子”，插上科技这双“金翅膀”，培育好新型经营主体这支“主力军”，不断夯实粮食安全的根基，把中国人的饭碗端得更稳、更牢。

小康之年“三农”怎么干

刊播《农民日报》(1月6—10日1版)

作者 李竞涵 白锋哲 冯克 施维 孟德才 李海涛

粮猪安天下

2020年，中华民族伟大复兴进入里程碑时刻，我们迎来全面建成小康社会的收官之年。农业大国的全面小康，重点是“三农”，关键在“三农”，成色看“三农”。小康之年，“三农”怎么干？不久前，习近平总书记在中央政治局常委会会议专门研究“三农”工作时发表重要讲话，为我们如期打赢脱贫攻坚战、深入实施乡村振兴战略、决胜全面小康提供了根本遵循。年前召开的中央农村工作会议对做好2020年“三农”工作作出全面部署，全国农业农村厅局长会议贯彻落实中央决策部署，对标对表全面建成小康社会目标，明确了收官之年“三农”工作的主攻方向和重点任务。我们一定要切实抓好落实。

小康之年怎么办，吃饱吃好才能干。十几亿人口要吃饭，始终是我们最大的国情。保供给，始终是农业农村工作的头等大事。对“民以食为天”的中华民族来说，粮食安全无疑是小康生活的应有之义。过去谈粮食安全，更多强调的是三大主粮，而现在生活好了，人们不光要吃饭，还要吃肉蛋奶，要吃水果蔬菜，这就要求我们树立新的粮食安全观，树立“大食物”观。有粮有肉，吃喝不愁，才是小康餐桌；想吃就能买得到、买得起，才是每个人看得到、摸得着的小康。

中国有句老话叫“猪粮安天下”，说的就是粮食和生猪等农产品供给的战略意义。不但直接影响着城乡居民的生活水平，更关乎国家宏观经济和调控政策走向。古今中外的经验都证明，“粮猪”的问题处理不好，经济社会发展就无从谈起，再宏伟的蓝图也不过是镜中花、水中月。站在“两个一百年”目标交汇的历史关键点上，我们更应看到保供给对发展全局的稳底盘作用。全面小康之年理应是一个丰收年，粮食不减产，生猪等“菜篮子”产品生产不下滑，是小康成绩单上不可缺少的一笔。而小康社会要持续和长久发展，中国人的吃饭问题就绝不能靠别人来解决，中国饭碗这个“命门”就绝不能掌握在别人手里。

2019年，我国粮食生产再创历史新高，产量达到13 277亿斤，连续5年站稳1.3万亿斤台阶。2019年年底前，全国生猪生产持续下滑局面也开始扭转，生猪存栏和能繁母猪存栏两个重要生产指标首现“双增”好势头。棉油糖生产稳定，“菜篮子”供给充足。中国人再次将饭碗牢牢端在自己手上，为全局发展赢得了战略主动和回旋空间。可以说，农业保供给势头基本向好，实现全面小康有相对稳定的基础支撑。

但越是如此，我们越要清醒认识到，当前粮食、生猪等重要农产品稳价保供难度还很大，还存在很多挑战和隐忧。2019年的生猪生产下滑再次警醒我们，国内农产品供求还处于紧平衡状态，农业基础还不够牢固，保供给绝非高枕无忧。从客观因素看，动植物疫病风险增加，灾害频发拉低单产，种粮效益持续走低，播种面积出现下滑势头；生猪政策落实还有死角，贷款难、基层防疫体系不完善等问题仍未得到彻底解决。从主观因素看，部分地方放松农业生产的倾向有所抬头，一些地方甚至减少粮食生产；超范围划定禁养限养区的问题依然存在，搞“无猪县”“无猪乡”的倾向还未消除。2020年，我们要全面打赢保供给这场仗，筑牢小康之年丰收基础，就需处理好3类关系。

处理好“市长”和市场的关系。粮食和生猪等重要农产品生产是特殊产业，既要发挥市场在资源配置中的决定性作用，又需要政策支持和保护。2019年，中央针对保供给，出台了一系列“高含金量”的政策，下一步就是要把这些政策落实到位。要压实部门和地方政府责任，明确粮食安全省长责任制和“菜篮子”市长负责制，保护好农民搞生产和地方政府抓生产的积极性。保障粮食播种面积不下滑、产量不下降，像抓粮食一样抓生猪生产，实现“两个千方百计、两个全力确保”目标。抓好“米袋子”，守紧“肉筐子”，拎稳“菜篮子”。

处理好数量和质量的关系。确保总量稳定的同时还应注意，不能因为一时短缺，就走回粗放发展的老路。我们要坚持的是农业供给侧结构性改革的新路，我们要实现的是量的合理增长、质的稳步提升。就需破解当前农产品供给的结构性矛盾，继续调整优化结构，减少重复、低效农产品生产，生产更多市场短缺的绿色优质农产品。既应提高农产品供给质量，守卫人们“舌尖上的安全”，实现“吃得好”“吃得健康”，又要促进农业产业高质量发展，以高质量农业保障生产供应稳定。

处理好“眼前”和“长远”的关系。保供给除了眼前的数量概念，核心是产能的巩固和提升，确保需要时能产得出、供得上。既要稳定粮食播种面积和产量，加快恢复生猪生产，实现小康之年夺丰收，更要做好产业长远、健康发展的慢功夫。推动“藏粮于地”“藏粮于技”，提升农业设施现代化水平，发展标准化规模化生产，带动小农户和现代化农业生产体系有效衔接，通过“菜篮子”工程的实施，提升优势产区的综合生产能力和大中城市的自给能力，从体制机制上补齐农业保供给短板，构建科学合理、安全高效的重要农产品供给保障体系，从根本上避免农产品生产和市场供应再出现大的波动。

保供给并非一日之功，必须克服喘口气、歇把劲的想法，始终毫不松懈地抓在手上、落到实处。基础不牢，地动山摇，“猪粮安天下”不仅是中华农耕文明的千年传承，也是我们迈向全面小康征途上不可或缺的“定盘星”。稳住农业这块“压舱石”，中国这艘大船才能乘风破浪，驶向小康彼岸。

补短最要劲

对标对表全面建成小康社会目标，补上“三农”短板，是2020年必须高度聚焦的硬任务！习近平总书记在专门研究“三农”工作时强调，要集中资源、强化保障、精准施策，加快补上“三农”领域短板。日前召开的中央农村工作会议指出，全面建成小康社会，最突出的短板在“三农”，并从8个方面进行了部署。

一只木桶能装多少水，取决于最短的那块木板。决胜全面建成小康社会，成色如何，质量怎样，很大程度上取决于“三农”短板的长度。在我国国内生产总值接近100万亿元人民币、人均将迈上1万美元台阶之际，即将迈入的小康社会是否全面，不仅要看经济发展水平和城市建设程度，更要看全面小康最直观的“三农”落差和农民群众的民生痛点有没有解决。这直接关系着农民群众对全面小康社会的满意度、国际社会的认可度，关系着党向人民、向历史作出的庄严承诺能否保质保量如期兑现。

“三农”短板的存在，有历史遗留及客观原因，也是事物发展必经的过程。多年来，党和国家一直致力于补上整体发展中最滞后、最不足的“三农”短板。21世纪以来，尤其是党的十八大以来，持续加大对“三农”的投入和倾斜力度，使农业农村得到了长足发展。农村基础设施、公共服务和社会保障体系“四梁八柱”基本建立，在解决了从无到有的问题后，正向从有到好、从少到多、从低到高提档升级，并逐步与城市接轨。但是，由于历史欠账太多，加之农村地域广阔、居民居住分散，很难在短时间内解决所有“最后一公里”问题，“三农”始终没有补齐最突出的短板。

在2020年这个具有里程碑意义的特殊重要年份，如何把“三农”短板补齐，把基础打得再牢靠一些？也许有人会说，全年仅300多天，“三农”各项短板那么多，如何拉长补足？有的短板需从国家层面出台政策举措，否则基层如何发力？体系的完善、机制的健全是个长期过程，怎能指望1年内就实现？在有限时间内，用最有力的举措，把握好整体目标和个体目标、绝对标准和相对标准、定量分析和定性判断3方面的关系，厘清长远任务和阶段任务、顶层设计与末端治理，增强补短板的针对性和有效性，的确不容易，但这是摆在各部门、各级、各地面前一道必须作答、必须答好的考题。

补“三农”短板，要科学评估、突出重点，不能“眉毛胡子一把抓”。各地要认真梳理，找准“三农”短板中的短板、大项中的细项，聚焦农民群众最关心、最迫切、最期盼改善的问题，补在薄弱处、关键处、紧要处。中央部署的短板是根据全国面上情况梳理的，各地发展水平有高有低，农村情况千差万别，短板也不尽一致，有的指标从全国来看是短板，但在一些地方已经达标，那就不是短板；有的指标从全国来看总体完成，但个别地方差距较大，那就还是短板。所以，各地要根据自身实际，对照全面小康指标体系认真查找，突出重点。如果简单套用全国的短板去补，就可能出现不是短板的重点补了，该补的却没补上的情况，就会影响全面小康的整体成色。

补“三农”短板，要分类、分层区别对待，不能“整齐划一拉平均”。要实事求是、因地制宜，不同地区应根据经济发展阶段和自然禀赋差异，采取差别化举措，不必刻意追求“十个指头一般长”，既要坚持一定标准，又要防止好高骛远。补短板是要补与全面建成小康社会目标对标的短板，不是补与现代化对标的短板，各地不能跨越发展阶段盲目攀比，既要保质量，也要防止吊高胃口。“三农”短板不可能在短时期内就尽善尽美，满足所有需求和期盼，也不可能一下子就被拉长为“长板”，这是违背规律的，也是难以做到的。全面小康和“十三五”规划时间节点一致，完成“十三五”规划的主要指标任务，也就完成了全面小康的目标，要坚决制止擅自加码，防止盲目攀比、拔苗助长。

补“三农”短板，要汇聚合力强化攻坚，不能“按部就班慢挪窝”。在决战决胜全面小康的冲刺之年，各地各部门要做的工作涉及方方面面，但补“三农”短板是必须放在第一位的头号任务和优先事项。解决“三农”问题，绝不是单纯的“农事”，各级党委和政府要认真履行主体责任，强化补短板的工作责任和政策举措，形成一级抓一级、层层抓落实的责任体系，努力形成补“三农”短板的强大合力。对于划出来的短板，要拿出有针对性的政策举措，倒排工期、挂图作战，确保如期补上短板。要全力以赴补短板，财政再紧张，也不能紧“三农”，而是要尽着“三农”，把有限的财力用到刀刃上，从必须办、办得了、办得好的短板补起；要齐心协力补短板，1年很短，却能干很多事，14亿人万众一心协同作战，就能迸发出巨大的发展伟力。

补“三农”短板并非易事，不是吹口气就补上了，不是喊破天就变长了，更不是想当然就做实了。加快补短板步伐，没有讨价还价的余地，没有犹豫不决的时间，也没有可以松松劲、放放手的空间，必须以一往直前、只争朝夕的决战姿态，全力攻坚“三农”短板，集中力量、集聚资源、集成政策，不折不扣地完成中央部署的补“三农”短板硬任务，最终确保“三农”领域与其他各领域一道阔步迈入全面小康。

增收厚家底

如果说过上好日子、富日子、殷实日子、体面日子，是千百年来亿万中国农民梦想的最大公约数，那么实现农民增收，就是托起这一美好梦想最硬核的支柱。习近平总书记对农民增收念兹在兹、一再强调，检验农村工作实效的一个重要尺度，就是看农民的钱袋子鼓起来没有。日前召开的中央农村工作会议指出，农民增收是全面小康的基本要求，要多渠道促进农民持续增收，为小康之年实现增收目标定下了“军令状”，吹响了“集结号”。

解决农民的收入问题，关键在“增”。不仅要看增速，还要看增值；不仅要看绝对增速，还要看相对增速；不仅要看相对差距，还要看绝对差距。党的十八大以来，以习近平同志为核心的党中央高度重视农民增收工作，进行了一系列具有重大意义的理论创新、制度创设、实践创造，推动农民增收势头保持上扬，路径不断拓宽，动能持续壮大，机制逐步健全，才有了农民增收的“十几连快”，才有了连续几年既跑赢GDP增速、又跑赢城镇居民收入增速的“两个高于”。

小康不小康，关键看钱箱。钱箱有余，关乎农民最切身的利益和最实际的感受，是全面小康最直观、最朴素、最有说服力的指标。以农民收入实现比2010年翻一番的小康量化指标来对标，小康之年的实现问题不大，这是有数据支撑的事实。但另一个事实是，支撑农民持续增收的传统动能在减弱，新动能效应还未得到充分发挥，不确定因素在增多，全面建成小康之年，农民增收存在出现停滞甚至下降的风险。若然如此，广大农民群众对于小康的实际获得感势必要扣分，我国建成全面小康社会的成色一定会减分，中华民族第一个百年目标承诺的兑现质量也必然要丢分。因此，小康之年力保农民增收的势头不减弱、趋势不逆转，这是硬中之硬的硬任务，绝不允许掉以轻心！

当然，就像爬山，农民增收从低阶段、低水平、低基数起步，初期的爬升速度一定是快的，但攀之愈高，其进愈难。当前，农民增收的曲线仍在上扬阶段，可增长动能正在发生转换。一方面，农业生产成本的“地板”和农产品价格“天花板”上下挤压，经营收入的增长空间受限；经济下行压力增大，农民外出务工增收难度加大；财政收支矛盾凸显，转移性收入增长受到制约；农村改革愈深愈难，财产性红利短期内难以释放……这些在相当长时间内支撑农民持续增收的传统动能的边际效应相继弱化。

而另一方面，乡村振兴战略全面实施下的万千乡村已经逐步进入吸睛、吸金、吸人气的热火朝天状态，农业农村优先发展，扶持政策越来越硬；乡村建设提速扩面，基础条件不断改善；城乡发展加速融合，各种要素流动聚集；消费结构不断升级，市场空间越来越大。就像攀岩者面前的抓手越来越多，歇脚的地方自然也越来越多，向上的攀缘就容易得多。当前，如何把握好这些有利于实现农民增收的基本面和着力点并持续用力，在小康之年确保农民持续增收的好势头不逆转，成为各部门、各级、各地必须完成的硬任务。

确保农民增收势头不逆转，必须加紧培育农民增收新动能，大力发展富民乡村产业，进一步创新抓手、平台和载体，掀起创业创新热潮，让农民在城乡内外都有活干。要着力发展富有地域特色、体现乡村气息、承载乡村价值的富民产业，创响小宗类、多样化的“土字号”知名品牌，向县域和有条件的镇村布局；要加快农业与现代产业要素跨界配置，推动建设“农业+”多业态融合的现代乡村产业体系，拓展产业链价值链，提高全产业链收益；要引导各地建设农村创新创业园区和孵化实训基地，制定出台乡村产业用地优惠政策，吸引各类要素聚乡、产业下乡、人才入乡、能人留乡。像当年抓乡镇企业一样抓新产业、新业态、新平台，使农村再出现一次“异军突起”。另一方面，加强农民工就业服务和技能培训，支持农民工稳岗就业，根治欠薪行为，保障农民工按时、足额拿到工资。

确保农民增收势头不逆转，必须加快提升农民增收传统动能，以深化改革为根本途径，创新农业支持保护体系，构建更加紧密的利益联结机制，让农民充分享受改革红利。我们支持新旧动能转化，但要始终牢记，在相当长的时期内进行传统生产的农户还是大多数，对贫困人口的帮扶和补助政策更是实现脱贫的重要支撑，制定政策、出台举措的基本面必须照顾普通农户。要通过加快构建新型农业补贴政策体系，稳住农民发展生产的预期，筑牢农业内部增收基础；通过创新利益联结机制，采取“订单收购+分红”“农民入股+保底收益+按股分红”等模式，增加农民跨界增收、跨域获利的渠道，让农民稳农金、挣薪金、收租金、分红金、得财金，共享乡村产业发展果实；

通过探索、建立农村集体经营性建设用地入市规则、监管制度和增值收益分配机制，推动农村闲置宅基地和闲置住宅盘活利用，完善农村征地制度改革，创造条件增加农民财产性收入。

农民增收持续上扬的好势头来之不易，小康之年确保农民增收势头不逆转，不容有失。要坚决贯彻落实中央农村工作会议精神，坚持从农业内外、城乡两头协同发力，广辟渠道，多途出招，努力将新动能培育和传统动能提升结合起来，形成支撑农民增收更加强劲、更有效率、更可持续的混合动能，让农民的钱袋子在小康之年鼓得更足！

小康看成色

2020年，收官之年。我们将迎来全面建成小康社会，实现第一个百年奋斗目标。习近平总书记指出，脱贫质量怎么样、小康成色如何，很大程度上要看“三农”工作成效。中央农村工作会议提出，要对标对表全面建成小康社会目标，强化举措、狠抓落实，坚决如期完成脱贫攻坚任务。这道出了做好2020年“三农”工作的特殊重要性，也指明了全面小康之年我们攻城拔寨、努力冲锋的目标和关键所在。

“全面小康”，核心是小康，关键在全面。透风漏雨的茅屋，路不畅、电不通，这不是全面小康；“一户一千万，八九穷光蛋，平均算一算，都有一百万”，这也不是全面小康。全民小康的“全面”，既是美好生活定义的全包含，强调我们期待的小康，应该是一个涵盖经济发展、政治清明、文化昌盛、社会公正、生态良好“五位一体”总目标的小康社会；更是目标人群的全覆盖，要求我们盼望的小康，必须要“让贫困人口和贫困地区同全国一道进入全面小康社会”，必须实现“小康路上，一个都不能少”。

这是一个让世界惊叹的伟大壮举，也是一个亘古未有的巨大挑战。在历史的长河中回顾，虽然人们对“小康”的梦想孜孜以求了上千年，但是真正有目标、有计划、有能力开启逐梦小康的征程，却只是不过40多年的历程。改革开放初期，我们党提出了建设小康社会的战略构想，经过了数十年的努力，我国经济实力大幅度提升，人民生活水平显著改善。特别是新时期脱贫攻坚战打响以来，以习近平同志为核心的党中央团结带领全国各族人民攻坚克难、努力奋斗，实现了9 000多万人口脱贫的伟大壮举，全面小康建设取得了历史性成就，进入最后的收官阶段。站在历史的门槛上，我们完全有信心、有能力取得最后的胜利！

行百里者半九十。越是到最后关头，越是到接近成功的时刻，我们越是要绷紧弦，铆足劲，保持不获全胜不收兵的心志，始终砥砺奋进。全面建成小康社会，农村是最大的短板所在，是最关键的决定因素，也是最重要的决战场所。如何攻克剩余近300万建档立卡贫困人口和50多个贫困县的脱贫摘帽问题？如何帮扶诸多已查知存在返贫风险的脱贫户和有致贫风险的边缘人群？如何建立稳定脱贫的长效机制？这些问题如果回答不好，全面小康的质量就难以保障，人民的获得感、幸福感难免会打折扣。2020年，摆在我们面前的任务和挑战，不仅是打赢这场战役，更必须是一场漂亮的完胜；不仅要如期兑现许下的承诺，更必须是一份成色十足的答卷。为此，必须——

坚持“干”字当先，树立底线思维，确保全面完成脱贫任务。打赢脱贫攻坚战，是全面建成小康社会的底线任务和标志性指标，是必须完成的硬任务。时间节点和目标任务都十分明确，2020年要全面交账、兑现责任，没有任何退路和弹性。在决胜的关键阶段，打法要同初期的全面部署、中期的全面推进有所区别，关键是要集中力量解决剩余建档立卡贫困人口和贫困县的脱贫摘帽问题，对于未摘帽的50多个贫困县和贫困人口多发生率高的贫困村，2020年一开始就要挂牌督战，持续压实责任，贫困县要加大工作力度，逐一研究细化实化攻坚举措，确保逐一对单销号。实行最严格的考核评估，用好考核结果。还要注意加大对非贫困县、非贫困村内贫困人口的支持。要鼓足了劲头干，拧紧了发条冲，全程毫不松懈，一定要如期完成剩余脱贫任务。

坚持“实”字为首，增进忧患意识，切实提高稳定脱贫质量。脱贫要看数量，更要看质量。不能在交了账之后，过一两年又出现规模返贫。既要有拼搏精神，更要有忧患意识。必须高度重视脱贫质量，确保稳定实现“两不愁三保障”，坚持现有脱贫标准既不能拔高、吊高胃口，更不能降低、影响成色。严格把好贫困县退出关，坚决防止和杜绝“数字脱贫”“跛腿脱贫”的情况，确保脱真贫、真脱贫。要加强考核评估督查，实行常态化督导，确保脱贫过程扎实，结果可靠。要把防止返贫摆在重要位置，强化产业扶贫，及时做好返贫人口和新发生贫困人口帮扶。

坚持“谋”字为要，增强战略眼光，统筹做好接续减贫工作。2020年既是收官之年，也肩负着承上启下的任务。全面小康的成色足不足，含金量高不高，既取决于我们能否保质保量完成预定的目标，也关系到2020年的工作能为日后的发展打下多少基础、留足多少腾挪的空间。减贫是一项长期的任务，扶贫工作从集中攻坚转向常态化帮扶，一些新的任务和挑战也会接踵而来。贫困县摘帽之后怎么办？如何进一步巩固扶贫成果？脱贫攻坚和乡村振兴怎样有机衔接？对于这些问题和工作，我们都要早谋划、早研究、早准备，抓紧时间拿出具体意见，否则2021年的工作就会陷入被动，我们向更高目标奋进的基础就会不牢固。

小康，这片中国人千年夙愿中的幸福家园，正按照既有的路线图和时间表，一步步朝我们走来。看似近在咫尺，却绝非唾手可得。我们必须切实增强做好“三农”工作的责任感、使命感，把当务之急的事一件一件解决好，把基础性的工作一桩一桩打牢固，不负时代的嘱托，不负人民的期待，为全面建成小康社会描绘更加温暖饱满的底色，为包括亿万农民在内的全体人民书写更加灿烂美好的未来。

质量是导向

高质量发展是农业农村发展的主攻方向，也是小康之年做好“三农”工作的必然要求。习近平总书记高度重视质量发展工作，多次强调高质量发展的重要性，并对此作出重要指示和部署。近年来，农业农村系统认真贯彻落实党中央关于高质量发展的要求，大力推进质量兴农、科教兴农、绿色兴农、品牌强农，并取得了积极成效。小康之年，我们要抢抓机遇，乘势而上，努力在高质量发展上实现新突破，取得新成绩。

如一座灯塔，高质量发展照亮了我国农业农村发展的崭新前景。何谓高质量发展？就是更好地满足人民日益增长的美好生活需要的发展；就是体现新发展理念的全方位发展；就是从“有没有”转向“好不好”的发展。

进入新时代，我国经济已由高速增长阶段转向高质量发展阶段，农业农村作为国民经济的基础，也要适应并遵循这一趋势。党的十八大以来，我国粮食连年丰收，肉禽蛋奶、水产品供应充足，为我国农业生产从注重数量向注重质量转变创造了良好的物质基础和社会条件，这也是农业农村迈向高质量发展阶段的重要历史契机。然而，我们也要看到，我国农业大而不强，农村生态环境脆弱，农民增收后劲不足等问题依然突出，农业农村高质量发展离全面小康和乡村振兴的要求还有明显差距。推进高质量发展，是解决农业农村瓶颈问题的破题良策，是农业农村转型升级的内在需要，更是人民群众享受优质农产品和生态产品的迫切期待。

2020年是全面建成小康社会目标实现之年，农业农村高质量发展的重要意义更加凸显。小康成色如何，很大程度上要看“三农”工作成效，而“三农”工作成效很大程度上要看农业农村发展质量。农业农村发展质量不高，全面小康的成果就不稳固、不持续。只有农业农村发展质量提升了，老百姓的“粮囤子”“肉摊子”“菜篮子”才能持续丰盈，不仅量够，而且质优；只有农业农村发展质量提升了，人们才能在天蓝、地绿、水净的美好家园里享受健康舒适的生活；只有农业农村发展质量提升了，农民的钱袋子才能更鼓，获得感才能更足。这些美好的愿景，既是全面小康的应有之义，也是农业农村高质量发展的丰硕成果。

高质量发展，是大方向、大格局、大逻辑，是任何时候都要牢牢坚持的发展导向。当前，我国经济运行稳中有变、变中有忧，外部环境复杂严峻，经济面临下行压力，个别地方难免有走回粗放型发展老路的冲动。走老路，省劲儿，一时可能见“效”快，但埋下的隐患不容小觑。越是经济下行、压力加大的情况，越是全面建成小康社会胜利在望的关键时刻，我们越要咬紧牙关，保持决心信心和清醒头脑，坚定不移地走好农业农村高质量发展之路。

要坚决贯彻新发展理念。质量高不高，理念是先导。要坚持质量第一，效益优先，按照创新成为第一动力、协调成为内生特点、绿色成为普遍形态、开放成为必由之路、共享成为根本目的的要求，把新发展理念贯穿到农业农村发展的各个环节，传导到各个主体，还没落实到位的，要加强督促，已经贯彻执行的，要深化细化。除了发展理念要转变，政策支持、工作方法、考核方式等也要随之调整，真正让质量就是效益、质量就是竞争力的观念，成为指挥棒、导航仪、驱动器。

要着力避免“质”“量”失衡。产品供给从少到多、从质量较低到质量较高，需要一个发展过程，而追求质量提升，难免要以牺牲一定的数量为代价。在推进高质量发展的过程中，要特别注意不能造成新的失衡，既要坚持质量优先，又要避免“按下葫芦浮起瓢”，防止过度关注质量而忽视了数量基础。小康之年，保供给是头等大事，要在保持存量的基础上提升质量，努力实现量的合理增长与质的稳步提升。要坚持以农业供给侧结构性改革为主线，深入推进结构调整，优化产业布局，突出农业绿色化、优质化、特色化、品牌化，既要产得出、产得优，也要卖得出、卖得好，不断提升我国农业综合效益和竞争力。

要积极强化主体培育。在土地、气候、技术、资金等农业农村发展诸要素中，作为生产经营主体的人始终是最活跃、最关键的因素，只有农业农村各个链条、各个环节的主体都能坚持高质量发展目标，高质量发展才能真正落地。强化高素质主体培育，不能只盯着专业大户、家庭农场、农业产业化龙头企业等实力雄厚的大、中型主体，也要重点关注和扶持生产经营能力较弱的小农户。在相当长的一段时间里，小农户依然是我国农业生产经营的大多数，也是全面建成小康社会的广泛受益人群。要努力构建新型农业经营主体与小农户的利益联结机制，带动小农户分享农业产业链增值收益，大力发展农业社会化服务组织，促进小农户和现代农业发展有机衔接，共同分享高质量发展成果。

推动农业农村高质量发展，不是对现有发展路径的小修小补，而是一场前所未有的革命性变革。我们要切实增强责任感、使命感、紧迫感，以奋发有为、只争朝夕的精神状态，以改革创新、真抓实干的工作举措，加快推动农业农村发展质量变革、效率变革、动力变革，不断提升大国“三农”的颜值和精气神，在小康之年交出农业农村高质量发展的圆满答卷。

稳定是根本

“甘其食，美其服，安其居，乐其俗。”一个充满活力、和谐有序的乡村社会，既是广大农民共同的生活向往与追求，也是“三农”发展乃至国家大局稳定的基石，是全面建成小康社会的应有之义。习近平总书记多次强调，要坚定不移维护农村和谐稳定。日前召开的中央农村工作会议也对维护农村社会和谐稳定提出了具体要求。稳定之于发展，正如万丈高楼之基、繁茂大树之根，小康之年，越是发展任务重，越是挑战大，越是迫切要求我们稳住农村这一头，最大限度地减少不和谐因素。

随着工业化、信息化、城镇化加快推进，农村社会结构深刻变动，农村利益格局深刻调整，农民思想观念深刻变化。农民不仅对物质生活提出了更高的要求，而且在民主、法治、公平、正义、安全、环境等方面的要求日益增加。在一些地方，村庄空心化、农户空巢化、农民老龄化不断加剧，出现了道德失范、公序良俗失效等社会问题，乡村秩序的基础受到冲击。这些新的形势和变化，迫切需要我们坚持问题导向、目标导向，调整乡村治理的理念、方式、范围，进一步推进乡村治理体系和治理能力现代化。

近年来，我国在推进乡村有效治理方面取得显著成效，以党组织为核心的农村基层组织建设进一步加强，乡村治理内容逐步充实、手段不断创新、体系进一步完善，农村基本公共服务显著改善。但总体来看，我国乡村治理体系和治理能力的现代化水平还不高。面对诸多需要破解的难题，乡村治理工作既有“再上一层楼”的压力，也有“更进一步”的挑战。

农村社会和谐稳定是打赢脱贫攻坚战和决胜全面小康的有力依托，也是加快实施乡村振兴战略的重要保障。全面小康是长治久安的小康，是和和美美的小康。只有农村稳定了，农业生产经营活动才能持续推进，农村各项社会事业才能有序开展，农民才能安居乐业享受美好生活，我们才能在决胜全面小康的道路上蹄疾步稳。小康之年，我们要坚定不移地走好乡村善治之路，不断夯实乡村治理这个根基，切实推动农村经济、政治、文化、社会、生态文明建设协调发展，为打赢脱贫攻坚战、决胜全面小康创造良好的社会条件和氛围。

要着力加强农村基层党组织建设。村看村、户看户、农民看支部。农村基层党组织是党的农村工作和战斗力的基础，是农村各项工作的领导核心。小康之年，抓农村党组织建设更不能放松。要继续全面整顿软弱涣散村党组织，全面推行村“两委”班子成员交叉任职，全面落实村党组织书记县级党委备案管理制度，加强对村党组织书记人选的把关和监督，向贫困村、软弱涣散村和集体经济“空壳村”派出第一书记，为农村基层输入一批理想信念强、能力素质高、能打硬仗的党建人才，不断提升农村基层党组织建设水平。

要始终坚持自治、法治、德治相结合。要以自治增活力，不断健全完善村民自治的有效实现形式；要以法治强保障，把政府各项涉农工作纳入法治化轨道，努力建设法治乡村；要以德治扬正气，深入挖掘熟人社会中的道德力量，大力弘扬社会主义核心价值观，不断提升农民的道德水平和思想觉悟；要系统运用自治、法治、德治的理念和思维，综合利用现代治理手段和传统治理资源，积极搭建多方参与治理的平台和渠道，不断探索“三治”结合的有效形式，为小康之年乡村的喜乐祥和添砖加瓦。

要不断创新基层管理体制机制。农民群众对党在农村政策的感受，主要来源于乡镇、村所提供的服务水平。创新基层管理体制机制，不仅有利于提高乡村治理的效率和水平，还能大幅提升农民的获得感、幸福感、安全感。小康之年，夯实乡村治理这个根基，要在创新基层管理体制机制方面持续努力。一方面，要围绕农民群众的操心事、烦心事想办法，持续推进“放管服”改革向基层延伸，探索、建立基层服务一体化平台，加大农村综合服务设施建设，为农民提供“一门式办理”“一站式服务”，努力为农民办实事；另一方面，要加强农村社会各项安全隐患的排查和治理，健全农村公共安全体系，及时发现、处置、化解各种公共安全风险，深入推进扫黑除恶专项斗争，健全防范打击长效机制，为农民群众创造公平生产和安全生活的环境，确保人民群众在小康之年平安无虞。

“民惟邦本，本固邦宁。”站在小康之年的历史节点上，放眼中华民族迈向伟大复兴的历史征程，农村不仅要稳定，还要更和谐；不仅要和谐，还要朝着更美好的目标迈进。只要我们认真贯彻落实以习近平同志为核心的党中央关于乡村治理的决策部署，根据各地的村情农情、经济发展水平和历史文化传统，分类指导、有序推进，就一定能绘就“各美其美，美美与共”的乡村善治壮美图景！

多国囤粮：一堂活生生的粮食安全“警示课”

刊播《农民日报》(4月3日1版)

作者 江娜

新冠肺炎疫情蔓延全球，引发了一系列连锁反应。一些国家出现恐慌性抢购口罩、厕纸现象，近日更出现国家层面囤粮的情况。据报道，已有多个国家正在限制粮食出口或加大粮食储备，联合国粮农组织总干事也呼吁防止疫情引发粮食危机。国际粮食市场的新动向引起一些人担心：多国囤粮，对中国人的饭碗会产生什么样的影响？中国的粮食安全战略能不能经受住考验？这些问题值得我们高度关注。

针对舆论的担心，我们还是以事实和数据说话。从产能上说，我国粮食生产实现历史性的“十六连丰”，连续5年站稳6.5亿吨台阶，2020年虽受疫情影响，各地春耕备耕也正在有序推进，冬小麦苗情好于2019年和常年；从存量上看，目前我国小麦、稻谷等口粮品种，库存都处于历史最高水平；从进口量上算，谷物净进口量仅占全国生产量和消费量的2%左右，且主要用于品种调剂和地区调剂。可以说，此次国际粮食出口限制不会影响我国粮食安全。

多国囤粮现象，一方面用事实证明了我国立足国内的粮食安全战略的正确性，一方面也给我们上了一堂活生生的粮食安全“警示课”。

这堂“警示课”的第一个警示是，底线思维必须始终坚持，在粮食问题上更是如此。我们这个有着14亿人口的大国，正如大船出海，不能指望每天都风平浪静，从起锚的那一刻起，就要准备好应对极端天气和海况。“无恃其不来，恃吾有以待也。”这是兵法所言，也是我们任何时候都必须坚持的底线思维。粮食安全问题就是检验底线思维的一个重要方面。粮食安全是基本安全，是国家安全的基础支撑，是攸关生存安全的头号问题。基本安全、基础支撑、头号问题，这3个名词意味着什么？意味着犯不得半点错误，意味着容不得一丝含糊，意味着一寸也不能退的底线。在粮食安全上坚持底线思维，就需要考虑极端情况。当前发生的还只是一个公共卫生事件，各国忧虑的还只是粮食的供应链、市场的连锁反应、公众的恐慌心理等，但想想看，万一出现极端异常气候，全球粮食大减产呢？再假设，万一发生战争呢？到那时候，限制粮食出口的就不是几个国家了，纵有黄金万两，到哪里去买能填满14亿张嘴的粮食？当然，有人会说，到时候我们可以马上种啊。但是，农业不是工厂流水线，不是一开工就能立即生产出产品的，农作物有生长期，这段时间怎么办？难道真要让老百姓坐在餐桌前等着现种稻谷、现磨米、现蒸饭？所以，在这样关乎国家命运、民族生存的底线问题上，不能算经济账、回报账，而要算政治账、安全账。

这堂“警示课”的第二个警示是，以我为主永远是对的，在粮食安全上必须始终坚持立足国内。当今的国际现实也警示我们，即使全球经济再一体化，关键时候还得靠自己。靠别人？正如一句俗语所言：靠山山会倒，靠水水会流，靠人人会跑，只有自己最牢靠。别看这些年国际粮食市场价格低于国内，那是因为中国人自主解决了吃饭问题，如果我们把14亿人的吃饭问题交给国际市场，你看看还会不会有价格倒挂？而且，如果真到了要依靠购买粮食生存的地步，就算有钱买、买得到，但战略软肋受制于人是一种什么感觉？因此，在粮食安全问题上，我们永远只能靠自己，靠我们祖祖辈辈耕耘的土地，靠我们不断创新的粮食科技，靠我们始终坚持调动地方抓粮和农民种粮的“两个积极性”。这是我们解决粮食问题的本钱和法宝，过去是，现在是，将来也一定是。

这堂“警示课”的第三个警示是，民生始终是根本，吃饭问题始终是头等大事。粮食问题到底是个什么问题？它当然是个经济问题，但只是个经济问题吗？在我国疫情防控伊始，我们就一手抓防控，一手抓“菜篮子”保供稳价。为什么？固然是吃饱吃好才能抓防控，但更重要的是，粮食问题、“菜篮子”问题牵一发而动全身，关系经济社会全局和民生大局，也关乎公众的情绪、信心和心理预期，不能有丝毫闪失。全球疫情蔓延之际，一些国家先把粮食储备稳住。为什么？还不是在未雨绸缪，防止因为在吃饭这样的基本民生问题上出纰漏而引发社会动荡。历史上这样的教训很多，国际上也不少。2008年、2011年，世界多个国家发生社会骚乱，起因多是食品价格暴涨。粮安天下，这句话不是说说而已。

有些错误是不能犯的，犯了就是颠覆性的。这是粮食问题的沉重警示，也是我们端稳中国人饭碗的深刻启示。

“积分制”是乡村治理现代化的有益探索

刊播《农民日报》(4月23日5版)

作者 杨瑞雪

近年来，不少地方把“积分制”引入乡村治理，比如浙江义乌市何斯路村的乡村“功德银行”、湖南新化县油溪桥村创新“户主文明档案袋”、山东威海市文登区将“积分制”纳入乡村信用体系建设、宁夏固原市的量化评价体系等。这些探索都是立足于乡村是熟人社会的实际，将村民的日常行为由传统的口碑评议，转化为可以量化、可以评价的数据指标，通过将积分兑换成相应的物质和精神奖励，激发村民践行社会公德、参与村庄事务的积极性。

为什么“积分制”能在乡村治理中“生根发芽”？笔者以为，主要有以下几个原因。

对村民来说，“积分制”符合村民朴素的公平价值观和对公平正义的守望。传统乡土社会较为封闭和稳定，很多事不需要说得太明白、算得太清楚，不然就伤了情分。人们常说“公道自在人心”，平常爱去别人家里帮忙，等自己家有事的时候，来帮忙的人自然就多，人际交往和付出、乡村正义和公平在长期动态里实现平衡。但随着城市化的推进，乡土社会的稳定性被打破，传统习俗的约束力降低，部分村民的“不道义”“不讲理”在很多时候让人无可奈何，有了积分，就有了更为明确的事实依据和评价标准，可有效避免老实人吃亏的问题。

对村干部来说，“积分制”能在一定程度上解决治理工作“没依据、没抓手、没人听”的难题。当前村庄不同程度地存在村级干部老龄化、青壮年劳动力外流、后备干部人才匮乏的情况，部分村级干部出现“本领恐慌”——“老办法不能用、新办法不会用”，加上有些村集体经济薄弱，在村里的凝聚力、号召力、战斗力因此受影响，村民在村级公共事务管理中的参与度不高。诚如马克思所言：“人们奋斗所争取的一切，都同他们的利益有关。”而“积分制”能把纷繁复杂的村级事务标准化、具象化，并将村民利益紧密地联系在一起，让治理工作可量化、有抓手，因而大大调动了村民参与村级事务的积极性，啃下治理“硬骨头”。

对乡村而言，熟人社会和半熟人社会正是适合“积分制”生长的土壤。一谈起农村工作，就会说到这句话——“村看村，户看户，群众看党员，党员看干部”。这说的是党员干部在农村工作中的重要性，也从侧面反映了在农村这个熟人、半熟人社会中村民间的紧密联系。是否参与村级公共事务，是否孝敬父母，是否按规定移风易俗，这些都很难逃过村里群众的眼睛，而“积分制”的执行正需要这样低成本的监督机制。并且，比起积分高低、兑换物品的多少，“面子”“脸面”更为重要，能够有力提升村民的参与积极性。

乡村治理现代化是乡村振兴的重要内容，关系到国家治理现代化的目标实现。乡村治理现代化的定义目前众说纷纭，但大部分学者对它的定义都包含“制度化、规范化、标准化、程序化”等标准。笔者以为，把复杂的评比内容具体化，把无形的道德标准有形化的“积分制”，正是对乡村治理现代化的有益探索。

如何在实践中用好“积分制”？笔者以为需要注意3个方面：

一是坚持党建统领，抓实、抓细、抓长远。乡村治理是个复杂而系统的工程，不可能毕其功于一役。既然如此，就要坚持和加强党建统领，为“积分制”的实行提供坚强的政治保证，确保它能沿着正确方向前进，谨防“一阵风”“运动式”等问题。

二是充分依靠群众，真正凝聚群众。在“积分制”实行的过程中，要充分给予群众“参与权”“评价权”“知情权”，让群众成为治理工作中的决策主体、执行主体、监督主体，激发村民参与乡村治理的内生动力。

三是合理设定规则，虚功做实重在“用”。“积分制”是为实际工作服务的，一方面，应合理设置每项加、减分的分值权重，另一方面，要加强沟通协调、互动联动，把“积分制”的结果融入村民自治、环境整治、信访维稳等多个社会治理环节，使之真正影响到村民的生活，正向推动基层群众“崇德向善”。

强毁青苗屡禁不止　根源在于“三观”不正

刊播《农民日报》(5月11日1版)

作者 周鹏飞

四五月份是冬小麦抽穗、扬花、灌浆的时节，日渐饱满、收获在望的麦穗，对经历了秋种、冬盼、春忙的农民来说代表着希望，于国家而言，则意味着夏粮有个好收成。

然而，近期在一些粮产区的个别乡村，却接连发生推毁小麦青苗事件。收割在即的麦苗毁于一旦，农民大半年的辛劳付之东流，着实令人痛心。笔者上网检索可信报道发现，这样的事情在不同地区多次发生。

归纳分析多起案例，其中原委并不复杂。一些以乡镇政府为主，部分开发商和村组集体参与的毁苗一方，毁苗的理由无外乎建设开发急用地，在未能与麦农协商一致的情况下，强压一头，单方面清表腾地。而被毁苗的农民，大多因为开发建设主体存在未批先用、边报边建、强行流转、补偿较低等情况，才不同意让出土地。

野蛮推青、强行毁苗多发频发，不仅践踏粮食资源、伤害农民感情，而且严重损害党和政府形象，不利于社会和谐稳定，影响极其恶劣。

那么，此类现象为何屡禁不止？深究其行为动机和思想根源，笔者认为，主要还是部分基层干部的政绩观、群众观与权力观出了问题。

政绩观扭曲。在建设用地供需矛盾突出的当下，一些基层干部急于出成绩、捞政绩，认为依法征地行之不通或耗时过长，而侵占农民的土地相对“简单易行”，所以假发展之名，大肆违法占地。这样的干部眼里只有自己的政绩，罔顾群众的利益，只算经济账，不算政治账、民心账，农民权益、粮食安全自然不放在心上，秀穗结实的青苗在其眼中又与荒草何异？

群众观错位。由于脱离群众、观念错位，一些基层干部公仆意识缺失，将农民的合理诉求视为胡搅蛮缠，把自己作风的粗暴归咎于农民太“刁”。于是在征地中就出现了一些干部以自作主张代替征求民意，以发号施令代替讲解动员，以霸道蛮横代替平等协商的现象，使本可化解的矛盾不断摩擦、积累、放大，最终“祭出”强毁青苗之举。

权力观异化。当政绩观与群众观出现问题时，权力观必然异化，权就难为民所用，也难依法而用。与此同时，得益于普法宣传，农民的守法、护法、用法意识快速提升，在征地中开始提出信息公开、程序合法、协商平等、补偿合规等合理要求。这本是社会的进步，但在那些想滥用权力违法占地者的眼中，却成了“阻路石”“拦路虎”。在多起强毁青苗事件中，毁苗者并非不懂法，而是滥用权，试图以权力的高压逼迫群众就范，全然忘记了“权为民所用”这句话。

如何从源头和根本上杜绝毁坏庄稼青苗的行为？笔者认为应该在以下4方面发力。

引导粮产区干部树立正确的发展观、政绩观。粮食主产区承担着保障粮食安全的重任，然而短期内粮食生产对财政贡献小，不容易出政绩，不如抓工业见效快、搞三产赋税高，导致基层政府对重粮抓粮往往高举轻放。对此，在思想层面，要加强基层干部的初心使命教育，强化宗旨为民意识，提升其对粮食安全重要性与紧迫性的认识。在制度层面，国家要进一步加大对粮食主产区的政策扶持力度，省、市、县要加大粮食生产工作的考核权重，引导树立正确的政绩观。在发展层面，要引导基层干部发挥粮食生产优势，在加工转化增值上下功夫，还要鼓励在盘活闲置撂荒土地上寻求发展空间，不能总盯着耕地不放，一味打农田的主意。

针对土地违法行为完善监督、严格执法。“扫帚不到，灰尘不掉”。违法征占、强毁青苗事件，普遍是在媒体曝光后，上级部门才介入调查，这充分暴露了土地监察部门工作上的不力，即便没有包庇纵容之责，也难逃失察之过。此外，一番调查过后，对毁苗事件的处理又往往只伤皮毛、不动筋骨，本应起到警示教育作用的处罚反而成了负面纵容。对此，既要加强法律监督工作，织密监督网、扎紧权力笼，还应从严执法，加强惩罚力度，提高问责层级，让威慑之剑始终高悬、锋芒毕现。

保护庄稼青苗应明令在前、警示常在。若是在毁坏庄稼青苗行为发生后再紧急排查、发文制止，无异于“马后炮”，这样的“事后诸葛亮”万万当不得！冬小麦的生长周期为8个月左右，粮食生产要全年抓，绝不能指望出现问题后发布的一两个“紧急通知”能从根本上解决问题。粮产区各级政府应当明令要求在前，警示教育常态化，让警钟长鸣。

开展农地征用还需完善方式、优化方法。土地使用权的转移，伴随着的是利益的重新分配。“利”字当头，博弈难免，而推毁青苗的做法，无异于将博弈推向零和甚至负和的“双输”局面。我们的基层干部必须明白，征地开发本质是为民谋福，政府工作与农民利益之间不存在天然对立，通过沟通与合作是可以实现正和博弈的。具体到征地实践中，基层干部应深入了解民意，据此优化方案设计，针对农民对土地怀有特殊感情，看到土地空着就想种上东西、得份收成的心理，应尽量减少征地与开工建设之间的土地闲置时间；要广泛倾听农民诉求，全面公开各项信息，消除信息不对称给农民带来的顾虑与疑惑；要积极开展群众工作，从农民的立场出发，多一些换位思考，不厌其烦地把政策讲透彻，把问题说明白，要相信在平等基础上开展协商谈判，定能获得农民的理解和支持。

当一号文件遇上重大疫情

刊播《农民文摘》（3月）

作者 雷刘功

立春刚过，中央一号文件如期而至。这比2019年中央一号文件的发布时间整整提前了两个星期。尽管当前新型冠状病毒感染肺炎疫情仍在肆虐，但一号文件的发布瞬间成为各大公号浏览量最快抵达“10万+”的消息，无疑是这个早春令人振奋的一件事情。对于农业农村系统来说，则意味着迎来了既要抓好疫情防控，又要推动落实一号文件的双重任务。

一手抓疫情防控，一手抓稳产保供。应对疫情是当前最重要的工作，而保障农产品供给是应对疫情工作的重要内容。疫情发生以来，农业农村部采取了一系列重要措施，不仅要求迅速组织开展农村疫情防控工作，而且要求做好“菜篮子”产品生产保供工作。一手抓疫情防控，一手抓稳产保供。这两个方面的工作都要抓，都要硬！不能因为应对疫情而忽视稳产保供，也不能因稳产保供而放松疫情应对。要在抓好防疫工作的同时，兼顾当前农业生产重点工作，特别是要加强蔬菜等“菜篮子”产品生产保供，指导各地加强生产指导和技术服务，搞好产销衔接，推动解决部分地区农产品和农业生产物资运输受阻的问题，保障饲料、种子、化肥、农药等农业生产物资供应运输，维持正常生产秩序，确保“菜篮子”产品有效供给，不能在疫情防控过程中让老百姓缺粮断菜，切实做到“碗里有、店里有、库里有、地里也有”，为打赢疫情防控阻击战提供物质保障和有力支撑。

开展春季农业生产，落实全年目标任务。一年之计在于春。春季农业生产关乎夏粮产量，也关乎全年粮食生产的主动权。不能因为疫情防控而耽误春季农业生产，“农时不等人”，人误地一时，地误人一年！各地要为农民开展生产创造条件，切实抓好夏粮田管和春耕备耕工作，努力夺取夏粮丰收，继续推动生猪生产恢复。中央一号文件提出了全面建成小康社会、全面打赢脱贫攻坚两大目标任务。脱贫质量怎么样、小康成色如何，很大程度上要看2020年的“三农”工作成效。但我们面临的挑战不容忽视：脱贫攻坚到了攻城拔寨、全面收官的阶段，剩下的都是难啃的“硬骨头”；全面建成小康社会，最突出的短板在“三农”，需要集中资源、强化保障、精准施策，加快补上“三农”领域短板。同时，我们还要看到，国内外风险挑战明显增多，经济下行压力加大，再加上当前的新型冠状病毒感染肺炎疫情，使得农业农村的发展形势更加复杂严峻。这就要求各级农业农村部门进一步强化大局意识，保持决心、信心和清醒头脑，紧盯全年目标任务不松懈，坚决如期完成脱贫攻坚任务，坚决补上全面小康“三农”领域短板，切实发挥好“三农”“压舱石”作用。

增强“驾驭风险本领”，提升“三农”工作效能。中央政治局常委会会议强调，这次疫情是对我国治理体系和能力的一次大考。十九届四中全会《中共中央关于坚持和完善中国特色社会主义制度、推进国家治理体系和治理能力现代化若干重大问题的决定》提出要增强“驾驭风险本领”。习近平总书记在《中共中央关于坚持和完善中国特色社会主义制度、推进国家治理体系和治理能力现代化若干重大问题的决定》说明中强调，“我们要打赢防范化解重大风险攻坚战，必须运用制度威力应对风险挑战的冲击”。如期完成中央一号文件提出的全年目标任务，对于农业农村系统来讲，如同面临一次大考。能不能考出优异成绩，关键要看在“三农”发展进程中有没有驾驭各种风险的本领。要立足应对当前疫情中存在的问题，突破对传统路径的依赖，创新工作方式手段，注意用好市场化、信息化、法治化等手段，全力克服疫情应对给日常工作带来的影响，实现稳产保供。同时要强化底线思维，充分考虑这次疫情对农业农村工作的不利影响，做好最充足的准备、最充分的预案，进行最长期的奋战。当前，我国正处于实施乡村振兴战略的关键时期，要守好“战略后院”，适应矛盾变化，应对好“三农”领域的各种风险挑战，必须着眼长远，强化风险意识，推进制度建设，以制度威力应对“三农”领域的风险挑战，为实施乡村振兴战略提供稳定和谐的发展环境。

北方又飘起了雪花。愿这场雪埋掉病毒，预兆丰年！

重农固本　安民强基

刊播《农村工作通讯》（8月）

作者 李永生

务农重本，国之大纲。制定《中国共产党农村工作条例》（以下简称《条例》）是继承和发扬党管农村工作优良传统、加快推进农业农村现代化的重要举措。“三农”问题关系党和国家事业发展全局，“决不可以丢掉乡村，仅顾城市”“城市搞得再漂亮，没有农村这一稳定的基础是不行的”“任何时候都不能忽视农业、忘记农民、淡漠农村”。党的十八大以来，以习近平同志为核心的党中央坚持把解决好“三农”问题作为全党工作的重中之重，取得历史性成就、发生历史性变革。但是，我国的基本国情“没有变”：中国仍处于并将长期处于社会主义初级阶段，依然是世界上最大的发展中国家；我们的基本农情也“没有变”：农民多，耕地少，低收入群体数量大、占比高，城乡发展不平衡，乡村发展不充分。我们要学深悟透习近平总书记关于“三农”工作的重要论述，准确把握新时代党的农村工作之历史方位、发展方向和战略布局，深刻领会中央首次就农村工作专门制定党内法规的重大意义，对国之大者要心中有数，始终保持正确的政治方向。

小智治事，大智治制。良法是善治之前提，领导制度、组织制度问题更带有根本性、全局性、稳定性和长期性。着眼于到建党100周年时形成比较完善的党内法规制度体系，按照中央加强党内法规制度建设的意见、党内法规制定工作第二个五年规划的要求，制定出台《条例》，把党领导农村工作的传统、要求、政策，把党的十八大以来的理论创新、实践成果、鲜活经验，以党内法规的形式确定下来，实现有章可循、有法可依，成为新时代党全面领导农村工作的基本遵循。各级党委，特别是农村工作部门的同志，须进一步创新宣传形式，完善推进机制，将《条例》规定落实到具体工作中、体现在实际行动上，交上合格答卷。

乡村振兴，关键在党。实施乡村振兴战略，是关系全面建设社会主义现代化国家的全局性、历史性任务，是新时代“三农”工作的总抓手。办好农村的事情，实现乡村振兴，关键在党。要按照《条例》要求，确保党在农村工作中总揽全局、协调各方，加强党对农村经济建设、政治建设、文化建设、社会建设、生态文明建设和党的建设各项工作的全面领导，坚持农业农村优先发展，培养懂农业、爱农村、爱农民的农村工作队伍，从改革、投入、科教、规划、法治等方面完善保障措施，圆满完成农村工作主要任务。基础不牢，地动山摇。必须把农村基层党组织建设成为坚强战斗堡垒，发挥党员先锋模范作用，教育农民听党话、感党恩、跟党走，保障农民的物质利益和民主权利，增强农民群众的获得感、幸福感、安全感，巩固党在农村的执政基础。

规矩方圆，成以执行。制度的生命力在于执行。《条例》明确了中央统筹、省负总责、市县乡抓落实的农村工作领导体制，构建了职责清晰、分工负责、合力推进的责任体系，要求健全五级书记抓乡村振兴考核机制，省委书记负总责，市委书记统筹协调，县委书记一线指挥，乡镇书记抓好落实，村党组织书记具体执行，并对他们的职责情况开展督查考核。各级党委要把《条例》的执行情况纳入党建工作责任制，纳入监督执纪问责范围，及时发现问题、解决问题、用好督查考评“指挥棒”，不能干好干坏一个样，将考核结果作为干部选任、评先奖优、问责追责的重要参考。对恪尽职守、敢担当、善作为的，在选拔任用、评先表彰时优先考虑，正向激励；对履职不力、不担当、不作为的，按照党内法规、国家法律执纪问责，确保《条例》落实落地。

当今世界正经历百年未有之大变局，我们要坚定乱云飞渡仍从容的信心底气，增强踏平坎坷成大道的决心力量，保持逢山开路、遇水架桥的奋斗精神，认真贯彻落实《条例》，谱写党管农村工作时代新篇。

民法典，看见文明的高度

刊播《农产品市场》（6月）
作者 姜玉桂

7编、1 260条、逾10万字，从国家发展到个人权益，关涉我们每个人生活的方方面面，被誉为“半部宪法”“权利保障的宣言书”……5月22日，酝酿多年的《中华人民共和国民法典（草案）》提请十三届全国人大三次会议审议。

这是新中国第一部以“法典”命名的法律，而直接以“民”命名，更彰显其立法宗旨和目的，就是要反映人民群众的意愿，保障私权，维护广大人民群众的利益。孟德斯鸠在《论法的精神》中写道，“在民法慈母般的眼里，每一个个人就是整个的国家”，道尽了对民法的期待。

从某种意义上来说，一部民法典，就是一个民族文明的高度。产自法兰西辉煌时代的《法国民法典》，被拿破仑视为平生最大的荣光，其承结了启蒙时代的累累硕果，处处闪耀着对理性引导下人类未来的信心；百年之后，以概念精准、体系严谨著称的《德国民法典》，亦是民族复兴、社会转型、国家崛起时伟大时代和思想的结晶。

一部好的法典，每个条文都应展现出符合时代进步要求的法律原则和价值理念，并和谐内生于一个整体的制度架构和治理体系当中，这离不开对世界，对国家政治、社会、经济全局的洞察。

此次我国民法典草案创新和亮点颇多，打破世界惯例，创造性地将关于人格权的规定独立成编，就是其一。这也是信息时代特征的体现，其在更好、更充分地保护民事主体人格权的同时，也将为世界法治发展提供新的模式。

法典是时代的产物，也是历史的结果。回顾新中国成立，尤其是改革开放以来的历史进程，我们可以发现，我国民事主体享有的民事权利种类日益增加，内容不断丰富，保障持续增强。一条清晰的脉络暗含其中：正是经济体制的市场化改革唤醒了民事主体的权利意识，社会主义市场经济是我国民事权利发展的经济基础，政治的民主化则是我国民事权利发展的政治保障。

就农民的民事权利而言，农民从基本失去土地权利，到土地经营权部分回归，再到实现土地承包经营权的物权保护，权利不断得以确认，保障不断得以加强。此次民法典草案物权编，为适应农村土地改革的需要，又对农村“土地承包经营权”相关内容作了进一步完善，并与农村土地所有权、承包权、经营权“三权”分置相衔接。草案规定：“土地承包经营权人可以自主决定依法采取出租、入股或者其他方式向他人流转土地经营权。”“流转期限为五年以上的土地经营权，自流转合同生效时设立。当事人可以向登记机构申请土地经营权登记。”这些规定必将成为农民相关民事权利保障的法律基石。

“自主”，意味着尊重当事人的意思自治，这是民法典贯彻民事主体意思自治原则的体现，也是民法理论和制度重大更新的体现。土地经营权变动的生效和登记规则，也使其融入现有的物权变动规则之内。通过登记，土地经营权将具有物权的效力，也就意味着任何人不得随意干涉经营权人的权利，同时因为具有物权的效力，经营权人既可以将土地用于经营，也可以用于再融资。

民法典是民事权利的宣言书和保障书，也是社会的基本法。得到充分保障的权利，必将激发社会活力，充分调动起各类主体参与国家与社会治理的积极性，从而促进国家治理能力的现代化提升。

时代造就法典，法典标注时代。一部具有中国特色、体现时代特征、反映人民意愿、科学严谨规范的民法典，既是中国特色社会主义法治成果和制度自信的集中体现，也必将凝聚更大的力量，带领中华民族不断攀登世界文明的高峰。

让人民过上好日子

——写在全国两会闭幕之际

刊播《农村工作通讯》(6月)

作者 杨勇

城镇新增就业900万人以上，现行标准下农村贫困人口全部脱贫，贫困县全部摘帽，实行农民工在就业地平等享受就业服务政策，提高稻谷最低收购价，新建高标准农田8 000万亩，扩大高校面向农村和贫困地区的招生规模……2020年的政府工作报告发布了一系列旨在让人民过上好日子、增强“三农”发展后劲的利好政策。全国人民代表大会审议通过的《中华人民共和国民法典》，对落实农村承包地“三权”分置制度、村集体特别法人资格等做出了明确规定，于国于农，意义重大。

牢牢把握粮食安全主动权，守好“肉摊子”、拎稳“菜篮子”，巩固脱贫成果，防止返贫，在乡村振兴中建设农业强省，推动农民工向新时代产业工人转型，以村为单位，加大废弃物循环利用……会场内，代表委员们纷纷建言献策，用心、用情关注群众的衣食住行等民生问题，不断解决“三农”发展中面临的深层次矛盾。会场外，无论是田间劳作的老把式、产业发展的带头人，还是返乡创业的大学生、直播带货的“新农人”，大家的获得感都更强了、心气更高了、干劲更足了。

“一切为民者，则民向往之。”5月22日下午，习近平总书记在参加内蒙古代表团审议时强调，党团结带领人民进行革命、建设、改革，根本目的就是为了让人民过上好日子，无论面临多大挑战和压力，无论付出多大牺牲和代价，这一点都始终不渝、毫不动摇。

“让人民过上好日子”，平易近人的话语中包含着对人民生存权和发展权的高度重视，彰显着党性与人民性的高度统一，闪耀着马克思主义的真理光辉。站在这样的高度，我们就能理解党的十八大以来，以习近平同志为核心的党中央把“人民对美好生活的向往”作为奋斗目标的真正含义；就能理解党的十九大以来，党中央坚持农业农村优先发展，大力实施乡村振兴战略的重大意义；就能理解为什么面对来势汹汹的新冠肺炎疫情，中国能够始终“把人民生命安全和身体健康放在第一位”，无论年龄再大、病情再重都绝不放弃，湖北治愈的80岁以上患者有3 000多位，成功救治的最年长者108岁；就能理解为什么习近平总书记先后7次主持召开脱贫攻坚座谈会，一年接着一年干，久久为功抓落实，将贫困人口从2012年年底的9 899万人减到2019年年底的551万人，贫困发生率由10.2%降至0.6%，连续7年每年减贫1 000万人以上，创造了人类减贫史上的奇迹。学习贯彻全国两会精神，最根本的就是要把以人民为中心的发展思想落实到“三农”工作中，始终坚持人民至上，紧紧依靠人民，不断造福人民，牢牢植根人民。

坚决巩固农业基础性地位，让人民过上好日子。自古“粮猪安天下”，巩固农业的基础性地位，对落实“六稳”“六保”任务具有至关重要的作用。2020年的政府工作报告没有提出全年经济增速的具体目标，但这不等于经济增长不重要。要看到，无论是保民生还是脱贫攻坚，都要有粮食安全的支撑。这次新冠肺炎疫情如此严重，但我国社会始终保持稳定，粮食和重要农副产品稳定供给功不可没。习近平总书记在看望参加政协会议的经济界委员时强调，“对我们这样一个有着14亿人口的大国来说，农业基础地位任何时候都不能忽视和削弱，手中有粮、心中不慌在任何时候都是真理。”在2020年这个特殊年份，要稳定粮食产量，恢复生猪生产，压实“米袋子”省长负责制和“菜篮子”市长负责制，把14亿中国人的饭碗牢牢端在自己手中。

坚决稳定农民工就业，让人民过上好日子。就业是民生之本，收入乃民生之源。2019年，我国农民工总量超过2.9亿人，其中有1.7亿人外出务工。在农民增收的账本里，工资性收入占比超过40%，一人失业，全家都会陷入困境。李克强总理到广西代表团参加审议时说，“过去我们强调，稳增长是为了保就业、保民生，现在反过来说，保住就业、保住民生就能稳增长。这是我们正在探索的一条新路子。”为了稳住现有就业岗位，国家通过减税、降费增强企业的抗风险能力，支持他们渡过难关。企业家代表委员对此给予了热烈回应，苏宁控股集团董事长张近东提出3万人招聘需求，新希望集团董事长刘永好要新增2万人就业，格力电器董事长董明珠表示不减员、不裁员，2020年还要招5 000人。在推动农民工返城返岗就业的同时，对于返乡留乡农民工，农业农村部等部门此前已提出“回归农业稳定一批、工程项目吸纳一批、创新业态培育一批、扶持创业带动一批、公益岗位安置一批”的“五个一批”方案，旨在大力拓展渠道，努力打赢农民就业增收保卫战。

坚决完成脱贫攻坚硬任务，让人民过上好日子。脱贫是全面小康的重中之重，是我们党对人民、对历史的郑重承诺。在剩下的200多天时间里，要确保剩余551万贫困人口全部脱贫，虽然总量不算多，但他们是贫中之贫、困中之困。既要啃下脱贫“硬骨头”，又要完成疫情“加试题”，还要巩固成果防返贫，面临的困难和挑战依然艰巨，决不能松劲懈怠。中央财政和省级财政已对52个挂牌督战的贫困县投入了308亿元资金，各省对1 000多个贫困村在扶贫资金上也给予了倾斜。2020年，国家将扩大低保和失保范围，进一步强化兜底保障。政府工作报告提出，要加大剩余贫困县和贫困村攻坚力度，开展消费扶贫行动，加强易地扶贫搬迁后续扶持，深化东西部扶贫协作和中央单位定点扶贫，接续推进脱贫与乡村振兴有效衔接。2020年脱贫攻坚任务完成后，我国将提前10年实现联合国2030年可持续发展议程的减贫目标，世界上没有哪一个国家能在这么短的时间内帮助这么多人脱贫，这对中国和世界都具有重大意义。

不驰于空想、不骛于虚声。把全国两会精神落到实处，关键在实干，只有以时不我待、只争朝夕的精神，将关系群众切身利益的一件件小事努力办好，才能让人民的好日子越来越好。

这个丰收不一般

刊播《农村工作通讯》(7月)

作者 许雪亚　朱文馨

夏收时节，中原大地、黄淮平原麦浪滚滚、机声隆隆，一派繁忙的丰收景象。疫情防控“大考”之下，夏粮生产交出高分答卷：夏粮丰收已成定局，预计小麦亩产平均提高4公斤。

特殊年份、特殊背景、特殊困难，夏粮再夺丰收，意义非凡。

中央重视的程度不一般。

“洪范八政，食为政首。”解决好吃饭问题始终是治国理政的头等大事。在新冠肺炎疫情影响下，夏粮丰收，靠土地，靠科技，更源于中央毫不放松粮食生产的战略决策。

2020年中央一号文件明确提出，粮食生产要“稳”字当头，稳政策、稳面积、稳产量。习近平总书记多次要求抓好粮食生产，越是面对风险挑战，越要稳住农业；要不失时机抓好春季农业生产，保持粮食播种面积和产量稳定；农业的基础地位任何时候都不能被忽视和削弱，手中有粮、心中不慌在任何时候都是真理。

早部署、早动员，掌握主动权。为抓实、抓细春季农业生产，国务院多次召开常务会议专题研究，要求各地有序推进春耕生产。2月25日，较往年提前20多天召开全国春季农业生产工作电视电话会议，要求抓紧解决制约春耕生产的突出问题，确保夏粮生产首战告捷，同时强调全面落实粮食安全省长责任制。

在春耕生产关键节点，国务院急发明电，由中央应对疫情工作领导小组印发《当前春耕生产工作指南》，为分区按时抓好春管春耕给出了方向。

粮食生产受重视程度之高，近年少见。

政策措施的力度不一般。

特殊之年夺丰收，还得靠更给力的举措来加劲儿。各部门、各地方按照中央决策部署，出台的政策措施更加及时有效。

针对疫情对春耕生产的影响，农业农村部及时研究提出8条措施，指导防疫春耕两不误。成立农资应急保供专班，打通农资进村入户“最后一公里”。及时制定、下发26个分作物、分区域春耕生产指导意见和技术方案。不误农时、分区施策，一系列硬措施促进农业生产有序推进。

让农民种粮有钱赚、地方抓粮不吃亏，调动、保护好这“两个积极性”，始终是我们确保粮食安全的法宝。

在连续两年下调后，2020年小麦最低收购保护价保持在2019年水平，释放出明确信号。先期完成麦收的湖北、安徽两省已启动2020年小麦最低收购价执行预案，给粮农“兜底”。

措施给力，上下努力，这是我们丰收的底气。

面临的复杂形势不一般。

突如其来的新冠肺炎疫情，给农业生产出了一道加试难题。

3月初是疫情防控最吃劲的时候，也是春管关键时节。一些地方的“一刀切”做法，让农民下不了地，农机进不了田，农资到不了村。在做好农村疫情防控的前提下，如何做好麦田管理，成为当时夏粮生产面临的最大难题。

新冠肺炎疫情在全球引发连锁反应。多个国家限制粮食出口，引发粮价波动。国际粮食生产和贸易出现的不确定性再次提醒我们，保障14亿人的粮食安全，只能依靠我们自己。

面临的复杂形势不一般，应对的困难挑战不一般，克服诸多不利因素影响，夏粮获得丰收，更加弥足珍贵。

辛勤耕耘的拼劲不一般。

夏粮丰收来之不易，也是广大基层干部和亿万农民不辞辛劳拼出来的。

2020年夏粮面积4亿亩，基本保持稳定。面积是基础，管理是关键。面对农资供应紧张、用工人手短缺、春墒不足等问题，各地一手抓疫情防控，一手抓春耕生产，稳政策，强田管，供应链、生产链秩序快速恢复。

3月初，农业农村部开展“奋战100天夺夏粮丰收行动”，要求各地农业部门抓紧农时，因地、因苗适时采取具有针对性的水肥调控措施，促进苗情转化升级，全力确保夏粮丰收。

在河北，由厅级干部牵头组成工作专班，将粮食生产、麦田管理等工作列出清单，确保疫情防控和夏粮生产两不误。在安徽，农民群众在做好个人防护的前提下有序下田，分时下地，分散干活，掀起春季田管高潮。在山东，2月份以来，累计组织52万名农业技术人员指导农民580万人次。

正是因为各地农业农村部门积极行动，正是因为我们的干部群众携手努力，才打了一场夏粮丰收的漂亮仗。

“更优更绿”的品质不一般。

与以往相比，2020年夏粮呈现出“更优更绿”的显著特点。2020年，全国强筋、弱筋小麦面积占比35.8%，比2019年提高2.8个百分点。品质的提升离不开品种结构优化，各地根据市场需求积极发展优质专用小麦，实行订单生产。

各地大力推广绿色高产高效技术模式，节药、节肥、节水等绿色生产技术实现更大面积覆盖，夏粮绿色生产的底色更浓。

“更优更绿”的背后是农业科技的加持。目前，我国农作物耕种收综合机械化率超过70%，主要农作物自主选育品种达95%以上。同时，智慧农业、“互联网+”、物联网等现代科技更为夏粮丰收织就了一张智慧农业网。依靠科技突破资源环境的约束，农业生产不断提质增效。

首战告捷的意义不一般。

“开局丰收，全年主动。”我国夏粮产量占全年粮食总产量的1/4左右。我们能不能把饭碗牢牢端在自己手里，首先看夏粮。

这次我们打赢夏粮生产的第一仗，为全年农业生产开了好局，为夺取全年粮食丰收赢得了主动，也增强了我们在危机中育新机、于变局中开新局的信心和底气。

夏粮丰收是首战。秋粮生产是大头。我们务必保持清醒头脑，克服“松口气、歇一歇”的思想，一环不松、一招不落地抓好早稻和秋粮生产，全力以赴夺取全年粮食丰收，为决战脱贫攻坚、决胜全面小康提供坚实支撑，为经济社会发展全局增添亮色。

我们手中有粮，不必恐慌

刊播 微观三农微信公众号（3月30日）
作者 杨宗辉

近日，世界上有些国家宣布禁止粮食出口，在网上掀起了一波“粮食危机”即将来临的恐慌，有人开始担心中国粮食会不会供不应求，个别地方出现超市抢粮、屯粮的苗头。这种担心有必要吗？答案显然是否定的。我国粮食生产有保障，供给很充足，我们有不恐慌的底气。

粮食生产有保障。“粮稳则民安，食安即民福。”2020年中央一号文件明确提出，确保粮食安全始终是治国理政的头等大事。近年来，为保障我国粮食安全，国家出台了一系列真金白银的支持政策，使粮食综合生产能力稳步提升。近5年，我国粮食产量稳定在6.5亿吨以上，2019年的粮食总产量更是位居世界首位。随着科技的进步，我国粮食的单产水平不断提升，在粮食播种面积稳中略降的情况下，有力地保证了粮食产量。

粮食供给很充足。“谷物基本自给、口粮绝对安全”是我国粮食安全的战略底线。目前，我国基本实现了“谷物自给”，自给率超过95%；口粮完全自给，对外依存度非常低。数据显示，2019年，我国谷物净进口1 468.2万吨，同比减18.2%，与2019年我国粮食总产量6.64亿吨相比，进口的谷物只占国内产量的2.2%。因此，大可不必因其他国家禁止粮食出口而惊慌。各地粮食储备规模稳定，粮食库存正处于历史高位，中国人的饭碗正牢牢地端在自己手中。

粮食流通很畅通。目前，全国范围内粮食流通的组织化和规模化水平不断提升，粮食流通的物流资源配置不断提档升级。大型粮食产业集团在政策允许的条件下，对上游供应商进行适度地整合，产销区运输通道衔接的现代粮食物流体系更加完善，以铁路为主的运输方式不断优化，粮食经纪人让粮食流通更加活跃，种种要素使当前我国的粮食流通渠道很畅通，产区、销区之间能实现很好的对接，确保粮食供应到位。

当前，粮食生产要“稳”字当头，稳政策、稳面积、稳产量。目前春耕春播比较顺利，截至3月26日，全国春播粮食7 480多万亩，进度同比快0.6个百分点。早稻与小麦的播种进度、苗情长势良好，且优于2019年同期。眼下，各地春耕春种均全面展开，支持春耕生产的政策也相继出台。春耕进程有条不紊，疫情对粮食生产的影响正降到最低，夏粮丰收指日可待。

功在平时，有备无患。当前，我们完全有底气说我国的粮食供应充足。但也要注意继续加大防范蝗虫入侵、草地贪夜蛾迁飞等传统病虫害与输入性虫害，密切关注国际形势，统筹好国内、国际两个市场、两种资源。要继续稳定相关粮食生产与补贴政策支持，加强田间管理，抓好春耕生产，把“手中有粮，心中不慌”“砸”得实实的、妥妥的。

千万别碰耕地“非农化”的红线

刊播《农村工作通讯》（10月）
作者 沈立宏

耕地是国家粮食安全的根本保障，是农业发展和农业现代化的根基和命脉。人多地少的基本国情，决定了我国耕地资源的重要性和战略性。近年来，我国粮食连年丰收，粮食库存充足，支撑我们顺利通过新冠肺炎疫情这个大考，充分显现了“三农”“压舱石”的本色。

要解决好14亿人口的吃饭问题，必须守住耕地这个根基，节约集约用地、严守18亿亩耕地红线怎么强调都不过分。党中央、国务院历来高度重视耕地保护，早在1982年的中央一号文件就提出“保护耕地是我们的重大国策”，1986年，《中华人民共和国土地管理法》明确提出“制止乱占耕地”，1998年，《基本农田保护条例》对基本农田划定和保护作出详细的规定。此后，保护耕地被列为基本国策。

日前，国办印发《关于坚决制止耕地“非农化”行为的通知》，明确提出6种严禁的耕地“非农化”行为，再次为那些想打耕地歪主意的人敲响了警钟。各地要全面开展耕地保护检查，摸清耕地保护现状，严肃查处违法占用和破坏耕地及永久基本农田的行为；还要切实承担起耕地保护的责任，对本行政区域内的耕地保有量和永久基本农田保护面积及年度计划执行情况做到“心中有数”。同时，为推动耕地保护落到实处，违规占用永久基本农田开展绿化造林、挖湖造景、非农建设等耕地“非农化”行为也将被纳入省级政府耕地保护责任目标考核内容。

当前，农业基础还需继续加固，保障粮食、猪肉等重要农产品供给的任务仍然很艰巨，越是这个时候，越要稳住“三农”，发挥好“三农”“压舱石”作用。我们应充分认识实行最严格耕地保护制度的极端重要性，坚决制止各种违法占用和破坏耕地及永久基本农田的行为，发现的问题要限期整改，对有令不行、有禁不止的严肃追究责任。同时，普法宣传也很重要，只有切实提高全社会保护耕地的意识，耕地的红线才能真正守得住。

补上农村环境这块短板

刊播《农村工作通讯》(4月)

作者 牛震

“以疫情防治为切入点，加强乡村人居环境整治和公共卫生体系建设。”党中央、国务院高度重视改善农村人居环境，习近平总书记多次强调，要结合实施农村人居环境整治三年行动计划和乡村振兴战略，因地制宜、精准施策，不断谱写美丽中国建设的新篇章。

民之所盼，政之所向。从《农村人居环境整治三年行动方案》出台，到《农村人居环境整治村庄清洁行动方案》印发，提出开展“三清一改”(清理农村生活垃圾、清理村内塘沟、清理畜禽养殖粪污等农业生产废弃物、改善影响农村人居环境的不良习惯)，集中整治农村环境脏乱差问题。由此，村庄清洁成为贯彻落实中央决策部署、为亿万农民谋福利的一项具体行动。一段时间以来，村庄清洁行动的有力实施，不但让一大批村庄增加了颜值，提升了气质，找回了面子，做实了里子，而且在资源化再利用中找到了价值，同时成为当前农村疫情防控的重要抓手。

增颜值，提气质，村庄清洁行动筑起农村抵御疫情的“防火墙”。数年前，农村环境问题曾一度成为制约农村经济发展的重要因素。触目惊心的“垃圾围村”现象，让记忆里的美好乡村在现实中凋敝衰落；有的农民即使盖得起新房，也面临着“住新房，无新村”的窘境。伴随着村庄清洁行动有力实施，这一切得以改变。全国90%以上的村庄“动”了起来，近3亿人次参与进来，陆续打响村庄清洁“春节战役”“春季战役”“夏季战役”“秋冬战役”，他们扫除了污水垃圾，扫出了一个个高颜值、有气质的美丽家园，曾经凋敝衰落的乡村重新焕发“青春”。农村环境的变化，不但提高了广大农民的获得感、幸福感，提升了农民群众的精气神，而且筑起了一道道抵御疫情的“防火墙”，对当今广大农村地区疫情防控具有重要意义。

要面子，有里子，从上到下一套工作推进机制基本成型。农村人居环境整治是一项系统性工作，更是长远的民生工程，既要村庄面子美，还要工作里子实。2018年以来，习近平总书记多次对农村人居环境整治作出重要指示批示，李克强总理多次提出明确要求。自村庄清洁行动实施以来，中央农办、农业农村部作为牵头抓总部门，立足农村实际和农民需求，发动18部门同向加力。全国各地县（市、区）主要负责人为“一线总指挥”，乡（镇）、村屯党组织书记担任“清洁指挥长”；各地党委、政府将村庄清洁行动纳入重要议事日程，纷纷拿出真金白银作保障；坚持问题导向，引入第三方监测机制……从中央到地方，包括高位推进、部门协同、考核评估在内，一套行之有效的运维管护工作机制基本成型。

清垃圾，再利用，在探索变废为宝中找到新价值。农村生活垃圾和城市生活垃圾，不论是组成成分还是处理方式都有所不同。有些地方在实施村庄清洁行动中，引进龙头企业，或发挥专业机构优势，使农村生活垃圾与农业生产废弃物实现“变废为宝”，从而建起县域级和乡村级资源回收利用体系，走出了一条绿色环保的创新之路。有些地方积极推进农村生活垃圾肥料化利用，把垃圾中的有机物转化成农业生产中需要的肥料，如建设阳光堆肥房。与此同时，不少农村在实施清洁行动中，在提高颜值的过程中找产值，走上了农旅融合发展的产业之路，成为当地增加农民收入的重要一环。

创典型，广参与，共建共享让农民环保意识普遍增强。实施村庄清洁行动是推动农村人居环境整治的一项基础性工程，须广泛动员各方力量，优化整合各种资源，进而形成合力。一段时间以来，村庄清洁行动成为农村人居环境整治由点向面推开的最直接有效抓手，期间涌现一大批典型。2019年中国农民丰收节期间，农业农村部举办“千村万寨展新颜”活动，在1 281个行政村中遴选出550个清洁行动成效明显的村庄，通过媒体平台全方位展示，以干净整洁、祥和有序的村庄环境迎接新中国成立70周年。各地也陆续总结、推广了一批不同水平、不同类型的村庄案例，用群众看得见、摸得着的榜样说话，通过动员部署、集中宣讲、教育培训、评比奖励等方式，从典型引路到全民参与，由点及面在全国掀起了清洁村庄的高潮。“村庄是咱家，清洁靠大家”，广大农民群众的环保意识普遍增强，参与村庄清洁行动的积极性主动性明显提高。在第三方监测问卷调查中，30 092名农户对村容村貌整治满意度达90.93%。

2020年是全面小康之年，也是农村人居环境整治三年行动收官之年。4月是爱国卫生月，相信随着村庄清洁行动持续有力推进，“让农村成为令人向往的地方”，实现农村人居环境外在美、内在美、持续美的梦想必然会照进现实，中国广大农村在迎接小康的道路上也将更加体面。

融媒体作品

WORKS OF
CONVERGENCE MEDIA

2020“三农”新闻作品选

第一观察|习近平总书记对“三农”工作的三次指引

刊播 新华网（12月31日）
策划 霍小光
统筹 刘东凯 王绚 韩洁
主笔 王立彬

这是习近平总书记第三次出席中央农村工作会议。总书记指出，“农为邦本，本固邦宁”“要坚持用大历史观来看待农业、农村、农民问题”，为人们深刻理解“三农”问题，更好理解我们的党、国家、民族，提供了一个全新的视角。

每一个重大历史关头的指引

2013年12月、2017年12月、2020年12月。党的十八大以来，习近平总书记3次出席中央农村工作会议并发表重要讲话，3次就“三农”工作做出指引。

2013年12月，在党的十八届三中全会后，中央召开了一次农村工作会议。习近平总书记从我国经济社会长远发展大局出发，深刻阐述了推进农村改革发展若干具有方向性和战略性的重大问题。

值得留意的是，就在会议召开1个月前，习近平总书记到湖南湘西考察，首次作出“实事求是、因地制宜、分类指导、精准扶贫”的重要指示。精准扶贫，从此成为中国人民打赢脱贫攻坚战的一大法宝，并成为全球反贫困斗争理论的中国贡献。

2017年12月，习近平总书记再次出席中央农村工作会议。这次会议在党的十九大之后召开，重要性不言而喻。在那次会上，习近平总书记总结党的十八大以来我国“三农”事业的历史性成就和变革，深刻阐述了实施乡村振兴战略的重大问题。

2020年12月召开的中央农村工作会议，处于全面建成小康社会，向第二个百年奋斗目标迈进的历史关头，在脱贫攻坚目标任务已经完成的形势下，在新冠肺炎疫情加剧世界动荡变革的特殊时刻，具有极为重要的意义。

习近平总书记深刻阐释了全面推进乡村振兴、加快农业农村现代化的重大意义、指导思想、总体要求，科学回答了在新发展阶段做好"三农"工作的一系列重大理论和实践问题。这对进一步统一思想、凝聚力量，做好新时代"三农"工作，具有十分重要的指导意义。

"三农"工作的重心与方向

习近平总书记3次出席中央农村工作会议，每一次都在重要的历史关头，指出"三农"工作的重心与方向。

2017年12月，中央农村工作会议提出实施乡村振兴战略的目标任务和基本原则，明确了到2020年，乡村振兴取得重要进展，制度框架和政策体系基本形成。

3年过去了，2020年的中央农村工作会议迎来了"验收"时刻。习近平总书记强调，脱贫攻坚取得胜利后，要全面推进乡村振兴，这是"三农"工作重心的历史性转移。要坚决守住脱贫攻坚成果，做好巩固拓展脱贫攻坚成果同乡村振兴有效衔接。

我们党历来高度重视"三农"问题，此次正式提出"三农"工作的"重心"以及"历史性转移"，还是第一次。

做好有效衔接，是当前和今后一个时期农村工作第一位的任务。这就是工作重心所在。

乡村振兴战略是党的十九大提出的一项重大战略，是关系全面建设社会主义现代化国家的全局性、历史性任务，是新时代"三农"工作总抓手；打好脱贫攻坚战是实施乡村振兴战略的优先任务。如果说精准扶贫是扶贫攻坚的"靶向治疗"，脱贫攻坚战就是乡村振兴的"靶向治疗"。区分轻重缓急，"补短板""啃硬骨头"，体现了整体推进与重点突破相统一的马克思主义方法论。

产业振兴、人才振兴、文化振兴、生态振兴、组织振兴，5个振兴犹如乡村振兴"总抓手"的五指。关于5根指头与1根指头的关系，习近平总书记指出："产业兴旺，是解决农村一切问题的前提。"

全面实施乡村振兴战略的深度、广度、难度，不亚于脱贫攻坚，要汇聚更强大的力量来推进，首先要加快发展乡村产业。工业化、信息化、城镇化、农业现代化同步发展，农业现代化是短板。补齐"四化"短板，必须抓产业，产业必须抓特色。

乡村振兴：我们要振兴的是什么

此次中央农村工作会议上，习近平总书记有一句话触人心弦：只有深刻理解了"三农"问题，才能更好理解我们这个党、这个国家、这个民族。

农业、农村、农民，"三农"之上，习近平总书记念兹在兹的是让我国历史悠久的农耕文明在新时代展现其魅力和风采。2013年12月，在中央农村工作会议上，总书记指出，农耕文化是我国农业的宝贵财富，是中华文化的重要组成部分，不仅不能丢，而且要不断发扬光大。

2017年12月，在中央农村工作会议上，总书记指出，走中国特色社会主义乡村振兴道路，必须传承发展提升农耕文明，走乡村文化兴盛之路。

农耕文明是中华文化的鲜明标签，承载着华夏文明生生不息的基因密码，彰显着中华民族的思想智慧和精神追求。

从世界范围看，在现代化过程中，乡村往往要经历一场痛苦的蜕变和重生。有的国家由于没有处理好工农关系、城乡关系，不仅乡村和乡村经济走向凋敝，工业化和城镇化也走入困境，甚至造成社会动荡，最终陷入"中等收入陷阱"。

实现乡村振兴，探索一条中国特色社会主义乡村振兴道路，也是中国人民对全球人类命运共同体的一个重大贡献。

第一观察|这件事为何成为总书记心中的“永恒课题”

刊播 新华网(7月22日)
策划 霍小光
监制 车玉明　林红梅
统筹 雷敏
主笔 于文静

7月22日，习近平总书记来到吉林省梨树县国家百万亩绿色食品原料(玉米)标准化生产基地核心示范区考察。眼下夏粮已实现“十七连丰”，早稻有望丰收，全年粮食产量的“大头”——秋粮正处于田间管理关键期。对于当前粮食生产情况，总书记非常牵挂。

东北是我国最重要的商品粮基地，吉林又是重要的玉米主产区。习近平总书记到这里考察粮食生产，体现了“大国粮仓”在他心里有着不一般的位置。他曾指出:“保障国家粮食安全是一个永恒课题，任何时候这根弦都不能松。”

矢志奋斗的质朴心愿

读史明智，鉴往知来。我国历史上发生过多次大饥荒，习近平总书记曾语重心长、字字千钧地指出:“这些历史悲剧决不能重演。”

看似平凡的一把麦子、一碗米、一个玉米穗，在他心里都有着特殊的分量。

习近平总书记曾讲过这样一个故事:“我们这一代人或多或少都有吃不饱、饿肚子的记忆。三年自然灾害时，我在学校住校，吃的也是很差的，晚上只能喝汤，叫做‘保证七分饱’。‘文化大革命’期间，我到农村插队，曾有3个月没见过一滴油星子，真是‘三月不知肉味’。那年冬天，家里寄来几块钱，我和同窑洞居住的同学买了几斤石槽子里冷冻的猪肉，回来还没烧就把肉切成片吃，那味道真是鲜美!后来我们说别再吃了，再吃就没得煮了。这种穷日子我们都是经历过的。”

2020年两会期间，在看望参加政协会议的经济界委员时，习近平总书记回忆起当年艰苦的知青岁月，也是感慨万分。他说：

“我当了六七年农民，那个时候我饿着肚子问周围的老百姓，你们觉得过什么样的日子最好，具体目标是什么？”

老百姓当时给了他3个答案：第一个目标，不再去要饭，能吃饱肚子，哪怕吃糠咽菜都行；第二个目标，就是吃高粱米、玉米面等纯粮食；第三个目标，当时高不可攀——“想吃细粮就吃细粮，还能经常吃肉”。

从那时起，让贫困地区的乡亲们“一年四季能吃上玉米面”“饱餐一顿肉，并且经常吃上肉”，便成为青年习近平矢志奋斗的质朴心愿。

如今，人们关于饥饿的记忆已经远去。对于普通人来说，每天开门7件事，柴米油盐酱醋茶，吃饱饭已不是问题；而对于大国当家人来说，每天有14亿张嘴要吃饭，“米袋子”装得够不够、好不好，价格稳不稳，这始终是治国理政的头等大事。

只要粮食不出大问题，中国的事就稳得住。这个道理大家都懂，但在实际工作中，特别是在农业形势好的时候，往往容易麻痹松懈。对此，习近平总书记有很强的忧患意识。他曾深刻指出：“在粮食问题上不能侥幸、不能折腾，一旦出了大问题，多少年都会被动，到那时谁也救不了我们。”

特殊之年的“不误农时”

新冠肺炎疫情全球蔓延，促使粮食问题受到全球关注。回顾上半年的粮食生产，我国春耕农业生产遭遇堵点，农民难下田，农资运输难，粮食流通、加工等环节也受到影响，有的地方一度出现恐慌性囤购米面现象；一些国家限制粮食出口引发人们担忧，而沙漠蝗肆虐更为粮食生产带来危害。

根据联合国粮农组织等5家机构近日发布的《世界粮食安全和营养状况》报告，一项初步评估表明，新冠肺炎疫情可能导致全世界食物不足人数在2020年新增8 300万～1.32亿。

面对纷繁复杂的国际形势，中国饭碗能否端得牢？对于这个问题，熟悉农业生产的习近平总书记看得远、抓得早。

2月25日召开的全国春季农业生产工作电视电话会议，传达学习了习近平总书记的重要指示。

值得注意的是，以往每年全国春季农业生产工作会议在3月中下旬召开。而2020年的这场会议比往年提前了近1个月，并且一直开到了县级单位。习近平总书记亲自对全国春季农业生产工作作出重要指示，在以前也是很少见的，传递出特殊之年以特殊举措重农抓粮的信号。

“不误农时”，是习近平总书记2020年突出强调的4个字。

看似寻常，在2020年却有着特殊的现实意义——受疫情影响，工业、服务业等发展推后了，追一追、补一补能赶得上，但农业是“人误地一时，地误人一年”。总书记一语中的，各地各部门全力落实。

中央统筹推进疫情防控和经济社会发展工作，提出了“六保”，保粮食能源安全是其中的一项重要任务。5月两会期间，习近平总书记进一步指示：“做到粮食生产‘稳’字当头”。

饭碗里的中国好粮

秋粮的主要作物之一是玉米。玉米虽不是人们餐桌上的主食，却是支撑养殖业发展的关键，关系百姓碗里的肉——这意味着玉米对中国人持续提升营养水平起着关键作用。这也是习近平总书记此番考察的一个深意。

总书记此次考察的国家百万亩绿色食品原料（玉米）标准化生产基地核心示范区，与中国科学院相关研究所、中国农业大学等合作，探索实施现代化农业生产技术，推动农业绿色发展。

保障粮食安全，关键是要保粮食生产能力，确保需要时能产得出、供得上。这就要求我们守住耕地红线，把高标准农田建设好，把农田水利搞上去，把现代种业、农业机械等技术装备水平提上来，像习近平总书记要求的那样：“真正把‘藏粮于地、藏粮于技’战略落到实处。”

民为国基，谷为民命。中国人碗里的粮食虽然够吃，但面对各种复杂局面和风险挑战，居安思危、安不忘危才是长久之道。对于人口大国，粮食多了、少了是两种不同性质的问题——粮食多了是库存压力，是财政压力；少了是社会压力，是整个大局的压力。“对粮食问题，要从战略上看，看得深一点、远一点。”习近平总书记说。

中国饭碗里必须主要装中国粮。习近平总书记为此深刻指出，新形势下，要着力解决农业发展中存在的深层次矛盾和问题，重点从农产品结构、抗风险能力、农业现代化水平上发力。

中国饭碗要装好粮。对于人们舌尖上的新期待，习近平总书记强调要把增加绿色优质农产品供给放在突出位置，狠抓农产品标准化生产、品牌创建、质量安全监管，推动优胜劣汰、质量兴农。

粮食安全，对国家来说，是“洪范八政，食为政首”；对百姓来说，是“悠悠万事，吃饭为大”。对于人口大国来说，这个永恒话题关系永续发展、民生福祉，需要久久为功，常抓不懈。

（MG动画视频）长江为何十年禁捕？渔民怎么办？影响我们吃鱼吗？

刊播 新华网（7月19日）

作者 汪亚

国务院办公厅日前印发《关于切实做好长江流域禁捕有关工作的通知》，早在2019年年底，农业农村部就发布了关于长江流域重点水域禁捕范围和时间的通告，其中规定，长江干流和重要支流（除特殊水域外），最迟自2021年1月1日0时起，实行暂定为期10年的常年禁捕。超严禁捕令为何出台？渔民如何解决生计问题？爱吃鱼的小伙伴还能不能有口福？一起来听听权威专家怎么说。

（图解）十年禁捕！保护长江我们认真的

刊播 新华网（12月15日）
作者 汪亚

2021年1月1日起，长江流域“一江两湖七河”等重点水域将实行10年禁捕。目前，渔船、渔民退捕已基本完成，渔民安置保障工作稳步推进，多部门打击非法捕捞，形成持续严打高压态势。

视频访谈节目：“三农”大家谈

刊播 农民日报微信公众号（11—12月）

总监制 何兰生

监制 江娜

记者 白锋哲 柯利刚 郭芸芸 曹茸 高飞 缪翼

制片 杜兰萍

编导 朱瑞

现场导演 王可依

设计 崔鹏家

包装 付小桐

配音 朱瑞

摄像 张帅 丁学松 许嘉秋 马云涛 张强 谢志军 林玉阳

由农民日报社策划的访谈类节目《“三农”大家谈》，针对农业农村发展中的特点、难点，邀请“三农”领域的权威专家，进行专业、深入的解析，既俯瞰新时代农业农村发展整体布局，又从小切口展开、剖析“三农”问题，有温度，有深度。

第一期	第二期	第三期	第四期	第五期	第六期

两会·小禾话“三农”

刊播 农民日报微信公众号（5月）
作者 杜兰萍　朱瑞　张健楠

农民日报社新媒体中心不断探索新型主流“三农”媒体的发展规律，结合自身优势特点，同视频科技公司展开合作，运用人工智能技术和真人主播朱瑞的形象，合成了农民日报社首个AI虚拟主播形象“小禾”，并策划“两会·小禾话‘三农’”系列视频，用虚拟主播加新闻资讯的呈现方式，紧跟总书记重要活动、重要论述，紧跟大会议程、涉农话题，相对系统地梳理两会重大时政和“三农”热点话题，以独特视角解读两会，以建设性观点引导舆论，增强两会报道的吸引力、感染力和影响力。

第一期　第二期　第三期　第四期

第五期　第六期　第七期　第八期

回乡农民工防疫歌，传唱起来

刊播 农民日报微信公众号（1月29日）

监制 杜兰萍

视频 王可依　付小桐

文案 李鹏

配音 王壹

2020年春节前夕，新冠疫情突发，彼时正值农民工返乡过年之时，农民日报社新媒体中心策划“回乡农民工防疫歌”，形式新颖，通俗易懂，朗朗上口，向返乡的农民工传播防疫知识，使他们增强保护意识。

“丰收十二时辰”系列报道

刊播 农民日报微信公众号（9月）
作者 王澎 李竞涵 黄慧 陈晨 梁冰清 刘然 崔鹏家 刘菁 李沅津 刘梓宪 裴逊琦 朱瑞 李鹏 王可依 杨迪 王岩 张健楠 戴军

2020年的丰收来之不易，中国农民丰收节更是意义非凡。农民日报社新媒体中心精心策划、制作了“丰收十二时辰”系列报道，报道以红色为主色，以古时的子时、丑时、寅时、卯时等12个时辰为时间节点，准时推送，勾画出各地的农民群众在不同时间节点同庆丰收、共迎小康的热闹场景，表达了对来年丰收的美好祝愿。

一头猪的最后24小时

刊播 农民日报微信公众号（1月23日）

作者 李飞　李鹏　王可依

正值春节前夕，“菜篮子”“米袋子”市场运行备受关注，记者新春走基层，从独特视角，记录1头猪从屠宰、运输、售卖到被消费者购买的整个过程，侧面报道“菜篮子”保供环节，为喜迎春节营造良好舆论氛围。

破土·新生

刊播 微观三农微信公众号（12月21—23日）

作者 李锦华　朱文馨

习近平总书记指出，脱贫摘帽不是终点，而是新生活、新奋斗的起点。湖北省恩施土家族苗族自治州位于武陵山区的深度贫困地区，经过不懈努力，发生了翻天覆地的变化——产业提档升级，农民腰包鼓起，乡村整洁美丽，游客纷至沓来。从12月21日起，连续发布3集专题片——《破土·新生》，讲述当地3位“新农人”的奋斗故事。

第一集　陈兹方：“无臂斗士”的电商路

第二集　姚俊：返乡创客的“甜蜜”事业

第三集　王晓玲：“石头院子”里的田园梦

“嚯～好吃！”吃播系列

该系列视频在“后疫情时期”策划制作，创新采用吃播形式，紧跟当时带货助农的社会风潮。第一期为《我为湖北“拼单”了，姐妹一起胖三斤》，助力湖北农产品销售，第二期《销售大王来袭　为湖北农产品云上拼大单》，在全国农批市场销售大王“我为湖北拼大单”视频促销活动中播出，活动现场采购农产品达6.3万吨，金额约1.5亿元。该系列视频还被《湖北日报》《农村新报》等多家地方媒体进行专题报道。

我为湖北“拼单”了，姐妹一起胖三斤

刊播　微观三农微信公众号（4月21日）

监制　郭平稳　徐锋

文案/出境　霍然　朱梓荥

摄像　徐峰　张璟

后期　张璟

编辑　朱梓荥

销售大王来袭　为湖北农产品云上拼大单

刊播 微观三农微信公众号（5月15日）
监制 郭平稳 徐锋
出境 霍然　朱梓荥
特邀出境 亚古宇
摄像 苏新洋　徐锋　张璟
后期 张璟
编辑 朱梓荥

本2020有话说

刊播 微观三农微信公众号（12月31日）

作者 朱梓荥　张璟

延续2019年《2020，冲鸭》盘点形式，从2020年农业农村部10项重点工作切入，以图片的形式回顾全年农业农村成就。

巴基斯坦蝗灾，一块地上亿蝗虫，中国专家却说再等等

刊播 抖音短视频——中国三农发布（3月2日）
作者 杜研

东非沙漠蝗入侵巴基斯坦旁遮普省和信德省的一些地区，间接对我国粮食安全造成威胁，我国专家紧急受命赶赴巴基斯坦协助治蝗。中国专家认为，最佳防治时期还没到，因为现在正值成虫产卵期，大批成虫交配产卵后将自然死亡，卵块深埋地下，无法用药杀灭，最佳杀虫时机为1个月后。专家介绍：1个月后，虫卵孵化成为2～3龄若虫，是最好的杀虫时机。

农业农村部：三种车辆不得拦截

刊播 快手短视频——中国三农发布（2月5日）

作者 刘姝含　车佳

农业农村部紧急通知，疫情防控期间，以下3种车辆不得违规拦截：仔畜雏禽及种畜禽运输车辆，饲料运输车辆，畜产品运输车辆。如遇问题，可向农业农村部或所在地交通部门反映。农业农村部联系电话：010-59194768。